SCHUTZ FÜR KELLI

SEALS OF PROTECTION: ALLIANCE
BUCH 6

SUSAN STOKER

Titelbild entworfen von: Chris Mackey, AURA Design Group

ISBN Taschenbuch: 978-1-64499-472-6

Besuchen Sie Susan im Netz!
www.stokeraces.com
facebook.com/authorsusanstoker
twitter.com/Susan_Stoker
bookbub.com/authors/susan-stoker
instagram.com/authorsusanstoker
Email: Susan@StokerAces.com

EBENFALLS VON SUSAN STOKER

Die Rescue Angels
Hilfe für Laryn
Hilfe für Amanda (4 Nov)
Hilfe für Zita
Hilfe für Penny
Hilfe für Kara
Hilfe für Jennifer

Badge of Honor: Die Texas Heroes
Gerechtigkeit für Mackenzie (1 Dez)
Gerechtigkeit für Mickie (1 Dez)
Gerechtigkeit für Corrie (1 Mar)
Gerechtigkeit für Laine (1 Mar)
Sicherheit für Elizabeth (1 Apr)
Gerechtigkeit für Boone (1 Apr)
Sicherheit für Adeline (1 Jun)
Sicherheit für Sophie (1 Jun)
Gerechtigkeit für Erin
Gerechtigkeit für Milena
Sicherheit für Blythe
Gerechtigkeit für Hope
Sicherheit für Quinn
Sicherheit für Koren
Sicherheit für Penelope

Die Männer von Silverstone
Vertrauen in Skylar
Vertrauen in Taylor
Vertrauen in Molly
Vertrauen in Cassidy

Die Zuflucht in den Bergen
Zuflucht für Alaska
Zuflucht für Henley

Zuflucht für Reese
Zuflucht für Cora
Zuflucht für Lara
Zuflucht für Maisy
Zuflucht für Ryleigh

Das Bergungsteam vom Eagle Point

Ein Retter für Lilly
Ein Retter für Elsie
Ein Retter für Bristol
Ein Retter für Caryn
Ein Retter für Finley
Ein Retter für Heather
Ein Retter für Khloe

SEALs of Protection: Legacy

Ein Beschützer für Caite
Ein Beschützer für Brenae
Ein Beschützer für Sidney
Ein Beschützer für Piper
Ein Beschützer für Zoey
Ein Beschützer für Avery
Ein Beschützer für Kalee
Ein Beschützer für Jane

Die SEALs von Hawaii:

Die Suche nach Elodie
Die Suche nach Lexie
Die Suche nach Kenna
Die Suche nach Monica
Die Suche nach Carly
Die Suche nach Ashlyn
Die Suche nach Jodelle

Delta Team Zwei
Ein Held für Gillian
Ein Held für Kinley
Ein Held für Aspen
Ein Held für Jayme
Ein Held für Riley
Ein Held für Devyn
Ein Held für Ember
Ein Held für Sierra

Mountain Mercenaries:
Die Befreiung von Allye
Die Befreiung von Chloe
Die Befreiung von Morgan
Die Befreiung von Harlow
Die Befreiung von Everly
Die Befreiung von Zara
Die Befreiung von Raven

Ace Security Reihe:
Anspruch auf Grace
Anspruch auf Alexis
Anspruch auf Bailey
Anspruch auf Felicity
Anspruch auf Sarah

Die Delta Force Heroes:
Die Rettung von Rayne
Die Rettung von Emily
Die Rettung von Harley
Die Hochzeit von Emily
Die Rettung von Kassie
Die Rettung von Bryn
Die Rettung von Casey

Die Rettung von Wendy
Die Rettung von Sadie
Die Rettung von Mary
Die Rettung von Macie
Die Rettung von Annie

SEALs of Protection:
Schutz für Caroline
Schutz für Alabama
Schutz für Fiona
Die Hochzeit von Caroline
Schutz für Summer
Schutz für Cheyenne
Schutz für Jessyka
Schutz für Julie
Schutz für Melody
Schutz für die Zukunft
Schutz für Kiera
Schutz für Alabamas Kinder
Schutz für Dakota
Schutz für Tex

Eine Sammlung von Kurzgeschichten
Ein langer kurzer Augenblick

KAPITEL EINS

Ein Tag.

Mehr brauchte es nicht, damit Wade »Flash« Gordon sich daran erinnerte, warum er nicht am Strand Urlaub machte.

Er hasste Sand.

Er hasste die Hitze.

Er hasste das Salz, das an seiner Haut klebte.

Was ironisch war, wenn man bedachte, dass er ein Navy SEAL war, der scheinbar die Hälfte seines Lebens im Meer verbrachte.

Flash nahm einen Schluck von dem Bier, an dem er genippt hatte, und verzog das Gesicht. Warm.

Ein weiterer Grund, den Strand nicht zu mögen ... sein Bier blieb nicht länger als fünf Minuten kalt.

Er war sich durchaus bewusst, dass er sich wie ein Arschloch benahm, aber das war ihm egal. Der einzige Grund, warum er hier saß, in einem Liegestuhl, und missmutig auf das sanfte Plätschern des himmelblauen Wassers vor der jamaikanischen Küste starrte, war seine kleine Schwester Nova.

Sie war zehn Jahre jünger als er, und Flash hätte alles für sie getan. Er vergötterte sie schon seit dem Moment, in dem seine Eltern sie aus dem Krankenhaus nach Hause brachten, als er zehn Jahre alt gewesen war. Es war ihm egal gewesen, wenn sie nachts weinte und dass ihre Kacke das Haus verpestete. Dass sie ihm als Teenager überall hin gefolgt war. Er hatte jede Sekunde genossen, ein jüngeres Geschwisterchen zu haben. Sie hatten beide geweint, als er nach dem Schulabschluss von zu Hause auszog und zur Marine ging.

Und über die Jahre hatte Flash engen Kontakt zu seiner Schwester gehalten. Anrufe, SMS, manchmal sogar Briefe. Als sie Charles Hepworth kennengelernt hatte, war Flash extra nach Hause geflogen, um den Mann kennenzulernen und ihm einen gehörigen Schreck einzujagen. Er wollte sicherstellen, dass er verstand, dass er es bereuen würde, wenn er seiner Schwester auch nur ein Haar krümmte.

Flash war nicht besonders beeindruckt von Chuck. Er war sechs Jahre älter als Nova und viel zu ... aalglatt. Andererseits gab Flash zu, dass er selbst ständig von Männern umgeben war, die etwas rauer waren.

Trotz seiner Gefühle für den Mann musste Flash nicht lange überlegen, als Nova anrief und ihn fragte, ob er bei ihrer Hochzeit Trauzeuge sein wolle. Natürlich würde er seiner Schwester zur Seite stehen. Er war vielleicht kein großer Fan ihres Verlobten, aber er würde Nova auf jeden Fall unterstützen.

Und wenn es nicht klappen sollte, würde er ihr auch dabei helfen, die Scherben aufzusammeln.

Als diese Reise nach Jamaika als Junggesellenabschied geplant wurde, war Flash als Trauzeuge eingeladen worden. Er hatte vorgehabt, die Einladung auszuschlagen – er wollte definitiv nicht mit Chucks Kumpeln abhängen –, aber Nova hatte ihn angefleht mitzufliegen. Es war einer der seltenen Fälle, in denen er zu seiner Schwester Nein gesagt hätte, aber er hatte die Sorge in ihrer Stimme gehört, als sie ihm von dem privaten Resort erzählt hatte. Sie ging davon aus, dass es dort viele schöne Mädchen geben würde, die vielleicht in Chucks Bett landen wollten.

Es war offensichtlich, dass sie sich Sorgen machte, ihr Verlobter könnte dasselbe denken.

Also war Flash hier.

In Jamaika saß er an einem heißen Strand auf seinem Hintern und babysittete ... nein ... *spionierte* den zukünftigen Ehemann seiner Schwester aus. Er achtete darauf, dass seine gelegentlichen Flirts nicht zu weit gingen.

Flash hatte keinerlei Probleme damit, Nova Bericht zu erstatten. Selbst wenn es ihr kurzfristig wehtäte, würde er keine Indiskretionen ihres Verlobten vor ihr geheim halten. Aber bisher hatte sich Chuck von seiner besten Seite gezeigt. Er hing mit seinen Freunden Rowan, Ben und Sebastian ab, meistens an der Bar, und ließ sich nicht mit irgendwelchen Frauen ein.

Allerdings war das Resort nicht sehr voll, was für Flash nicht so überraschend war. Das Land war wunderschön, ebenso wie das Gelände des Resorts, aber Jamaika hatte eine schwierige Zeit mit Kriminalität und Gewalt hinter sich. Zu Hause hatte sich Flashs SEAL-Teamleiter gewundert, dass ihr Kommandant ihm überhaupt erlaubt hatte, angesichts dieser Gewalt nach Jamaika in den Urlaub zu fahren.

Chuck und seine Kumpel waren mit dem dünn besiedelten Resort nicht zufrieden. Sie hatten sich eine Menge Leute gewünscht, mit denen sie feiern konnten. Stattdessen gab es dort Familien mit kleinen Kindern, einige Paare in den Flitter-wochen und nur eine Handvoll Singles in ihrem Alter.

Lautes Gelächter ertönte aus dem Barbereich, und Flash warf einen Blick über die Schulter. Er sah Chuck und seine Kumpel an einem großen Tisch sitzen, zusammen mit einer Gruppe von vier Frauen, die alle groß, schlank, vollbusig und blond waren. Er hatte sie gestern Abend in der Bar des Resorts kennengelernt.

Die Frauen waren für ein Junggesellinnenwochenende hier.

Charlotte war die zukünftige Braut, und die Brautjungfern, die mit ihr am Tisch saßen, waren Ava, Alice und Afton. Flash hatte innerlich die Augen verdreht, weil ihre Namen alle mit A begannen.

Nachdem er drei Minuten mit der Gruppe verbracht hatte, war Flash schnell zu dem Schluss gekommen, dass keine der Frauen ihn interessierte. Sie waren jünger und redeten hauptsächlich über sich selbst. Und dieses Kichern ...

Er schauderte. Das Kichern ging ihm schon nach wenigen Sekunden auf die Nerven.

Also hatte er die Gruppe verlassen, um sich allein einen Drink zu gönnen, weit genug entfernt, um dem hohen Gekicher zu entgehen, aber immer noch in der Lage, alles im Auge zu behalten.

Jetzt war er wieder hier, starrte auf das Wasser, spielte Aufpasser und wünschte sich, er sei irgendwo anders. Viel lieber wäre er zu Hause in Riverton, Kalifornien in seiner Dreizimmerwohnung, würde Karten studieren, Informationen über Feinde durchgehen, Football schauen ... alles, nur nicht auf Chuck und seine Kumpel aufpassen.

»*So* schlimm kann es nicht sein.«

Überrascht von der heiseren Stimme zu seiner Rechten, drehte Flash den Kopf und sah eine Frau, die er erkannte und die ihn aus mehreren Metern Entfernung anlächelte. Sie saß in ihrem eigenen Liegestuhl, hatte ein Buch in der Hand und eine Wasserflasche steckte im Sand unter ihrem Stuhl.

Flash suchte in seinem Gehirn nach ihrem Namen. Er war ihr gestern Abend auch vorgestellt worden ...

Kelli. Kelli Colbert. Sie gehörte zur Gruppe der Brautjungfern, aber es schien, dass sie, genau wie er, nicht unbedingt der Typ für einen Barbesuch war. Sie hatte die Gruppe noch schneller als Flash verlassen, die Bar ganz gemieden und sich für einen Abend in ihrem Zimmer entschieden.

Er musste sie zu lange angestarrt haben, denn jetzt grinste

sie verlegen und zuckte mit den Schultern. »Entschuldigung. Ignoriere mich einfach.«

»Nein, ich entschuldige mich. Es ist so lange her, dass ich mehr tun musste, als zustimmend zu nicken und zu lächeln, dass ich anscheinend vergessen habe, wie man mit Menschen spricht.«

Sie lachte leise vor sich hin.

Auf den ersten Blick hatte die Frau gestern Abend ... schlicht gewirkt. Er hasste es, das zu denken. Es war höllisch unhöflich. Aber im Vergleich zu ihren Freundinnen – in jeder Hinsicht übertrieben ... Kleidung, Frisur, Make-up – stimmte es.

Heute hatte Kelli ihr aschblondes Haar zu einem unordentlichen Knoten am Hinterkopf zusammengebunden. Ihre Wangen waren gerötet, wahrscheinlich von zu viel Sonne, und sie trug einen schwarzen Badeanzug, der von etwas verhüllt wurde, das für ihn wie kilometerlanger Stoff aussah.

Im Gegensatz zu den anderen Frauen in ihrer Gruppe war sie weder groß noch schlank. Wenn Flash sich richtig erinnerte, war sie mindestens einen ganzen Kopf kleiner als er. Sie war auch kurvig ... das komplette Gegenteil ihrer mageren Freundinnen.

Und heute hatte sie etwas an sich, das ihn faszinierte. Vielleicht war es das aufrichtige Lächeln, das sie ihm zuwarf. Vielleicht war es ihr Lachen. Flash war sich nicht sicher. Aber ausnahmsweise ärgerte er sich nicht darüber, dass eine völlig Fremde versuchte, ihn anzusprechen. Normalerweise hasste er solche Dinge.

»Du bist nicht bei den anderen und hängst an der Bar ab?«, fragte sie, den Kopf leicht schief gelegt.

Flash schüttelte den Kopf. »Nicht mein Ding.«

»Ja, meins auch nicht.«

»Um ehrlich zu sein, ich hasse den Strand.«

Kelli lächelte, und ihre hellbraunen Augen schienen zu

funkeln. »Klar, ich verstehe warum. Die Sonne im Gesicht, das entspannende Rauschen der Wellen am Ufer, Kellner, die einen bedienen. Es ist schrecklich.«

Jetzt war Flash an der Reihe zu grinsen. »Sagen wir einfach, ich verbringe bei meinem Job viel Zeit damit, Sand aus ... empfindlichen Stellen ... zu entfernen.«

Kelli drehte sich ihm voll zu. »*Hmmmm*, das klingt faszinierend. Rettungsschwimmer am Strand?«

Flash schüttelte erneut den Kopf. »Nein.«

»Bedienst du eine dieser Maschinen, die Sand in Felsformationen schießen, um das Öl zu fördern?«

Flash war ein wenig verblüfft. Wenn er über Jobs nachdenken würde, die mit Sand zu tun haben könnten, wäre Fracking das Letzte, woran er dächte. »Zweiter Strike«, scherzte er.

»Sandstrahler? Installateur von Sandkästen für den Garten? Navy SEAL? Landschaftsgärtner?«

Flash konnte nicht glauben, dass sie tatsächlich richtig geraten hatte.

»Was? Immer noch weit daneben?«, fragte Kelli mit einem weiteren offenen und einladenden Lächeln. »Na gut. Sag es mir nicht. Aber ich? Ich liebe den Strand. Er hat etwas so Beruhigendes an sich.«

»Wenn du mir verzeihst ... Du siehst nicht gerade beruhigt aus.«

Sie seufzte. »Ja.« Sie sah sich um, als wollte sie sichergehen, dass niemand mithörte, beugte sich dann in seine Richtung und sagte leise, so gut sie es über die Entfernung konnte: »Ich wollte nicht mit auf diese Reise kommen.«

Flashs Augenbrauen schossen in die Höhe. »Du auch?«

Diesmal war sie überrascht. »Du wolltest auch nicht mitkommen?«

Flash zuckte mit den Schultern. »Du kennst ja meine Meinung zu Sand. Ich kenne die Jungs nicht, mit denen ich hier bin. Nicht wirklich. Der zukünftige Bräutigam ist der Verlobte meiner Schwester.«

»Ah ... die obligatorischen Pflichten des Schwagers«, überlegte Kelli.

»Ja. Ich will dafür sorgen, dass er sich benimmt, damit ich ihm nicht in den Hintern treten muss, weil er meine Schwester verletzt hat. Und du?«

»Die Braut ist meine Cousine. Unsere Mütter sind Schwestern. Ich glaube, sie hat sich dazu überreden lassen, mich zu einer ihrer Brautjungfern zu machen. Ich passe nicht wirklich zu den drei As.«

Flash verschluckte sich fast an seinem lauwarmen Bier.

Kelli grinste. »Ich weiß. Es ist kindisch, aber ich kann nichts dafür. Sie sehen aus wie Drillinge, benehmen sich genau gleich und werfen ihr blondes Haar auf die gleiche Weise. So stelle ich sie mir in meinem Kopf vor. Jedenfalls hatte ich den Verdacht, dass ich bei der Planung dieser Reise nicht mitkommen sollte. Ich glaube, Charlotte hat mir davon erzählt, weil sie dachte, ich würde Nein sagen. Aber dieses Mal war es meine Mutter, die mir Schuldgefühle einredete, also ... bin ich hier. Aber ich habe es eindeutig nicht durchdacht. Ich habe nur an den Strand gedacht. Nicht daran, dass ich mit den drei As und meiner Cousine abhängen muss.«

»Was machst *du* beruflich?«, fragte Flash. Je mehr die Frau redete, desto faszinierter wurde er. Sie war eine Mischung aus unverblümt und schüchtern zugleich.

Die Röte in ihrem Gesicht vertiefte sich. »Dies und das«, murmelte sie und blickte wieder auf den Ozean hinaus.

»Entschuldige, ich wollte nicht neugierig sein.«

Sie seufzte und wandte sich dann wieder ihm zu. »Das warst du nicht. Ich weiß nur ... ich weiß nicht, was ich machen will, wenn ich groß bin. Ich bin achtundzwanzig Jahre alt und habe immer noch keine Ahnung, was meine Leidenschaft ist. Ich habe schon viele Dinge gemacht ... Kellnerin, Arbeit in einem Tierheim, Bauarbeiten – sei nicht zu begeistert, ich war nur diejenige, die das Stoppschild hielt und den Verkehr regelte –, Fast Food, Café, Hausreinigung. Was auch immer, ich habe es gemacht. Derzeit arbeite ich als Reiseverkehrskauffrau. Tatsächlich habe ich diese ganze Reise für meine Cousine organisiert. Aber ich weiß bereits, dass der Job nichts für mich ist. Er ist sehr stressig ... womit ich umgehen kann, aber die Kunden ändern ständig ihre Meinung und sind nie zufrieden. Sie rufen mich an, um sich zu beschweren, wenn auf ihren Reisen auch nur das Geringste schiefgeht, selbst wenn es nicht meine Schuld ist. Aber ich habe noch nichts anderes gefunden, das ich mir für den Rest meines Lebens vorstellen kann.«

Sie blickte wieder auf das Meer hinaus, ihre Stimme leiser, sodass Flash sich anstrengen musste, um sie zu hören. »Mein Vater kam bei der Arbeit ums Leben, als ich ein Teenager war, und kurz bevor er starb, hatten wir ein Gespräch ... und er sagte mir, ich solle mich nie mit weniger zufrieden geben als dem, was mich wirklich glücklich macht. Ich glaube, deshalb fiel es mir immer schwer zu entscheiden, was ich mit meinem Leben anfangen will. Ich habe noch nicht herausgefunden, was mich *wirklich* glücklich macht. Ich weiß, dass ich mir seine Worte wahrscheinlich ein wenig zu sehr zu Herzen nehme, aber es war buchstäblich eines der letzten Dinge, die er zu mir gesagt hat. Wie auch immer ...« Ihre Stimme wurde vor Verlegenheit leiser. »Deshalb habe ich versucht auszuweichen, als du mich gefragt hast, was ich beruflich mache.«

Das war viel. Flash war sich nicht sicher, wo er anfangen sollte. Also begann er mit dem Wichtigsten. »Das mit deinem Vater tut mir leid.«

»Danke. Er arbeitete auf dem Bau. Er stand auf einem Gerüst, als es unter ihm zusammenbrach. Er fiel und wurde zerquetscht.«

Flash runzelte die Stirn. Dann stand er auf, schob seinen Stuhl direkt neben den von Kelli und setzte sich wieder. Jetzt waren sie nicht mehr drei Meter voneinander entfernt. »Das tut mir wirklich leid.«

»Danke. Und im Gegensatz zu dem, was du vielleicht glaubst, erzähle ich nicht wildfremden Menschen meine Lebensgeschichte«, sagte sie mit einer Grimasse.

»Wir sind keine Fremden. Wir haben uns gestern kennengelernt. Ich bin Wade. Aber alle nennen mich Flash.«

»Weil dein Nachname Gordon ist«, sagte Kelli grinsend.

»Ja.«

»Nun, Flash, ich bin Kelli, aber das weißt du wahrscheinlich schon.«

Flash nickte. »Ich erinnere mich. Und ... was deinen Beruf angeht. Ich finde es bewundernswert, dass du dich nicht mit einem Job zufriedengibst, den du nicht magst.«

Sie grinste. »Willst du das meiner Mutter erzählen? Sie findet es lächerlich, dass ich so unentschlossen bin.«

»Ich denke, das ist ihr Job. Als Mutter.«

»Stimmt.«

Sie saßen eine Weile schweigend da und Flash wurde klar, dass er zum ersten Mal auf dieser Reise zufrieden war. Kelli war wie eine frische Brise. Sie war bodenständig, witzig, ehrlich und, das musste er sagen ... heiß.

Oh, Flash war sich bewusst, dass viele Männer ihre Figur und Größe nicht attraktiv finden würden, aber er hatte schon mit vielen Frauen wie ihrer Cousine und den drei As zu tun gehabt. Die Art Frauen, die kein Gramm Fett am Körper hatten und ihm gern ihre falschen Brüste ins Gesicht drückten, weil sie eine Nacht in seinem Bett verbringen wollten, nur weil er ein Navy SEAL war.

Sie sagten ihm alles, was er ihrer Meinung nach hören wollte, nur um einen SEAL abzuschleppen. Diese Typen waren anstrengend. Allmählich hatte er angefangen, die Absichten jeder einzelnen Frau infrage zu stellen.

Aber Kelli ... sie war interessant. Und es war verdammt lange her, dass er eine Frau zweimal angesehen hatte.

»Woher kommst du?«, fragte sie nach einer Weile.

»Riverton, Kalifornien. Und du?«

Sie starrte ihn überrascht an. »Wirklich?«

»Ja, warum?«

»Weil ich aus La Jolla komme.«

Flash war schockiert. »Wirklich? Das liegt etwas nördlich von mir.«

»Ich weiß.«

»Kein Wunder, dass du den Strand magst. Dort gibt es ein paar wunderbare.«

Sie lächelte. »Stimmt. Wow. Die Welt ist klein.«

Das war sie.

»Gehst du morgen zu diesem Ding?«, fragte Kelli ihn.

»Ding? Welches Ding?«

Jetzt runzelte sie die Stirn. »Das Tubing-Ding.«

»Ich habe keine Ahnung, wovon du sprichst.«

Zum ersten Mal wirkte sie unruhig. »Oh, ähm ... tut mir leid. Vergiss, dass ich es erwähnt habe.«

»Nein, was für ein Tubing-Ding?«

Kelli seufzte. »Ich schätze, Charlotte und die drei As langweilen sich. Im Resort ist nicht viel los, und sie wollen etwas Aufregenderes machen. Sie haben eine private Tour-Agentur kontaktiert und beschlossen, dass sie unbedingt Tubing auf dem White River machen *müssen*. Ich schätze, sie haben deine Freunde gefragt, und die haben zugestimmt mitzukommen.«

Flash runzelte die Stirn. Er hatte nichts davon gehört, dass sie das Gelände des Resorts verlassen wollten. Hätte er davon gewusst, hätte er versucht, es ihnen auszureden. Zwar waren alle Menschen, denen sie bisher begegnet waren, freundlich und zuvorkommend gewesen, doch war er sich der Gefahren bewusst, die außerhalb der Tore des schicken Resorts lauerten.

»Ich habe mich bisher nicht viel mit ihnen abgegeben. Ich

bin sicher, sie werden es mir sagen, sobald sie die Gelegenheit dazu haben«, sagte er.

Sie nickte. »Es tut mir wirklich leid. Ich weiß, wie es ist, ausgeschlossen zu werden.«

Flash konnte nicht anders, er musste lachen. Als er dann den verletzten Ausdruck sah, der über ihr Gesicht huschte, bevor sie ihn verbergen konnte, sagte er schnell: »Ich lache nicht über *dich*. Es ist nur so, dass ich keine große Lust habe, mich auf einen Schwimmreifen zu setzen, um ein überfülltes Stück Fluss hinunterzufahren.«

Er war erleichtert, als er sah, dass das Lächeln auf ihr Gesicht zurückkehrte. »Nicht wahr? Ich bin so klein, dass meine Beine normalerweise senkrecht nach oben stehen, und ich kann mich gerade noch so an dem blöden Ring festhalten.«

»Fährst du mit?«

Kelli zuckte mit den Schultern. »Ja. Ich will eigentlich nicht, weil ich nicht sicher bin, ob es sicher ist, das Resort zu verlassen. Aber ich fühle mich irgendwie verpflichtet.«

Flash wollte auch nicht, weil er genau wie Kelli wusste, dass es nicht sicher war. Aber auf keinen Fall würde er seinen zukünftigen Schwager allein lassen, damit dieser verletzt oder ausgeraubt wurde. Seine Schwester würde ihm den Kopf abreißen, wenn er das täte. Und dann war da noch Kelli ...

»Also ... denkst du, dass du vielleicht mitkommen willst?«, fragte sie.

Es war nicht schwer, das Interesse in Kellis Augen zu erkennen. Normalerweise hätte ihn das allein schon dazu gebracht, Nein zu sagen. Er hatte keine One-Night-Stands mehr und war definitiv nicht auf der Suche nach einer Urlaubsaffäre. Aber im Moment befand er sich in einer ganz neuen Gemütsverfassung. Es gefiel ihm zu wissen, dass diese Frau wollte, dass er mitkam. Er wollte mehr Zeit mit ihr verbringen. Sie besser kennenlernen.

»Ja«, sagte Flash zu ihr.

»Cool«, erwiderte sie mit einem schüchternen Lächeln.

»Cool«, stimmte er zu.

Ein Geräusch hinter ihnen veranlasste sie dazu, sich umzudrehen, um zu sehen, wer sich näherte. Es waren Charlotte und die drei As. Flash lachte in sich hinein. Jetzt nannte *er* die Brautjungfern beim Spitznamen.

»Hey, Kelli, wir wollen mit Seb, Ben, Rowan und Charles in der kleinen Grotte auf der anderen Seite des Grundstücks abhängen.«

»Ähm ... okay?«, sagte Kelli, offensichtlich verwirrt darüber, warum ihre Cousine sie über ihre Pläne informierte.

»Ich wollte nur nicht, dass du dir Sorgen machst, wo wir sind, oder dass du nach uns suchst. Wir sehen uns morgen nach dem Frühstück. Der Minibus holt uns um zehn vor dem Resort ab. Komm nicht zu spät.« Damit drehte Charlotte sich um, und sie und die drei As stolzierten mit übertriebenem Hüftschwung zurück zur Bar, wo die Jungs auf sie warteten.

Kelli starrte wieder auf das Wasser und weigerte sich, Flash in die Augen zu sehen.

»Das war seltsam«, platzte es aus ihm heraus.

Kelli zuckte mit den Schultern.

»Hey«, sagte er leise.

Sie sah ihn immer noch nicht an.

»Kelli«, sagte er und legte etwas mehr Nachdruck in seine Stimme.

Schließlich drehte sie sich um, und als er sah, wie Tränen in ihren Augen schimmerten, tat es ihm weh.

»Was?«, fragte sie ein wenig aggressiv.

»Möchtest du mit mir zu Abend essen?« Die Worte waren heraus, bevor er überhaupt darüber nachgedacht hatte, was er sagen wollte.

Sie starrte ihn mit diesen verletzten Augen an, und Flash sehnte sich danach, etwas zu tun, das ihre Augen wieder voller Humor funkeln lassen würde.

»Ich meine, da die Jungs, mit denen ich zusammen bin, offensichtlich mit deiner Cousine und den drei As abhängen werden, bedeutet das, dass wir tun können, was wir wollen. Ich habe großartige Dinge über das Restaurant hier gehört. Ich wette, wir könnten sogar einen Tisch am Strand bekommen.«

»Aber du hasst den Sand«, murmelte sie leise.

»Ich hasse es noch mehr, eine schöne Frau so verzweifelt zu sehen, weil ihre versnobte, ahnungslose, offensichtlich dumme Cousine gemein zu ihr war.«

Kelli seufzte. »Sie weiß, dass ich für uns alle fünf heute Abend einen Tisch im Restaurant reserviert habe. Und diese Anspielung, dass ich nicht nach ihr suchen soll? Sie will offensichtlich nicht, dass ich in die Nähe der Typen komme, die ihr heute Abend hinterhersabbern werden.«

»Scheiß auf sie«, sagte Flash, dem es mittlerweile völlig egal war, dass er sich abfällig über Kellis Verwandte äußerte.

»Musst du nicht auf den Verlobten deiner Schwester aufpassen?«

»Er weiß bereits, dass ich, wenn er etwas anderes tut, als mit einer anderen Frau zu reden, es meiner Schwester so schnell erzählen werde, dass ihm der Kopf schwirrt.«

Kelli kicherte, und Flash war so erleichtert, dass seine Muskeln sich entspannten. Er hatte gar nicht bemerkt, wie verkrampft er war.

»Geh mit mir essen, Kelli. Bitte?«

»Na ja, wenn du mich so nett fragst, wie kann ich da ablehnen?«

»Das kannst du nicht«, sagte er zufrieden.

»Um wie viel Uhr?«

»Halb sieben?«

Sie nickte. »Okay. Ich muss noch mit der Rezeption sprechen und meine vorherige Reservierung für das Abendessen stornieren lassen.«

»Musst du jetzt gleich gehen?«, fragte er, da er die Zeit mit dieser faszinierenden Frau noch etwas verlängern wollte.

»Wahrscheinlich nicht. Warum?«

»Weil es ein schöner Tag ist. Wir könnten eine Weile hier sitzen und ihn genießen.«

Sie starrte ihn an, bevor sie nickte. »Okay.«

»Okay«, sagte Flash und nahm noch einen Schluck von seinem widerlich warmen Bier.

»Stört es dich, wenn ich lese? Ich bin gerade an einer guten Stelle angekommen.«

»Überhaupt nicht.«

Es war entspannend, neben Kelli zu sitzen, während sie las und er auf die Wellen starrte. Zum ersten Mal auf dieser Reise spürte Flash, wie die Anspannung, die er immer auf seinen Schultern trug, nachließ. Und es brauchte ... was? Eine hübsche Frau, die seine Einladung zum Abendessen annahm. Das Rascheln der Seiten ihres Buches zu hören, wenn sie sie umblätterte. Ihr leises Kichern jedes Mal, wenn sie etwas Lustiges las.

Flash hasste den Strand immer noch.

Er verabscheute den Sand immer noch.

Aber irgendwie war es erträglicher, wenn Kelli Colbert neben ihm saß.

KAPITEL ZWEI

Kelli stand in ihrem Hotelzimmer und starrte in den Spiegel. Sie wischte sich die schweißnassen Handflächen an den Oberschenkeln ab, während sie überlegte, ob das, was sie anhatte, für ein Abendessen mit einem der attraktivsten Männer, die sie je in ihrem Leben getroffen hatte, angemessen war.

Als sie Flash zum ersten Mal vorgestellt worden war, hatte sie ihn sofort abgetan, weil sie dachte, er sei genau wie die anderen vier Männer, auf die Charlotte sich im Resort einge-schossen hatte. Auf der Suche nach einem One-Night-Stand.

Dann berührte ihre Hand seine, als sie sich die Hände schüttelten, und es fühlte sich an, als würden kleine elektrische Stöße ihren Arm hinunter direkt zwischen ihre Beine schießen. Sie hatte noch nie zuvor so auf einen Mann reagiert – und das machte ihr eine Höllenangst. Sie hatte die Bar gestern Abend sofort verlassen und sich in die Sicherheit ihres Zimmers und eines guten Buches zurückgezogen.

Dennoch konnte sie nicht widerstehen, zu ihm hinüberzu-schauen, als er sich an diesem Nachmittag einen Liegestuhl nicht weit von ihrem Platz aussuchte. Und als er seufzte und mit so viel Unzufriedenheit auf den Ozean starrte, konnte sie sich auch nicht zurückhalten, etwas zu sagen.

Sie war zu direkt. Das war sie schon immer gewesen. Aber sie hasste die Spielchen, die Menschen in gesellschaftlichen Situationen spielten. Sie hatte es immer vorgezogen, dass andere offen sagten, was sie dachten. Das sparte viel Zeit und Kummer.

Kelli vermutete, dass es damit angefangen hatte, als ihr Vater starb und die Leute begannen, um sie herumzutanzen. Sie tuschelten hinter ihrem Rücken, und das machte sie verrückt. Und dann erfuhr sie, dass ihre Freundin, ein Mädchen, dem sie in dieser schrecklichen Zeit näher gekommen war, nur wegen des Geldes, das Kelli geerbt hatte, mit ihr abhing. Sie war *fertig*.

Fertig damit, sich gesellschaftlich korrekt zu verhalten.

Fertig damit, ihre Gefühle zu verbergen.

Sie war, wer sie war, und wenn das jemandem nicht gefiel, Pech gehabt.

Aber dennoch war sie überrascht, dass sie am Nachmittag bei Flash ihr Herz ausgeschüttet hatte. Sie erzählte ihm von ihren vielen Jobs, ihrer Beziehung zu ihrer Familie und machte sich im Grunde genommen dem gut aussehenden Mann gegenüber verletzlich, den sie erst am Abend zuvor kennengelernt hatte.

Aber er schien nicht verärgert oder überrascht zu sein. Er schien ... was? Interessiert?

Nein, das konnte nicht stimmen.

Aber er *hatte* sie zum Abendessen eingeladen.

Andererseits hatte er das getan, nachdem Charlotte sie gedemütigt hatte. Vielleicht hatte er das Gefühl gehabt, keine andere Wahl zu haben. Eine Verabredung aus Mitleid.

Ach. Sie hasste es, von anderen bemitleidet zu werden. Ja, es war peinlich, dass ihre Cousine ihr direkt ins Gesicht gesagt hatte, dass sie sie nicht dabeihaben wollte, wenn sie und die drei As versuchten, mit den Jungs vom Junggesellenabschied anzubandeln, aber Kelli war schon oft in Verlegenheit gebracht worden. Sie konnte damit umgehen. Sie wusste, dass sie nur aus Schuld- und Pflichtgefühlen in Jamaika war. Ihre Mutter hatte wahrscheinlich mit Charlottes Mutter gesprochen, und ihre Tante hatte Charlotte wahrscheinlich bestochen, damit sie sie zur Hochzeit und nach Jamaika einlud. Und Kellis eigene Mutter hatte sie mit Schuldgefühlen dazu gebracht, am Junggesellinnenabschied teilzunehmen.

Seufzend wandte sie die Aufmerksamkeit wieder ihrem Spiegelbild zu. Ihr Haar benahm sich tatsächlich ... im Moment. Später würde es wahrscheinlich in der Feuchtigkeit kraus werden, aber im Moment hing ihr Haar knapp unter ihren Schultern und war an den Spitzen leicht gelockt. Sie hatte etwas Mascara und Lippenstift aufgetragen. Ihr Gesicht war rosa von zu viel Sonne und etwas zu rund von den Süßigkeiten und Kohlenhydraten, die sie gern aß, aber sie konnte an beidem nichts ändern.

Sie trug ein Kleid, das sie mal in La Jolla gekauft und das ihr damals sehr gut gefallen hatte, aber jetzt fragte sie sich, ob es nicht zu viel war. Es war ein Trägerkleid, das knapp über ihren Knien endete. Es war etwas figurbetonter als die Kleidung, die sie normalerweise trug. Kelli runzelte die Stirn, als sie die Wölbung ihres Bauches und die Art und Weise, wie ihre Oberarme hingen, betrachtete, und presste die Lippen aufeinander.

Sie hatte sich hübsch gefühlt, als sie das Kleid im Geschäft anprobiert hatte, aber das war, bevor sie auch nur im Entferntesten daran gedacht hatte, es zu einem Abendessen mit einem der heißesten Männer zu tragen, die sie je gesehen hatte.

Flash hatte Augen, die so grün waren wie die Palmen, die das Resort umgaben. Sein bräunliches Haar war kurz geschnitten, und sie war noch nie mit jemandem zusammen gewesen, der irgendeine Art von Gesichtsbehaarung hatte, sodass sie sich unweigerlich fragte, wie es sich anfühlen würde, ihn zu küssen. Würde es ablenken? Würde Essen in seinem kurzen Schnurrbart und Bart hängenbleiben?

Kelli konnte sich eingestehen, dass sie Flash beeindrucken wollte, obwohl es unwahrscheinlich war, dass aus diesen wenigen Tagen der Bekanntschaft etwas werden würde. Obwohl sie in der »realen Welt« nicht weit voneinander entfernt wohnten, bezweifelte sie, dass sie in Kontakt bleiben würden.

Aber heute Abend würden sie gemeinsam essen. Es war keine Verabredung, nicht wirklich. Trotzdem konnte sie nicht anders, als die Schmetterlinge zu spüren, die normalerweise auftraten, bevor man mit jemand Neuem ausging.

Kopfschüttelnd wandte Kelli sich bewusst vom Spiegel ab. Sie benahm sich lächerlich. Es war nur ein Abendessen. Morgen würden sie eine Tubing-Tour machen und am Tag darauf würden sie alle nach Hause fahren. Sie würde Flash nicht wiedersehen, also war es nichts weiter als ein Wunschtraum, darüber nachzudenken, wie attraktiv die Haare auf seiner Brust waren oder wie seine Gesichtsbehaarung sich auf ihren Lippen anfühlen würde.

Als Kelli auf die Uhr schaute, wurde ihr klar, dass sie sich beeilen musste, wenn sie nicht zu spät kommen wollte. Sie schnappte sich ihr Sweatshirt, das einzige Kleidungsstück, das sie hatte und das warm war, und ging zur Tür. Das Sweatshirt passte überhaupt nicht zu ihrem Kleid, aber wenn sie draußen saßen, würde sie etwas brauchen, da es kühl wurde, sobald die Sonne unterging. Und wenn sie Flash mit einem Sweatshirt über ihrem Kleid abschreckte, dann sollte es eben so sein.

Sie war, wer sie war. Direkt, ehrlich ... und heute Abend würde sie es zumindest warm haben.

Sie holte tief Luft, schloss die Tür zu ihrem Hotelzimmer hinter sich und ging den Flur entlang in Richtung Eingangshalle.

Zehn Minuten später wurden sie und Flash zu einem Tisch in dem Fünf-Sterne-Restaurant des Resorts geführt. Es war fast leer, wahrscheinlich weil es nicht gerade billig war, das einzige Restaurant, das nicht im All-inclusive-Preis des Resorts enthalten war, und weil der Tourismus im Land definitiv rückläufig war.

Flash sah umwerfend aus. Er trug eine Cargohose und ein salbeigrünes Polohemd, das die Farbe seiner Augen noch mehr hervorzuheben schien. Als er sie in der Eingangshalle gesehen hatte, hatte er breit gelächelt und sich tatsächlich zu ihr heruntergebeugt und sie zur Begrüßung auf die Wange geküsst. Kelli hatte unauffällig tief eingeatmet, als er ihr nahe war, und wurde mit dem frischen Duft der Seife belohnt, die er beim Duschen benutzt hatte. Es war berauschend, und es gab nichts, was sie lieber getan hätte, als sich zu ihm zu lehnen und ihre Nase in seiner Halsbeuge zu vergraben.

Jetzt berührten seine Finger kurz ihren Rücken, als der Kellner sie zu ihrem Tisch führte, und Kelli konnte das Ganzkörperzittern, das sich zu befreien versuchte, kaum unterdrücken.

»Ich hoffe, dieser hier gefällt Ihnen«, sagte der Kellner und deutete auf einen Tisch.

Kelli schnappte hörbar nach Luft.

In der hinteren Ecke der Terrasse stand ein gedeckter Tisch. Von dort aus hatten sie einen uneingeschränkten Blick auf das Meer und den bevorstehenden Sonnenuntergang. Auf dem Tisch standen zwei Rosen in einer schmalen Vase in der Mitte, und die Gedecke waren nebeneinander angeordnet, mit Blick auf das Wasser, anstatt einander gegenüber.

Die Stühle am Tisch waren auch keine gewöhnlichen Restaurantstühle. Sie waren aus Leder, mit breiten Sitzflächen und ohne Armlehnen, und selbst aus der Ferne konnte Kelli sehen, dass sie äußerst bequem wirkten. Ihrer Erfahrung nach gestalteten Restaurants ihre Sitzgelegenheiten so unbequem wie möglich, damit die Leute aßen, dann gingen und mehr Kunden hereinkamen, Geld ausgaben und genauso schnell wieder verschwanden.

Als Kelli die romantische Tischdekoration sah, hatte sie das Gefühl, dort gut sitzen zu können. Und da das Restaurant nicht sehr voll zu sein schien, könnte sie genau das tun.

»Das sieht perfekt aus. Danke«, sagte Flash zu dem Kellner, als er einen der Stühle herauszog und Kelli bedeutete, Platz zu nehmen.

Sie lächelte ihn an und stellte sich vor den Stuhl. Als sie sich setzte, schob Flash den Stuhl unter sie. Er hatte es so geschickt gemacht, als hätte er viel Übung. Und natürlich ließ dieser Gedanke Kelli vermuten, dass er wahrscheinlich ständig mit Frauen zu schicken Abendessen ging. Sie war nicht in ihrem Element, aber er schien sich völlig wohlzufühlen.

Der Kellner erklärte, er würde mit Wasser und den Speisekarten zurückkommen, und ließ sie dann allein.

Kelli war plötzlich nervös und fühlte sich völlig fehl am Platz. Was machte sie hier? Sie hätte im Zimmer bleiben und den Zimmerservice bestellen sollen.

»Ich bin immer verwirrt, welches Besteck ich benutzen soll. Warum haben wir vier Gabeln und drei Löffel? Was zum Teufel glauben die, was wir tun werden, einen Bissen mit einer Gabel nehmen und sie dann weglegen, weil sie schmutzig ist, und eine andere benutzen?«

Sein Witz brachte Kelli zum Lachen. Flash fühlte sich nicht so wohl, wie es den Anschein hatte, was ihr ein viel besseres Gefühl gab. »Ich habe keine Ahnung, aber ich denke, sie werden uns nicht ins Gabelgefängnis stecken, wenn wir das falsche Besteck benutzen, also ist es wahrscheinlich in Ordnung.«

Er lachte, und Kelli konnte nicht aufhören, auf seinen Mund zu schauen.

Flash lehnte sich entspannt in seinem Stuhl zurück und

legte einen Arm über ihre Stuhllehne. Wenn sie sich zurück-lehnte, könnte er mit den Fingern ihr Haar berühren.

Sie schüttelte innerlich den Kopf. Sie benahm sich lächer-lich. Sie verhielt sich, als sei sie wieder fünfzehn und säße mit einem Jungen, den sie mochte, in einem Kino oder so.

»Das ist nicht schlecht«, sagte Flash nach einer Weile.

Kelli lächelte. »Selbst mit dem Sand?«, fragte sie.

»Selbst mit dem Sand«, stimmte er mit einem kleinen Nicken zu. Dann sah er sie an. »Danke, dass du heute Abend mitgekommen bist. Ich war schon bereit, den Zimmerservice zu bestellen, aber ich denke, das hier wird viel besser. Und ich habe mein Handy dabei, damit ich ein Foto vom Sonnenunter-gang machen und es meiner Schwester schicken kann.«

»Was? Du willst es nicht in den sozialen Medien mit hundert Hashtags posten?«, neckte Kelli ihn.

»Ich habe kein Konto in den sozialen Medien, also nein.«

Sie blinzelte überrascht. »Im Ernst?«

»Ja. Mein Job erlaubt das nicht.«

Richtig. Sie hatte gar nicht herausgefunden, was er beruf-lich machte. Sie hatten über Sand gesprochen und sie hatte ein paar Berufe geraten, und dann wurde das Thema irgendwie gewechselt. »Bist du ein Spion?«, flüsterte sie und sah sich verstohlen um.

Er brach in Gelächter aus. »Nein. Aber du hast vorhin richtig geraten. Ich bin ein SEAL.«

Für den Bruchteil einer Sekunde schoss ihr das Bild des runden, niedlichen Tieres in den Kopf, das für Fischer vermut-lich nervig war.

»Die Marine sieht es nicht gern, wenn ihre Soldaten der Spezialeinheit Dinge ins Netz stellen, die eine Sicherheits-lücke darstellen könnten. Aber ich habe kein Problem damit. Ich kann es nicht ertragen, wie manche Leute die Platt-formen nutzen, um über jeden Aspekt ihres Lebens zu lästern oder nur die guten Dinge zu zeigen. Beide Enden des

Spektrums sind Verzerrungen der Realität, und das ist nervig.«

»Du bist ein Navy SEAL?«

»Ja.«

Kelli war versucht, ihren Stuhl sofort zurückzuschieben. Sie hatte sich schon zuvor fehl am Platz gefühlt, aber jetzt? Sie war definitiv nicht auf Augenhöhe mit diesem Mann. Aber in dem Moment, in dem sie ihren Muskeln befahl, ihre Arbeit zu tun und sie da rauszuholen, kam der Kellner zurück.

»Trinkst du Wein?«, fragte Flash.

Kelli nickte. Sie brauchte jetzt etwa drei Flaschen, um den Mut aufzubringen, dieses Abendessen fortzusetzen.

Flash wandte sich an den Kellner. »Es tut mir leid, ich weiß nichts über Wein. Können Sie uns eine Flasche von etwas Leichtem, aber Regionalem bringen?«

»Natürlich. Während Sie sich die Speisekarte ansehen, bringe ich die Flasche, und Sie können dann entscheiden, ob der Wein Ihnen zusagt.«

In dem Moment, in dem der Kellner weg war, beugte Flash sich zu ihr. »Ändert das etwas? Mein Job? Ich merke, dass du am liebsten die Flucht ergreifen willst.«

Kelli holte tief Luft. Sie benahm sich lächerlich. Es war nur ein Abendessen. Das war alles. »Nein. Ich war nur überrascht. Kein Wunder, dass du den Sand nicht magst. Ich habe die Sendungen über die Höllenwoche gesehen.«

Flash grinste. »Ja. Und mein Teamleiter hat auch große Freude daran, uns morgens während des Trainings im Sand herumwälzen zu lassen. Er ist sadistisch.«

Kelli lachte, und die Spannung zwischen ihnen löste sich in Luft auf.

Alles an Flash ergab jetzt so viel mehr Sinn. Warum seine Schwester ihm vertraute, dass er ein Auge auf ihren Verlobten hatte – er würde den Mann wahrscheinlich vernichten, wenn er eine andere Frau auch nur falsch ansah. Mit den drei As zu flirten war eine Sache, aber es bestand kaum eine Chance, dass er noch etwas anderes riskieren würde. Nicht, solange Flash in der Nähe war.

Und jetzt machten diese Muskeln Sinn. Flash sah aus, als könnte er ... nun ja ... viel Bankdrücken. Kelli hatte keine Ahnung, was eine gute Zahl beim Bankdrücken war, aber sie musste hoch sein.

Er strahlte eine Selbstsicherheit aus, die nicht zu übersehen war. Ein Navy SEAL zu sein war ein harter Job. Geistig und körperlich. Wahrscheinlich musste er ständig Entscheidungen in Sekundenbruchteilen treffen, also musste er klug und intuitiv sein.

Sie konnte nicht leugnen, dass sie fasziniert war. Und ja, sie fühlte sich auch angezogen. Welche Frau hatte nicht schon einmal davon geträumt, von einem heißen Mann in Uniform entführt zu werden? Und hier war sie nun und aß mit einem zu Abend.

Kelli beschloss, jede Sekunde dieses Abends zu genießen, und lächelte Flash an.

Dann fiel ihr noch etwas anderes ein ... Sie hatte sich bei diesem Mann schon in dem Moment sicher gefühlt, in dem sie ihn gestern Abend kennengelernt hatte. Dieses Gefühl hatte sie noch nicht oft erlebt. Tatsächlich hatte sie sich bei der Begegnung mit Rowan, Ben und Seb ausgesprochen unwohl gefühlt. Sie hatte gespürt, wie sie den Blick über ihren Körper gleiten ließen, als sie sich trafen. Wie sie urteilten.

Aber bei Flash fühlte sie sich sofort wohl – trotz der Aufregung, die sein Händedruck in ihr auslöste.

Sie war keine Idiotin. Nicht alle Soldaten waren ehrenhaft. Aber irgendetwas sagte ihr, dass sie Flash vertrauen konnte. Und das beruhigte sie umso mehr.

Der Kellner kam mit einer Flasche Wein zurück und schenkte jedem von ihnen ein großes Glas ein, nachdem sie ihn probiert und für gut befunden hatten.

Der Abend verging für Kelli viel zu schnell. Sie genoss die Gesellschaft von Flash ungemein. Es war einfach, mit ihm zu reden, und es gab immer etwas zu besprechen. Der Sonnenuntergang war alles, was sie sich erhofft hatte, und noch mehr. Sie machte etwa hundert Fotos und freute sich, dass Flash das auch tat. Er schickte seiner Schwester sofort eine SMS und zeigte Kelli die Antwort ... ungefähr eine Seite voller Emojis.

Er bestand sogar darauf, dass der Kellner ein gemeinsames Foto von ihnen vor dem Sonnenuntergang machte, und das war ein Bild, von dem Kelli das Gefühl hatte, dass sie es wahrscheinlich ausdrucken würde, um sich an einen so tollen Abend zu erinnern.

Als sie ihr Sweatshirt anzog, weil es kühl wurde, musste Flash laut lachen, als er sah, was auf der Rückseite aufgedruckt war.

Klub der unsozialen Ehefrauen.

Sie war keine Ehefrau und auch nicht wirklich unsozial, aber sie hatte die Firma erst vor Kurzem gefunden und die Sweatshirts waren perfekt. Sie waren weit geschnitten und unten nicht zu eng – sie hasste es, wenn Sweatshirts einen wirklich engen Gummizug in der Taille hatten, wodurch sie noch dicker aussah, als sie es ohnehin schon war – und obwohl keiner der Sprüche zu ihr passte, liebte sie das Sweatshirt an sich trotzdem.

Nachdem sie gegessen hatten und Flash vorschlug, am Strand spazieren zu gehen, zögerte Kelli nicht, zuzustimmen. Sie hatten nicht viel Strand zum Spazierengehen, da es an beiden Enden des Grundstücks Zäune gab, aber es war trotzdem ein schöner Abend und nach dem leckeren Essen machte Kelli die leichte sportliche Betätigung nichts aus.

»Also ... kommst du morgen mit?«, fragte sie Flash. Sie gingen nebeneinander, ohne sich zu berühren, teilten aber den gleichen Raum. »Ich meine, zum Tubing.«

»Ja. Ich habe mit Chuck gesprochen und er hat mir die Details verraten.«

»Chuck?«

Flash grinste. »Er hasst diesen Spitznamen, aber das ist mir scheißegal. Solange er nicht beweist, dass er ein guter Mann ist, der meine Schwester wie die Prinzessin behandelt, die sie ist, bleibt er für mich Chuck.«

»Also bis sie fünfzig Jahre oder so verheiratet sind?«, scherzte Kelli.

»So ziemlich.«

»Ich wünschte, ich hätte einen Bruder. Oder auch eine Schwester. Meine Mutter hoffte, dass Charlotte und ich irgendwann wie Schwestern sein würden, aber das sollte nicht sein. Wir sind einfach zu verschieden.«

»Nur damit das klar ist: Ich finde, du bist perfekt.«

Kelli sah überrascht zu Flash auf. Er lächelte sie an und blickte dann wieder in die Richtung, in die sie gingen.

»Ähm ... danke.«

Sie gingen schweigend weiter und Kelli genoss es, wie wohl sie sich mit diesem Mann fühlte. Sie hatte nicht das Bedürfnis zu plappern, die Stille mit Gesprächen zu füllen. Sie erreichten das Ende der Grundstücksgrenze und drehten um, um zurückzugehen. Zu ihrer Überraschung berührte Flashs Hand ihre ... und dann schlossen sich seine Finger um ihre eigenen.

»Ist das okay?«, fragte er und blickte zu ihr hinunter.

»Ja.«

Sie gingen ein Stück, dann lachte er und sagte: »Ich kann mich nicht daran erinnern, wann ich das letzte Mal die Hand einer Frau gehalten habe. Es ist schön.«

Kelli lächelte. Das war es. Es war sehr schön. Er hatte große Hände, die ihre wie die eines Zwerges aussehen ließen. Selbst wenn sie nicht gewusst hätte, was er beruflich machte, hätte sie sich bei Flash sicher gefühlt. Nicht dass das Resort gefährlich war, aber sie hatte keinen Zweifel daran, dass er ein riesiges

Meereswesen, das aus dem Ozean auftauchte, mit bloßen Händen zurückschlagen würde. Oder wenn jemand mit einem Messer im Sand auftauchte, würde er es wie ein Ninja aus seinem Griff treten und dann weitergehen, als hätte er nichts Besonderes getan.

Als sie zum Resort zurückkehrten, war Kelli fast enttäuscht. Sie war auch verwirrt. Sie hatte sich eingeredet, dass es nur ein Abendessen war. Dass nichts daraus werden würde. Flash war nur höflich. Sie lebten nicht einmal in derselben Stadt. Es stimmte zwar, dass sie herausgefunden hatten, dass sie erschreckend nahe beieinander wohnten, aber trotzdem.

Und jetzt? Nachdem sie vier Stunden lang beim Abendessen und Wein miteinander geredet hatten, am Strand spazieren gegangen waren und Händchen gehalten hatten, hatte etwas in Kelli sich verändert. Sie wollte mehr. Sie wollte diesen Mann besser kennenlernen. Sie wollte mehr Essen, mehr Spaziergänge, mehr Händchenhalten.

Verdammt, wem machte sie hier etwas vor? Sie wollte viel mehr als Händchenhalten. Aber sie war nicht die Art Frau, die bei der ersten Verabredung mit Männern ins Bett sprang. Sehr zu ihrem Leidwesen. Es wäre einfach, ihn in ihr Zimmer einzuladen oder Ja zu sagen, wenn sie in sein Zimmer eingeladen würde. Aber es wäre auch enttäuschend. Er wäre nicht der Mann, den sie sich in ihrem Kopf aufgebaut hatte, wenn er das täte.

Wortlos und ohne ihre Hand loszulassen, begleitete Flash sie zurück in den Eingangsbereich des Resorts. Es war schon so spät, dass niemand mehr da war. Die Lichter waren gedimmt und es gab nur einen Mitarbeiter an der Rezeption.

»Ich hatte heute Abend viel Spaß«, sagte Flash und drehte sich zu ihr um.

»Ich auch.«

»Wir treffen uns morgen um zehn, oder?«

»Mh-hm.« Kelli starrte Flash an. Sie wollte, dass er sie

küsste, aber gleichzeitig machte sie sich deswegen Sorgen. Schmetterlinge flatterten in ihrem Bauch und ihr Herz schlug heftig in ihrer Brust.

»Möchtest du mit mir frühstücken, bevor wir morgen aufbrechen?«

Kelli lächelte. »Ja.«

»Toll. Treffen wir uns um halb neun hier im Eingangsbereich? Wir können zusammen zum Buffet gehen.«

»Klingt gut.«

Flash trat einen Schritt vor, beugte sich zu ihr und Kelli hielt den Atem an.

Er küsste sie züchtig auf die Wange und drückte ihre Hand. »Danke für einen tollen Abend, Kelli. Wir sehen uns morgen früh.« Dann trat er einen Schritt zurück. Und noch einen. Es war, als wollte er sie auch nicht verlassen.

»Bis dann«, sagte sie.

»Bis dann.«

Mit einem letzten Blick, den sie nicht deuten konnte, drehte Flash sich um und schritt auf einen der Flure zu, die offensichtlich zu seinem Zimmer führten.

Kelli konnte den Blick nicht von seinem Hintern abwenden. Er war perfekt.

Als er außer Sichtweite war, ging sie in die entgegengesetzte Richtung zu ihrem Zimmer.

Als sie sich umgezogen hatte, auf der Toilette gewesen und unter der Bettdecke verschwunden war, bemerkte Kelli, dass sie immer noch lächelte. Sie hatte nie nach Jamaika kommen wollen, aber bisher war es eine unvergessliche Reise gewesen. Selbst wenn aus ihrer Bekanntschaft mit Flash nichts werden sollte, würde sie sich ihr Leben lang an den heutigen Abend erinnern. Flash hatte ihr das Gefühl gegeben, lustig zu sein. Interessant. Gewollt. Allein dadurch hob er sich deutlich von den anderen Männern ab, mit denen sie in den letzten Jahren ausgegangen war.

32

Kelli drehte sich auf die Seite und kuschelte sich in ihr Kissen. Der morgige Tag war nicht gerade das, was sie sich unter Spaß vorstellte. Aber sie würde mitfahren, weil sie ihrer Mutter versprochen hatte, ihr Bestes zu geben, um sich mit Charlotte zu verstehen. Und Kelli wurde klar, dass sie mit Flash an ihrer Seite den Ausflug vielleicht sogar genießen würde. Sie freute sich jetzt tatsächlich darauf.

Sie schlief mit einem breiten Lächeln auf dem Gesicht ein und dachte an den Mann, der ihren Abend zu einem der schönsten gemacht hatte, den sie seit langer Zeit erlebt hatte.

KAPITEL DREI

Flash widerstand dem Drang, auf und ab zu gehen. Am Abend zuvor hatte er eine Weile gebraucht, um einzuschlafen. Er hatte an Kelli gedacht. Die Frau hatte etwas an sich, das ihm das Gefühl gab, sie schon ewig zu kennen. Sie war entspannt. Witzig. Liebenswert. Und das gefiel ihm. Sehr sogar.

Es gab einen Moment, in dem er spürte, dass sie nur noch Sekunden davon entfernt war zu gehen, aber er hatte es geschafft, sie zu beruhigen. Er war mehr als dankbar, dass sie ihre Komfortzone verlassen hatte und zum Abendessen geblieben war.

Er war auch froh, dass sie so bodenständig war. Er hatte nicht gelogen, als er zugab, keine Ahnung zu haben, welche Gabel er benutzen sollte. Und er wusste so gut wie nichts über Wein, über die Auswahl, nur dass er es manchmal genoss, ein oder zwei Gläser zum Essen zu trinken. Wie sich herausstellte, ging es Kelli genauso.

Und ihr Sweatshirt gefiel ihm absolut.

Oder eigentlich liebte er die Tatsache, dass sie Bequemlichkeit über Mode stellte. Denn Mode war etwas, worüber er nichts wusste und auch nichts lernen wollte.

Sie war auch klug, und die Tatsache, dass sie keine Karriere hatte, kümmerte ihn nicht im Geringsten. Sie würde herausfinden, was sie mit dem Rest ihres Lebens anfangen wollte, daran hatte er keinen Zweifel.

Er hatte gestern Abend viel Spaß mit ihr gehabt. Und er hatte sich lediglich bereit erklärt, heute auf diese Tubing-Tour zu gehen, weil Kelli dabei sein würde.

Er hatte tatsächlich versucht, Chuck die Teilnahme auszureden, und ihm erklärt, dass es wirklich nicht sicher sei, das Gelände des Resorts zu verlassen. Er dachte, wenn er Erfolg hätte, könnte er ein ähnliches Gespräch mit Kelli beim Frühstück führen. Aber Chuck hatte ihn abgewimmelt und darauf bestanden, dass es in Ordnung sei.

Flash hatte jedoch weiterhin einen nagenden Zweifel im Hinterkopf. Er überlegte, trotzdem mit Kelli zu reden und vorzuschlagen, dass die beiden noch einen Tag am Strand verbringen sollten. Aber er wusste, dass er sich nie verzeihen würde, wenn dem Verlobten seiner Schwester etwas zustieße. Letztendlich rechtfertigte er seine heutige Anwesenheit damit, dass er wahrscheinlich die einzige Person in ihrer Gruppe war, die eine Gefahr erkennen konnte, wenn sie sie sah. Verdammt, es war schließlich sein Job, Probleme aufzuspüren, bevor sie sich negativ auswirkten.

Jetzt stand er also im Eingangsbereich und wartete auf Kelli, freute sich darauf, sie wiederzusehen – und plötzlich war sie da und ging auf ihn zu. Sie trug einen locker sitzenden Überwurf, der über ihren Knien schwang. Er war schwarz und aus dünner, leichter Baumwolle gefertigt.

Für den Bruchteil einer Sekunde schoss ihm durch den Kopf, wie sie sich das Ding über den Kopf zog, während sie neben seinem Hotelbett stand – und darunter nichts trug.

Flash verdrängte die Vision unbarmherzig. Zwischen ihm und Kelli würde nichts passieren. Ja, sie war wunderschön, und er spürte mehr als nur den üblichen Funken bei ihr, aber sie waren im Urlaub. Und er war nicht der Typ Mann, der eine Frau für einen One-Night-Stand mit ins Bett nahm ... schon gar nicht, wenn er weit weg von zu Hause Urlaub machte.

»Hey«, sagte sie nervös und strich sich eine verirrte Haarsträhne hinters Ohr. Gestern Abend, als er sie im Eingangsbereich gesehen hatte, war Kellis Haar glatt und seidig gewesen. Aber im Laufe des Abends wurde es immer lockiger. Sie behauptete, es sei kraus, aber er stimmte dem nicht zu.

Heute Morgen hatte sie es mit einer Haarspange zurückgesteckt, aber es war immer noch lockig, scheinbar mit eigenem Willen, und das brachte Flash zum Lächeln.

»Hey«, sagte er, als sie näher kam. »Gut geschlafen?«

Sie zuckte mit den Schultern. »Klar. Und du?«

»Ja.« Flash drehte sich zur Seite und streckte ihr seinen Arm entgegen. »Sollen wir?«

Lächelnd legte Kelli ihre Hand um seinen Ellbogen. »Führen Sie mich, edler Herr.«

Flash war schon seit ein paar Stunden auf den Beinen. Er hatte im Fitnessstudio des Resorts trainiert und war dann ein paar Kilometer am menschenleeren Strand auf und ab gelaufen. Kevlar, sein Teamleiter zu Hause, wäre nicht begeistert, wenn er außer Form aus dem Urlaub nach Hause käme. Nicht dass ein paar Tage Urlaub einen großen Unterschied machen würden, aber nach einem guten Training fühlte Flash sich immer besser.

Sie betraten den Speisesaal und steuerten auf das Buffet zu, das in der Mitte des Raumes aufgebaut war. Als sie näher kamen, ließ Kelli die Hand sinken, als sie sah, dass sich alle ihre Reisebegleiter bereits um das Essen versammelt hatten.

»Hey, wurde auch Zeit, dass du aufstehst, Faulpelz«, sagte Charlotte zu ihr.

An diesem Morgen trug sie ein weißes Oberteil, das kunstvoll platzierte Löcher hatte, durch die jeder den leuchtend roten Bikini sehen konnte, den sie darunter trug. Objektiv betrachtet konnte Flash zugeben, dass die Frau einen schönen Körper hatte, aber für ihn waren Kellis Kurven viel besser als die dünne Figur ihrer Cousine.

»Du bist früh auf«, bemerkte Kelli, als sie nach einem Teller griff.

Charlotte kicherte, und wieder einmal ging ihm dieses Geräusch auf die Nerven. Er trat hinter Kelli und nahm sich seinen eigenen Teller.

»Ja, nun, ich war früh im Bett, im Gegensatz zu *manchen* anderen Leuten«, kicherte Charlotte, als sie zu einer der anderen Frauen hinüberschaute, die vor ihr in der Schlange waren.

»Was im Urlaub passiert, bleibt im Urlaub«, sagte die Frau mit einem breiten Lächeln, als sie Ben anstupste, der neben ihr stand.

»Oh ja«, stimmte Chucks Freund zu und starrte auf die Brüste der Frau.

Flash wollte am liebsten mit den Augen rollen. Er suchte sofort nach Chuck. Seit gestern Nachmittag hatte er den Bräutigam in spe nicht mehr besonders gut im Auge behalten.

Er saß bereits an einem Tisch, sein Handy in der Hand, und scrollte auf dem Bildschirm nach unten. Nur weil er gerade nicht einer der Frauen hinterhergaffte, hieß das nicht, dass er nicht mit einer von ihnen geschlafen hatte, aber trotzdem war Flash erleichtert, ihn allein sitzen zu sehen.

Nachdem er sich durch die Warteschlange gekämpft hatte, führte Flash Kelli zu einem leeren Tisch. Er stellte den Teller ab und sagte dann: »Ich hole mir etwas Wasser, möchtest du auch etwas? Saft?«

»Ja bitte. Orangensaft klingt gut.«

Es waren Kellner in der Nähe, aber es standen auch Krüge auf einem Tisch nicht allzu weit entfernt, und es wäre für Flash genauso schnell, sich einen zu nehmen, wie darauf zu warten, dass jemand an ihren Tisch kam. Er hatte gerade zwei Krüge angehoben, einen mit Wasser und den anderen mit Orangensaft, als Seb und Rowan hinter ihm auftauchten.

»Wo warst du gestern Abend, Mann? Du hast den ganzen Spaß verpasst«, sagte Seb.

»Ja, diese Bräute sind verdammt *heiß*. Und verdammt geil«, fügte Rowan hinzu.

»Nicht mein Ding, Mann«, antwortete Flash. Er war nicht viel älter als diese Kerle, etwa vier oder fünf Jahre, aber im Moment fühlte er sich im Vergleich zu ihnen geradezu uralt.

»Im Ernst, die, mit der ich zusammen war, hat Sachen gemacht, die ich bisher nur in Pornos gesehen habe«, fuhr Seb fort.

»Meine hat mir so heftig einen geblasen, dass ich heute tatsächlich Schmerzen habe«, sagte Rowan grinsend.

Die beiden Männer klatschten sich ab.

»Wenn ihr mich entschuldigt«, sagte Flash, trat einen Schritt zur Seite und wollte um die Männer herumgehen, die sich wie ein paar Verbindungsstudenten auf einer College-Fete aufführten.

»Warst du mit der fetten Cousine zusammen?«, fragte Seb.

Die Frage brachte Flashs Temperament zum Überkochen. »Wie bitte?«, wiederholte er in einem leisen, bedrohlichen Ton, bei dem jeder seiner Teamkameraden erkannt hätte, dass er kurz davor stand, die Beherrschung zu verlieren. Aber da diese Männer ihn nicht kannten, beachteten sie die Warnung in seiner Stimme nicht.

»Weißt du, diese Charlotte war verpflichtet, sie einzuladen. Sie wollte nicht einmal, dass sie mitkommt. Sie sagte, sie sei eine Spielverderberin.«

»Ich habe allerdings gehört, dass dicke Mädchen im Bett Spaß machen«, fügte Rowan mit anzüglichem Grinsen hinzu.

»Sie lassen dich machen, was du willst, weil sie so sehr auf

Aufmerksamkeit aus sind. Es ist cool, dass du dich um sie kümmerst. Das hält sie Charlotte vom Hals. Ich weiß, dass sie die zukünftige Braut ist, aber ich werde heute Abend versuchen, sie abzuschleppen. Ben sagte, er würde gern das Mädchen nehmen, das ich letzte Nacht hatte, und sehen, ob sie an einem Dreier mit ihm und ihrer Freundin interessiert wäre. Oder vielleicht können wir Charles überreden, etwas Spaß zu haben.«

Es war Flash nicht entgangen, dass die Männer keinen der Namen der Frauen verwendet hatten. Er fragte sich, ob sie sie überhaupt kannten. Ob sie überhaupt zwischen den Frauen unterscheiden konnten, über die sie so beiläufig sprachen, als seien sie nur Löcher, in die sie ihre Schwänze stecken konnten.

Er öffnete den Mund, um diesen Arschlöchern die Meinung zu sagen ... als er bemerkte, dass jemand hinter ihnen stand.

Kelli stand nur anderthalb Meter entfernt, wie erstarrt, mit einem Ausdruck von Schock und Schmerz im Gesicht.

Das, mehr als alles, was diese beiden Idioten gesagt hatten, machte ihn wirklich wütend. Diese Frau, die noch vor zwei Minuten gelächelt hatte, sah jetzt verlegen aus, als wollte sie überall sein, nur nicht in diesem Speisesaal.

Doch noch während er zusah, straffte sie die Schultern und hob das Kinn. Sie trat auf die beiden Männer zu und schob sich grob zwischen sie, sodass sie stolperten, um auf den Beinen zu bleiben.

»Entschuldigung«, sagte sie unaufrichtig. Dann senkte sie die Stimme, als würde sie ein tiefes, dunkles Geheimnis preisgeben. »Ich habe aus zuverlässiger Quelle erfahren, dass meine Cousine kurz vor dieser Reise beim Arzt war. Ich habe gehört, wie sie mit ihren Freundinnen über einige Testergebnisse gesprochen hat ... irgendetwas darüber, dass es eine oder zwei Wochen dauert, bis Chlamydien verschwinden.«

Damit nahm sie Flash den Krug Saft aus der Hand und schlenderte zurück zu ihrem Tisch.

Flash konnte sich ein Grinsen nicht verkneifen, als Rowan und Seb sofort anfingen, wild miteinander zu tuscheln. Er folgte Kelli schnell zurück zum Tisch. Sie runzelte die Stirn, als er sich setzte, und weigerte sich, ihm in die Augen zu sehen.

»Kelli?«

»Ja?«, fragte sie und starrte auf ihren Teller, als enthielte er alle Antworten auf alle Fragen des Universums.

»Bitte sieh mich an.«

Sie seufzte und hob dann widerwillig ihr Kinn. »Was?«

»Das sind Idioten. Die denken nur mit dem Schwanz. Nimm dir nicht zu Herzen, was sie gesagt haben.«

»Sie haben nichts gesagt, was ich nicht schon gehört hätte. Es ist verrückt, dass dick zu sein ein größeres Vergehen ist als viele andere Dinge. Es bringt das Schlimmste in anderen Menschen zum Vorschein. Alle reden hinter deinem Rücken. Ärzte schieben alle deine Symptome auf dein Übergewicht, ohne auch nur einen Test zu machen, um herauszufinden, was wirklich los ist. Und für Männer sind wir wie die Pest.«

»Menschen sind Idioten«, sagte Flash aufgebracht.

»Ist schon okay«, entgegnete sie mit einem Achselzucken.

Aber es war nicht okay. Flash war zutiefst verstört. Und das umso mehr, da Kelli schon früher Versionen von dem gehört hatte, was diese beiden Idioten von sich gegeben hatten.

»Ich bin nicht hierhergekommen, um Frauen aufzureißen, wie es bei den anderen offensichtlich der Fall ist«, begann er. »Ich gehe eigentlich gar nicht so oft aus. Mein Job führt mich viel zu oft von zu Hause weg, als dass ich ein guter Kandidat für eine Beziehung wäre. Am ersten Abend hier hat Afton mich angemacht. Sie hat mich im Flur in die Enge getrieben, ihre Hand auf meinen Schwanz gelegt und mich in ihr Zimmer eingeladen. Ich habe noch nie eine Frau so schnell abgewiesen.«

»Sicher. Schön für dich«, murmelte Kelli und wandte den Blick wieder ab.

»Die *einzige* Frau, die mir hier aufgefallen ist, saß neben mir am Strand und hat mir gesagt, dass es nicht so schlimm sein kann.«

Kellis Blick war wieder auf ihr Essen gerichtet, bevor sie ihn ruckartig zu seinem eigenen wandern ließ.

»Tatsächlich bist du die einzige Frau, die es seit Jahren geschafft hat, meine Aufmerksamkeit zu erregen.« Das Eingeständnis war nicht schwer zu machen. Und jetzt, da er es getan hatte, konnte Flash nicht damit aufhören. »Du bist witzig, bodenständig, man kann sich gut mit dir unterhalten, und ... das ist definitiv unangemessen – aber ich glaube, dass Frick und Frack diese Grenze bereits überschritten haben, sodass ich das jetzt ganz deutlich sagen muss –, doch ich bin gestern Abend mit einem steinharten Schwanz eingeschlafen und habe darüber nachgedacht, wie du dich unter, über und neben mir anfühlen würdest. Und ich bin genauso aufgewacht. Du hast den Körper einer griechischen Göttin, Kelli. Kurvenreich an den richtigen Stellen. An dir ist *nichts* auszusetzen. Wenn ich dich in diesem Überwurf vor mir sitzen sehe, möchte ich ihn dir sogar langsam vom Leib reißen, um das Geschenk darunter zu enthüllen ... was für mich viel attraktiver ist als deine Cousine und die drei As, die der Welt ihre Vorzüge präsentieren.«

Kellis Mund stand leicht offen, als stünde sie unter Schock.

Flash hatte zu viel gesagt. Er war viel zu vulgär gewesen, aber er wollte, dass diese Frau verstand, dass der ganze Schwachsinn, den Rowan über Frauen mit etwas Fleisch auf den Knochen von sich gegeben hatte, nicht die Meinung der Mehrheit der Männer widerspiegelte.

»Ähm ... danke?«

Flash lachte. »Ich denke, wir sind uns einig, dass die Leute, mit denen wir nach Jamaika gekommen sind, keine guten Beispiele dafür sind, wie Erwachsene sich verhalten sollten.«

»Stimmt. Aber das schließt jetzt auch mich ein. Ich habe wegen Charlotte gelogen. Ich habe nie gehört, dass sie mit ihren Freundinnen über eine Geschlechtskrankheit gesprochen hat.«

»Das habe ich mir gedacht. Aber es sollte diese Arschlöcher davon abhalten, sich an sie heranzumachen. Vielleicht rettet es ihre Ehe.«

Kelli zuckte mit den Schultern. »Da bin ich mir nicht so sicher. Und ich habe kein schlechtes Gewissen wegen dem, was ich getan habe. Geschieht ihr recht, wenn sie hinter meinem Rücken über mich redet. Wirst du mit Charles sprechen?«

»Oh ja, Chuck und ich werden uns unterhalten«, entgegnete Flash. Nach dem zu urteilen, was Rowan gesagt hatte, klang es so, als hätte sein zukünftiger Schwager sich gestern Abend nichts zu Schulden kommen lassen. Aber Vorsicht war besser als Nachsicht.

Zu seiner Erleichterung kicherte Kelli. »Ah, bei diesem Gespräch hätte ich gern Mäuschen gespielt.«

»In jeder anderen Situation wäre es mir scheißegal, wen der Mann vögelt. Aber er ist mit meiner Schwester verlobt. Ich werde auf keinen Fall zulassen, dass er sie betrügt, bevor sie überhaupt verheiratet sind. Jedenfalls nicht, wenn ich es verhindern kann.«

Kelli schaute durch den Raum und Flash folgte ihrem Blick zu dem Verlobten seiner Schwester. Er saß immer noch allein an einem Tisch und starrte auf sein Handy. Diesmal hatte er ein kleines Lächeln im Gesicht. Der Rest seiner Freunde saß mit den drei As und Charlotte an einem großen Tisch.

Kelli blickte wieder zu Flash. »Mir scheint, dass er sich nicht so sehr für die gleichen Dinge interessiert wie seine Freunde.«

Flash musste zustimmen. Er hätte sich verstellen können,

weil er wusste, dass der Bruder seiner Verlobten ihn beobachtete, aber es schien nicht so. Er war völlig in das vertieft, was auf seinem Handy geschah. Als Flash den Mann beobachtete, sah er, dass er mit jemandem sprach, vermutlich mit Nova über FaceTime.

Flash wandte sich wieder Kelli zu. »Alles in Ordnung?«, fragte er.

Sie runzelte die Stirn. »In Ordnung?«

»Ja. Du bist nicht ... verärgert über das, was ich zu dir gesagt habe?«

Zu seiner Überraschung lächelte sie ihn schüchtern an. »Nein. Wie könnte ich, wenn ich gestern Abend, als ich im Bett lag, die gleichen Gedanken über *dich* hatte?«

Und einfach so wurde Flashs Schwanz unter dem Tisch hart. Verdammt. Er hatte seit Jahren keinen spontanen Ständer mehr gehabt.

»Gut.« Dann, besorgt, dass sie denken könnte, er würde ihre Aussage, dass sie im Bett an ihn gedacht hatte, gut finden, stellte er schnell klar: »Gut, dass wir auf derselben Wellenlänge sind. Ich meine ... gut, dass zwischen uns alles gut ist. Gut, zwischen uns ist alles gut.«

Er klang wie ein Idiot. Konnte er in einem Satz noch öfter das Wort *gut* unterbringen?

Kelli kicherte. »Ja, gut, dass zwischen uns alles gut ist«, wiederholte sie.

Flash griff nach dem Krug mit dem Orangensaft und füllte ihr Glas, während er sich amüsiert darüber wunderte, dass ihr Kichern ihn nicht störte wie das der anderen Frauen. »Achte darauf, dass du genug frühstückst, ich vermute, dass der ›Snack‹, der uns auf diesem Ausflug versprochen wurde, beschissen sein wird.«

»Du musst einem dicken Mädchen nicht sagen, dass es essen soll«, scherzte Kelli.

Aber Flash fand das überhaupt nicht lustig. Er streckte sich über den Tisch und legte seine Hand über ihre. Sie blickte überrascht zu ihm auf. »Lass das«, befahl er. »Du bist nicht dick. Nicht mal annähernd. Du bist kurvig. Verdammt sexy. Eine griechische Göttin, erinnerst du dich? Und in meinen Augen ist das hundertmal attraktiver, als wenn du aussiehst, als würdest du gleich von einer steifen Brise umgehauen werden. Oder wenn man deinen Magen knurren hört, weil du nicht genug isst, um eine Mücke am Leben zu erhalten. Okay?«

»Okay«, sagte sie leise.

»Gut. Ich sehe, du hast ein paar der käsigen Speckkartoffeln auf deinem Teller. Die sind unglaublich. Ich weiß nicht, was sie in den Käse tun ... Crack? Aber sie sind so verdammt lecker, dass ich diesen Ort allein wegen dieser Kartoffeln vermissen werde.«

Seine Worte schienen die Spannung in der Luft zu lösen, und Kelli lächelte. »Nein. Es ist der Speck. Jeder weiß, dass Speck alles besser macht.«

»Allerdings«, stimmte Flash zu.

Der Rest des Frühstücks verlief Gott sei Dank ereignislos. Alle anderen aus ihrer Gruppe gingen nach oben, um sich für den Ausflug fertig zu machen, aber er und Kelli blieben, wo sie waren. Sie tranken ihren Kaffee und Saft und unterhielten sich über alles und nichts. Und lachten. So viel Gelächter. Flash konnte sich nicht daran erinnern, dass er sich jemals so gut mit einem anderen Menschen unterhalten hatte. Normalerweise war er der Erste, der eine Mahlzeit verlassen wollte. Er hielt nicht viel von unnützem Geplauder. Aber bei Kelli? Er hätte ihr stundenlang zuhören können.

Schließlich war es Zeit, sich auf den Weg zum Tubing-Ausflug zu machen. Flashs Angst kehrte zurück, als sie in den Eingangsbereich kamen. Er hatte nicht viel dabei, nur seine Brieftasche in der Tasche seiner Badehose, in der sich sein Ausweis und eine Kreditkarte befanden. Kelli hatte ebenfalls wenig eingepackt, sie trug nur eine kleine Tasche über der

Schulter. Das Reiseunternehmen stellte Handtücher und natürlich die Schwimmreifen zur Verfügung, mit denen sie den White River hinunterfahren würden.

Zu seiner Überraschung stiegen die Männer in den einen Minibus und die Frauen in den anderen, als alle begannen, in die Fahrzeuge einzusteigen. Flash hätte gedacht, dass die geilen Böcke, mit denen er unterwegs war, jede Gelegenheit nutzen würden, um sich in der Nähe der Frauen aufzuhalten. Als er sich dem Minibus näherte, der bereits mit seinem Schwager in spe und dessen Freunden beladen war, hörte er, wie Seb und Rowan darüber sprachen, wer sich später am Abend mit wem treffen könne.

Da wurde ihm klar, dass sie die Fahrt zum Fluss nutzten, um Pläne zu schmieden. Das widerte ihn nur noch mehr an.

Flash sah Chucks Blick – und blinzelte, als der andere Mann mit den Augen rollte.

Es schien, als hätte er den Verlobten seiner Schwester vielleicht, aber nur vielleicht, unterschätzt. Das beruhigte ihn, aber er würde seine Zustimmung erst dann geben, wenn der Mann zweifelsfrei bewiesen hatte, dass er Nova treu ergeben war.

Als Flash zu dem anderen Minibus hinüberblickte, sah er, wie Kelli allein auf dem Rücksitz saß, aus dem Fenster schaute und ihr Bestes tat, um die anderen Frauen zu ignorieren ... so wie die es mit ihr taten.

»Ich fahre in dem anderen Fahrzeug mit«, sagte Flash zu Chuck und den Jungs, bevor er die Schiebetür zuschlug. Er wartete nicht, um zu bleiben und die derben Kommentare zu hören, die seine Ankündigung sicherlich hervorrufen würde.

Er joggte zu dem anderen Minibus, öffnete die Beifahrertür und stieg ein. Es behagte ihm nicht, dass sie mit zwei Fahrzeugen, von denen eines mit Frauen und das andere mit Männern gefüllt war, die Sicherheit des Resortgeländes verlassen würden. Das war weder klug noch sicher.

Der Fahrer nickte ihm zu, und Flash drehte sich zu den Frauen um. »Bereit?«, fragte er.

»Hey, Flash!«

»Bereit!«

»Ooooh, wir haben einen großen, bösen Leibwächter!«

»Wird es hier drin heiß?«

Flash ignorierte die Kommentare und behielt Kelli im Blick, die ganz hinten saß. Sie lächelte ihn leicht an, und das war alles, was Flash sehen musste, um zu wissen, dass er die richtige Entscheidung getroffen hatte.

Der Fahrer startete den Motor und sie machten sich auf den Weg von dem noblen Strandresort ins Herz von Jamaika. In dem Moment, in dem sie die Sicherheitsschleusen des Resorts passierten, verzehnfachte sich Flashs Angst. Dies war eine schreckliche Idee, aber jetzt war es zu spät. Er konnte es nur durchstehen. Am Nachmittag würden sie wieder im Resort sein und morgen würde er nach Riverton zurückkehren.

Aber Flash fühlte sich nackt. Nur mit einer Badehose und einem T-Shirt bekleidet, ohne seine übliche Auswahl an Messern, Waffen und anderer SEAL-Ausrüstung, war er völlig außerhalb seines Elements.

Flash versuchte, seine Ängste zu verdrängen, und konzentrierte sich darauf, sich die Straßen einzuprägen, die sie zu dem Ort führten, an dem die Tubing-Firma ihre Kunden in den Fluss brachte. Ohne nachzudenken, schaltete er in den »SEAL-Modus«, wie er und seine Teamkameraden es nannten. Übermäßig wachsam, zu allem bereit. Hoffentlich war es übertrieben und er war nur paranoid. Aber Vorsicht war besser als Nachsicht. Es hatte ihm und seinen SEAL-Kameraden mehr als einmal das Leben gerettet. Er wäre ein Idiot, wenn er jetzt seine Wachsamkeit aufgeben würde.

Flash hatte keinen Zweifel daran, dass sein Beschützerinstinkt wegen der Frau, die hinter ihm saß, besonders ausgeprägt war. Kelli war ihm innerhalb eines Tages unter die Haut gegangen, und der Gedanke, dass ihr unter seiner Aufsicht etwas zustoßen könnte, machte ihn nur noch angespannter. Sie und die anderen würden einen unterhaltsamen Nachmittag haben, auch wenn es ihn umbrachte.

Er war vielleicht der Einzige, der in Alarmbereitschaft war, aber das war in Ordnung. Er würde über sie alle wachen. Das war es, was er tat.

KAPITEL VIER

Flash wirkte angespannt.

Kelli konnte nicht anders, als es zu bemerken, und weil er nervös war, fühlte sie sich ebenfalls unwohl.

Die anderen Jungs hatten etwas betreten gewirkt, als sie an dem Treffpunkt für ihren Ausflug ankamen und Flash fragten, warum er sie versetzt hatte und mit den Frauen im Minibus mitfuhr ... und er erklärt hatte, dass es angesichts der Probleme im Land keine gute Idee sei, ein Fahrzeug voller Frauen ungeschützt zu lassen.

Kelli gab zu, dass sie auch verwirrt gewesen war, als er sich im Resort auf den Beifahrersitz ihres Busses gesetzt hatte. Als sie hörte, warum er das getan hatte, überkam sie ein warmes Gefühl. Flash war ein guter Mensch. Und klug. Sie hatte sich über das Land informiert, als sie alle Vorbereitungen für die Reise getroffen hatte. Sie wusste, wie gefährlich es sein konnte. Aber sie hatte sich auch keine großen Sorgen gemacht, da sie davon ausging, dass es ihnen in einem privaten Ferienresort gut gehen würde.

Jetzt konnte sie zugeben, dass sie ein wenig nervös war, seit Charlotte beschlossen hatte, das sichere Grundstück zu verlassen. Mit Flash an ihrer Seite fühlte sie sich ein kleines bisschen besser. Sicherer.

Nachdem die Schwimmreifen verteilt worden waren, fanden sich schnell Paare, sodass Kelli mit Flash allein blieb, was nicht unbedingt ein Problem darstellte. Sie genoss seine Gesellschaft, fühlte sich sehr zu ihm hingezogen, und der Gedanke, stundenlang mit den drei As und Charlotte den Fluss hinunterzutreiben, klang nicht im Geringsten nach Spaß.

Allerdings hatte Flash seit ihrer Ankunft nicht viel gesagt. Er schaute sich ständig um, schätzte die Gegend, die Mitarbeiter und andere Besucher ein und warf einen besorgten Blick auf den Fluss selbst. Seine Unruhe übertrug sich auf Kelli. Sie schaute sich ebenfalls um und sah und hörte nichts Verdächtiges. Aber Flash war der Experte, er war schließlich ein verdammter Navy SEAL. Er war es wahrscheinlich gewohnt, dass Bösewichte aus dem Gebüsch sprangen und ihm auflauerten.

Aber das würde hier nicht passieren ... oder? Sie waren vollkommen sicher. Sie waren von Touristen umgeben, und der White River war nicht gerade ein abgelegener Ort in Jamaika. Er war eine der Hauptattraktionen für Menschen, die mit Kreuzfahrtschiffen anreisten, und für Menschen, die wie sie in privaten Resorts wohnten. Flash war einfach paranoid ... hoffte Kelli.

Sie hatten einen etwas verspäteten Start auf dem Fluss, weil eine andere Reisegruppe kurz vor ihnen angekommen war. Da die große Gruppe von einem der riesigen Kreuzfahrtschiffe kam und einen Zeitplan einhalten musste, durften diese Leute ihre Reifen holen und sich vor ihrer kleineren Gruppe von zehn Personen auf den Fluss begeben.

Aber schließlich war es Zeit, ins Wasser zu gehen.

Die drei As und Charlotte hatten keinerlei Probleme damit, ihre ohnehin schon fast durchsichtigen Überwürfe auszuziehen und ihre mageren Körper zu zeigen. Ihre Bikinis waren sowohl sexy als auch stilvoll, und Kelli konnte praktisch sehen, wie jeder Mann in der Umgebung sabberte.

»Ihr könnt schon mal vorgehen. Kelli und ich kommen nach«, sagte Flash und fasste Kelli sanft am Arm. »Ich habe etwas am Verleih vergessen. Wir sind gleich wieder da.«

Kelli war verwirrt, als sie sah, wie die anderen aus der Gruppe kreischten, als sie in das scheinbar kalte Wasser stiegen und sich auf ihren Schwimmreifen niederließen, um den Fluss hinunterzutreiben.

»Was hast du vergessen?«, fragte sie, als Flash sie zurück zur Hütte führte.

»Nichts.«

Kelli runzelte die Stirn. »Nichts?«, wiederholte sie. »Was machen wir dann ...?«

»Es sah so aus, als fühltest du dich in ihrer Gegenwart unwohl. Also gebe ich ihnen etwas Zeit, um uns ein Stück voraus zu sein, damit du kein Publikum hast, während wir in unsere Reifen steigen.«

Kelli blieb stehen und ließ Flash keine andere Wahl, als ebenfalls anzuhalten.

Er warf ihr einen Blick zu. »Entschuldige, habe ich ...«

Sie ließ ihm keine Zeit, seinen Satz zu beenden, bevor sie sich ihm praktisch an den Hals warf. Er machte einen Schritt zurück, fand aber schnell wieder sein Gleichgewicht. Er schlang die Arme um sie und Kelli schloss die Augen fest, während sie versuchte, nicht in Tränen auszubrechen.

Sie musste daran denken, wie sie das letzte Mal an einem überfüllten Strand gewesen war und ihren Überwurf ausgezogen hatte. Sie hatte spüren können, wie alle sie anstarrten und verurteilten. Sie sah überhaupt nicht aus wie die drei As oder ihre Cousine. Und sie hatte sich in ihrer Gegenwart schon immer unsicher gefühlt. Sie war einfach ... sie selbst.

Nach einem sanften Drücken legte Flash seine Hände auf

ihre Schultern und lehnte sie ein wenig zurück. Kelli zwang sich, zu ihm aufzublicken.

»Nur damit das klar ist: An deinem Körper ist nichts auszusetzen. Ich habe dir schon einmal gesagt, dass du großartig bist und diese Idioten wahrscheinlich eifersüchtig auf deine Kurven sind. Alles, was sie gesagt haben oder in Zukunft sagen werden, ist also Schwachsinn, okay?«

Kelli nickte, ohne es wirklich zu glauben. Es würde mehr als einen sexy Mann brauchen, der ihr sagte, dass er ihre Figur mochte, um die jahrelange mentale Konditionierung zu durchbrechen, die besagte, dass groß und schlank viel attraktiver sei als klein und rundlich.

Er ließ den Blick zurück zum Fluss schweifen. Sie konnten gerade noch sehen, wie ihre Gruppe um eine Biegung verschwand. »Bist du bereit?«

Kelli nickte.

Flash drehte sie wieder in Richtung Wasser, wo sie ihre Reifen gelassen hatten. Der Bereich, in dem zehn Minuten zuvor noch Menschen herumgewimmelt waren, war plötzlich unheimlich still und leer, abgesehen von den Mitarbeitern des Verleihs.

Zurück am Flussufer holte Kelli tief Luft und zog ihren Überwurf aus. Sie legte ihn in eine Kiste, die vom Verleih speziell für die Sachen ihrer Gruppe in der Nähe des Wassers aufgestellt worden war. Ohne Flash anzusehen, ging sie schnell zu ihrem Schwimmreifen, nahm ihn und stieg in den Fluss.

Trotz des sonnigen Tages war es noch früh, nicht einmal elf Uhr ... und das Wasser war tatsächlich kalt. Sie atmete scharf ein und hörte Flash lachen.

»Ich weiß nicht, worüber du dir Sorgen gemacht hast, wir Jungs sollten uns schämen. Du weißt doch, was Schrumpfung ist, oder?«

Kelli musste kichern. »Du klingst wie in dieser Folge von *Seinfeld*.«

»Magst du die Serie?«, fragte Flash, während er seinen Reifen weiter in die Strömung des Flusses schob.

»Ich liebe sie«, sagte Kelli mit einem Lächeln. »Und diese Folge ... bringt mich einfach zum Kichern ... Er schrumpft? Wie eine verängstigte Schildkröte!«

Als sie ihr Lachen unter Kontrolle hatte, trieben sie sanft den Fluss hinunter. Kelli warf einen Blick zu Flash hinüber und sah, dass er sie anstarrte und auf eine Art lächelte, bei der sie sich fragte, was genau er dachte.

Es kostete sie all ihre Selbstbeherrschung, nicht zurückzustarren.

Flash war ... er war wunderschön. Es gab kein anderes Wort für ihn. Sein Bizeps war muskulös, seine Bauchmuskeln waren mindestens ein Sixpack und seine Oberschenkel waren dick. Der Mann war eine Mischung aus muskulös und dennoch lang und schlank. Sie konnte ihn sich leicht in einem hautengen Neoprenanzug vorstellen, während er sich durch das Wasser schlich und Navy-SEAL-Zeug machte.

Sie hatte keine Ahnung, was er bei seinen Einsätzen tat, aber er sah dabei offensichtlich verdammt gut aus.

Kelli fühlte sich wieder einmal schäbig und fett. Als sie ihre Zehen betrachtete, die gerade nach oben ragten, während sie versuchte, sich in ihrem Reifen zurechtzurücken, konnte sie sich nur vorstellen, was er sah. Ihr schwarzer Einteiler bedeckte so viel wie möglich. Sie hatte sich geweigert, einen dieser Anzüge mit Rock zu kaufen, das schrie für sie nur nach altmodisch.

Ihr Anzug war an den Hüften hoch geschnitten, was ihrer Meinung nach dazu beitrug, etwas von dem Gewicht zu verbergen, das sie an Oberschenkeln und Bauch hatte. Er hatte einen U-förmigen Rücken, der tief nach unten reichte, was sie jetzt bereute, da das Gummi des Reifens bereits unangenehm an ihr rieb. Als sie nach unten schaute, konnte sie sehen, dass ihre

Brüste drohten oben aus dem Anzug herauszuspringen, und ihr Bauch zeigte, dass sie Käse und Kuchen liebte – Weihnachtsbaumkuchen war jedes Jahr aufs Neue ihr Untergang.

»Wie zum Teufel können sich die Frauen in diesen Bikinis auf diesen Dingern wohlfühlen?«, platzte es aus Kelli heraus, als sie erneut hin und her rutschte und versuchte, eine bequeme Position auf dem Schwimmreifen zu finden.

»Ich glaube, Bequemlichkeit ist im Moment nicht gerade ihr erster Gedanke«, sagte Flash trocken.

»Stimmt.«

»Entspann dich, Kelli. Das hier soll Spaß machen. Und beruhigend sein.«

»Ich muss etwas gestehen«, sagte sie und blickte erneut zu Flash hinüber.

»Ja?«

»Ich bin keine sehr gute Schwimmerin.«

Er sah alarmiert aus.

Kelli fuhr schnell fort: »Ich *kann* schwimmen. Es ist nur so, dass ich zwar die Sonne liebe, aber Zeit im Wasser im Schwimmbecken oder am Strand zu verbringen nie wirklich zu meinen Lieblingsbeschäftigungen gehörte.«

»Da hast du Glück, denn ich bin ein hervorragender Schwimmer.«

Kelli vermutete, dass dies wahrscheinlich die Untertreibung des Jahrhunderts war. Sie rollte mit den Augen und wurde mit einem breiten Grinsen belohnt, das auf Flashs Gesicht zurückkehrte.

»Ich weiß, dass du mir nichts Genaues sagen kannst, aber kannst du mir ein wenig darüber erzählen, was du tust? Zum Beispiel, wenn du auf einer Mission bist?«

Die nächste Stunde oder so verging äußerst angenehm. Sie konnte das Lachen und mädchenhafte Kreischen der anderen vor ihnen hören, und ab und zu holten sie genügend auf, um die Gruppe zu sehen. Flash erzählte ihr von seiner Arbeit und sie erfuhr etwas über die Männer, mit denen er zusammenarbeitete. Sie musste über ihre Spitznamen lachen – Kevlar, Safe, Blink, Preacher, MacGyver und Smiley. Für sich allein klangen sie schon urkomisch, aber zusammen? Sie hatte das Gefühl, dass sie wahrscheinlich anstrengend waren.

Aber es war die Art und Weise, wie Flash über die Partnerinnen seiner Freunde sprach, die sie ein wenig eifersüchtig machte. Die Frauen klangen ... nett. Das war ein völlig unzureichendes Wort, aber es war lange her, dass sie sich als Teil einer eingeschworenen Gruppe gefühlt hatte, wie Flash sie beschrieb, als er über seine Freunde sprach.

Und sie konnte nicht anders, als sich eingeschüchtert zu fühlen, als er ihr einige der Dinge erzählte, die den Frauen widerfahren waren, und wie gut sie damit zurechtgekommen waren.

»Remi und Kevlar wurden tatsächlich mitten im Ozean zum Sterben zurückgelassen?«, fragte sie.

»Ja. Das Schlimmste daran war, dass es einer von uns war, einer unserer SEAL-Brüder, der das getan hat. Weil das Arschloch neidisch war. *Neidisch.* Es ist lächerlich. Wenn er Teamleiter werden wollte, hätte er nur mit dem Kommandanten sprechen müssen, und er hätte es irgendwann geschafft. Aber als es nicht funktionierte, sie im Meer zurückzulassen, entführte er Remi und versuchte, sie lebendig zu begraben, in dem irrigen Glauben, dass Kevlar emotional so verzweifelt wäre, dass er nicht mehr funktionieren würde und dieser Kerl das Team übernehmen könnte.«

Die absolute Wut über das, was sein Teamkamerad getan hatte, war in Flashs Tonfall deutlich zu hören.

»Gott sei Dank war Blink zur richtigen Zeit am richtigen Ort«, schloss er.

»Er war doch Kriegsgefangener im Iran, oder?«, fragte Kelli. Sie war fasziniert von den Hintergründen von Flashs Freunden.

»Ja. Er hat dort Josie kennengelernt. Ich wünschte, alle SEALs wären wie Blink und der Rest meiner Freunde. Leider sind sie das nicht. Maggies Ex war auch bei der Marine, und dieses Arschloch hat sie in eine Kiste gesperrt und dann tatsächlich dafür gesorgt, dass unser Team diese Kiste aus einem Hubschrauber in der Ukraine abwirft.«

Kelli starrte ihn mit offenem Mund an. »Das klingt ja schrecklich!«

»Das war es auch. Aber MacGyver hat durch diese Mission Artem, Borysko und Yana kennengelernt, und jetzt geht es ihnen gut. Sie leben bei ihm und Addison in den USA.«

Wieder einmal war Kelli offiziell eingeschüchtert. Die Männer und Frauen in Flashs innerem Kreis klangen wie Superhelden. Sie hatten ihr Leben im Griff und wenn das Schlimmste passierte, waren sie besonnen und mutig. Danach waren sie irgendwie in der Lage, ihre Traumata zu überwinden und ein normales Leben zu führen.

Sie schrie, wenn sie Spinnen in ihrer Wohnung entdeckte. Sie flippte aus, wenn sie jemanden eine rote Ampel überfahren sah, weil sie sich vorstellte, was hätte passieren können, wenn ein anderer Wagen gleichzeitig über die Kreuzung gefahren wäre. Und sie brachte nicht den Mut auf, ihren verdammten Überwurf vor den drei As und den Beinahefremden, mit denen sie herumalberten, abzulegen.

»Was denkst du?«, fragte Flash.

»Ich denke, ich möchte deine Freunde nie kennenlernen.«

Auf ihre impulsiven Worte folgte völlige Stille, und als Kelli zu Flash hinüberblickte, sah sie, dass seine Lippen zusammengepresst und seine Stirn gerunzelt waren.

»So habe ich das nicht gemeint«, sagte sie hastig.

»Wie hast du es dann gemeint?«, fragte Flash und schien sie mit dem Blick aus seinen grünen Augen fast zu durchbohren.

»Nur, dass ... ich achtundzwanzig Jahre alt bin, meinen Drang, die Weihnachtsbaumkuchen zu essen, die ich in meinem Gefrierschrank habe, nicht kontrollieren kann, keine Karriere habe, keine Ahnung habe, was ich tun möchte, und wenn ich im Meer zurückgelassen oder in eine Zelle in einem fernen Land geworfen oder in die Sexsklaverei verkauft würde, zu Boden fallen und nicht mehr würde aufstehen können.«

»Weihnachtsbaumkuchen sind der Hammer, und wen interessiert es, dass du deine Leidenschaft noch nicht gefunden hast? Ich habe keinen Zweifel, dass du das noch wirst. Und glaub mir, wenn du Wren, Josie oder Remi fragen würdest, wie sie sich gefühlt haben, als sie mitten in der Scheiße steckten, die ihnen passiert ist, würden sie dir sagen, dass sie komplett ausgeflippt sind.«

Kelli bezweifelte das. »Mh-hm.« Sie starrte auf ihre Füße, die sie kaum noch spüren konnte, denn die Blutzufuhr zu ihren Beinen war abgeschnitten, weil sie mit ihrem Hintern tief im Loch des Reifens saß.

»Schau mich an«, befahl Flash.

Ohne zu zögern, tat Kelli, worum er sie gebeten hatte.

»Ich habe keinen Zweifel daran, dass du, wenn die Kacke am Dampfen wäre, mit Anstand, Tapferkeit und Mut handeln würdest. Du bist belastbar, genau wie sie. Wir kennen uns noch nicht lange, aber ich habe das Gefühl, dass deine praktische Veranlagung in Situationen wie diesen dein größter Vorteil wäre. Du würdest nicht in Panik geraten. Du würdest ruhig bleiben und alle deine Optionen durchdenken.«

Es war süß, dass er das dachte, aber Kelli war sich nicht so sicher.

»Gut. Sag mir eins, wenn deine Cousine in diesem Moment mit einem dreißig Meter hohen Wasserfall konfrontiert wäre, der vor ihrem Schwimmreifen auftaucht, was würde sie tun?«

Kelli musste lachen. »Sich die Seele aus dem Leib schreien.«

»Richtig. Und was würdest du tun?«

»Aus diesem Ding aussteigen und wie verrückt zum Flussufer schwimmen.«

»Genau.«

Kelli blinzelte. Er hatte nicht ganz unrecht. Sie war praktisch veranlagt und besaß einen kühlen Kopf. Zumindest im Vergleich zu ihrer Cousine und den drei As. Sie war geduldig und neigte dazu, alle ihre Optionen zu durchdenken, bevor sie eine Entscheidung traf. Ihre Mutter wurde manchmal verrückt, weil sie überhaupt keine schnellen Entscheidungen treffen konnte.

»Da könntest du recht haben«, räumte sie ein.

»Natürlich habe ich das«, sagte Flash mit seinem sexy Grinsen.

»Hat dir schon mal jemand gesagt, dass du ein bisschen selbstgefällig bist?«, neckte sie ihn.

»Ständig«, stimmte er zu.

Kelli rollte mit den Augen, fühlte sich aber etwas besser. Außerdem würde sie seine Freunde sowieso nie kennenlernen. Dies war nur eine vorübergehende Sache. Sie hatten gerade viel Spaß zusammen, einfach weil sie beide so anders waren als die Menschen, mit denen sie unterwegs waren. Sobald sie morgen nach Hause flogen, war das vorbei. Sie würden in ihr Leben zurückkehren und keinen Grund mehr haben, miteinander zu reden.

Sie hörten erneut das Quietschen der Mädchen vor ihnen und als Kelli nach vorn schaute, sah sie, dass das Wasser, in das sie gleich eintauchen würden, nicht mehr seicht und friedlich, sondern unruhig war.

»Sieht aus, als kämen wir zu dem aufregenderen Teil der Reise, von dem uns die Mitarbeiter erzählt haben«, bemerkte Flash.

Kelli nickte, aber da ihre Angst plötzlich zunahm und sie nur noch daran denken konnte, von diesem blöden Reifen zu fallen und zu ertrinken, konnte sie nicht sprechen.

Im einen Moment trieben sie träge den Fluss hinunter, im nächsten hüpften sie in den Schaumkronen. Kein Wunder, dass die Mädchen gequietscht hatten. Auch Kelli spürte, wie ein mädchenhaftes Quietschen in ihrer Kehle aufstieg.

»Das ist der Hammer!«, rief Flash aus.

Er war jetzt etwas hinter ihr, aber Kelli konnte ihn nicht ansehen. Sie konzentrierte sich zu sehr darauf, sich an ihrem Reifen festzuhalten und nicht zu sterben.

Sie hatte keine Ahnung, wie lange sie schon in den Stromschnellen waren, aber als Flash plötzlich in einem Ton fluchte, den sie noch nie von ihm gehört hatte, riss sie den Kopf nach rechts und schaute über die Schulter, um zu sehen, was los war.

Sie sah, wie Flashs Reifen direkt auf einen riesigen Felsen in der Mitte der Stromschnellen zusteuerte, und bevor sie blinzeln konnte, hörte sie ein lautes Knallgeräusch.

Direkt vor ihrem Gesicht verschwand Flash unter den rollenden Wassermassen des Flusses.

»Flash!«, schrie sie.

Aber er war bereits unter Wasser. Und es gab nichts, was sie tun konnte, nicht bei der Geschwindigkeit, mit der sie den Fluss hinuntertrieb.

Dennoch suchte Kelli verzweifelt das Wasser um sich herum nach Flash ab. Sie konnte ihn nirgendwo sehen. Die Panik drohte sie zu überwältigen, aber sie tat ihr Bestes, um ruhig zu bleiben. Ihr erster Instinkt war, aus ihrem eigenen Reifen zu springen, aber das wäre dumm gewesen. Sie hatte nicht gelogen, sie konnte schwimmen, aber in Wasser wie diesem war sie völlig außerhalb ihres Elements.

»Flash!«, schrie sie erneut und hoffte gegen alle Wahrscheinlichkeit, dass er irgendwie antworten konnte.

Es vergingen lange Minuten, in denen Kelli nicht wusste, ob Flash tot oder lebendig war. Er hätte immer noch unter den Wellen sein können, von der Strömung an einen Felsen gedrückt, ohne Möglichkeit, sich aus dem Griff des Wassers zu befreien.

Gerade als die Stromschnellen nachließen, sah sie etwas vor sich.

Kelli kniff die Augen zusammen und versuchte, irgendetwas zu erkennen ...

Da! Sie sah es wieder.

Flash! Er war jetzt vor ihr.

Die Erleichterung, die durch ihren Körper schoss, machte sie schwach. Ohne seinen Reifen war er offensichtlich viel schneller durch das Wasser gekommen. Sie sah, wie er sich auf das Ufer des Flusses zubewegte, und Kelli versuchte verzweifelt, sich mit den Armen näher an seine Position zu steuern.

Innerhalb weniger Sekunden schrien ihre Muskeln, aber irgendwie schaffte sie es, ihren Reifen auf die linke Seite des Flusses zu bringen. Sie dachte, sie würde direkt an Flash vorbeischwimmen, bis er sie sah. Er war aus dem Wasser gekrochen und hustete stark, watete aber sofort wieder hinein und packte ihren Reifen, kurz bevor sie vorbeigeschwommen wäre.

Durch ihre hektischen Bewegungen fühlte Kelli sich wie ein Fisch, der auf dem Boden herumzappelte, aber sie schaffte es, sich aus dem Schwimmreifen zu befreien, sobald das Wasser flach genug war, damit sie stehen konnte.

»Oh mein Gott, Flash, geht es dir gut? Was ist passiert?«, fragte sie und hielt sich an seinem Arm fest, während er sie und ihren Reifen zurück zum Ufer brachte. Ihr war nicht entgangen, dass der Mann, der noch eine Minute zuvor nach Luft gerungen und eine für sie lebensgefährliche Situation durchgemacht hatte, nun ganz normal gehen konnte und nicht mehr hustete. Er lächelte sogar.

»Der verdammte Schwimmreifen ist geplatzt«, sagte er.

»*Das* weiß ich auch«, sagte sie etwas ungeduldig. »Aber danach? Was ist passiert?«

»Die Stromschnellen haben mich kurz auf den Kopf gestellt, aber ich habe meine Füße vor mich bekommen und bin mit der Strömung flussabwärts getrieben. Und hier bin ich.«

Kelli ließ den Blick an seinem Körper auf und ab wandern. Er hatte einige Schürfwunden am Oberkörper, eine Art hässlich aussehende Risswunde am Bizeps und sein Haar hing ihm in die Augen ... aber er lächelte immer noch.

»Lass mich raten, du fandest es lustig«, sagte Kelli.

Flash zuckte mit den Schultern. »Irgendwie schon.«

»Ich dachte, du seist unter Wasser gefangen«, gab sie mit kleiner, zittriger Stimme zu.

»Ach, mir geht's gut«, entgegnete Flash. Dann überraschte er sie mächtig, indem er sie in seine Arme zog. Kelli umklammerte ihn fest, so darüber erleichtert, dass es ihm gut ging, dass sie weiche Knie bekam.

Nach einigen Augenblicken holte sie tief Luft und zog sich zurück, aber sie ließ Flash nicht aus den Armen. Zum ersten Mal in ihrem Leben war sie nicht verlegen, weil sie jemandem in ihrem Badeanzug gegenüberstand. Sie stand ihm nicht nur gegenüber, sie war in seinen Armen. Flash fühlte sich viel zu gut an.

»Was jetzt?«, fragte sie mit einem kleinen Stirnrunzeln.

»Was meinst du?«

»Na ja, wir haben nur einen Schwimmreifen. Und wir sind wer weiß wie weit vom Abholpunkt entfernt.«

Flash zuckte mit den Schultern. »Kein Problem. Ich kann schwimmen.«

»Nein, das kannst du nicht!«, rief Kelli aus.

»Doch, Kelli, ich kann. Das ist kein Problem.«

»Nein«, wiederholte sie und schüttelte den Kopf. »In diesem Fluss gibt es wer weiß was für Tiere. Schlangen, Krokodile, Blutegel, Piranhas, Parasiten ... eklige Viecher!«

Flash lachte leise. »Ich glaube nicht, dass es hier Piranhas gibt.«

»Wie auch immer«, sagte Kelli mit einem Kopfschütteln. »Du kannst nicht bis zum Abholpunkt schwimmen!«

»Wir könnten uns den Reifen teilen«, schlug Flash vor. »Das waren die einzigen Stromschnellen, zumindest laut der Einweisung, die wir zu Beginn erhalten haben. Wir sollten den Rest des Weges problemlos treiben können.«

»Wir passen nicht zusammen auf diesen Reifen«, sagte sie mit gerunzelter Stirn.

»Warum nicht?«

»Ähm, Flash ... sieh mich an«, sagte Kelli und trat einen Schritt zurück aus seinen Armen heraus.

Die Art, wie er sich die Lippen leckte, während er den Blick an ihrem Körper auf und ab wandern ließ, ließ Kelli erschaudern. Auf eine gute Art und Weise. Sie glaubte nicht, dass sie jemals einen Mann gesehen hatte, der sie so ansah wie Flash in diesem Moment. Als sei er am Verhungern und sie ein Hamburger, in den er nur zu gern hineinbeißen würde.

»Ich sehe dich an«, sagte er leise.

»Ich ... Flash! Konzentrier dich«, sagte Kelli ein wenig atemlos.

Er ließ seinen Blick schließlich zu ihrem zurückkehren. »Ich weiß, du denkst, du bist zu schwer oder so einen Schwachsinn, aber ich sage dir hier und jetzt, Kelli Colbert, du bist nichts dergleichen. Du bist winzig.«

Sie konnte nicht anders. Sie schnaubte.

»Das bist du«, beharrte Flash. »Und glaub ja nicht, dass ich nicht bemerkt habe, wie unwohl du dich gefühlt hast, als du in diesem Schwimmreifen gesessen hast. Du bist einfach zu klein, um richtig in dieses riesige Ding zu passen. Und das ist keine Beleidigung, sondern eine Tatsache. Ich passe rein und du kannst auf meinem Schoß sitzen.«

Kelli schüttelte den Kopf, noch bevor er zu Ende gesprochen hatte.

»Warum nicht?«

»Flash ... ich ... du ...« Kelli stolperte über ihre Worte, weil sie das Bild nicht aus dem Kopf bekam, wie sie auf Flashs Schoß saß. Ihr Po wäre direkt über seinem ...

Unwillkürlich ließ sie den Blick zu seinem Schritt wandern. Selbst in den Badeshorts konnte sie erkennen, dass er gut ausgestattet war. Schrumpfung schien für diesen Mann kein Thema zu sein.

Als Flash lachte, schoss ihr Blick wieder zu seinem Gesicht. Sie wusste, dass sie rot wurde, sie konnte die Hitze in ihren Wangen spüren.

»Die andere Möglichkeit ist, zu Fuß zu gehen, und da wir beide keine Schuhe tragen, fällt das wohl aus. Oder ich könnte mich hinter dir am Reifen festhalten und so mit dir treiben.«

Aber Kelli schüttelte erneut den Kopf. Sie konnte den Gedanken nicht ertragen, dass er ins Wasser eintauchte. Es war dumm. Er war an das Wasser gewöhnt und offensichtlich ein guter Schwimmer. Aber sie konnte nicht aufhören, an Schlangen zu denken oder die Schürfwunden an seinem Körper zu sehen, die er sich bereits unter Wasser an den Felsen zugezogen hatte.

»Na gut«, sagte sie, bevor sie einen Rückzieher machte und ihre Meinung änderte.

Flash trat wieder in ihren persönlichen Bereich, schlang einen Arm um ihre Taille, legte seine andere Hand unter ihr Kinn und hob es an, sodass sie keine andere Wahl hatte, als ihn anzusehen.

»Das wird funktionieren. Hör auf, so viel nachzudenken. Wenn du denkst, dass es für mich eine Art Qual ist, dich auf meinem Schoß zu halten, während wir den Fluss hinuntertreiben, liegst du absolut, hundertprozentig falsch.«

»Ich könnte dich zerquetschen«, flüsterte sie.

Flash schnaubte. »Als ob. Du wiegst nicht mehr als mein Rucksack, wenn ich auf einer Mission bin.«

Kelli rollte mit den Augen. »Ich bezweifle ernsthaft, dass dein Rucksack so viel wiegt wie ich.«

»Komm schon, lass uns loslegen. Wir wollen die anderen nicht verärgern, indem wir sie auf uns warten lassen. Sonst bekommen wir das ewig zu hören.«

Das stimmte allerdings. Kelli konnte sich schon vorstellen, wie Charlotte sie zur Schnecke machen würde, wenn sie und die drei As herumstehen und auf sie warten müssten.

Flash hatte sich nicht bewegt. Er blieb genau dort, wo er war, mit seinem Arm um sie gelegt und seiner Hand unter ihrem Kinn, und wartete darauf, dass sie bereit war.

Kelli holte tief Luft und sagte: »Okay. Lass es uns tun. Ich habe diese *lustige* Fahrt den Fluss hinunter sowieso satt.«

»Braves Mädchen«, murmelte Flash leise. Dann schockte er Kelli, indem er sich vorbeugte und sie auf die Stirn küsste, bevor er losließ und sich dem Reifen zuwandte, den er aus dem Wasser gezogen hatte.

Als er sich vorbeugte, konnte Kelli nicht anders, als auf seinen Hintern zu starren. Er war fast so schön wie seine Bauchmuskeln. Fast.

Als Flash sich umdrehte, bemerkte er, dass sie auf seinen Hintern schaute, aber er lächelte nur und wandte sich wieder seiner Tätigkeit zu.

Kelli dachte, dass es ihr peinlich sein sollte, aber das war es nicht. Scheiß drauf. Diese Situation war völlig außer Kontrolle geraten. Sie hatte keinen Zweifel daran, dass sie lächerlich aussehen würde, wenn sie auf Flash saß, während sie den Fluss hinuntertrieben. Charlotte würde sich mit Sicherheit über sie lustig machen, sobald sie allein waren.

Aber was soll's. Das war nichts Neues für Kelli, und sie würde sich viel lieber für den Rest ihres Lebens mit Charlottes abfälligen Kommentaren herumschlagen, als zuzulassen, dass

Flash verletzt wurde oder sich eine Tropenkrankheit zuzog, weil er zu lange im Wasser war. Es spielte keine Rolle, dass die Wahrscheinlichkeit, dass dies tatsächlich passierte, äußerst gering war, sie würde es nicht riskieren. Vor allem da er jetzt offene Wunden hatte.

Mit einem innerlichen Schulterzucken folgte Kelli Flash ins Wasser.

KAPITEL FÜNF

Flash war in der Hölle.

Eine Hölle, die er sich selbst geschaffen hatte, aber trotzdem die Hölle.

Und das Beste daran war, dass er jede Sekunde davon genoss.

Es war ein wenig schwierig, eine bequeme Position zu finden, als er und Kelli in den Schwimmreifen stiegen, aber jetzt, da sie wieder den Fluss hinuntertrieben und sie sich entspannt an ihn lehnte, hatte er noch nie etwas Besseres gefühlt als diese Frau in seinen Armen.

Sie mochte denken, dass sie zu schwer war, aber für Flash war sie absolut perfekt. Der Anblick von ihr in diesem schwarzen Einteiler würde sich für immer in sein Gehirn einbrennen. Er war hundertmal attraktiver als die winzigen Bikinis, die die anderen Frauen trugen.

Die hochgeschnittenen Seiten betonten ihre weichen Schenkel und ließen ihn daran denken, wie sie sich anfühlen würden, wenn sie um seine Hüften geschlungen wären. Der Rücken war fast nicht vorhanden, und er musste sich zusammenreißen, um seine Hand nicht auf ihren Rücken zu legen und sie unter dem Stoff bis zu ihrem Hintern zu schieben.

Und ihre Brüste. Gott. Sie waren der feuchte Traum eines jeden Mannes ... was zwar ziemlich vulgär war, aber Flash war zu diesem Zeitpunkt praktisch kein Gentleman mehr. Ihre Brustwarzen waren vor Kälte hart und jedes Mal, wenn sie sich bewegte, gingen ihre Brüste mit. Er wollte am liebsten den Stoff herunterziehen und an ihren Brustwarzen saugen, bis sie sich in seinem Schoß wand.

Flash zwang sich, an etwas anderes zu denken, und schaute sich um, während sie trieben, aber es war zwecklos. Die Frau, die auf seinem Schoß saß, hatte seine ganze Aufmerksamkeit. Jedes Molekül seines Körpers war auf sie eingestellt. Jede Bewegung ihrer Muskeln, jeder Atemzug, jedes Mal wenn sie sich die Lippen leckte. Er bemerkte es.

Sie saß seitlich auf seinem Schoß, sodass sie im Reifen eine Art Kreuz bildeten. Seine Beine waren nach vorn ausgestreckt, ihre zur Seite. Sie hatte einen Arm um seine Schultern gelegt und ihre andere Hand lag auf seinem Bein direkt über seinem Knie. Er fand, dass sie so perfekt in den Reifen passten, und wünschte, er hätte sie die ganze Fahrt über so nahe bei sich haben können.

Der Felsbrocken im Fluss hatte ihn überrascht und er hatte ihm nicht mehr ausweichen können. Bevor er wusste, was los war, hatte der Stein den Schwimmreifen durchbohrt und er war untergegangen. Er war nicht in Panik geraten, auch nicht, als er unter Wasser ein paarmal ziemlich hart gegen Felsen prallte. Er hatte sich einfach umgedreht, sodass seine Füße nach vorn zeigten, und ließ sich von der Strömung treiben, bis er das Ufer erreichte.

Er hatte nicht vorgehabt, Kelli zu erschrecken, und auch nicht, so viel Flusswasser zu schlucken. Er hätte sie fast nicht mehr erwischt, als sie vorbeischwamm. Gott sei Dank hatte er es geschafft.

Die Welt um sie herum war still, als sie auf der nun ruhigen Strömung zu ihrem Ausstiegspunkt trieben. Er konnte niemanden aus ihrer Gruppe vor ihnen hören und ihm wurde klar, dass er und Kelli wahrscheinlich länger am Flussufer gestanden hatten als gedacht.

»Bist du sicher, dass ich dich nicht erdrücke?«, fragte Kelli nervös, wahrscheinlich zum zehnten Mal.

»Ich bin sicher. Fühlst du dich unwohl?«

»Nein. Du bist überraschend bequem«, sagte sie mit einem schüchternen Lächeln.

Bei ihren Worten zuckte Flashs Schwanz unter ihrem Hintern. »Ignorier das«, sagte er.

»Das ist irgendwie hart«, erwiderte sie.

»Es ist hart, in der Tat«, murmelte Flash.

Kelli kicherte und er spürte die Bewegung in seinem ganzen Körper.

Ja. Das war die Hölle.

Er starrte die Frau an, an die er letzte Nacht unaufhörlich hatte denken müssen, wie sie ausgebreitet vor ihm lag, als sei sie ein Buffet und er hätte seit Monaten nichts gegessen ... Eine absolute Qual. Aber er war offensichtlich ein Masochist. Flash hatte sich seit Jahren nicht mehr so lebendig gefühlt.

Er war in einen Trott verfallen und hatte es nicht einmal bemerkt. Er erledigte seine Arbeit, kam nach Hause und ging am nächsten Tag wieder zur Arbeit. Immer und immer wieder. Es war wie im Film *Und täglich grüßt das Murmeltier*. Er hatte keine Lust auf diese Reise gehabt, aber er war so verdammt dankbar, dass er sie gemacht hatte. Sonst hätte er Kelli nicht kennengelernt. Er würde nicht mit einer wunderschönen Frau auf dem Schoß den White River hinuntertreiben. Er würde nicht jedes Mal spüren, wie sie ihre Finger in sein Bein grub, wenn der Reifen im Wasser auf und ab hüpfte.

Flash hatte beide Hände benutzt, um den Schwimmreifen zu steuern, aber selbst wenn sein Leben davon abgegangen hätte, er *musste* sie in diesem Moment berühren. Er legte eine Hand auf ihren Oberschenkel und sie zuckte zusammen, als sie seine Finger spürte, die wegen des Wassers kalt waren.

»Tut mir leid«, sagte er. »Ich wollte dir nur versichern, dass alles in Ordnung ist. Wir werden ohne Probleme zum Abholpunkt kommen.«

»Tun deine Schnitte weh?«, fragte sie.

»Nein.« Die Wahrheit war, dass Flash sie völlig vergessen hatte.

»Gut. Flash?«

»Ja?«

»Ich bin froh, dass wir uns getroffen haben. Diese Reise wäre ohne dich, der mich bei Verstand hält, ätzend gewesen.«

Er war nicht allzu überrascht, dass sie in die gleiche Richtung dachten. »Mir geht's genauso«, stimmte er zu.

Wäre es nach ihm gegangen, wäre Flash diesen Fluss hinuntergeschwommen, bis er in den Ozean mündete, aber wie alle guten Dinge musste auch dieses ein Ende haben. Vor ihnen sah er die Stelle, an der sie den Fluss verlassen würden.

Aber seltsamerweise war sie fast menschenleer. Auf dem kleinen überdachten Parkplatz saß ein Mann auf einer Bank und ein Minivan stand dort.

»Wo sind denn alle?«, fragte Kelli, die die verlassene Gegend offensichtlich selbst gesehen hatte.

»Ich schätze, sie hatten es satt, auf uns zu warten«, sagte Flash.

Aber innerlich war er angespannt. Irgendetwas stimmte nicht.

Er versuchte, sich einzureden, dass er und Kelli tatsächlich ein ganzes Stück hinter dem Rest ihrer Begleiter zurückgeblieben waren und sie die letzte Reisegruppe waren, die an diesem Morgen in den Fluss gegangen war.

Trotzdem ... sie konnten ihre Abholzeit um dreizehn Uhr nicht *so* sehr verpasst haben.

»Ich schätze, wir können froh sein, dass überhaupt jemand auf uns gewartet hat. Es wäre echt ätzend gewesen, per Anhalter zurück zum Resort fahren zu müssen.«

Flash schauderte bei ihren Worten. Das wäre mit Sicherheit der schlimmste Fall gewesen. Auf keinen Fall wollte er in diesem Land per Anhalter fahren. Er war sich sicher, dass die meisten Menschen, die hier lebten, absolut nett waren. Aber es war der kleine Prozentsatz der Menschen, die verzweifelt genug waren, alles für einen Dollar zu tun, der ihm Sorgen bereitete.

Er lenkte sie so nahe wie möglich an den Rand des Flusses. »Ich helfe dir raus«, sagte er.

Nachdem Kelli genickt hatte, hob er sie mühelos von seinem Schoß und hielt sie am Arm fest, während sie im knietiefen Wasser ihr Gleichgewicht fand. Nun, für ihn war es knietief, bei ihr schlug das Wasser an ihre ...

Nein. Er schaute nicht dorthin. Er würde nicht hinstarren, wie das Wasser sanft ihre Muschi streichelte, während sie darauf wartete, dass er aus dem Schwimmreifen stieg.

Verdammt. Jetzt war er wieder hart.

»Los, ich nehme den Reifen«, sagte Flash mit heiserer Stimme.

Sie lächelte ihn an, nickte dann und watete aus dem Wasser.

Für eine Sekunde starrte Flash auf ihren Hintern und stellte sich vor, wie er aussähe, wenn sie vor ihm kniete und darauf wartete, dass er sie nahm.

Blitzschnell rollte Flash sich aus dem Reifen und ins kühle Wasser. Es hatte den gewünschten Effekt, seinen Schwanz zu schrumpfen.

Schrumpfung. Er musste wieder an George Costanza und die Folge von *Seinfeld* denken und grinste. Er stand auf, schüttelte den Kopf von einer Seite zur anderen und spritzte Wasser in alle Richtungen, bevor er sich mit der Hand durch das Haar fuhr, um so viel Feuchtigkeit wie möglich herauszubekommen.

Dann nahm er den Schwimmreifen und folgte Kelli auf das trockene Land.

Sie grinste, als er auf sie zukam.

»Was?«

»Du hast eben ausgesehen wie in einer Haarpflegewerbung.«

»Wobei?«

»Als du den Kopf geschüttelt hast. Das Wasser hat im Sonnenlicht gefunkelt und danach, als du dir mit der Hand durchs Haar gefahren bist? Wenn ich das auf Kamera hätte, könnte ich es an eine Shampoo-Firma verkaufen und eine Million Dollar verdienen.«

Er schnaubte. »Als ob.«

»Sind Sie zwei fertig?«, fragte der Mitarbeiter.

Flash drehte sich um. Der Mann hatte einen ungeduldigen Gesichtsausdruck.

»Ihre Sachen sind da drüben«, sagte er und zeigte auf eine Plastikkiste, die etwas abseits stand.

Flash wollte fragen, warum der Mann es so eilig hatte, hielt aber den Mund. Er ging schnell zur Kiste und holte zwei Handtücher heraus. Kelli folgte ihm und ohne ein Wort trockneten sie sich so gut es ging ab, bevor sie sich anzogen.

Flash konnte zugeben, dass es ihn traurig stimmte, dass Kellis Kurven wieder bedeckt waren. Aus Gewohnheit überprüfte er noch einmal seine Brieftasche, um sich davon zu überzeugen, dass alles noch drin war. Er wollte sich nicht damit befassen müssen, dass seine Kreditkarte gestohlen worden war.

Er schätzte es, dass Kelli dasselbe mit ihrer Handtasche tat und hineinschaute, um zu prüfen, ob alle ihre Sachen noch da waren. »Bereit?«

»Bereit«, sagte sie mit einem festen Nicken. »Ich bin bereit, mich auf das Buffet zu stürzen. Auch wenn ich nicht glaube, dass wir heute viele Kalorien verbrannt haben, bin ich trotzdem am Verhungern.«

»Ich auch«, stimmte Flash zu und streckte dann eine Hand aus.

Kelli warf einen Blick darauf, dann auf ihn, und für eine Sekunde dachte Flash, sie würde ihn abweisen. Zu seiner Erleichterung legte sie jedoch ihre Finger um seine.

Hand in Hand gingen sie auf den Minivan zu ... und jegliche Zufriedenheit, die Flash vielleicht verspürt hatte, verschwand, als sie in das Fahrzeug stiegen. Er hatte keine Ahnung, was ihn so in Alarmbereitschaft versetzte, aber irgendetwas fühlte sich einfach nicht richtig an.

Erst als der Fahrer von dem unbefestigten Parkplatz losfuhr, wurde ihm klar, dass dies nicht derselbe Minibus war, mit dem sie hergefahren waren. Er war heruntergekommener. Auf dem Boden lag Müll und die Sitze waren bei Weitem nicht so sauber wie die in dem anderen Fahrzeug.

Flash saß neben Kelli auf dem Sitz hinter dem Fahrer. Er saß kerzengerade da und schaute durch die Windschutzscheibe nach vorn. Auf der linken Straßenseite zu fahren war immer etwas beunruhigend. Fahrzeuge von der »falschen« Straßenseite auf sich zukommen zu sehen fühlte sich an, als seien sie immer zwei Sekunden von einem Frontalzusammenstoß entfernt.

Sie waren bereits fünf Minuten unterwegs, als Flash bemerkte, dass sie in die falsche Richtung fuhren. Sie fuhren vom Resort weg anstatt darauf zu.

Das ungute Gefühl verstärkte sich.

»Hey, wo fahren Sie hin?«, fragte er den Fahrer.

»Zum Resort«, antwortete der Mann knapp.

»Das ist nicht der richtige Weg.«

»Natürlich ist es das. Sie sind nicht von hier. Ich kenne eine Abkürzung, damit Sie schneller zurückkommen.«

Kelli umklammerte seine Hand fester, aber Flash wagte es

nicht, den Blick von der Straße abzuwenden. Er tat sein Bestes, um Straßenschilder zu erkennen und Orientierungspunkte zu finden, die er später benutzen konnte, um den Weg zurück zu finden. Denn er wusste ohne Zweifel, dass sie keine Abkürzung nahmen. Ihm drehte sich der Magen um.

Es wurde noch schlimmer, als der Fahrer langsamer wurde und dann anhielt, weil ein Mann am Straßenrand stand. Der Mann kletterte auf den Vordersitz des Minivans und sobald sich die Tür hinter ihm geschlossen hatte, fuhren sie weiter.

Der Neuankömmling drehte sich um und blickte Flash direkt in die Augen. Dann schaute er stirnrunzelnd zum Fahrer. »Was zum Teufel? Warum sind es nur zwei?«

»Alle anderen haben gejammert, dass sie zurückfahren müssen. Ich konnte ihnen ja wohl kaum sagen, dass einige zurückbleiben müssen.«

»Verdammt!«

»Halten Sie den Bus an«, befahl Flash, aber die Männer ignorierten ihn.

»Ich wusste, dass du es vermasselst.«

»Das ist nicht meine Schuld!«

»Klar ist es das!«

Während die beiden Männer sich stritten, unterbrach Flash sie erneut und blaffte: »Ich sagte, halten Sie an. Sofort!«

Der Mann, der mitgenommen worden war, drehte sich um und hielt diesmal eine Pistole in der Hand. Er richtete sie direkt auf Flashs Gesicht und sagte: »Wir halten nicht an. Halt die Fresse, es sei denn, du willst eine Kugel in den Kopf.«

Flashs erster Instinkt war es, nach der Waffe zu greifen, aber falls ihm etwas zustieße, würde Kelli mit diesen beiden Arschlöchern allein zurückbleiben. Der bessere Plan war, sich ruhig zu verhalten. Diese Typen würden früher oder später Scheiße bauen. Und er wäre bereit, wenn sie es taten.

»Gebt mir eure Brieftaschen«, befahl der Mann und fuchtelte mit der Waffe vor ihnen herum.

War das ein Raubüberfall? Flash war verwirrt, aber er zögerte nicht zu sagen: »Ich habe kein Geld bei mir.«

»Ist mir egal. Brieftaschen. Sofort!«, befahl der Mann erneut.

Flash bewegte sich langsam, um den Mann nicht zu beunruhigen, und griff in seine Gesäßtasche. Kelli lockerte ihre Finger um seine rechte Hand, aber Flash weigerte sich loszulassen. Er verspürte das verrückte Bedürfnis, mit ihr verbunden zu bleiben. Als würde er sie verlieren, wenn er sie losließe.

Er spürte mehr als dass er sah, wie sie mit einer Hand in ihrer Tasche herumfummelte, während er dem Arschloch auf dem Vordersitz seine Brieftasche reichte. Der Mann schaute nicht einmal hinein, sondern warf sie einfach zu seinen Füßen auf den Boden. Dasselbe tat er mit Kellis Geldbörse.

Sein Verdacht, dass dies *kein* Raub war, bestätigte sich, und Flash spannte sich noch mehr an, wenn das überhaupt möglich war. Er konnte spüren, wie Kelli neben ihm zitterte, aber er ließ den Mann mit der Waffe nicht aus den Augen.

Und auch der Beifahrer nahm die Waffe keine Sekunde lang von ihm. Er war Mitte vierzig, hatte dunkle Haut und schwarzes Haar, trug ein altes, zerschlissenes dunkelblaues T-Shirt und Shorts, die bis zu den Knien reichten ... aber es war der leere Ausdruck in seinen Augen, der Flash Sorgen bereitete. Er schien keine Seele zu haben. Er hatte schon einmal solche Männer gesehen. Verzweifelte Männer, die alles tun würden, um ihr Ziel zu erreichen ... sei es, Zivilisten zu töten, Bomben zu zünden oder ihren Anführer zu schützen.

Es schien, als würden sie eine Ewigkeit fahren, und Flashs Besorgnis wuchs noch mehr, als sie die Stadt verließen und die Straßen, die sie nahmen, immer steiniger und rustikaler wurden. Bald fuhren sie durch dichte Bäume, wobei der Minivan so stark auf und ab hüpfte, dass Flash sich ein paarmal den Kopf am Dach stieß.

Er war jedoch nicht gerade enttäuscht von der Gegend, in

SUSAN STOKER

der sie sich befanden. Er hatte eine umfassende Ausbildung darin, im Dschungel zu überleben und Feinden auszuweichen. Wenn er und Kelli den Männern entkommen konnten, konnte er sie zum Resort zurückbringen, daran hatte er keinen Zweifel. Sie würden vielleicht ihre Flüge verpassen und müssten sich darum kümmern, ihre Ausweise und Kreditkarten zu ersetzen, aber das war besser, als sich in den Kopf schießen zu lassen und im Wald dem Tod überlassen zu werden.

Als der Mann hinter dem Steuer schließlich anhielt, herrschte für einen Moment Stille im Minivan.

»Raus. Und wenn du irgendetwas versuchst, erschieße ich sie«, sagte der zweite Mann.

Verdammt. Das war das Einzige, was Flash dazu bringen konnte zu kooperieren. Mit einer Schusswunde konnte er umgehen, aber der Gedanke, dass *Kelli* wegen etwas, das er getan oder nicht getan hatte, verletzt werden könnte, machte ihn krank.

Langsam bewegte Flash sich auf die Tür zu, die sich für ihn öffnete. Der Fahrer war ausgestiegen, um sie zu öffnen. Der Mann mit der Waffe – eindeutig der Anführer ihres kleinen Duos – richtete nun die Waffe auf Kelli, als sie den Minivan verließen.

»Hier entlang«, sagte der Bewaffnete und deutete mit einem Nicken hinter sich.

Flash folgte dem Fahrer und hielt dabei Kelli an der Hand, während sie in den Dschungel gingen. Sie waren einen knappen Kilometer gelaufen, als der Fahrer anhielt.

»Rein da.«

Flash runzelte verwirrt die Stirn. Rein? Was? Wohin?

»Ich sagte, rein da!«, schrie der Anführer. Flash drehte sich rechtzeitig um, um zu sehen, wie der Kerl die Hand schwang, aber bevor er handeln konnte, schlug der Schütze Kelli mit dem Pistolengriff an den Hinterkopf.

Sie stieß einen überraschten und schmerzerfüllten Schrei

aus, und Flash riss sie sofort an der Hand zu sich heran. Viel zu spät, um sie vor Verletzungen zu bewahren. Sie wimmerte, als sie ihre freie Hand an ihren Hinterkopf legte.

Flash konnte das Eisen in ihrem Blut riechen, noch bevor er sah, wie sie ihre Hand hob, um es sich anzusehen. Ihre Finger waren rot.

Flash drehte sich um und knurrte den Mann an, der sie geschlagen hatte.

Er lächelte nur. »Ich habe gesagt, rein da. Das meinte ich auch so. Und jetzt ... geh verdammt noch mal da rein, es sei denn, du willst, dass ich sie dieses Mal erschieße.«

Flash schaute in die Richtung, in die der Mann zeigte ... und bemerkte etwas, das aussah wie ein Kanaldeckel auf dem Boden. Er war noch verwirrter. Was zum Teufel hatte ein Kanaldeckel mitten im Dschungel zu suchen?

Der Fahrer kauerte sich hin und stöhnte, als er den schweren gusseisernen Deckel zur Seite schob und darunter ein schwarzes Loch zum Vorschein kam.

»Was zum Teufel?«, murmelte Flash.

»Das ist euer neues Zuhause«, sagte der Mann mit der Waffe fast schon genüsslich. »Du und deine Freundin werdet dort unten viel Spaß haben. Es wird nicht lange dauern ... vorausgesetzt wir bekommen, was wir haben wollen.«

»Und das wäre?«

»Geld«, sagte der Mann, ohne zu zögern. »Wir werden eure Familien kontaktieren und ihnen sagen, dass sie Geld auf ein nicht zurückverfolgbares Bankkonto überweisen sollen, wenn sie euch jemals wiedersehen wollen.«

Flash konnte nicht anders. Er lachte.

Was ihren Entführer wütend machte.

»Was ist so lustig?«, fragte er.

»Das hier. Meine Mutter kommt gerade so über die Runden. Und ich habe keine Geschwister.« Natürlich log er, aber er würde Nova auf keinen Fall in diese Scheiße hineinziehen, wenn er es verhindern konnte.

»Ich auch nicht«, sagte Kelli mit leiser Stimme neben ihm.

Flash war stolz auf sie, dass sie durchhielt, besonders mit dieser Kopfverletzung, aber er konnte es nicht riskieren, den Mann mit der Waffe aus den Augen zu lassen. Er brauchte eine Gelegenheit. Nur eine. Dann könnte er sich und Kelli da rausholen.

»Dann werdet ihr wohl da unten sterben«, sagte der Mann ohne die geringste Sorge. »Es wird *jemanden* geben, der bereit ist, dafür zu bezahlen, euch zurückzubekommen. Den gibt es immer. Die Firma, für die ihr arbeitet, Freunde ... irgendjemand.«

Der Mann hatte nicht unrecht. Als Navy SEAL war er tatsächlich ein ziemlich gutes Entführungsopfer. Es machte Flash wütend, dass er genau das war. Ein Opfer. Er schämte sich nicht, aber er war noch wütender.

Plötzlich zielte der Mann auf den Boden und drückte den Abzug der Waffe, wobei er in Fußnähe auf den Boden schoss. Kelli schrie vor Schreck auf, was Flashs Seele zerfraß.

»Die nächste Kugel geht in ihr Bein. Wie lange wird es wohl dauern, bis sie verblutet? Rein in das Loch. Und zwar verdammt noch mal sofort.«

Flash drehte sich um und starrte auf das Loch im Boden. Jeder Muskel in seinem Körper schrie ihn an, etwas zu unternehmen. Das Arschloch anzugreifen, das die Waffe hielt. Als er sich darauf vorbereitete, genau das zu tun, blickte er bei einer Bewegung vor ihm auf.

Der Fahrer richtete nun auch eine Waffe auf sie.

Verdammt! Er konnte vielleicht den ersten Schützen davon abhalten, Kelli zu erschießen, aber der Fahrer würde leicht eine Kugel abfeuern können, bevor er ihn ausschalten konnte.

Flash fühlte sich nackt ohne sein Armeemesser oder irgendeine andere Waffe und tat in diesem Moment das Einzige, was ihm einfiel, um beide am Leben zu erhalten. Er drehte sich zu Kelli um und sagte: »Komm schon, ich helfe dir zuerst runter.«

Ihre Augen waren riesig und er befürchtete, in ihrem Blick eine Art Schuld zu sehen. Aber abgesehen von ihrer offensichtlichen Angst schien sie ruhig zu sein. Und das Vertrauen, das sie ihm entgegenbrachte, als sie ihre jetzt blutige Hand in seine legte, brachte Flash dazu, sich innerlich zu versprechen, alles zu tun, um diesem Vertrauen gerecht zu werden. Er würde einen Ausweg finden. Irgendwie.

Er führte Kelli zu dem Loch, und sie setzte sich mit den Füßen über dem Rand baumelnd hin. Flash schaute nach unten und konnte nicht erkennen, wie tief das Loch war. Er warf dem Schützen einen Blick zu und fragte: »Wie tief ist es?«

»Das wirst du wohl herausfinden. Beeil dich, wir haben nicht den ganzen Tag Zeit.«

Flash wandte sich wieder Kelli zu, sein Magen zog sich zusammen und er sagte: »Dreh dich um und halt dich am Rand fest. Ich nehme deine Hände und lasse dich hinunter.«

»Okay«, sagte sie, wobei ihre Stimme nur ein wenig zitterte.

Sie bereiteten sich vor, und Flash war zum Kotzen zumute. Er hatte keine Ahnung, wie tief Kelli fallen würde, wenn er sie losließ. Er konnte ihre Hände nur loslassen, als er sie so weit wie möglich heruntergelassen hatte, weil diese Arschlöcher unmöglich ein so tiefes Loch in den Dschungel graben konnten, dass sie beim Fallen sterben würde.

Das hoffte er zumindest.

»Bereit?«, fragte er.

Kellis Kopf war nach hinten geneigt, sodass sie zu ihm aufblickte. »Tu es«, flüsterte sie.

Es fühlte sich wie Verrat an, als er seinen Griff lockerte, und er hörte ihr erschrockenes Einatmen, als sie fiel.

»Kelli?«, rief er, hockte sich auf Händen und Knien neben das Loch und schaute verzweifelt nach unten. Er konnte überhaupt nichts sehen.

»Mir geht es gut!«, sagte sie einen Moment später. »Ich glaube, es sind etwa drei Meter oder so von oben.«

Flash seufzte erleichtert. »Geh zurück. Ich komme runter.« Er setzte sich auf den Rand und drehte sich, bevor er in das Loch fiel, zu den Männern um, die immer noch ihre Waffen auf ihn richteten. »Das hier ist noch nicht vorbei. Sobald ich hier rauskomme, werde ich euch zur Strecke bringen und dafür sorgen, dass ihr es bereut, euch mit mir angelegt zu haben.«

»Wie auch immer, Frauenheld. Wenn ich du wäre, würde ich die kurze Zeit, die dir noch mit deiner Freundin bleibt, genießen. Fick sie gut und hart, denn es könnte das letzte Mal sein, dass du die Chance dazu bekommst, wenn deine Leute das Geld nicht besorgen.«

»Ihr habt keine Ahnung, mit wem ihr euch hier anlegt.«

»Fick dich!«

Flash bewegte sich kurz bevor ein weiterer Schuss in den Wäldern um sie herum ertönte. Er schlug hart auf dem Boden auf, rollte sich ab, als seine Knie nachgaben, und linderte so den Aufprall auf seine Gelenke.

Während die Entführer den gusseisernen Deckel manövrierten, warf er einen kurzen Blick darauf und versuchte, sich einen Überblick zu verschaffen. Sobald der Kanaldeckel an seinem Platz war, wusste er, dass es dort stockdunkel sein würde, und er musste sehen, womit er es zu tun hatte.

Zu Flashs Entsetzen befanden er und Kelli sich in einem Raum, der aussah wie ein alter Bus, aus dem alle Sitze entfernt und die Fenster herausgenommen und durch Holzbretter ersetzt worden waren. Jemand hatte das Ding hierhergefahren, es irgendwie in ein riesiges Loch gesetzt und dann mit Erde bedeckt. Er hatte keine Ahnung, wie derjenige das geschafft hatte, aber das Wie spielte im Moment keine Rolle.

In einer Ecke des ansonsten leeren Raumes stand ein Karton, und das war alles. Keine Sitze, keine Decken, nichts, was er als Waffe oder Werkzeug zum Ausgraben hätte verwenden können.

Kurz bevor das Licht von oben genommen wurde, schaute der Mann, den sie am Straßenrand aufgelesen hatten, zu ihnen hinunter.

»Der Plan war, mehr von euch zu haben, also hofft lieber, dass eure Leute unser Geld bezahlen und sich das für uns lohnt.«

»Und *ihr* solltet besser hoffen, dass ihr eure Spuren verwischt habt. Denn wir werden hier rauskommen. Und ihr habt keine Ahnung, wer meine Leute sind. Sie werden niemals aufgeben. Sie werden euch finden. Und wenn sie das tun, werdet ihr euch wünschen, ihr hättet diesen idiotischen Plan nie gehabt.«

»Fick dich«, knurrte der Mann erneut.

Dann glitt der Kanaldeckel über das Loch und schnitt jegliches Licht ab. Es war so dunkel, dass Flash die Hand vor Augen nicht sehen konnte.

Das war nicht gut. Überhaupt nicht gut.

KAPITEL SECHS

Kelli atmete scharf ein, als der Kanaldeckel über ihren Köpfen jedes bisschen Licht ausblendete. Normalerweise hatte sie keine Angst vor der Dunkelheit, aber diese war ... allumfassend. Sie konnte nichts sehen. Sie fing sofort an zu zittern. Es begann mit ihren Armen, dann mit ihren Beinen, und ehe sie sichs versah, zitterte ihr ganzer Körper.

Sie hatte in ihrem ganzen Leben noch nie so viel Angst gehabt.

Und jetzt waren sie ... was? Geiseln, die für Lösegeld festgehalten wurden? Es war lächerlich und unglaublich, und doch waren sie hier.

Ihr Kopf pochte an der Stelle, an der der Kerl sie geschlagen hatte, und sie konnte fühlen, wie das Blut immer noch über ihren Hinterkopf und Nacken lief und ihren Überwurf durchtränkte.

Ihr entwich ein unwillkürliches Wimmern.

»Kelli?«

Sie konnte nicht sprechen. Sie konnte Flash nicht antworten. Sie fühlte sich wie gelähmt vor Angst und Ungläubigkeit.

»Wo bist du – aua, verdammt! Ich komme, halte durch, Schatz.«

Die Berührung an ihrer Schulter erschreckte Kelli so sehr, dass sie buchstäblich nach Luft schnappte und sich losriss. Bevor ihr Gehirn verarbeiten konnte, dass es Flash war, der sie berührt hatte, und nicht der Butzemann im Dunkeln, war sie in seinen Armen.

Mit geschlossenen Augen – nicht dass es einen Unterschied machte, sie konnte mit offenen Augen auch nichts sehen – hielt Kelli sich mit beiden Armen an Flash fest und drückte ihn so fest sie konnte.

»Es ist okay. Wir sind in Sicherheit. Wir kommen hier raus. Ich gebe dir mein Wort.«

Das beruhigte sie, auch wenn sie tief im Inneren wusste, dass er so etwas nicht versprechen konnte. Sie waren lebendig begraben worden, und das war furchterregend.

»Komm schon, ich will mir deinen Kopf ansehen.«

Sie konnte nicht anders. Sie schnaubte. »Ansehen?«, murmelte sie an seiner Brust.

»Ja, schlechte Wortwahl. Aber wir müssen die Blutung stoppen. Kopfwunden bluten echt beschissen ... Ähm, tut mir leid. Ich neige dazu, mehr Schimpfwörter zu benutzen, wenn ich gestresst bin.«

Daraufhin hob Kelli den Kopf. Sie konnte den Mann nicht loslassen, an dem sie sich festhielt, als sei sie ein Klammeraffe, aber aus Instinkt versuchte sie, ihn anzusehen. »Du bist gestresst?«, fragte sie.

Diesmal schnaubte er. »Ja. Gestresst. Sauer. Total verwirrt. Wütend. Besorgt. Rasend. Alle Adjektive, die dir einfallen. Komm, setzen wir uns hier hin.«

Kelli wollte fragen wo, aber bevor sie es konnte, ließ Flash sie auf etwas Metallisches sinken.

»Das ist einer der Radkästen«, sagte Flash, als könnte er die Verwirrung in ihrer Körpersprache lesen. »Du musst mich nur für eine Sekunde loslassen. Ich gehe nirgendwo hin, ich bin genau hier. Ich würde dich nie allein lassen, verstehst du? Wir bleiben zusammen. Punkt.«

Kelli schluckte schwer und zwang sich, ihre Arme von Flashs Körper zu lösen. Mit einer Hand umklammerte sie immer noch den Rand seines T-Shirts. Auch wenn es für ihn keinen Ausweg gab, musste sie den Kontakt zu ihm aufrechterhalten. Sie konnte sich nicht einmal vorstellen, was sie denken oder tun würde, wenn sie hier allein zurückgelassen worden wäre.

»Tut es weh? Dein Kopf? Entschuldige, antworte nicht darauf – natürlich tut es das. Der Mistkerl hat dich ordentlich erwischt.« Sie spürte seine Finger in ihrem Haar, mit denen er sanft tastete. »Ja, es blutet immer noch. Verdammt, ich wünschte, ich hätte mein Armeemesser. Ich bin mir nicht sicher, ob ich mein Hemd ohne ein Messer oder so etwas zerreißen kann.«

Kelli spürte, wie Flash mit seiner großen Hand ihren Hinterkopf umschloss. Es schmerzte für einen Moment, aber dann lehnte sie sich in seine Berührung. Theoretisch wusste sie, dass er Druck auf die Wunde ausübte, aber es war unglaublich beruhigend zu spüren, wie er ihren Kopf so zärtlich hielt. Er zog sie nach vorn, bis ihre Stirn auf seiner Brust ruhte, während er sein Bestes tat, um die Blutung ihrer Wunde zu stoppen.

Sie schlang ihre Arme wieder um ihn und atmete tief ein. Er roch ... verschwitzt. Mit einem leichten Hauch von Flusswasser. Er war definitiv nicht frisch und sauber, aber sie auch nicht. Und es war nicht so, als hätten sie eine Möglichkeit gehabt, sauberer zu werden. Ihre Situation wurde ihr allmählich bewusst. Sie steckten in großen Schwierigkeiten. Lebendig begraben in einem Dschungelstreifen in der Wildnis Jamaikas. Niemand würde einen willkürlichen Kanaldeckel bemerken, der mitten im Wald völlig fehl am Platz war.

Sie würde hier sterben, was beschissen war.

Aber Kelli konnte nur daran denken, dass sie wenigstens nicht allein war.

»Wir sterben hier nicht«, sagte Flash und erschreckte Kelli.

»Hör auf, meine Gedanken zu lesen«, beschwerte sie sich und murmelte an seiner Brust.

»Es ist nicht schwer zu erraten, was du denkst«, erwiderte er. »Es ist ausgeschlossen, dass meine Freunde *nicht* nach Jamaika kommen werden, um nach mir zu suchen, wenn sie diese verdammte Lösegeldforderung erhalten. Unsere Entführer werden noch früh genug herausfinden, wer ich bin, wenn sie meine Brieftasche öffnen und meinen Marine-Ausweis finden. Sie werden denken, dass sie den Jackpot geknackt haben und die Regierung dazu bringen können, für meine Rückkehr zu bezahlen, aber das wird nicht passieren. Jeder weiß, dass die USA nicht mit Terroristen verhandeln, und obwohl Heckle und Jeckle vielleicht denken, dass sie ihre Spuren verwischt haben und niemand uns finden wird, liegen sie falsch.«

Er klang so selbstsicher. So überzeugt davon, dass jemand sie finden würde. Aber Kelli war nicht annähernd so zuversichtlich.

»Wir müssen vielleicht ein paar Tage hierbleiben, aber glaub mir, sobald meine Freunde es einrichten können, sind wir hier weg.«

Kelli nickte. Auch wenn sie es nicht glaubte, wollte sie ihm nicht widersprechen. »Heckle und Jeckle?« Sie fragte das Erste, was ihr in den Sinn kam.

Flash lachte leise, und Kelli konnte spüren, wie das Lachen durch seinen Körper dröhnte.

»Ja, das sind Cartoon-Elstern, die durch ihre verrückten Aktionen anderen und sich selbst Probleme bereiten. Sie sollen lustig sein, aber ich fand den Cartoon ziemlich gewalttätig.

Andererseits liegt das wohl in der Natur einiger dieser älteren Cartoons.«

Er redete weiter über seine Lieblingsfolgen der Zeichentrickserie, und zu ihrem Erstaunen stellte Kelli fest, dass sein Geplapper über etwas so Sinnloses ihr half, sich zu entspannen.

»Ich glaube, die Blutung hat nachgelassen. Wie fühlst du dich? Ist dir schwindelig? Übel? Hast du Kopfschmerzen?«

Kelli brauchte einen Moment, um zu begreifen, dass Flash aufgehört hatte, über Heckle und Jeckle zu reden, und ihr Fragen stellte. »Mir geht es gut«, antwortete sie. Das stimmte zwar nicht, aber was hätte sie sonst sagen sollen? Es war ja nicht so, als hätte er Schmerzmittel in der Tasche oder könnte sie zu einem Arzt bringen.

»Sicher.«

Dann erschreckte er sie, indem er beide Hände an ihre Schläfen legte und ihren Kopf nach hinten neigte. Sie spürte seine Lippen auf ihrer Stirn, dann hielt er sie einfach einen Moment lang fest. Sie stellte sich vor, dass er sie anstarrte, und wenn sie Licht hätten, würde er ihre Augen und ihren Gesichtsausdruck absuchen, um ihre wahren Gedanken zu ergründen.

»Danke.«

»Wofür?«, fragte Kelli verwirrt.

»Dafür, dass du diese beschissene Situation nicht noch schlimmer machst.«

Sie konnte nicht anders. Sie lachte. »Ich glaube nicht, dass es noch schlimmer hätte kommen können.«

»Natürlich hätte es schlimmer kommen können«, sagte Flash ruhig. »Du hättest schreien können, Heckle und Jeckle hätten ausflippen können, und sie hätten vielleicht einen von uns erschießen können. Sie hätten uns windelweich schlagen oder einen von uns im Dschungel töten und den anderen hier allein zurücklassen können. Du hast genau das getan, was du hast tun sollen. Du hast geschwiegen und die Anweisungen befolgt.«

»Ich dachte immer, es sei besser zu kämpfen«, sagte Kelli leise. »Ich habe mir ein paar dieser Krimiserien angesehen, die heutzutage im Fernsehen sehr beliebt sind, und dort heißt es immer, es sei das Schlimmste, was man tun kann, wenn man sich von jemandem in einem Fahrzeug irgendwohin bringen lässt. Dass man lieber kämpfen solle.«

Sie spürte, wie Flash mit den Schultern zuckte. Es war fast seltsam, wie ihre anderen Sinne ohne Sehvermögen so viel schärfer wurden. »Das ist nicht immer so. Jede Situation ist anders. Wenn man sich gegen einen Angreifer oder Entführer wehrt, kann es sein, dass er einen tötet, während er versucht, einen zu überwältigen. In anderen Fällen ist ein Kampf die einzige Überlebenschance.«

»Woher weiß man, was angemessener ist?«, fragte Kelli.

»Intuition.«

»Hast du deshalb nichts unternommen, um dem Kerl die Waffe abzunehmen? Ich habe das Gefühl, du hättest es ohne allzu große Probleme tun können.«

»Ja, so ziemlich. Das Wichtigste war, dass ich Jeckle zwar die Waffe hätte abnehmen können, aber nicht wusste, was Heckle tun würde. Ich hatte keine Ahnung, ob er auch eine Waffe hatte, und hätte ich mich auf Jeckle konzentriert, wäre ich verwundbar gewesen. Und meine Befürchtungen waren berechtigt. Heckle hatte eine Waffe. Er hätte uns beide erschießen können, während ich seinen Partner überwältigte.«

Kelli schauderte.

»Außerdem vertraue ich meinen Teamkameraden. Sie werden uns finden, Kelli. Wir müssen nur am Leben bleiben, bis sie hier sind.«

Sie wollte fragen, wie lange es dauern würde, bis seine Freunde sie finden würden, aber das war eine dumme Frage. Flash wusste das nicht. Also hielt sie den Mund.

In der unheimlichen Stille ihres Grabes knurrte ihr Magen plötzlich so laut, dass es fast von den Seiten des Metallfahrzeugs, in dem sie saßen, widerhallte. Sie spürte, wie ihre Wangen heiß wurden, und war kurz dankbar, dass es so dunkel war.

»Tut mir leid«, flüsterte sie.

»Das muss es nicht. Ich habe auch Hunger«, sagte Flash. »Vielleicht haben sie etwas für uns zum Essen dagelassen.«

Die Möglichkeit munterte Kelli auf, aber es ließ schnell wieder nach. »Ich habe nicht wirklich Kisten mit Vorräten gesehen, bevor sie uns eingeschlossen haben.«

»Nein, aber es gibt einen Karton in der Ecke. Ich habe ihn gesehen ... vorher.«

»Ein Karton?« Kelli erinnerte sich nicht an einen Karton, aber andererseits war sie ausgeflippt und hatte nach oben zum Loch geschaut, und dann zu Flash, als er sich neben sie fallen ließ.

»Ja. Soweit ich das beurteilen kann, befinden wir uns in einem entkernten Bus. Zumindest sah es so aus, als ich einen kurzen Blick darauf werfen konnte, bevor sie uns das Licht genommen haben. Keine Sitze, nur die Radkästen. Sogar das Lenkrad ist weg. Sie haben den Notausgang im Dach herausgenommen und ihn irgendwie durch den Kanaldeckel ersetzt. Ich glaube, wir können ihn wahrscheinlich erreichen, wenn ich dich auf meine Schultern nehme, aber ich möchte sichergehen, dass Heckle und Jeckle weit weg sind, bevor wir versuchen, daran herumzubasteln. Nur für den Fall, dass sie da oben zuschauen.«

»Dieser Bus ist viel höher als normal, oder?«, fragte sie. »Ich meine, ich kann mich nicht daran erinnern, dass der Schulbus so groß war.«

»Ja, das ist mir auch aufgefallen. Aber wenn sie den Notausstieg mit einem runden Einstiegsloch nachgerüstet haben, haben sie wohl auch das Dach irgendwie erhöht. Das macht es schwieriger, die Decke zu erreichen, und damit auch schwieriger zu entkommen.«

Seine Worte ließen Kelli erschaudern. »Glaubst du, wir können einfach den Deckel hochschieben? Ich meine, ich weiß, dass Kanaldeckel schwer sind, aber dieser hier ist doch nicht zugeschweißt, oder?«

»Ich glaube, das hätten wir gehört, wenn es so wäre. Ich möchte aber erst diesen Karton inspizieren, bevor wir etwas anderes tun. Warte hier.«

Bevor sie protestieren konnte, war Flash weg. Wie zuvor, als der Deckel aufgesetzt wurde und sie eine kleine Panikattacke hatte, war der Verlust seiner Anwesenheit beunruhigend und beängstigend.

»Flash?«, rief sie, unfähig, sich zurückzuhalten.

Nach ein paar Sekunden hörte sie Schritte näher kommen, kurz bevor sie Flashs Hand auf ihrem Knie spürte. »Ich bin hier. Ich gehe nirgendwo hin. Alles in Ordnung.«

Und so kam Kelli sich auf einmal dumm vor. Natürlich ging er nirgendwo hin. Keiner von ihnen ging irgendwo hin. Sie saßen hier unten fest. »Tut mir leid«, murmelte sie.

»Das muss es nicht. Dies ist eine Situation, in der du noch nie zuvor warst. Wenn du mich fragst, ich finde, dass du erstaunlich gut damit zurechtkommst. Du machst das großartig.«

»Das tue ich nicht«, protestierte sie. Dann fragte sie: »Warte, warst du schon einmal in einer solchen Situation? Im Dunkeln? Unter der Erde begraben, ohne Ausweg?«

»Nicht ganz. Aber es gab dieses eine Mal, als ich tauchen war. Meine Aufgabe war es, einen Sprengsatz am Rumpf eines Schiffes anzubringen, das ... nun, das ist nicht wichtig. Aber ich war unter Wasser und die Sicht war beschissen. Ich konnte überhaupt nichts sehen, so wie jetzt. Ich tastete herum und versuchte, mich dorthin zu tasten, wo ich den Sprengsatz anbringen sollte. Nach einer Weile beschloss ich, dass ich es einfach tun und mich verdammt noch mal da rausschaffen musste. Aber nachdem ich den Timer eingestellt hatte, drehte ich mich um. Ich wusste nicht, wo oben und wo unten war. Ich konnte die Blasen von meiner Ausrüstung nicht sehen, um ihnen an die Oberfläche zu folgen. Ich geriet in Panik. Es war, als sei ich in einem Sarg.«

»Was hast du getan?«, fragte Kelli mit angehaltenem Atem.

»Ich hatte Glück«, sagte Flash. »Einer meiner Teamkameraden tauchte wie aus dem Nichts auf. Er merkte, dass ich in Panik geriet, und holte mich da raus. Wir haben den zweiten Satz Sprengstoff nicht angebracht, also war die Mission technisch gesehen ein Fehlschlag, aber ich werde nie das Gefühl vergessen, desorientiert zu sein und nicht zu wissen, wo oben und unten ist.«

Kelli konnte sich das nicht vorstellen. »Ich bin froh, dass dein Freund dich gefunden und da rausgeholt hat.«

»Ich auch. Und dieses Mal wird er uns auch finden und hier rausholen.«

Zum ersten Mal verstand Kelli, warum Flash so selbstsicher war. Bei den Dingen, die er tat, und den Orten, an denen er sich aufhielt, hatte er keine andere Wahl, als sich darauf zu verlassen, dass seine SEAL-Kameraden ihm den Rücken freihielten. Es ging buchstäblich um Leben und Tod. Und wenn er sagte, dass sie nach ihm suchen würden und ihn finden könnten, wer war sie, dass sie ihm widersprach oder nicht glaubte?

»Mir geht es jetzt gut«, sagte sie so bestimmt, wie sie konnte.

»Wie wäre es, wenn wir beide diesen Karton überprüfen?«, fragte Flash.

Kelli gefiel diese Idee. Sehr sogar. »Ja.«

Flash nahm ihre Hand in seine und sie konnte spüren, wie er sich vor sie stellte. Sie stand auf, schwankte ein wenig, fand dann aber ihr Gleichgewicht.

»Der Bus ist leer, aber bleib trotzdem hinter mir«, sagte Flash zu ihr. »An den Seiten befinden sich die Radkästen.

Wenn du dich also in Zukunft an den Wänden orientieren willst, achte darauf.«

Kelli nickte, obwohl er sie nicht sehen konnte. Es war an der Zeit, kein Baby mehr zu sein. Herumsitzen und Weinen würde ihrer Situation nicht helfen. Ja, sie war hungrig, durstig und verängstigt. Aber sie war am Leben.

Flash hatte recht. Heckle und Jeckle – sie lächelte über die Spitznamen, die er ihren Entführern gegeben hatte – hätten einen oder beide von ihnen erschießen können. Sie war dankbar, dass sie es nicht getan hatten. Und sie musste darauf vertrauen, dass Flashs SEAL-Teamkameraden ihn retten würden.

———————

Flash hatte das Gefühl, als würde er aus der Haut fahren. Er war kein Fan der Dunkelheit, besonders jetzt nicht. Er konnte immer noch Kellis Blut an seiner Hand spüren, und es gefiel ihm nicht, dass er nicht sehen konnte, wie schlimm die Wunde war. Ob sie genäht werden musste.

Ein wenig Licht würde auch helfen herauszufinden, wie sie aus diesem verdammten Bus hinauskommen konnten. Wie zum Teufel hatten Heckle und Jeckle es geschafft, Ausrüstung in den Dschungel zu bringen, um das blöde Ding zu vergraben? Es hätte einige Baggerlader und ernsthaftes Graben erfordert, um das zu bewerkstelligen. Er fragte sich, wie lange der Bus schon hier stand und wie viele andere unglückliche Touristen gefangen gehalten worden waren.

Seine Wut brodelte knapp unter der Oberfläche seiner Haut. Er hatte Kelli vorhin nicht angelogen. Er war verängstigt und gestresst. Aber er war auch wütend. Er wusste es besser, als das Gelände des Resorts zu verlassen. Und doch hatte er sich dazu überreden lassen. So dumm.

Handlungen hatten Konsequenzen, und hier war er nun.

SUSAN STOKER

Hier waren er *und* Kelli. Das war wahrscheinlich das Schlimmste daran. Dass sie verängstigt und verletzt war und er nicht viel dagegen tun konnte. Wenn sie im Dschungel zurückgelassen worden wären, hätte er ihr etwas zu essen und Wasser besorgen und einen Unterschlupf bauen können. Aber hier? In diesem verdammten unterirdischen Bus konnte er kaum etwas tun, außer ihr zu versichern, dass Kevlar und der Rest seines Teams kommen würden.

Er presste die Lippen zusammen und betete, dass sie ihn finden würden. Er war sich nicht sicher, wie sie das anstellen würden. Solange sie die Entführer nicht gefunden hatten, gab es keine definitive Möglichkeit festzustellen, wohin er und Kelli nach dem Verlassen der Flusstour gegangen waren. Und natürlich trug er seinen Peilsender nicht. Tex konnte ihn nicht einfach auf seinem Computer aufrufen und sein Team direkt zu ihm führen. Er war im Urlaub. Warum sollte er seinen Peilsender mitnehmen?

Eine weitere Sache, für die er sich selbst hätte ohrfeigen können. Er hätte es besser wissen müssen. Die Reisewarnung für Jamaika hätte ausreichen müssen, um ihn besonders vorsichtig zu machen.

Seufzend streckte Flash eine Hand aus, damit er beim Gehen nicht gegen die Vorderseite des Busses stieß. Das Letzte, was sie brauchten, war eine zweite Kopfverletzung.

Es dauerte nicht lange, bis er mit der Hand die Vorderseite des Fahrzeugs berührte. Er überlegte, ob er versuchen sollte, das Sperrholz zu durchbrechen, das die Fenster ersetzt hatte, entschied aber, dass das ihrer Situation nicht helfen würde. Es würde alles nur noch schlimmer machen, wenn der Dreck um sie herum den Bus füllte.

»Ich wünschte, MacGyver wäre hier«, murmelte Flash.

»Der Typ aus dieser Fernsehsendung?«, fragte Kelli.

Er hatte fast vergessen, dass sie da war.

Nein, das war eine Lüge. Er konnte sie nicht vergessen. Ihr

90

Griff um seine Hand war fest, fast verzweifelt. Aber er war für eine Minute in Gedanken versunken gewesen, und Kelli war ruhig geblieben, ihre Schritte ebenso leise. Er hatte nicht gelogen, als er sagte, dass sie sich erstaunlich gut schlug für jemanden, der sich so weit außerhalb ihrer Komfortzone befand. Er könnte es jetzt nicht gebrauchen, sich mit einer hysterischen Begleiterin herumzuschlagen – nicht dass er ihr das übel genommen hätte, wäre sie es gewesen. Aber abgesehen von einem leichten Zittern und der Art, wie sie sich sträubte, den Kontakt zu ihm zu verlieren, schlug sie sich bisher großartig.

»Ja, aber das ist auch einer meiner Teamkameraden.«

»Oh, stimmt. Er ist derjenige, der versucht, die drei Kinder aus der Ukraine zu adoptieren.«

»Genau der. Er hat den Spitznamen MacGyver, weil er ein Zauberer ist, wenn es darum geht, etwas aus dem Nichts zu erschaffen. Er hat uns schon aus so mancher Klemme befreit, weil er aus einem Ziegelstein, etwas Dreck und einem Gummiband eine verdammte Zeitmaschine bauen kann.«

»Wenn ich in der Zeit zurückreisen könnte, würde ich Charlotte sagen, dass ich keine Flusstour machen, sondern am Strand bleiben, an einem eisgekühlten Drink nippen und ein Buch lesen will.«

»Ich auch«, stimmte Flash zu. Er tastete mit seinem Fuß herum, bis er fand, wonach er suchte. Den Karton, den er gesehen hatte, bevor sie in diesem Bus versiegelt worden waren. »Habe ich dir von Little Mac erzählt?«

»Nein, wer ist das?«, fragte Kelli.

»Sie ist MacGyvers Stieftochter Ellory. Sie ist zwölf, benimmt sich aber wie siebenundzwanzig. Sie hat Morbus Crohn, weißt du, was das ist?«

»Ich glaube schon. Irgendwas mit dem Darm, der nicht richtig funktioniert.«

»So ziemlich. Jedenfalls hatte sie viel zu kämpfen. Mobbing in der Schule, verzögerte Pubertät, weil sie einfach nicht essen will, weil es zu sehr wehtut, solche Dinge. Als ihre Mutter MacGyver heiratete, kamen sich die beiden näher. Mein Teamkamerad und Ellory, meine ich. Sie haben die ganze Zeit in seiner Garage herumgebastelt und er hat ihr viele Tipps gegeben und einige Tricks gezeigt. Dann wurden sie und ihre kleine Schwester entführt und in einen Schiffscontainer gesperrt, und sie konnten entkommen, weil Ellory die Tricks anwendete, die MacGyver ihr beigebracht hatte ... also haben wir angefangen, sie Little Mac zu nennen.«

»Wow! Nun, wenn eine Zwölfjährige herausfinden kann, wie sie sich selbst retten kann, können wir das vielleicht auch«, sagte Kelli.

Flash schloss für einen Moment die Augen, dankbarer, als er es in Worte fassen konnte, dass diese Frau so stark war. Sie hätte ausflippen können, wahrscheinlich sollte sie es sogar. Sie hätte sich darüber beschweren können, wie hungrig sie war – ihr Magen knurrte immer noch; sie taten beide ihr Bestes, um es zu ignorieren –, und doch versuchte sie, positiv zu bleiben.

Sie war genau die Art von Frau, nach der Flash gesucht hatte. Die Art von Frau, mit der er den Rest seines Lebens verbringen wollte. Jemand, der sich nicht mit dem Schlechten aufhielt, sondern in jeder Situation das Gute sah. Denn Gott wusste, dass eine Beziehung mit ihm bedeuten würde, dass sie sich in vielen Situationen wiederfinden würde, in denen die Dinge nicht so toll waren. Seine langen Abwesenheiten, der gefährliche Aspekt dessen, was er tat. Aber es würde hoffentlich auch gute Dinge geben. Viele davon. Familie, Freunde, Wiedersehen.

»Hast du ihn gefunden? Den Karton?«, fragte Kelli.

Ihre Frage holte Flash aus der Spirale, in die seine Gedanken gefallen waren – schon wieder. »Entschuldige, ja. Obwohl, jetzt, da ich hier bin, denke ich, dass du wahrscheinlich zum anderen Ende des Busses gehen solltest. Nur für den Fall.«

»Für welchen Fall?«

Dies war einer der Momente, in denen er sich wünschte, sie sei etwas weniger naiv. »Ich weiß nicht, was hier drin ist. Und da ich nichts sehen kann, kann ich das nur herausfinden, indem ich Dinge aufhebe und anfasse. Wenn Heckle und Jeckle sadistisch genug sind, was ich für möglich halte, haben sie vielleicht etwas Explosives hier reingetan.«

Daraufhin wich sie nicht von ihm zurück – sie hielt seine Hand nur noch fester. »Wenn du in die Luft fliegst, dann ich auch. Das ist mir lieber, als hier mit deinen überall verstreuten Körperteilen sitzen zu müssen.«

Flash konnte sich das schockierte Lachen nicht verkneifen, das ihm über die Lippen kam.

»Entschuldige, war das zu eklig?«, fragte sie. »Aber es ist wahr. Ich würde lieber mit dir sterben, als hier ganz allein sein zu müssen. Also werden wir diesen Karton und was auch immer darin ist gemeinsam untersuchen.«

Flash konnte sich nicht zurückhalten. Er drehte sich um und fand mit seiner freien Hand zielsicher ihre Wange. »Wir werden nicht sterben«, sagte er, der Gedanke völlig unvorstellbar, nachdem er Kelli ein wenig besser kennengelernt hatte.

»Nun, ich hoffe nicht«, sagte sie mit einem Achselzucken, das er spürte.

»Richtig. Okay. Setzen wir uns. Wir können es uns genauso gut bequem machen, während wir es uns ansehen, ja?«, sagte er und zog an ihrer Hand, um sie mit sich auf den Metallboden zu ziehen.

Sie setzte sich direkt neben ihn, sodass ihre Oberschenkel seine berührten. »Nur damit das klar ist, auch wenn ich gesagt habe, dass ich lieber mit dir in die Luft fliegen würde, als auf der anderen Seite dieses Busses zu sitzen, heißt das nicht, dass ich mutig genug bin, das zu berühren, was in diesem Karton ist. Da könnten Mäuse oder so etwas drin sein. Also überlasse ich das dir ... wenn das in Ordnung ist.«

Das war mehr als in Ordnung. Flash störte es nicht, dass sie sich auf ihn verließ.

Langsam bewegte er sich vorwärts und fand den Rand des Kartons. Soweit er sich erinnerte, hatte er etwa die Größe eines mittelgroßen Versandkartons.

Er holte tief Luft und griff hinein.

Das Erste, was er berührte, war klein und weich. Er drehte es in seinen Händen, nicht sicher, was er hielt, aber er vermutete, dass es eine Art Stoff war. Er hielt es an seine Nase und schnupperte. Ein wenig muffig, aber in seinem Kopf läuteten keine Alarmglocken. Das könnte nützlich sein.

»Streck deine Hand aus«, sagte er zu Kelli.

»Das ist nicht einer dieser Momente, in denen du mir etwas Ekliges oder Unheimliches in die Hand drückst und über meine Reaktion lachst, oder?«, fragte sie.

Flash lachte. Er konnte nicht glauben, dass er an dieser Situation etwas Lustiges fand, aber so war es. »Nein, versprochen. Das fühlt sich wie eine Art Handtuch oder Tuch an. Ich möchte, dass du es an deinen Kopf hältst.«

»Ich glaube, die Blutung hat aufgehört.«

»Trotzdem. Du kannst es wahrscheinlich zumindest zum Reinigen deines Nackens verwenden.«

Er spürte, wie sie mit ihren Fingern seine berührte, als sie ihm das Tuch abnahm.

»Es ist winzig. Kleiner als ein Waschlappen. Was ist das und warum sollte es in dem Karton sein?«

»Ich bin mir nicht sicher. Aber ich glaube, es ist ein zerrissenes Stück T-Shirt. Wahrscheinlich ihre Art, uns zu ärgern, indem sie uns kein ganzes Hemd geben. Warte mal, lass mich sehen, was noch drin ist«, sagte Flash, als er in den Karton griff. Er nahm etwas in die Hand, das sich schwer anfühlte. Als er mit den Händen darüberstrich, beschleunigte sich sein Herzschlag. »Heilige Scheiße!«

»Was? Was ist es?«, fragte Kelli mit leicht besorgtem Tonfall.

»Entschuldige, nichts Schlimmes. Ich glaube, es ist ein Radio.«

»Ein Radio?«

»Ja.« Flash drehte an einem Knopf, aber es passierte nichts. Kein Rauschen, nichts. »Verdammt. Es funktioniert nicht. Aber ... warte mal ...« Er drehte es um und fand das Fach auf der Unterseite, in dem sich die Batterien hätten befinden sollen. Als er es öffnete, lächelte er. »Es hat Batterien.«

»Aber es funktioniert nicht«, sagte Kelli verwirrt.

»Ja, aber je nachdem, was sonst noch drin ist, können wir vielleicht trotzdem etwas Saft aus ihnen herausholen. Vielleicht sogar ein Licht machen.«

»Ein Licht?« Die Hoffnung in Kellis Stimme ließ Flash erkennen, dass er es vermasselt hatte. Er hätte nichts sagen sollen, bis er sich sicher war. Aber der Gedanke, eine Art Licht zu haben, war zu verlockend, um darüber zu schweigen.

»Vielleicht. Ich bin kein MacGyver, aber ich habe oft genug gesehen, wie er Drähte mit Batterien verwendet hat, weshalb ich denke, dass ich es kann.«

»Daran habe ich keinen Zweifel. Was ist noch da drin?«

Je mehr Zeug er fand, desto sicherer war Flash, dass Heckle und Jeckle sie verarschten. Sie hatten Dinge in diesen Karton getan, die sie wahrscheinlich für völlig nutzlos hielten. Die sie eher entmutigen als ihnen helfen sollten.

Es gab Wasser, das er an der Form der Flasche erkannte – und er war erleichtert, dass das Sicherheitssiegel noch intakt war –, aber nur eine Flasche. Das war scheiße, aber es wäre noch beschissener gewesen, wenn es überhaupt kein Wasser gegeben hätte ... oder wenn noch mehr Gefangene in diesem Bus gewesen wären, wie es anscheinend geplant gewesen war.

Ein Kugelschreiber, etwas, das sich wie eine Muschelschale anfühlte, ein paar Münzen, eine dicke Kerze – aber keine Streichhölzer oder Feuerzeuge –, zwei Dosen, aber kein Dosenöffner, ein Schlüssel – was besonders lächerlich war, wenn man bedachte, dass sie unter der Erde waren und Flash sicher war, dass es in diesem Stück Scheiße von Bus keinen Motor gab –, ein Pflaster, eine Kugel, ein Kondom, eine Handvoll von etwas, das sich wie ungekochte Nudeln anfühlte, und ein Löffel.

Auch hier hielten ihre Entführer es wahrscheinlich für einen Scherz, ihnen all diese Sachen zu geben ... aber für Flash war es eine Schatztruhe.

»Ich hatte gehofft, dass es etwas gibt, das wir gebrauchen können«, sagte Kelli niedergeschlagen.

Flash wurde klar, dass er zwar laufend kommentiert hatte, was er entdeckte, aber nicht gesagt hatte, wie nützlich die Gegenstände waren.

»Das meiste davon *können* wir gebrauchen.«

»Wie?«

»Nun, allem voran die Dosen. Wir haben keine Ahnung, was drin ist, es könnte Hundefutter sein, was scheiße wäre, aber hoffentlich ist es irgendeine Art von menschlicher Nahrung.«

»Aber wir können sie nicht öffnen.«

»Doch, das können wir. Sie haben uns einen Löffel gegeben. Wahrscheinlich auch, um uns psychisch zu quälen, aber anstelle eines Öffners ist das genau das Werkzeug, das wir brauchen, um hineinzugelangen. Ich muss nur die Kante des Löffels an derselben Stelle auf der Oberseite hin und her reiben, und schon bricht sie durch.«

»Wirklich?«

»Ja. Die Oberseite der Dosen ist nicht so dick wie die Seiten. Wir kommen also definitiv hinein, und hoffentlich ist es etwas, das wir essen können.«

»Was noch?«, fragte Kelli, rutschte näher an ihn heran und klang jetzt viel interessierter.

»Die eine Flasche Wasser ist nicht besonders praktisch, aber hör mal ...«

Beide schwiegen etwa eine Minute lang.

»Ich höre Tropfen«, flüsterte Kelli.

»Richtig. Wir sind im Dschungel. Es ist nass. Es ist nicht überraschend, dass dieser Bus nicht wasserdicht ist. Wir können dieses Wasser trinken und dann die Flasche verwenden, um mehr von dem Tropfwasser aufzufangen. Es wird wahrscheinlich Schmutz darin sein, aber jedes Wasser ist besser als keines. Und sie haben uns einen verdammten Behälter gegeben. Wenn sie versucht haben, uns zu demoralisieren, haben sie definitiv versagt.«

»Was ist mit der Muschel? Was kann man damit machen?«

»Sie könnte ein weiterer Behälter sein, aber ich denke, wenn ich sie zerbreche, werden die Kanten scharf sein. Sie könnte eine nützliche Waffe sein.«

»Cool! Und?«

»Nun, nicht alles ist nützlich, obwohl ich wette, dass MacGyver für buchstäblich all diesen Scheiß eine Verwendung finden könnte. Ich bin mir nicht sicher, was wir mit dem Pflaster oder den Münzen anfangen können. Und die Kugel ist ziemlich nutzlos.«

»Dachten die, wir würden hier drin Sex haben? Ich meine, ernsthaft? Ein Kondom?«

»Das könnte tatsächlich der nützlichste Gegenstand von allen sein«, sagte Flash und war froh, dass sie sein Grinsen nicht sehen konnte. »Ein Kondom kann Wasser halten. Wir könnten es als eine Art Handschuh verwenden, wenn wir müssten, oder als improvisierten Druckverband für Wunden. Man kann es als Schiene für einen gebrochenen Finger verwenden, es ist aus Gummi, also könnte es auch als Gummiband dienen, nur haben wir nichts, um es zu zerschneiden ... aber vielleicht würde die Muschel funktionieren, wenn es sein muss. Man kann es als Schleuder verwenden, als Notdichtungsmittel, zum Beispiel für ein Rohr oder so. Und ich habe sogar gesehen, wie MacGyver damit ein Feuer entfacht hat.«

»Jetzt *weiß* ich, dass du lügst.«

»Nein. Ich schwöre es. Er hat eins mit Wasser gefüllt und als

Lupe benutzt. Es hat eine ganze Weile gedauert und es gab viele böse Worte, aber verdammt, er hat es geschafft, Rauch und dann Flammen zu erzeugen. Ich war genauso überrascht wie du.«

»Okay. Das Kondom kann also für mehr als nur ... du weißt schon, das Offensichtliche verwendet werden.«

»Jup. Wir können die Tinte aus dem Stift entfernen und das Gehäuse als Strohhalm verwenden, und die ungekochten Nudeln werden zwar hart für unsere Zähne sein, aber sie haben einen gewissen Kalorienwert. Und schließlich ist die Kerze pures Gold. Die Arschlöcher dachten, sie könnten uns verhöhnen, aber ich glaube, ich kann die Isolierung von einigen der Drähte in dem kaputten Radio entfernen, sie an die Batterie anschließen und vielleicht einen Funken erzeugen, der den Docht entzündet.«

»Ach du meine Güte. Das wäre der Hammer!«

Das wäre es. Wenn er es hinbekäme. Normalerweise überließ Flash diese Art von Dingen MacGyver, aber jetzt war er an der Reihe, sich zu beweisen. Wenn er Kelli etwas Licht als Trost geben könnte, würde er es tun.

Zu seiner Überraschung kicherte sie.

»Was ist so lustig?«

»Nur, dass Heckle und Jeckle dachten, sie könnten uns brechen, indem sie einen Karton mit wertlosem Mist hierlassen. Nur wussten sie nicht, dass sie einen verdammten Navy SEAL entführt haben. Idioten.«

Kelli hatte großes Vertrauen in ihn. Flash hoffte, dass es nicht fehl am Platz war.

Entschlossenheit stieg in ihm auf. Er würde alles tun, um diese Erfahrung für die Frau an seiner Seite so schmerzlos wie möglich zu machen. Sie würden sich unwohl fühlen, und bis sie aus diesem verdammten Bus kletterten, würde er nicht nachlassen, aber vielleicht, nur vielleicht, würden sie mit einem blauen Auge davonkommen. Er hoffte es.

Brant Williams betrachtete den US-Marineausweis in seiner Hand und lächelte. Sein Plan war es gewesen, die Familien der entführten amerikanischen Touristen zu kontaktieren und Lösegeld zu verlangen, aber zu wissen, dass er ein Mitglied des Militärs in seiner Gewalt hatte, war noch besser.

Die Marine würde diesen Kerl retten wollen. Sie würden definitiv zahlen.

»Ich bin mir nicht sicher, ob die Marine ein Lösegeld zahlen wird«, sagte Errol, die Unsicherheit in seiner Stimme deutlich zu hören.

»Natürlich werden sie das«, erwiderte Brant. »Sie werden mich auf keinen Fall ignorieren. Sie werden zahlen müssen, oder ich gehe an die Öffentlichkeit und sage ihnen, dass die US-Regierung einen der ihren sterben lässt.«

»Aber die USA verhandeln nicht mit Terroristen«, sagte Errol.

»Wir sind keine Terroristen«, argumentierte er.

Als Errol weiterhin die Stirn runzelte, spürte Brant, wie seine Verärgerung zunahm. »Du warst derjenige, der alles vermasselt hat. Wenn du getan hättest, was ich dir gesagt habe, und mindestens vier oder fünf Leute mitgebracht hättest, hätten wir mehr Geld bekommen können. Aber stattdessen hast du nur zwei mitgebracht.«

»Ich habe es dir gesagt! Ich konnte einige der anderen nicht einfach zwingen zu warten, während diese beiden noch auf dem Wasser waren.«

»Warum nicht?«

»Weil! Sie haben lauthals verkündet, gehen zu wollen, und der andere Fahrer hat angeboten, sie alle in seinen Bus zu stopfen!«, schrie Errol. »Weißt du was? Scheiß drauf! Ich bin raus.«

»Was? Du bist nicht raus!«, rief Brant zurück.

»Bin ich doch. Du hörst mir nicht zu. Du hältst mich für

blöd. *Ich* bin derjenige, der herausgefunden hat, wo Wade Gordon in Riverton, Kalifornien stationiert ist. *Ich* bin derjenige, der Kelli Colberts Facebook-Seite gefunden und herausgefunden hat, dass sie für ein winziges Reisebüro arbeitet. Sie verdient einen Scheißdreck. Ohne mich wüsstest du nicht einmal, an wen du dich überhaupt wenden musst, um Geld zu bekommen. Und du hörst *immer* noch nicht zu! Die Marine wird keine fünfzigtausend Dollar für diesen Wade rausrücken. Er ist Seemann, kein Offizier. Das macht einen riesigen Unterschied.«

»Nein, das tut es nicht!«, argumentierte Brant.

Errol rollte mit den Augen, was Brant noch mehr verärgerte. »Wessen Idee war das hier? Meine! Wer hat dafür bezahlt, dass der Bus vergraben wird? Ich! Ohne mich wäre dieser ganze Plan nicht zustande gekommen. Ich habe *dich* eingeladen, dich *mir* anzuschließen, nicht umgekehrt. Ich habe das Sagen. Und ich sage dir, dass das hier gut funktionieren wird. Jetzt beruhige dich!«

»Nein. Mir reicht's. Viel Glück. Melde dich nicht bei mir. Nie wieder«, sagte Errol zu ihm.

»Na gut. Umso mehr Geld bleibt für mich.«

»Es wird kein Geld geben«, murmelte Errol, drehte sich um und verließ Brants kleines heruntergekommenes Haus.

Brant vergaß das Arschloch, noch bevor er die Tür zugeschlagen hatte. Er brauchte ihn nicht. Er hatte bereits alles, was er brauchte. Er hatte die Adressen seiner Gefangenen und Errol hatte ihm die Kontaktinformationen von Wade Gordons Kommandanten gegeben. Außerdem hatte er ein nicht zurückverfolgbares Handy, das er benutzen und direkt nach dem Anruf loswerden würde.

Dann musste er sich nur noch zurücklehnen und darauf warten, dass das Geld auf das Konto eingezahlt wurde, das Errol bereits eingerichtet hatte.

Der Mann konnte gut mit Computern umgehen, und es war

eine Schande, jemanden mit diesen Fähigkeiten zu verlieren, aber Brant würde einen anderen Partner finden.

Zunächst einmal jemanden, der die Leichen aus dem Bus entfernte, nachdem seine Gefangenen gestorben waren.

Aber darüber würde er sich später Gedanken machen. Das Wichtigste zuerst. Er musste diesen Marinekommandanten anrufen und ihn wissen lassen, dass Wade Gordon in unmittelbarer Gefahr schwebte – und die einzige Möglichkeit, ihn zu retten, darin bestand, fünfzigtausend Dollar zu schicken.

Brant hatte es satt, in diesem Elend zu leben. Er wollte mehr. Er verdiente es nicht, hier zu leben. Und dieser Job sollte der erste von vielen sein. Sobald er eine Million Dollar hatte, würde Brant nach Los Angeles ziehen, ein riesiges Haus kaufen und wie der König leben, der er sein sollte.

Und alles begann mit Wade Gordon.

Brant warf einen Blick auf die Führerscheine auf dem Tisch und dann wieder auf den Marine-Ausweis in seiner Hand. Die Marine würde ihren Soldaten, Matrosen ... *was auch immer* unbedingt zurückhaben wollen. Da war er sich sicher.

KAPITEL SIEBEN

»Was zum Teufel?«, stieß Kevlar hervor, nachdem er und sein Team abrupt aus einer wichtigen Besprechung über eine mögliche bevorstehende Mission herausgerissen worden waren, um mit dem Kommandanten über etwas völlig anderes zu reden.

Sie alle dachten, sie seien wegen einer Notfallmission einberufen worden. Und das waren sie auch – aber es war überhaupt nicht das, was sie erwartet hatten.

»Ich habe diesem Arschloch gesagt, dass Jamaika eine schlechte Idee ist«, meckerte Kevlar leise vor sich hin.

»Geht es den Jungs, mit denen er unterwegs war, gut?«, fragte Safe den Kommandanten.

»Ja. Sie wissen noch nicht einmal, dass er vermisst wird. Und anscheinend wird auch eine Frau vermisst.«

»Das wird ja immer besser«, sagte MacGyver trocken.

»Eine Gruppe von Frauen war dort im Urlaub und sie waren alle zusammen beim Tubing. Flash und eine Frau namens Kelli Colbert sind nicht zurückgekehrt. Ich habe im Hotel angerufen, um mit den Männern zu sprechen, mit denen Flash unterwegs war.«

Kevlars Blick fiel auf das Telefon in der Mitte des Tisches. Er bemerkte, dass das Licht blinkte, was darauf hinwies, dass die Verbindung gehalten wurde. »Ist er das?«, fragte er und nickte zum Telefon.

»Ja.«

Das Team war noch nicht auf dem Laufenden, was zum Teufel vor sich ging, aber es war offensichtlich unerlässlich, dass sie mit den Leuten sprachen, die bei Flash gewesen waren, bevor er verschwand. Er beugte sich vor und griff nach der Taste, die den Anruf wiederherstellen würde, und blickte den Kommandanten zur Erlaubnis an.

Der andere Mann nickte.

Sobald Kevlar den Knopf drückte, sagte der Kommandant: »Hallo?«

»Ähm ... hallo?« Der Mann, der antwortete, klang verwirrt und besorgt. Wahrscheinlich fragte er sich, warum er von den Sicherheitsleuten des Resorts in das Büro gerufen worden war, in dem er gerade saß.

»Ist dort Charles Hepworth?«

»Ja. Wer spricht da?«

»Hier ist Wade Gordons Marinekommandant in den Staaten. Ich muss wissen, was heute passiert ist.«

Kevlar beugte sich vor, als könnte er dadurch schneller an die Informationen kommen, die sie suchten. Er bemerkte, dass seine Teamkameraden alle dasselbe taten.

»Ähm ... ich bin mir nicht sicher, was Sie meinen.«

»Wann haben Sie Mr. Gordon und Miss Colbert zuletzt gesehen?«

»Äh ... als wir eine Tubing-Tour gemacht haben. Wir wurden auf dem Wasser getrennt und haben eine Weile gewartet, aber sie sind nicht aufgetaucht. Flash ist ein Navy SEAL, also habe ich mir um ihn keine Sorgen gemacht, aber Kelli ... sie ist nicht für das Wasser gebaut, wenn Sie wissen, was ich meine.«

»Nein, ich weiß nicht, was Sie meinen«, sagte der Kommandant mit leiser Stimme. »Erklären Sie es mir.«

»Sie ist anscheinend einfach keine gute Schwimmerin. Sie hat nicht den Körper dafür. Das sagt zumindest ihre Cousine. Ich weiß nicht mehr, wer es vorgeschlagen hat, aber wir sind alle in einen der beiden Vans gestiegen, um zum Resort zurückzufahren, und haben den anderen für Flash und Kelli zurückgelassen. Moment mal – warum fragen Sie nach ihnen? Es geht ihnen doch gut, oder?«

Kevlar wollte am liebsten mit den Augen rollen. Dieser Charles war nicht die hellste Kerze auf der Torte.

»Nein. Sie wurden entführt.«

Zur Überraschung aller lachte Charles.

»Ist das lustig?«, blaffte der Kommandant.

»Das ist ein Scherz, oder? Flash ist sauer auf mich, weil ich gestern Abend mit den Mädels unterwegs war, also rächt er sich an mir. Er hat diesen ausgeklügelten Streich geplant und Kelli überredet mitzumachen.«

»Das ist kein Scherz«, sagte Kevlar, der den Mund nicht mehr halten konnte. »Mein Teamkamerad wird vermisst, zusammen mit Kelli Colbert, und Sie lachen darüber.«

Am anderen Ende der Leitung herrschte Stille, bevor Charles etwas unsicher fragte: »Sie machen keine Witze?«

»Nein, wir machen keine Witze. Wir müssen *alles* wissen, was gesagt wurde, als Sie und der Rest der Gruppe beschlossen haben, den Fluss zu verlassen und zum Resort zurückzukehren«, befahl der Kommandant.

»Ach du Scheiße. Okay, ich sage Ihnen alles, woran ich mich erinnern kann. Meine Güte ... Nova wird wegen Ihres Bruders so aufgebracht sein.«

Während Kevlar und der Rest des Teams Charles zuhörten, wie er erzählte, wie Flash und Kelli zurückgelassen worden waren – weil alle offenbar unbedingt zum Resort zurückkehren wollten, um wieder zu trinken und zu flirten –, wurde klar, dass die gesamte Gruppe großes Glück gehabt hatte. Es war durchaus möglich, dass *alle* ins Visier genommen worden waren ... aber weil sie rücksichtslos und geil gewesen waren, hatten sie tatsächlich Glück gehabt. Aus irgendeinem Grund hatte ihr Fahrer sie zurück zum Resort gebracht anstatt dorthin, wo Kelli und Flash festgehalten wurden.

Es war auch offensichtlich, dass Charles jetzt sehr aufgebracht über die Tatsache war, dass sein zukünftiger Schwager vermisst wurde. Er täuschte seine Aufregung über die Situation nicht vor und stolperte nun fast über seine Worte, begierig darauf, dem Kommandanten und Flashs Team alles zu erzählen, was sie über den Ausflug wissen wollten. Einschließlich Beschreibungen der Männer, die sie dorthin gefahren hatten, und dann derjenigen, die darauf warteten, sie zurück zum Resort zu bringen.

»Werden sie klarkommen?«, fragte Charles.

»Wenn es nach uns geht, ja«, sagte der Kommandant.

»Was machen wir jetzt?«

»Sie bleiben im Resort. Verlassen Sie das Gelände nicht noch einmal. Die Polizei wird in diesem Moment gerufen. Sprechen Sie mit den Beamten. Erzählen Sie ihnen alles, was Sie mir erzählt haben. Dann nehmen Sie einen Flug zurück in die USA, sobald die Beamten dort Ihnen die Erlaubnis zum Verlassen des Landes erteilen.«

»Sind wir auch in Gefahr?«, fragte Charles, der schockiert klang.

»Das wissen wir nicht. Aber es ist besser, Sie so schnell wie möglich in die USA zurückzubringen.«

»Ja, ich muss zu Nova«, sagte Charles leise, als würde er mit sich selbst reden.

Der Kommandant beendete das Gespräch, nachdem er kurz mit dem Sicherheitschef des Resorts gesprochen hatte, um sich davon zu überzeugen, dass die Polizei gerufen worden war und dass die Gruppen, mit denen Flash und Kelli zusammen gewesen waren, in Sicherheit waren, bis sie das Land verlassen konnten.

»Ich kann nicht glauben, dass Flash entführt wurde«, sagte Smiley sichtlich verärgert.

»Moment – wenn Hepworth es noch nicht einmal wusste, wie haben Sie dann von Flash erfahren?«, fragte MacGyver den Kommandanten.

»Weil der Entführer in meinem Büro angerufen und ein Lösegeld gefordert hat.«

Kevlar starrte seinen Kommandanten ungläubig an. »Er hat Sie angerufen? Woher wusste er, wer Sie sind?«

»Keine Ahnung. Aber wenn Flash seinen Marine-Ausweis bei sich hatte – was er wahrscheinlich hatte, weil er in solchen Dingen sehr genau ist –, wurde er vermutlich gestohlen. Der Entführer kennt sich offensichtlich mit Computern aus, denn er wusste, dass Flash hier stationiert ist, und er hat meine Büronummer angerufen. Nicht die allgemeine Nummer des Stützpunktes.«

»Hat jemand Tex angerufen? Kann er ihn nicht einfach orten und wir können ihn abholen?«, fragte Safe.

»Er hat seinen Peilsender nicht bei sich«, entgegnete der Kommandant grimmig.

»Verdammt!«

»Mist!«

»Hat er denn *gar nichts* von uns anderen gelernt?«

Kevlars Gedanken drehten sich. Er wollte unbedingt in ein Flugzeug nach Jamaika steigen. Seinen Freund finden. Es war eine Sache, auf eine Rettungsmission für einen Fremden oder mehrere Fremde geschickt zu werden, aber dies war einer der Ihren. Ihr Bruder. »Lebt er noch?«

Die Frage schien schwer in der Luft zu hängen.

Der Kommandant presste die Lippen zusammen. »Ich weiß es nicht. Ich habe um einen Lebensbeweis gebeten, aber der Entführer sagte, der einzige Lebensbeweis, den ich bekomme, ist Flashs Freilassung, sobald das Geld eingegangen ist.«

»Wie viel hat er verlangt?«, fragte Blink.

»Fünfzigtausend.«

Kevlar blinzelte überrascht. »Das ist alles?«

»Ja. Aber wie Sie wissen, leben viele Jamaikaner in extremer Armut. Fünfzigtausend Dollar ist mehr Geld, als viele von ihnen in ihrem ganzen Leben verdienen können«, sagte der Kommandant.

»Und es ist ein Betrag, von dem er wahrscheinlich dachte, dass er ihn bekommen könnte«, fügte MacGyver hinzu. »Wenn er zehn Millionen verlangt hätte, würde er die nie erhalten, das wusste er.«

»Und? Was jetzt? Zahlen wir es? Fliegen wir nach Jamaika? Was?«, fragte Kevlar ungeduldig.

»Wir zahlen nicht, aber wir werden diesen Kerl hinhalten, um Ihnen Zeit zu geben, nach Jamaika zu kommen. Aber wenn einer von *Ihnen* entführt wird, werde ich sauer sein«, sagte ihr Kommandant. »Die jamaikanische Regierung wurde über die Situation informiert und wir haben uns alle darauf geeinigt, Stillschweigen zu bewahren. Niemand will, dass bekannt wird, dass immer noch Touristen entführt werden. Die Tourismusbranche hat dort bereits unter der zunehmenden Gewalt gelitten.«

»Wann brechen wir auf?«, fragte Blink.

Der Kommandant schaute auf die Uhr. »In drei Stunden heben wir ab. Fahren Sie nach Hause, küssen Sie Ihre Frauen und Kinder und treffen Sie sich hier um achtzehn Uhr wieder.«

»Ich bleibe hier und rufe Tex an«, bot Smiley an. »Da ich der einzige Single bin. Ich werde auch die Gegend untersuchen, in der Flash verschwunden ist. Mich umsehen. Er und diese Kelli werden *irgendwo* festgehalten, ich werde sehen, ob ich Möglichkeiten finde. Und falls sie nicht mehr am Leben sind ...« Seine Stimme versagte.

»Er lebt«, sagte Kevlar mit erstickter Stimme. »Ich weiß nicht, was passiert ist, aber wenn eine Frau zusammen mit ihm entführt wurde, würde er meiner Meinung nach alles tun, was sie von ihm verlangen, nur um sie zu beschützen. Um Zeit zu schinden. Ich vermute, sie wurden irgendwo versteckt, und es liegt an uns, sie zu finden. Kein Tex. Keine Peilsender. Nur gute alte Detektivarbeit. Das ist in Ordnung – wir sind mehr als nur angeheuerte Schläger. Wir sind schlau. Wir können das. Wir holen unseren Bruder zurück.«

»Hooyah!«, riefen alle sechs anderen Männer ... ihr Kommandant eingeschlossen.

»So. Genau da, nicht bewegen«, sagte Flash zu Kelli.

Sie knieten auf dem Metallboden des Busses und er versuchte, die Kerze anzuzünden. Kelli war immer noch verängstigt, aber jetzt, da sie ein Ziel hatten, etwas, das sie *tun* konnten, fühlte sie sich etwas besser.

Flash hatte das nicht funktionierende Radio auseinandergenommen und obwohl sie ihn nicht sehen konnte, konnte sie ihn grunzen, murmeln und fluchen hören, wenn etwas nicht so lief, wie er es sich erhofft hatte. Er gab ihr auch laufend Kommentare zu dem, was er tat, während er es tat, was ihr gefiel ... da sie ihn nicht sehen konnte.

Derzeit hatte er die Drähte des Radios freigelegt und die Batterien herausgenommen und wollte versuchen, Funken zu erzeugen, mit denen sie vielleicht, nur vielleicht, die Kerze anzünden könnten. Sie benutzten den Mull des Pflasters, um hoffentlich die Funken einzufangen, die wiederum den Mull in Brand setzen würden, und damit könnten sie dann den Docht anzünden. Es war ihre Aufgabe, das Pflaster nahe genug an die Batterie zu halten, damit die Funken zündeten, was durch die völlige Dunkelheit erschwert wurde.

Sie konnte das Pflaster nur dort ruhig halten, wohin Flash es richtete, und hoffen, dass sein Plan für Licht funktionierte.

Ihre Hände zitterten vor Angst und Nervosität, aber sie war sehr froh, dass Flash sie mithelfen ließ. Hätte er sie einfach nur daneben sitzen und nichts tun lassen, hätte sie das gekränkt. Was dumm war, denn sie war hier definitiv nicht in ihrem Element und das war es, was Flash beruflich machte. Na ja, nicht wirklich, aber er hatte mehr Erfahrung darin, gefangen gehalten zu werden, als sie.

Die Tatsache, dass er sie als Aktivposten und nicht als Belastung ansah, bedeutete viel. Nein, es bedeutete *alles*. Er behandelte sie nicht, als sei sie dumm oder nutzlos. Sie waren ein Team. Partner. Und dadurch fühlte sie sich in dieser Situation wesentlich besser.

»Also gut, los geht's. Bereit?«

»Bereit«, bestätigte Kelli und versuchte, das Zittern ihrer Hände zu kontrollieren.

Der Funke, der entstand, als Flash den Draht mit der Batterie berührte, schmerzte fast in ihren Augen. Der Übergang von stockdunkel zu diesem kurzen Lichtblitz war verblüffend.

»Heilige Scheiße, es hat funktioniert!«, sagte Flash einen Moment später mit einem leicht benommenen Tonfall. »Rutsch näher ran, Kelli, halt das Pflaster so nahe wie möglich dran.«

Kelli tat, worum er sie bat, und hielt den Blick auf die Stelle gerichtet, an der sie den Funken gesehen zu haben glaubte. Sie presste die Lippen entschlossen aufeinander. Das musste klappen. Es *musste* einfach.

»Los geht's«, warnte er.

Kelli war einen Sekundenbruchteil zu spät dran, als sie versuchte, den Funken auf dem winzigen Stück Mull einzufangen. Sie versuchten es wieder und wieder, und jedes Mal verfehlte Kelli den Funken.

Nach dem gefühlt hundertsten Mal stieß sie einen entnervten Seufzer aus und lehnte sich zurück. »Es hat keinen Sinn. Ich kann es nicht.«

Sie wollte am liebsten weinen. Sie hatte so sehr gehofft, dass sie eine Art Licht haben würden, aber es war einfach zu schwer, diesen winzigen Funken einzufangen und ihn genau dort landen zu lassen, wo sie ihn brauchte, auf dem winzigen Stück Mull vom Pflaster.

Tränen stiegen ihr in die Augen, aber sie trübten ihre Sicht nicht, weil sie überhaupt nichts sehen konnte.

»Ich kann das nicht«, wiederholte sie. »Es tut mir leid. Wie viel Luft ist hier unten überhaupt noch?«, fragte sie aus heiterem Himmel. »Wir werden sterben, oder?«

Sie hörte, wie Flash schlurfte, und dann waren seine Hände auf ihr. Vor wenigen Augenblicken war er ihr noch zugewandt gewesen, beide um das Radio und die Kerze herum gekauert, aber jetzt saß er neben ihr. Bevor sie wusste, was er tat, hatte er sie hochgehoben und sie saß auf seinem Schoß.

In jeder anderen Situation wäre sie sauer gewesen, dass ein Mann sie ohne ihre Erlaubnis berührte. Und dann noch so intim. Aber dies war Flash. Und das hier war keine normale Situation.

Ohne einen zweiten Gedanken zu verschwenden, drehte Kelli sich zu ihm um. Sie saß seitlich auf seinem Schoß, ähnlich wie in dem Schwimmreifen auf dem Fluss, was eine Ewigkeit her zu sein schien. Sie lehnte sich an ihn, legte die Arme um seine Schultern und vergrub ihr Gesicht an seinem Hals.

»Es tut mir leid.«

Kelli runzelte die Stirn. »Was?«, murmelte sie an seiner Haut, dankbar für seine Wärme. Obwohl sie sich im Regenwald befanden und ihr vorhin heiß gewesen war, hatte es sie überraschenderweise bis auf die Knochen ausgekühlt, ohne jegliche Sonne unter der Erde begraben zu sein.

»Ich habe vergessen, dass du das nicht gewohnt bist. Dass

du nicht zu meinen Teamkameraden gehörst. Dass du Angst haben musst. Ich glaube, ich habe es vergessen, weil du dich so gut geschlagen hast. Du hast kein einziges Mal die Nerven verloren.«

»Innerlich bin ich ein Wrack«, gab Kelli zu.

»Und deshalb beeindruckst du mich so sehr«, versicherte Flash ihr. Er begann, ein wenig hin und her zu schaukeln, und Kelli stöhnte fast vor Wonne, als sie sich so gehalten fühlte. Die Tränen, die sie verzweifelt zurückgehalten hatte, liefen ihr Gesicht hinunter und tropften auf seine Schulter.

»Lass es raus, Kelli. Ich habe dich.«

Das war alles, was nötig war, um den Damm zu brechen.

Kelli weinte, weil sie Angst hatte. Weil sie die Dunkelheit satthatte. Weil sie hungrig war. Weil sie trotz Flashs Zusicherungen keine Ahnung hatte, wie jemand sie finden sollte. Ihre Entführer hatten das offensichtlich akribisch geplant. Sie hatten einen Bus ausgeschlachtet und ihn im *Dschungel* vergraben, um Himmels willen. Und um sie noch mehr zu quälen, hatten sie absichtlich einen Karton voller lächerlichem Mist zurückgelassen. Das war echt ätzend!

Während sie weinte, schaukelte Flash sie weiter. Er schwieg und ließ sie alles, was sie fühlte, durch ihre Tränen ausdrücken.

Als sie sich ausgeweint hatte, schmerzte ihr Kopf, sie war dehydriert und ihr war übel. Flash bewegte sich unter ihr. Kelli dachte, dass es ihm unangenehm wurde, setzte sich auf und bereitete sich darauf vor, von seinem Schoß zu steigen, bis sie etwas auf ihrem Gesicht spürte.

Sie fror und bemerkte, dass Flash einen Teil seines Hemdes benutzte, um ihr Gesicht zu trocknen.

»Putz dir die Nase«, befahl er und hielt ihr das Material vors Gesicht.

Daraufhin schob Kelli seinen Arm sanft von sich weg. »Ich putze mir nicht die Nase in deinem Hemd«, sagte sie mit so viel Kraft, wie sie aufbringen konnte.

Er lachte leise, und sie konnte es am ganzen Körper spüren. »Ich würde dir das Tuch geben, das wir vorhin gefunden haben, aber jetzt ist Blut darauf. Ich wünschte, ich hätte ein richtiges Taschentuch für dich.«

»Ja«, antwortete Kelli, denn das wünschte sie sich auch. Wenn er das hätte, wären sie wahrscheinlich nicht dort, wo sie jetzt waren. Sie lehnte sich leicht von ihm weg, führte den Saum ihres Überwurfs an ihr Gesicht und schnäuzte sich. In jeder anderen Situation wäre sie angewidert gewesen. Aber danach fühlte sie sich besser, und es war nicht so, dass sie noch sauber und frisch wie ein Gänseblümchen war. Was konnte ein bisschen Rotz in dieser ohnehin schon beschissenen Situation noch ausmachen?

»Besser?«, fragte Flash, als sie sich an ihn lehnte.

»Nicht wirklich«, antwortete sie ehrlich.

»Ich weiß, dass diese Situation hoffnungslos erscheint, aber das ist sie nicht«, sagte er.

Kelli rollte mit den Augen. »Aha«, sagte sie ohne große Überzeugung.

»Ist sie nicht. Lass uns die positiven Aspekte durchgehen. Ich fange an, dann du. Wir haben Wasser.«

Kelli wollte darauf mit einem sarkastischen Kommentar erwidern, dass Wasser nur dazu beitragen würde, ihren Tod hinauszuzögern, aber sie holte tief Luft und versuchte, nicht wie ein Miesepeter zu klingen. »Wir sind nicht allein.«

»Guter Punkt. Das wäre wirklich scheiße, wenn du nicht hier wärst«, stimmte Flash zu.

»Es ist ja nicht so, als würde ich irgendetwas tun«, fühlte sie sich verpflichtet zu sagen.

»Von wegen. Dass du hier bist, zwingt mich, mich zusammenzureißen. Wahrscheinlich wäre ich jetzt tot, wenn du nicht hier wärst. Ich hätte Jeckle angegriffen und wäre von Heckle erschossen worden.«

Zu ihrer Überraschung musste Kelli kichern. »Heckle und

Jeckle. Das sind so bescheuerte Namen, und sie klingen so witzig, wenn du sie aussprichst.«

»Hast du bessere Namen?«

»Nein.« Sie wurde ernst. »Sie haben darauf geachtet, ihre echten Namen nicht vor uns zu sagen.«

»Das ist mir auch aufgefallen. Das ist egal. Mein Team wird herausfinden, wer sie sind.«

»Wie?«

»Keine Ahnung. Meine Stärken sind nicht Computer und das Aufspüren von Informationen. Ich bin eher ein Kraftmensch. Ein Mann der Tat. Ein Mann, der die Dinge in die Hand nimmt.«

»Ich glaube, ich wäre jetzt lieber mit jemandem wie dir in diesem Bus als mit einem Computerfreak«, sagte Kelli.

»Du hast Tex noch nicht kennengelernt. Den Damen zufolge ist er heiß, obwohl er nur ein Bein hat und ein paar Jahrzehnte älter ist als wir.«

Kelli lachte erneut. Es war lustig zu hören, dass Flash einen anderen Mann als heiß bezeichnete. »Ein Bein?«, fragte sie, als sie sich wieder unter Kontrolle hatte.

»Ja. Okay, was noch? Dein Kopf blutet nicht mehr.«

Oh, sie waren wieder dabei, positive Dinge über ihre Situation aufzuzählen. »Ähm ... wir haben Konserven? Vielleicht?« Sie war sich nicht so sicher, ob das etwas Positives war, denn obwohl Flash sagte, er könne die Dosen mit dem Löffel öffnen, den ihre Entführer zurückgelassen hatten, hatten sie keine Ahnung, was darin war.

»Ja. Wie wäre es damit: Wir haben viel Platz zum Herumlaufen. Wir sind nicht auf einen winzigen Raum oder Platz beschränkt.«

Daran hatte Kelli noch nicht gedacht. »Warst du jemals auf engem Raum eingesperrt?« Sie spürte, wie er unter ihr zitterte, und sie schlang ihre Arme fester um ihn. »Entschuldige, vergiss, dass ich gefragt habe.«

»Nein, schon okay. Und ja. Glaub mir, das hier ist viel besser.«

Kelli fragte ihn nicht nach Einzelheiten. Sie wollte in einer solchen Situation keine schlechten Erinnerungen wachrufen. »Ähm ... du kannst aus der Muschel, die sie uns dagelassen haben, eine Waffe bauen?«

»Das kann ich«, bestätigte Flash. »Siehst du? Es gibt viele Dinge, die uns positiv stimmen können. Nachdem wir uns etwas ausgeruht haben, etwas Wasser getrunken und vielleicht herausgefunden haben, was in den Dosen ist, die sie uns dagelassen haben, werden wir uns diesen Kanaldeckel ansehen. Mal sehen, ob wir ihn öffnen können.«

Kelli war sich nicht sicher, wie sie das anstellen sollten, nickte aber trotzdem.

»Meinst du, wir können noch mal versuchen, die Kerze anzuzünden? Hast du das Pflaster noch?«

Zu ihrer Überraschung stellte Kelli fest, dass sie das blöde Ding immer noch in der Hand hielt. »Ja.«

»Gut. Und ich sage das nicht nur, damit du dich besser fühlst – obwohl ich hoffe, dass es so ist. Ich habe einmal gesehen, wie MacGyver genau das gemacht hat, was wir versuchen. Er hat eine Batterie und Drähte verwendet, um Funken zu erzeugen und ein Feuer zu entfachen, und er brauchte fünfhundertzwölf Versuche, um Funken zu erzeugen und eine Flamme zu bekommen. Und er benutzte ein Stück seines Hemdes, das mit einer brennbaren Flüssigkeit getränkt war ... etwas, das er in dem Raum gefunden hatte, in dem wir eingeschlossen waren. Ich hatte keine Ahnung, was es war, und habe auch nicht gefragt. Ich will damit nur sagen, dass selbst *er* ewig gebraucht hat, und er ist MacGyver. Wir können das, Kelli. Außerdem, was haben wir im Moment sonst zu tun?«

Sie war sich nicht so sicher, aber er hatte nicht ganz unrecht. Obwohl sie wahrscheinlich die ganze Nacht auf seinem Schoß sitzen könnte und zufrieden wäre. Es war keine

Qual, von seiner Wärme und seiner überlebensgroßen Präsenz umgeben zu sein.

»Okay, lass es uns tun.«

»Braves Mädchen.«

Bevor sie von seinem Schoß rutschen konnte, fasste Flash sie sanft an den Schultern.

Zu Kellis Überraschung berührte er mit seinen Lippen ihre.

Er erstarrte unter ihr und seine Muskeln spannten sich an.

»Verdammt. Tut mir leid. Ich wollte nicht ... ich war ... Scheiße. Tut mir leid.«

»Es tut dir leid, dass du mich geküsst hast?«, fragte Kelli.

»Nein. Aber ich wollte eigentlich deine Stirn treffen. Was dumm ist, weil ich überhaupt nichts sehen kann. Ich wollte einfach nicht zu weit gehen.«

»Flash, ich denke, wir müssen uns nicht mehr dafür entschuldigen, dass wir uns berühren«, sagte Kelli zu ihm. »Außerdem ... war es nett.«

»Na super.« Humor kehrte in seinen Tonfall zurück. »Ich schätze, ich muss mich beim nächsten Mal besser anstellen. Du sollst nicht denken, dass meine Küsse *nett* sind.«

Kelli kicherte.

»Ich liebe dein Lachen. Das ist viel besser als deine Tränen. Komm schon, lass uns diese verdammte Kerze anzünden, damit wir sehen können, was für Nahrungsmittel Heckle und Jeckle dagelassen haben, und dann diesen verdammten Bus erkunden und sehen, ob wir noch etwas anderes finden können, das uns hilft.«

Er klang so positiv. Ehrlich gesagt war Kelli froh darüber. Sie würde nicht mit jemandem in dieser Situation festsitzen wollen, der ständig jammerte und nörgelte.

Sie gingen wieder in Position und knieten sich hin, wobei ihre Köpfe sich fast berührten. Kelli berührte Flashs Hände, um herauszufinden, wo genau sie das Pflaster halten musste, um hoffentlich einen Funken zu fangen.

»Los geht's«, sagte Flash.

Kelli hatte keine Ahnung, wie oft er die Kabel zur Batterie geführt hatte, wie oft Funken aufgrund des Stroms geflogen waren, aber sie sah Punkte und ihre Arme zitterten vor Anstrengung, sie stillzuhalten und zu versuchen, die fallenden Funken aufzufangen. Sein Freund MacGyver hatte vielleicht fünfhundertzwölf Mal gebraucht, um Feuer zu machen, aber es fühlte sich an, als hätten sie mindestens doppelt so viele Versuche hinter sich.

Gerade als Kelli wieder aufgeben und Flash sagen wollte, dass es unmöglich sei ... fiel einer der Funken direkt auf den Mull.

Automatisch beugte sie sich vor und blies ganz sanft auf das Pflaster.

»Genau so!«, jubelte Flash. »Geh ein wenig zurück, lass mich den Docht da ranhalten. Ganz ruhig ... noch einmal pusten ... Wir haben es geschafft!«

Der Docht der Kerze flammte auf – und das Gefühl der Erleichterung traf Kelli hart.

Sie setzte sich auf ihren Hintern und starrte auf die kleine Flamme. Die Kerze war ziemlich groß, sowohl dick als auch hoch, und obwohl sie keine Ahnung hatte, wie lange sie brennen würde, fühlte es sich wie eine erstaunliche Leistung an, überhaupt Licht zu haben, wenn auch nur für eine kurze Zeit.

»Wir haben es geschafft!«, sagte Flash erneut, seine Gesichtszüge von der Kerze erleuchtet, die er in der Hand hielt. Er hatte ein breites Grinsen im Gesicht und Kelli konnte nicht anders, als es zu erwidern.

Dann beugte er sich vor und küsste sie erneut. Und diesmal nicht auf die Stirn, sondern absichtlich auf die Lippen.

»Wir haben es geschafft«, flüsterte er ein drittes Mal, jetzt an ihren Lippen.

Kelli wollte ihre Arme am liebsten wieder um ihn legen.

Wollte ihn unter sich spüren, um sich. Aber er bewegte sich bereits zurück, stand auf und sah sich um.

Langsam stand auch Kelli auf.

So natürlich, als hätten sie es schon eine Million Mal gemacht, hielt Flash seinen Arm hoch, und Kelli rutschte neben ihn und schlang einen Arm um seine Taille, während er einen um ihre Schultern legte. Sie passten perfekt zusammen.

»Das Taj Mahal ist es nicht gerade, aber damit können wir arbeiten«, sagte Flash.

Kelli prustete vor Lachen. »Ja, klar.«

Flash zuckte mit den Schultern. »Ich ... jetzt, da wir Licht haben, scheint alles heller zu sein ... im wörtlichen und im übertragenen Sinn.«

Das Verrückte daran war, dass Kelli merkte, dass er recht hatte. Die Fähigkeit zu sehen hatte auch ihre gesamte Perspektive verändert.

Jetzt mussten nur noch seine Freunde kommen und sie da rausholen.

KAPITEL ACHT

Ungeduldig schaute Kevlar auf die Uhr. Es war acht Uhr morgens und keiner aus dem Team hatte viel geschlafen. Sie waren kurz vor drei Uhr morgens in Jamaika angekommen – etwa dreizehn Stunden nachdem Flash verschwunden war – und waren seitdem ununterbrochen im Einsatz.

Obwohl es mitten in der Nacht war, waren sie direkt zum Resort gefahren, in dem Flash und beide Hochzeitsgesellschaften übernachtet hatten, und hatten so viele Mitarbeiter wie möglich befragt. Das Resort hatte die beiden Gruppen zum Tubing-Ort gefahren, aber sie waren nicht dafür verantwortlich gewesen, sie zurück zum Hotel zu bringen. Dafür war das Tubing-Unternehmen zuständig.

Sie wurden in Flashs Zimmer gelassen, was ihnen keine Hinweise gab. Während Blink und Safe seine Sachen zusammenpackten, gingen Kevlar und Preacher in das Zimmer der vermissten Frau. MacGyver und Smiley hatten das Resort weiter ausgekundschaftet und mit jedem, der unterwegs war, gesprochen, um Informationen zu erhalten.

Kelli Colberts Zimmer war wie das von Flash ordentlich und aufgeräumt gewesen. Auf dem Nachttisch lag ein Buch, daneben eine halb leere Wasserflasche ... ein Satz Kleidung lag ordentlich in einer Schublade. Sie hatte sogar ihre schmutzige Kleidung gefaltet und wieder in ihren Koffer gelegt. Sie hatte größtenteils gepackt und war offensichtlich bereit, am Tag nach dem Tubing-Ausflug abzureisen. Kevlar war erleichtert, als er ihren Reisepass unter den Kleidungsstücken in ihrem Koffer fand.

Sie hatten auch ihre wenigen Habseligkeiten eingepackt und ihre und Flashs Taschen vorerst im Büro des Sicherheitschefs deponiert.

Jetzt mussten sie warten, bis die Touragentur öffnete, bevor sie mit den Mitarbeitern sprechen konnten, und niemand im Team war über die Verzögerung glücklich. Flash war da draußen, ebenso wie Kelli, und sie wollten sie so schnell wie möglich finden. In der Zwischenzeit kontaktierten sie Tex, den ehemaligen SEAL, der sein Leben der Suche nach vermissten Personen gewidmet hatte ... Zivilisten, ehemalige Militärangehörige, andere SEALs, Delta Force ... jeder, der ohne triftigen Grund verschwunden war. Er versorgte Spezialeinheiten mit Ortungsgeräten, mit denen er die Standorte der Träger bestimmen konnte. Aber wie sie bereits herausgefunden hatten, hatte Flash seinen Peilsender nicht nach Jamaika mitgenommen. Sie befanden sich also im Blindflug.

Tex tat sein Bestes, um Flash mithilfe seiner Computerkenntnisse aufzuspüren, aber Jamaika war nicht wie die USA oder viele andere Länder. Es gab nicht buchstäblich überall Überwachungskameras, und bisher gab es weder auf Flashs noch auf Kellis Kreditkarten verdächtige Transaktionen. Es war, als hätten sich die beiden in Luft aufgelöst.

Aber Kevlar und der Rest der SEALs wollten die Hoffnung nicht aufgeben. Flash war irgendwo da draußen. Sie würden ihn finden.

Nachdem sie alle Informationen aus dem Resort erhalten hatten, die sie bekommen konnten – und das war nicht viel –, machte sich das Team auf den Weg zur White River Tubing Company, um rechtzeitig zur Öffnung dort zu sein. Sie wurden in ein Hinterzimmer des kleinen Gebäudes geführt, wo sie den Manager trafen, der nervös war, als er mit sechs starken, großen, wütenden Männern konfrontiert wurde.

Er sagte ihnen, was sie bereits wussten, dass die Gruppe von zehn Personen am Morgen zuvor eingecheckt hatte und sie etwa zwanzig Minuten warten mussten, bis sie in den Fluss gehen konnten, da eine Gruppe von einem Kreuzfahrtschiff aufgrund ihres engen Zeitplans zuerst gegangen war. Nein, er habe nicht gesehen, wie sie eingestiegen waren, da er in seinem Büro Papierkram erledigt habe, und er habe sie auch nicht gehen sehen, da die Flussfahrt an einer Stelle flussabwärts endete.

Ja, er würde die Mitarbeiter finden, die ihnen beim Betreten des Flusses geholfen hatten.

Die Befragung der Männer, die der Gruppe bei der Auswahl der Schwimmreifen und beim Einstieg ins Wasser geholfen hatten, brachte weder Kevlar noch den anderen nützliche Informationen. Nur Beharren darauf, dass alle glücklich gewirkt hätten. Niemand schien besorgt gewesen zu sein, als sie sich in die Strömung des Flusses begaben.

»Was ist mit den Männern, die sie abgeholt haben, um sie zurück zum Resort zu fahren? Können wir mit ihnen sprechen?«, fragte Flash den gestresst wirkenden Manager.

Bisher hatte er alle ihre Fragen ohne Vorbehalt beantwortet. Er schien keine Informationen zu verbergen, obwohl er allmählich etwas gereizt wirkte. Aber sie mussten weiter nachhaken. Sie brauchten eine Art Hinweis, um zu wissen, wo sie mit der Suche beginnen sollten. Und im Moment hatten sie nichts.

Ungeduldig wartete das Team, während der Manager losging, um die Fahrer zu suchen, die die Gruppe zurück zum Resort hatten bringen sollen. Nach zwanzig Minuten kehrte er mit einem nervös wirkenden jungen Mann zurück, der kaum älter als achtzehn sein konnte.

»Das ist Mark. Er hat die erste Gruppe gefahren«, erklärte der Manager.

»Geben Sie uns eine Minute«, sagte Smiley zu dem Manager, während er an der Tür stand und mit dem Kopf darauf deutete.

»Ähm ... okay.«

Marks Augen weiteten sich, als sein Manager ihn ohne einen zweiten Blick mit der Gruppe von sechs wütend aussehenden Amerikanern allein ließ.

Safe drehte einen Stuhl um und winkte ihn heran. »Setzen Sie sich«, sagte er zu Mark.

Nervös gehorchte der junge Mann.

»Erzählen Sie uns alles über die Gruppe von Männern und Frauen, die Sie gestern zu ihrem Resort zurückgefahren haben. Lassen Sie nichts aus«, sagte Kevlar.

»Ähm, ich habe am Treffpunkt auf die Gruppe gewartet. Sie haben alle gelacht. Sie schienen gut gelaunt zu sein.«

»Wie viele?«, fragte Flash.

»Acht.«

»Aber Sie wussten, dass die Gruppe aus zehn Personen bestand, oder?«, fragte Preacher.

Sie standen alle um Mark herum und schüchterten ihn mächtig ein, aber Kevlar war das egal. Den anderen auch. Sie versuchten absichtlich, den Teenager in eine ungemütliche Lage zu bringen.

»Natürlich. Ich habe einen der Männer gefragt, wo die anderen beiden sind, und er wusste es nicht.«

»Also sind Sie gefahren?«, fragte Safe ungläubig.

»Ich habe vorgeschlagen, dass wir warten, aber niemand wollte. Sie waren hungrig und durstig, und eine der Frauen sagte, dass sie an diesem Abend eine Art Abschiedsparty hatten und sie zurück zum Resort wollten, um sich umzuziehen und sich an der Bar zu treffen.«

Kevlar war angewidert, aber nicht wirklich überrascht. Nach dem zu urteilen, was er über die Männer und Frauen gehört hatte, abgesehen von den zukünftigen Brautleuten, hatten sie nur eines im Sinn gehabt ... Sex.

Okay, zwei Dinge ... Sex und Alkohol.

»Es war keine große Sache! Errol war da und er blieb, um die anderen beiden zurück zum Resort zu bringen, sobald sie aus dem Fluss ausstiegen«, sagte Mark hastig, als würde er bemerken, dass die Männer um ihn herum kurz davor standen, die Beherrschung zu verlieren.

»Errol?«, fragte Kevlar und richtete sich auf. »Wo ist er?«

Mark schüttelte schnell den Kopf. »Ich weiß es nicht. Er sollte heute eigentlich arbeiten, ist aber noch nicht aufgetaucht.«

»Wie lange arbeitet er schon hier?«, fragte Blink.

Mark sah verängstigt aus. »Er ist neu. Vielleicht ein paar Wochen?«

»Kennen Sie ihn?«

»Wie alt ist er?«

»Wie lautet sein Nachname?«

Die Fragen kamen schnell und heftig, und es war offensichtlich, dass Mark vor Angst dichtmachte.

Kevlar hob die Hand und stoppte die Fragen seiner Freunde.

»Danke, Mark. Sie waren sehr hilfreich. Meine Freunde und ich werden uns bei Ihrem Chef Ihre Informationen einholen – Sie wissen schon ... Adresse, Familie, solche Dinge –, damit wir Sie finden können, falls wir weitere Fragen haben. Gibt es noch etwas, das Sie uns sagen möchten? Gibt es etwas, das Sie noch nicht gesagt haben? Etwas, das uns helfen könnte, unseren vermissten Freund zu finden?«

»Nein«, sagte Mark und schüttelte heftig den Kopf.

Es war offensichtlich, dass er die Botschaft verstanden hatte, die Kevlar nicht allzu subtil gesendet hatte. Dass sie ihn jederzeit finden konnten und dass es für ihn nicht gut ausgehen würde, sollte er in irgendeiner Sache gelogen haben.

»Sie können gehen. Aber ich rate Ihnen, in Zukunft dafür zu sorgen, dass alle Mitglieder einer Reisegruppe anwesend sind, und *nie wieder* jemanden zurückzulassen.«

»Ja, das werde ich tun. Natürlich. Gute Idee. Danke! Ja. In Ordnung.« Er stotterte, während er versuchte, seine Vernehmer zu beschwichtigen.

»Gehen Sie«, sagte Smiley und öffnete die Tür.

Mark war schon aus seinem Sitz und aus der Tür, noch bevor jemand blinzeln konnte.

Der Manager wartete offensichtlich in der Nähe und Smiley winkte ihn ins Büro.

»Errol. Wer ist das? Wo können wir ihn finden?«, fragte Kevlar, sobald der Mann wieder den Raum betrat.

»Sein Nachname ist Brown. Er wurde vor etwa einem Monat eingestellt und hat gerade seine Probezeit hinter sich. Ich kann Ihnen seine Privatadresse geben. Er ist heute nicht zur Arbeit erschienen, weshalb ich ihn nicht zusammen mit Mark hergebracht habe. Ich besorge Ihnen sofort die gewünschten Informationen.«

Kevlar beobachtete, wie der Manager einige Papiere in einem Aktenschrank an der Wand durchblätterte. Ihm wurde klar, dass Tex deshalb nicht viele Informationen über die Mitarbeiter des Unternehmens finden konnte, weil sie immer noch Papierakten führten.

Aber sie waren auf der richtigen Spur. Er spürte es plötzlich in seinem Bauch. Sie mussten nur diesen Errol Brown ausfindig machen und herausfinden, was passiert war, nachdem Mark mit den anderen zum Resort aufgebrochen war. Sie bekamen Antworten, aber jede Minute, die verging, war eine weitere Minute, in der sein Freund und Teamkamerad in Gefahr war.

Es war möglich, dass sowohl Flash als auch Kelli bereits tot waren ... aber Kevlar glaubte das nicht. Wer auch immer diese Lösegeldforderung gestellt hatte, war ein Feigling. Er vermutete, dass er sie irgendwo versteckt hatte, in der Hoffnung, dass sie einfach sterben würden. Dass er sein Geld bekommen würde und dann verschwinden könnte.

Kevlar ballte die Fäuste, als der Manager Safe die Informationen gab, die sie über Errol Brown brauchten. Sie würden Flash finden. Die Alternative war inakzeptabel.

Flash hatte vorgehabt, eine der Dosen zu öffnen, sobald sie die Kerze angezündet hatten, um hoffentlich etwas zu essen für Kelli zu bekommen ... aber irgendwie waren sie stattdessen eingeschlafen. Er hatte keine Ahnung, wie spät es war. Die Dunkelheit verzerrte sein Zeitgefühl und natürlich trug keiner von ihnen eine Uhr. Zu seiner großen Erleichterung flackerte die Kerze noch, als er aufwachte.

Und er war nicht nur erleichtert, weil sie noch Licht hatten; das Flackern der Flamme bedeutete auch, dass noch genügend Sauerstoff im Bus war. Darüber hatte er sich ein wenig Sorgen gemacht, als Kelli es vorhin erwähnte, wollte es aber nicht zugeben.

Irgendwie gelangte Luft in den Bus, was eine weitere Sache war, die er von seiner »Oh Scheiße, wir sind am Arsch«-Liste streichen konnte. Er versuchte, so positiv wie möglich zu bleiben, für sich und Kelli, aber es war schwierig.

Als er auf die Frau in seinen Armen hinunterblickte, verspürte Flash einen starken Beschützerinstinkt. Sie hatte erstaunlich gut durchgehalten und die Ruhe bewahrt. Abgesehen von ihrem einen Moment der Schwäche, als sie in seinen

Armen geweint hatte, hatte sie sich bemerkenswert gut gehalten.

Er konnte sich immer noch vorstellen, wie ihr Gesicht rot wurde, als sie zugab, dass sie pinkeln musste, bevor sie eingeschlafen waren. Sie hatten beschlossen, dass die gegenüberliegende Ecke des Busses der beste Ort sei, um sich zu erleichtern, da das Ganze in diese Richtung leicht geneigt war und ihre Ausscheidungen nicht dorthin fließen würden, wo sie jetzt saßen. Es war nicht ideal, aber Flash hoffte, dass sie hier raus sein würden, bevor der Geruch zum Problem wurde.

Sie hatten sich in der leichten Vertiefung niedergelassen, in der einst der Sitz des Busfahrers gewesen war. Flash gewöhnte sich daran, Kelli auf dem Schoß zu halten. Es fühlte sich an, als sei sie für ihn gemacht.

Sobald sie ihre Deckung fallen gelassen hatte, war sie sofort in einen tiefen Schlaf gefallen. Das Metall des Busses war überhaupt nicht bequem, aber Flash würde sich nicht bewegen. Er würde als Kellis Kissen dienen, denn es war von entscheidender Bedeutung, dass sie sich wohl und munter fühlte.

Er vermutete, dass seine Freunde wohl so für ihre Freundinnen und Ehefrauen empfanden. Er war schon immer beschützend gewesen, aber bei dieser Frau waren diese Gefühle auf Hochtouren.

Kelli bewegte sich in seinen Armen und Flash wartete darauf, dass sie die Augen öffnete. Ihr Haar war zerzaust und verklebt am Hinterkopf, wo ihre Kopfwunde geblutet hatte. Sie hatte dunkle Ringe unter den Augen und ihr Gesicht war schmutzig von dem, was auch immer hier unten in diesem verdammten Bus herumlag, aber ehrlich gesagt hatte er noch nie etwas so Schönes gesehen wie ihre großen braunen Augen, als sie sie öffnete und ihn sofort fixierte.

»Ich dachte, es sei ein Traum. Ein schlechter«, sagte sie leise.

»Was? In meinen Armen aufzuwachen?«, witzelte Flash.

Das brachte sie zum Lächeln. Jedes Mal wenn er sie zum Lachen oder Lächeln bringen konnte, fühlte es sich wie ein Sieg an.

»Nein. Das ist das Beste daran. Mit dir zusammen zu sein. Die Kerze brennt noch«, sagte sie und wechselte abrupt das Thema.

»Ja. Und noch etwas, das ich auf den positiven Stapel legen kann. Sie brennt gleichmäßig und langsam. Heckle und Jeckle haben uns die perfekte langlebige Kerze hinterlassen. Idioten.«

Das Kichern, das ihr über die Lippen kam, veranlasste Flash, im Geiste ein weiteres Häkchen auf der Liste »Ich habe sie zum Lächeln gebracht« zu machen, die er gerade zusammenstellte.

»Musst du auf die Toilette?«

Sie runzelte die Stirn und schüttelte den Kopf.

Das gefiel Flash gar nicht. Wenn sie nicht pinkelte, war sie dehydriert.

»Na gut. Ich weiß nicht, wie es dir geht, aber mein Magen knurrt schon. Wie wäre es, wenn wir uns diese Dosen ansehen?«

»Bei unserem Glück wird es wirklich Hundefutter sein«, murmelte Kelli, rutschte aber von seinem Schoß.

Flash hielt ihre Hand, bis sie ihr Gleichgewicht gefunden hatte, dann gingen sie beide die wenigen Schritte zu der Stelle, an der sie den Karton zurückgelassen hatten. Er griff nach der Wasserflasche und reichte sie ihr. »Kleine Schlucke«, warnte er sie. Sie hatten das Siegel bereits am Vortag geknackt – zumindest nahm er an, dass es am Vortag gewesen war – und jeder von ihnen hatte einen großen Schluck genommen. Das war nicht genug, aber selbst wenn Wasser in den Bus tropfte, wollte er nicht riskieren, dass es ihnen ausging. Außerdem wusste er zumindest, dass das Wasser in der Flasche sauber war; er wollte auf keinen Fall, dass einer von ihnen Durchfall bekam, nachdem er aus einer unbekannten Wasserquelle getrunken hatte.

Er war auch ein wenig misstrauisch, dass überhaupt Wasser in den Bus tropfte. Bei näherer Betrachtung vermutete er, dass ihre Entführer dies irgendwie arrangiert haben könnten, um dafür zu sorgen, dass sie nicht starben, bevor sie ihr Geld bekommen hatten. Das Wasser sah einfach zu sauber aus, um durch Regen oder eine andere natürliche Quelle im Boden entstanden zu sein.

Wenn sie lange genug im Bus wären, müssten sie das tropfende Wasser trinken ... aber er wollte es so lange wie möglich hinauszögern.

Die Möglichkeit, dass das Wasser verunreinigt war ... eine weitere Möglichkeit für ihre Entführer, sie zu foltern ... war etwas, das er im Moment nicht ansprechen wollte. Er musste für Kelli positiv sein. Es hatte keinen Sinn, sie mit Szenarien zu ängstigen, die vielleicht gar nicht eintreten würden.

Sie nickte und schloss die Augen, als sie einen einzigen Schluck Wasser nahm.

Er nahm die Flasche entgegen und trank einen Schluck, bevor er den Deckel wieder aufsetzte und das Wasser beiseitestellte. Er forderte Kelli auf, sich zu setzen, und machte es sich neben ihr bequem. Er sprach ein kurzes Gebet, dass das, was in den unbekannten Dosen war, essbar sein möge. Er hoffte definitiv, dass das, was sie hatten, kein Hundefutter war, aber er könnte es essen, falls es welches war. Es wäre zwar total scheiße, aber Nährstoffe waren Nährstoffe.

Die Etiketten waren von beiden Dosen in der Schachtel entfernt worden, und er hielt sie in seinen Händen und überlegte, welche er zuerst öffnen sollte.

»Ene mene muh?«, fragte Kelli lächelnd.

»Wie wäre es, wenn du einfach eine Hand auswählst?«, konterte Flash.

»Mit links.«

Er wartete. Als sie nichts sagte, fragte er: »Wirst du wählen?«

Sie kicherte – Flash hakte eine weitere Zeile auf seiner mentalen Liste ab – und sagte: »Das habe ich gerade getan.«

»Oh! Ich dachte, das sei nur eine Redewendung«, sagte Flash und lächelte zurück. »Links also.«

Er stellte die Dosen ab und griff nach dem Löffel. »Ich glaube, ich habe dir gestern gesagt, dass der Deckel dünner ist als die Dose selbst. Wenn du also mit der Spitze des Löffels immer wieder an derselben Stelle reibst und eine Rille machst, kannst du schließlich das dünnere Metall durchbrechen.« Er demonstrierte es, indem er den Löffel fest umfasste, die Dose ruhig hielt und dann vorsichtig Kraft auf den Löffel ausübte, während er die Spitze immer wieder am Rand des Deckels rieb.

Es dauerte nicht lange, bis der Löffel die Oberfläche durchbohrte.

»Voilà!«, rief er glücklich aus.

»Es hat geklappt! Das ging aber schnell!«, sagte sie.

»Ich überlasse dir die nächste.«

»Oh, das ist schon okay.«

»Nein, du musst auch lernen, wie man das macht. Es ist egal, wenn du nicht so schnell bist wie ich. Ich habe mehr Übung. Außerdem ... was haben wir sonst zu tun?«

»Stimmt«, sagte sie. »Was ist es? Was haben wir?«

»Nachdem du das Loch gemacht hast, benutze den Löffel, um ganz oben herumzuschneiden. Du kannst den Deckel nach hinten klappen, wenn du weit genug herum bist. Aber der Deckel ist super scharf mit den gezackten Kanten, also musst du aufpassen, dass du ihn nicht berührst.«

»Ja, ja, ja ... was ist da drin?«, fragte Kelli und beugte sich gespannt vor.

Vorsichtig schob Flash den Deckel zurück, nahm dann die Kerze und hielt sie näher heran.

»Ist das ... Spinat?«, fragte Kelli.

»Wenn ich raten müsste, würde ich sagen, es ist wahrscheinlich Callaloo aus der Dose.«

Kelli sah ihn mit gerunzelter Stirn an. »Was ist das?«

»Ein jamaikanisches Gemüse, das reich an Eisen, Kalzium und Vitamin B2 ist. Es gehört zur Familie der Spinatgewächse.«

»Also ... ist es Spinat«, sagte Kelli und leckte sich die Lippen. »Können wir es roh essen?«

»Ja.« Spinat war nicht gerade Flashs Lieblingsspeise, aber im Moment lief ihm das Wasser im Mund zusammen und er konnte sich nichts Köstlicheres vorstellen als das Blattgemüse in der Dose.

Er tauchte den Löffel ein und hielt ihn Kelli hin.

Ihr Blick traf den seinen, dann beugte sie sich vor. Ohne den Blick abzuwenden, öffnete sie den Mund und ließ sich von Flash füttern ... dann stöhnte sie auf, als das Gemüse auf ihre Geschmacksknospen traf.

Das Geräusch ging direkt zu Flashs Schwanz.

Er schämte sich für seine Reaktion. Dies war der absolut ungünstigste Zeitpunkt, um an etwas anderes als das Überleben zu denken. Aber diese Frau hatte etwas mit ihm gemacht. Sie hatte ihn von innen nach außen gekehrt. Auf eine gute Art und Weise.

»Los«, drängte sie. »Probier mal.«

Flash tat es und musste sich zusammenreißen, um nicht selbst zu stöhnen, als er kaute.

»Wir müssen dafür sorgen, dass es lange vorhält«, sagte Kelli und starrte nun auf die Dose. Es war offensichtlich, wie hungrig sie war, wie sehr sie sich das Essen in den Mund schaufeln wollte, aber sie wusste, dass sie ihre Mahlzeit hinauszögern mussten. »Wie wäre es, wenn wir uns zwischen jedem Bissen etwas über uns erzählen? Warte! Essen wir das jetzt alles auf? Oder sollten wir es aufheben?«

Flashs erster Gedanke war es, das Essen zu horten. Er hatte keine Ahnung, wie lange es dauern würde, bis Heckle und

Jeckle jemanden zu Hause mit der Lösegeldforderung erreichen würden. Und wie lange es dann dauern würde, bis derjenige, der kontaktiert wurde, glaubte, dass die Drohung echt
und kein Scherz war. Dann müsste sein Team benachrichtigt
werden, wahrscheinlich Tex, und dann müssten sie die Geneh-
migung einholen, nach Jamaika zu kommen ...

Er unterbrach seine Gedanken. Sie waren höchstwahrscheinlich noch Tage von einer Rettung entfernt.

»Ich denke, wir sollten es aufessen. Wir wollen nicht, dass
es schlecht wird«, sagte er. »Außerdem wäre es dumm, mit
nicht aufgegessenem Essen gerettet zu werden. Ich habe im
Fernsehen eine Sendung namens *Alone* gefunden. Es ist eine
Realityshow, aber nicht wie die meisten. Männer und Frauen
werden an abgelegenen Orten ausgesetzt und müssen als
Letzte aus der Gruppe aufgeben ... oder aus medizinischen
Gründen aus dem Spiel genommen werden. Sie haben keinen
Kontakt zu anderen und müssen sich selbst filmen, sodass es
kein falsches Drama gibt oder Alkohol verwendet wird, um die
Dinge ›interessanter‹ zu machen.« Er hielt seine Hand hoch,
um das Wort in Anführungszeichen zu setzen.

»Jedenfalls hat dieser eine Typ haufenweise Fisch gefangen.
Ich glaube, es waren Fische. Jedenfalls hatte er Unmengen an
Essen, das er geräuchert und in seinem Unterschlupf gehortet
hat. Er hat viel Gewicht verloren, aber er machte sich mehr
Sorgen darum, Lebensmittel für die Zukunft zu haben, als sie
im Moment zu verzehren. Am Ende wurde er medizinisch
evakuiert, weil er zu dünn geworden war. Er hatte all diese
Nahrungsmittel, aber trotzdem verloren, weil er sie einfach
nicht gegessen hat.«

Kelli nickte. »Ich muss mir die Sendung ansehen, wenn wir
wieder zu Hause sind.«

»Wir schauen sie uns zusammen an«, sagte Flash impulsiv.

»Das würde mir gefallen«, erwiderte sie mit einem schüchternen Lächeln.

Und so wurde Flash klar, dass sie beschlossen hatten, sich wiederzusehen, wenn sie nach Kalifornien zurückkehrten. Das gefiel ihm auch. Sehr sogar. »Also ... ich denke, wir sollten jetzt die ganze Dose essen.«

»Ich werde dir nicht widersprechen«, sagte Kelli, »aber sie sollte uns trotzdem eine Zeit lang reichen.«

»Einverstanden. Okay ... mal sehen ... meine Lieblingsfarbe ist ... Schwarz.«

»Warum überrascht mich das nicht?«, sagte Kelli grinsend. »Meine ist Pink.«

»Warum überrascht mich *das* nicht?«, wiederholte Flash.

»Ich wollte schon immer Klavier spielen. Es scheint so ein elegantes Instrument zu sein. Aber ich habe in der Grundschule gelernt, dass die Blockflöte so ziemlich das Ausmaß meiner musikalischen Fähigkeiten ist«, sagte Kelli.

»Ich habe während der gesamten Highschool Klarinette gespielt.«

»Echt?«, fragte Kelli schockiert.

»Ja.«

»Du wirkst nicht wie der Typ für eine Band.«

»Oh, ich war durch und durch ein Nerd und glücklich damit. Ich war auch in der Theatergruppe.«

»Ich auch!«, rief Kelli erfreut aus.

Sie sprachen über die Theaterstücke, in denen sie mitgespielt hatten, und über einige der Shows, die sie am Broadway sehen wollten.

»Zeit für einen weiteren Bissen«, sagte Flash und schöpfte einen weiteren Löffel Callaloo heraus.

»Im Ernst, das Zeug ist der Hammer«, sagte Kelli, während Flash seinen eigenen Bissen kaute. »Ich wette, es schmeckt noch besser, wenn man es dämpft oder mit einigen der Fischgerichte kocht, für die die Jamaikaner bekannt sind.«

»Hatten wir nicht etwas davon auf dem Buffet im Resort?«, fragte Flash.

Bei seiner Frage senkte Kelli den Blick und ihre Schultern sackten nach unten.

Flash ärgerte sich innerlich, dass er die gute Stimmung verdorben hatte, und legte Kelli seine Hand auf die Schulter. Er sagte nichts; was hätte er auch sagen sollen? Er wusste, dass sie daran dachte, wie sie sich gestern – war es gestern? – im Resort sorglos den Bauch vollgeschlagen hatten.

Er spürte, wie sie tief durchatmete und dann wieder zu ihm aufsah. »Hunde oder Katzen?«

»Beides«, sagte er, ohne zu zögern. »Ich mag alle Tiere. Ich konnte wegen meines Arbeitsplans nie ein Haustier haben, aber wenn ich könnte, würde ich gern ins Tierheim gehen und nach dem ältesten Tier fragen, das es dort gibt. Eines, das nur sehr geringe Chancen hat, adoptiert zu werden. Dann würde ich es bis an sein Lebensende verwöhnen.«

»Das ist … das ist großartig«, sagte Kelli.

Flash zuckte mit den Schultern. »Strand oder Berge?«

»Strand. Ich glaube, ich weiß, was du auf diese Frage antworten würdest.«

Flash grinste. »Du weißt, was ich vom Strand halte.«

»E-Book oder Taschenbuch?«

»Hörbuch«, antwortete Flash.

So ging es weiter, sie stellten sich gegenseitig Fragen und lernten sich besser kennen, während sie abwechselnd das Callaloo aßen. Als kein Blattgemüse mehr in der Dose war, schlürften sie die übrig gebliebene Brühe.

»Es ist verrückt, wie satt ich mich fühle«, sagte Kelli, als sie jeden Tropfen, den sie bekommen konnten, ausgetrunken hatten.

Flash wollte ihr sagen, dass es nicht lange anhalten würde. Wenn ihr Körper alle Nährstoffe aus der gerade verzehrten Nahrung aufgesogen hatte, würde sie sich wahrscheinlich noch hungriger fühlen, noch verzweifelter nach mehr verlangen.

Aber natürlich tat er das nicht. Er würde sie nur ablenken, falls und wenn das passieren würde.

»Oh, weißt du was? Wir hätten die ungekochten Nudeln in den Saft von dem Spinatzeug tun sollen. Das hätte sie vielleicht weicher gemacht.«

Sie hatte recht. Das hätten sie unbedingt tun sollen. »Wir machen das bei der nächsten Dose.« Er betete einfach, dass das, was darin war, essbar war und etwas Brühe hatte.

»Ich muss ein Geständnis ablegen«, sagte Kelli aus heiterem Himmel.

»Ja?«

»Mh-hm ... etwas, das ich dir schon früher hätte sagen sollen.«

Flash runzelte die Stirn. Er hatte keine Ahnung, welches dunkle Geheimnis sie ihm hätte anvertrauen sollen ... aber plötzlich klang sie fast nervös.

»Ich habe dir erzählt, dass ich viele Jobs hatte, hauptsächlich wegen dem, was mein Vater mir kurz vor seinem Tod erzählt hat. Der Grund, warum ich von Job zu Job springen kann, ist, dass es eine große Abfindung für seinen Tod gab – und ich habe den Großteil davon bekommen, da ich minderjährig war. Ich habe Geld, Flash. Viel Geld. Ich glaube, das könnte der Grund dafür gewesen sein, dass wir entführt wurden. Die Männer, die uns entführt haben, müssen irgendwie davon erfahren und beschlossen haben, mich zu entführen. Und du bist einfach in die ganze Sache hineingezogen worden. Es tut mir so leid.«

Flash war schockiert. Nicht wegen des Geldes. Er war zwar überrascht, dass sie reich war, aber schockiert, weil sie dachte, dass sie ihretwegen entführt worden waren. »Ich glaube nicht, dass wir deshalb entführt wurden.«

»Ach nein?«

»Nein.«

Jetzt runzelte Kelli die Stirn. »Na ja, ich meine ... ich

schätze, das spielt jetzt keine Rolle mehr. Aber ich habe kein Problem damit, mein Geld zu verwenden, um uns hier rauszuholen. Ich würde alles bezahlen, wenn es bedeutet, uns beide zu retten. Ich bin mir nicht sicher, wie das funktionieren soll. Vielleicht kann ich ihnen sagen, dass ich reich bin und das Lösegeld bezahle, wenn sie zurückkommen, um nach uns zu sehen?«

»Niemand muss irgendjemandem Geld zahlen, wenn es nach meinem Team geht.«

»Ich sage ja nur ...«, begann sie.

»Und ich habe dich gehört. Aber du wirst dein Geld behalten können, damit du weiterhin nach einem Beruf suchen kannst, den du liebst.« Er war froh, dass sie Geld hatte. Dass sie unabhängig sein konnte. Aber sie würde den Entführern keinen Cent geben. Nicht, wenn er es verhindern könnte.

»Also ... willst du dir diesen Kanaldeckel ansehen?«

Flash hielt es für eine gute Idee herauszufinden, ob sie ihn bewegen konnten, solange sie noch etwas Energie von dem Essen hatten. Später könnten sie zu schwach sein.

»Klar. Obwohl er ziemlich hoch über dem Boden ist. Ich weiß nicht, wie wir ihn erreichen sollen.«

»Du kannst auf meinen Schultern stehen«, sagte Flash zu ihr.

»Das ist wahrscheinlich keine gute Idee«, sagte sie und biss sich auf die Lippe. »Ich bin nicht gerade leicht.«

Flash warf ihr einen Blick zu. »Ich dachte, wir hätten das schon besprochen. Du bist perfekt, Kelli. Das meine ich ernst.«

»Ich weiß, aber ...«

»Kein Aber.«

»Okay, wie auch immer, ich glaube nicht, dass ich stark genug bin, um diesen Kanaldeckel anzuheben.«

Flash grinste, weil sie es vermieden hatte, das Wort »aber« zu verwenden. »Unterschätze dich nicht. Selbst wenn du es nicht kannst, werde ich unter dir sein. Du musst nur deine

Hände darauf legen und deine Ellbogen beugen. Ich drücke nach oben, und hoffentlich reicht das aus, um ihn zu bewegen. Ich brauche nur genügend Platz, um meine Hände herauszubekommen, und schon kann ich ihn bewegen.«

»Und dann?«, fragte Kelli. »Wir sind ziemlich weit in den Dschungel hineingefahren. Wir haben keine Ahnung, wo wir sind oder wer die Guten und wer die Bösen sind.«

»Ich habe ein umfangreiches Dschungel-Überlebenstraining absolviert«, beruhigte Flash sie. »Ich kann uns Nahrung und Wasser besorgen, einen Unterschlupf bauen, wir können im Regenwald ausharren, bis mein Team uns findet. Da draußen im Dschungel zu sein ist viel besser als hier drinnen.«

»Ja. Du hast recht. Okay, dann los«, sagte Kelli selbstbewusster.

Flash konnte sich nicht von ihr fernhalten, selbst wenn sein Leben davon abhinge. Nachdem sie aufgestanden waren, trat er in ihren persönlichen Bereich und zog sie an sich. Ihre Hände landeten auf seiner Brust und sie blinzelte überrascht.

»Flash?«

»Ich werde dich küssen«, warnte er sie. »Mehr als nur eine kurze Berührung unserer Lippen. Ist das okay?«

»Ähm ... ich bin mir nicht sicher, ob mein Atem so gut riecht«, gab sie zu.

Er grinste. »Meiner auch nicht. Aber da wir beide nach Callaloo riechen, denke ich, dass es okay ist.«

Sie starrte zu ihm auf.

Flash leckte sich die Lippen, während er zurückstarrte. »Wenn du das nicht willst, ist das in Ordnung. Ich wollte nur ...«

Sie ließ ihn seinen Satz nicht beenden. Sie bewegte eine Hand nach oben, um sie in seinem Haar zu vergraben, und zog ihn nach unten, während sie gleichzeitig auf Zehenspitzen ging.

Flash übernahm von da an. Sobald er wusste, dass er ihre Zustimmung hatte, konnte er sich nicht mehr zurückhalten.

Seine Lippen bedeckten ihre, und er stöhnte, als ihre Zunge sofort die seine fand. Sie war nicht schüchtern, wenn es darum ging, sich zu nehmen, was sie wollte, und das Gefühl, sie an sich zu spüren, war wie ... nach Hause zu kommen.

Flash beugte Kelli nach hinten, bis er sie festhalten musste, während er sie verschlang. Ihr Kuss ging von einer zaghaften Erkundung über zu einem tiefen, fleischlichen Austausch dessen, was in Zukunft kommen würde.

Er würde diese Frau haben. In jeder Hinsicht. Nicht nur körperlich. Er wollte alles über sie wissen. Ihre Hoffnungen, Ängste, Träume. Er würde diese Hoffnungen und Träume wahr werden lassen und all ihre Dämonen besiegen.

Er hob den Kopf, aber er zog sie nicht wieder hoch.

»Flash?«, flüsterte sie und leckte sich die Lippen.

»Wenn wir wieder in Kalifornien sind, möchte ich dich wiedersehen. Ich möchte mit dir ausgehen. Dich in meine schäbige Wohnung mitnehmen und für uns beide Abendessen machen. Wir können alle zehn Staffeln von *Alone* schauen und über die Entscheidungen, die die Protagonisten treffen, urteilen. Ich möchte dein Freund sein, Kelli. Dein *exklusiver* Freund. Ich möchte dich meinen Freunden vorstellen, dich von einem Mädelsabend abholen, dir helfen, deinen Traumberuf zu finden, und zusehen, wie du von innen heraus strahlst. Bitte sag Ja. Gib mir eine Chance. Ich schwöre, ich werde dich nicht enttäuschen.«

Kelli legte ihre Hand auf seine Wange und sagte: »Ich weiß, dass du das nicht tun wirst.«

Flashs Arm begann zu ermüden, also richtete er sie auf, ließ sie aber nicht los. Ihm wurde klar, wie sehr er sie bedrängte. Er war viel zu forsch vorgegangen.

Er hatte das Gefühl, dass dies ein anhaltendes Problem sein würde, wenn es um diese Frau ging.

»Und falls wir hier rauskommen, ja, dann würde ich gern sehen, wohin sich die Dinge zwischen uns entwickeln könnten.«

Das war kein sehr entschiedenes Ja, aber Flash würde es akzeptieren.

»*Wenn* wir hier rauskommen. Dann ist das abgemacht. Komm schon, lass uns diesen Kanaldeckel überprüfen.«

Er nahm ihre Hand und ging zu der Stelle, an der sie in diesem Busgrab abgesetzt worden waren. Er sprang hoch und konnte gerade eben die Decke berühren.

Er drehte sich zu Kelli um und sagte: »Ich glaube, du kannst dich einfach auf meine Schultern setzen.« Er hockte sich hin und streckte seine Hände aus.

Sie schaute skeptisch, aber tapfer ging sie hinter ihn und ergriff seine Hände. Sie kletterte unbeholfen auf seine Schultern und Flash hielt ihre Schenkel fest, während er aufstand.

Kelli war auf der perfekten Höhe. Sie war praktisch Nase an Nase mit der Abdeckung.

Sie tat ihr Bestes, um den Deckel wegzudrücken, aber ohne Erfolg. Dann ging Flash in die Hocke, Kelli streckte die Arme aus, drückte die Ellbogen durch und er versuchte mit der Kraft seiner Beine, den Deckel hochzudrücken, aber auch diesmal bewegte er sich nicht.

Frustriert stellte er Kelli wieder auf die Füße und begann, auf und ab zu gehen. Er hatte damit gerechnet, ausbrechen zu können. Aber Heckle und Jeckle mussten etwas auf den Kanaldeckel gelegt haben, um ihn unten zu halten.

»Wir kommen hier nie raus, oder?«, fragte Kelli mit verzweifelter Stimme.

Das durfte nicht sein. Überhaupt nicht.

»Doch. Denk mal nach, wenn diese Arschlöcher ein Fahrzeug oder etwas anderes auf uns geparkt haben, ist das wie ein riesiger Leuchtturm für mein Team. Ich meine, ein Fahrzeug mitten im Dschungel? Das fällt auf wie ein bunter Hund. Und alles andere, was sie getan haben könnten, um die Abdeckung schwer genug zu machen, damit sie nicht bewegt werden kann, wird ebenfalls auffallen. Wir sind vielleicht nicht in der Lage auszubrechen, aber mein Team wird es schaffen. Ich gebe dir mein Wort.«

Kelli holte tief Luft und nickte dann.

Flash war überwältigt von seinen Gefühlen für diese Frau. Sie hatte jedes Recht auszuflippen, und doch vertraute sie ihm. Seinem Team. Es war demütigend.

»Wie wäre es, wenn wir uns diese Muschel ansehen? Mal sehen, ob wir sie zerbrechen können, damit wir uns ein paar Klingen machen können, falls Heckle und Jeckle zurückkommen.« Er musste sie beschäftigen.

»Okay.«

»Toll. Komm, lass uns noch etwas Wasser trinken, bevor wir anfangen.« Es war Flashs Aufgabe, sich um ihre körperlichen Bedürfnisse zu kümmern. Er wusste, was in Überlebenssituationen mit dem menschlichen Körper passieren konnte. Er würde dafür sorgen, dass sie ihre Kräfte schonte und alles bekam, was sie brauchte, um durchzuhalten.

Es würde nicht lange dauern, bis Kevlar oder einer der anderen seinen Kopf durch das Loch steckte und fragte, was zum Teufel er da unten mache. Zumindest hoffte er das.

KAPITEL NEUN

In der Sekunde, in der sich die Tür öffnete, drängte Smiley sich hinein, packte den Mann auf der anderen Seite am Hals und stieß ihn rückwärts in die Hütte.

»Ganz ruhig, Smiley«, warnte Kevlar. Er machte sich schon seit einer Weile Sorgen um seinen Freund. Die ganze Sache mit der vermissten Bree Haynes und dass Smiley sie nicht finden konnte, brachte den Mann an seine Grenzen. Es war für alle frustrierend zu wissen, dass die Frau in der Nähe war, sie sie aber nicht aufspüren konnten. Aber Smiley nahm es persönlich.

Sie hatten jedoch Errol Brown gefunden. Es war nicht schwer gewesen. Sie gingen einfach zu der Adresse, die der Manager der Tubing-Firma angegeben hatte, und klopften an die Tür. Der Mann lebte in einem sehr armen Viertel. Die Menschen kochten über offenen Feuern vor ihren Haustüren. Die Nachbarn hatten ohne große Regung zugesehen, wie der Minivan des SEAL-Teams vorfuhr. Kevlar konnte sich nicht entscheiden, ob sie es gewohnt waren, dass Fremde sich Errols Haus näherten, oder ob es ihnen einfach egal war.

Kevlar schloss die Tür hinter ihnen und sah zu, wie Smiley den Mann auf einen Stuhl drückte.

»Errol Brown?«, fragte Kevlar.

»Ja? Wer sind Sie? Was wollen Sie?«

»Wir wollen unseren Freund zurück«, sagte MacGyver mit leiser, verärgerter Stimme.

Bei seinen Worten spannte Errol sich an. Der Mann wusste etwas. Er war der Schlüssel, um Flash zu finden. Kevlar hatte keinen Zweifel.

Er schnappte sich den einzigen anderen Stuhl im Raum. Er war aus Holz, und als er ihn umdrehte und vor Errol abstellte, fragte Kevlar sich, ob er überhaupt sein Gewicht aushalten würde. Mit angehaltenem Atem setzte er sich breitbeinig darauf, verschränkte die Arme auf der Lehne und starrte ihren »Gastgeber« an.

Es vergingen einige angespannte Momente, und Kevlar schwieg absichtlich. Er und sein Team hatten auf dem Weg hierher die Strategie besprochen, und sie waren sich alle einig, dass Kevlar die Führung übernehmen sollte.

Safe, Blink, Preacher, MacGyver und Smiley standen alle mit verschränkten Armen und finsteren Mienen um Kevlar herum. Sie waren eine einschüchternde Truppe, was ihre Absicht war.

»Also ... Errol. Die Sache ist die«, begann Kevlar, »wir waren gerade zu Hause und haben uns um unsere eigenen Angelegenheiten gekümmert, als wir herausfanden, dass jemand unseren Freund entführt hat, während er hier in Jamaika Urlaub macht. Derjenige hatte die Eier, unseren befehlshabenden Offizier anzurufen und fünfzigtausend Dollar für seine Freilassung zu verlangen. Das war nicht cool. Überhaupt nicht. Wissen Sie, was wir getan haben?«

Errol blickte von Kevlar weg, zu den anderen Männern, die zwischen ihm und der Tür standen, und dann wieder zu Kevlar. Er schluckte sichtbar und schüttelte den Kopf.

»Wir haben den ersten Flug auf die Insel genommen und unsere Ermittlungen haben uns sofort hierhergeführt. Zu Ihnen. Was halten Sie davon?«

»Ich weiß von nichts«, sagte Errol.

»Sehen Sie, ich glaube einfach nicht, dass das wahr ist. Ihre Kumpel an dem Ort, an dem Sie arbeiten – derselbe Ort, an dem Sie heute nicht aufgetaucht sind –, sagten, Sie seien die letzte Person gewesen, die Flash und seine Freundin gesehen hat. Dass Sie sie vom Fluss abgeholt haben und sie zurück zu ihrem Resort bringen sollten. Aber überraschenderweise sind sie nie dort angekommen. Können Sie das erklären?«

Errol presste die Lippen zusammen.

Kevlar seufzte. Er hatte das hier bereits satt. Er hatte nicht die Geduld, dies in die Länge zu ziehen. Er brauchte Antworten, und er spürte in seinem Bauch, dass dieser Mann sie hatte.

Er stand plötzlich auf und trat gegen den Stuhl, auf dem er gesessen hatte. Er flog zur Seite und zerbrach allein durch seinen heftigen Tritt in mehrere Teile.

Er trat an Errol heran und zog das Armeemesser, das er nie ablegte, heraus. Bilder von Remi, die von seinem ehemaligen Teamkameraden gefoltert wurde, schwirrten in seinem Kopf herum. Ihre verängstigten Augen, als sie neben ihm im Meer vor Hawaii trieb ...

Wie Josie ausgesehen hatte, als sie sie und Blink aus dieser iranischen Gefängniszelle befreit hatten ...

Wren, Maggie und sogar MacGyvers Kinder Ellory und Yana ...

Er hatte es satt, dass Männer hinter Frauen und Kindern her waren, von denen sie glaubten, dass sie ihnen irgendwie unterlegen waren. Natürlich konnte er nicht wissen, was Errols Motivation war, diese Kelli zusammen mit Flash zu entführen, aber er war fertig.

F. E. R. T. I. G. *Fertig.*

Er drückte mit der Spitze seines Messers gegen Errols

Kehle, als der Mann den Kopf nach hinten riss und versuchte, der tödlichen Waffe zu entkommen.

Preacher und Blink waren bereits hinter ihn getreten und hielten ihn mit einem Griff an den Armen auf dem Stuhl fest.

Kevlar hatte die Situation voll im Griff. Er hatte nicht vor, dieses Arschloch zu töten. Er wollte nur Informationen. Und zwar sofort. Und er würde alles tun, um sie zu bekommen.

»Reden Sie mit mir, Errol. Es ist offensichtlich, dass Sie hier kein luxuriöses Leben führen. Ich sehe keine Frau in der Nähe, keinen Luxus ... nur wenige Habseligkeiten. Das sagt mir, dass Sie es wahrscheinlich satthaben, jeden Tag zu kämpfen. Knurrt Ihr Magen vor Hunger? Es ist scheiße, ich weiß. Vielleicht wurde Ihnen Geld angeboten, das Sie nicht ablehnen konnten. Ist es das? Oder vielleicht sind Sie derjenige, der den Plan hatte, ein paar reiche Amerikaner zu entführen und Lösegeld zu fordern. Zu diesem Zeitpunkt ist es mir egal, welche Rolle *Sie* dabei gespielt haben. Ich will nur meinen Freund finden.«

Jeder Muskel in Errols Körper war angespannt, als er Kevlar anstarrte. Der Drang, ihm das Messer in die Kehle zu stoßen, war groß. Aber Kevlar war nicht so ein Mann. Einer, der aus Frustration tötete.

»Ich glaube nicht, dass Sie verstehen«, murmelte Blink und beugte sich zu Errol, während er ihn festhielt. Er flüsterte ihm fast ins Ohr, als seien sie ein Liebespaar. Aber seine Worte waren alles andere als liebevoll.

»Sie haben keine Ahnung, wen Sie entführt haben. Wenn Sie es wüssten, hätten Sie eines der Weicheier ausgewählt, die an diesem Tag auf dem Fluss waren. Wissen Sie ... unser Freund Flash? Er ist ein Navy SEAL. Genau wie wir. Sie haben einen der am besten ausgebildeten Männer entführt, die die Regierung der Vereinigten Staaten zu bieten hat – und Sie haben seine Teamkameraden verärgert.«

Blinks Tonfall wurde fast schon gesprächig. »Wussten Sie, dass wir zehn Methoden kennen, einen Mann zu töten und ihn in Sekundenschnelle verbluten zu lassen? Die Halsschlagader ist eine solche Klischee-Ader, die man durchtrennen kann. Zu einfach. Ich selbst? Ich mag die Oberschenkelarterie.«

Das Geräusch seines eigenen Armeemessers, das aufschnappte, war in dem plötzlich stillen Raum laut zu hören. Blink hielt es gegen Errols Innenschenkel.

»Ich persönlich lenke meine Zielperson gern ab, indem ich ihm den Schwanz abschneide, und während er deswegen schreit und weint, bemerkt er nicht einmal den Schmerz, den ich ihm zufüge, indem ich seinen Oberschenkel aufschneide und seine Arterie durchtrenne. Es ist eine verdammte Sauerei, aber es ist *sehr* effektiv.«

»Bitte, Mann! Nicht! Ich sage Ihnen, was ich weiß. Wir wussten nicht, dass er bei der Marine ist! Erst als wir ihre Brieftaschen nahmen und seinen Militärausweis fanden, kam Brant auf die Idee, seinen Kommandanten zu finden und ihn wegen des Lösegelds anzurufen.«

Blink richtete sich auf und das Messer, das er in der Hand gehalten hatte, verschwand wieder in einer Tasche.

Kevlar grinste zufrieden. Sie bekamen endlich, wofür sie gekommen waren. »Brant wer?«

»Williams. Er hat sich den Plan ausgedacht! Er sagte, wir könnten leicht an Geld von den Touristen kommen. Ich dachte, er meinte Raub. Ich wusste bis zu dem Tag davor nichts von irgendwelchen Entführungen. Ich schwöre es!«

»Wo sind sie? Flash und die Frau?«, fragte Safe.

Kevlar hatte sich nicht bewegt. Er hielt immer noch die Spitze seines Messers an Errols Kehle.

»Er wird mich umbringen, Mann!«, jammerte Errol.

Kevlar hatte nicht das geringste Mitleid mit ihm. »Sie sollten sich Sorgen machen, dass ich Sie umbringe«, knurrte er und drückte sein Messer etwas fester gegen die Haut des Mannes. Blut stieg auf und tropfte ihm den Hals hinunter.

»Aufhören!«, schrie Errol.

Kevlar hielt seine Geduld nur mit Mühe zusammen. Er holte tief Luft, richtete sich auf und nahm sein Messer mit. Er machte eine große Show daraus, es wieder in die versteckte Scheide an seiner Taille zu stecken. Dann beugte er sich vor und schaute Errol direkt ins Gesicht. Es war schwierig, da der Mann schrecklich roch. Er hatte einen Körpergeruch wie Zwiebeln, und sein Atem hätte tödlich sein können. Aber er ließ sich seinen Ekel nicht anmerken.

»Folgendes wird passieren. Sie werden uns alles über den Plan erzählen. Über Brant Williams. Seine Familie, wo er lebt, über dieses Bankkonto, auf das unser Kommandant das Geld einzahlen sollte ... und wir werden darüber nachdenken, Sie am Leben zu lassen.«

Errol schluckte schwer und nickte.

»Wenn Sie uns anlügen ... werde ich Blink erlauben, seinen Spaß mit Ihnen zu haben.«

Errol ließ den Blick zu seinem Teamkameraden schießen, der immer noch einen seiner Arme festhielt, und dann wieder zu Kevlar. Er nickte erneut.

»Gut. Wir sind uns einig. Lasst ihn gehen«, sagte Kevlar und nickte Blink und Preacher zu.

Sie taten es, traten zurück, blieben aber in der Nähe. Der verängstigte Mann rieb sich die Oberarme, an denen er festgehalten worden war, und führte dann eine Hand an seinen Hals. Er wischte sich das Blut ab, starrte einen Moment auf seine Hand, stieß einen zittrigen Seufzer aus ... und begann dann zu sprechen.

Zwanzig Minuten später wussten Kevlar und der Rest des Teams alles über den Plan, ahnungslose Amerikaner über das Tubing-Unternehmen zu entführen. Flash und Kelli waren ihr erster Versuch gewesen, und obwohl Errol ein Arschloch war, war er nicht dumm. Als sein Komplize anfing, davon zu reden, die Marine für das Lösegeld zahlen zu lassen, hatte Errol angeblich versucht, ihn davon zu überzeugen, dass der Plan nicht funktionieren würde.

Errol gab zu, dass er herausgefunden hatte, wo Flash stationiert war, und er hatte Kelli Colberts Facebook-Seite gefunden und daraus geschlossen, dass sie kein gutes Ziel abgeben würde. Da sie in einem kleinen Reisebüro arbeitete – und erst vor Kurzem eingestellt worden war –, war er der Meinung, dass Flash derjenige war, der mehr Geld verdiente, und auf den sie sich konzentrieren sollten.

Er schwor auch, dass er sich von dem ganzen beschissenen Plan abgewandt hatte. Dass er Brant allein gelassen hatte.

Als er widerwillig zugab, dass dieser Brant einen ausgeschlachteten Bus mitten im Dschungel vergraben hatte, den er durch den Einbau eines gusseisernen Kanaldeckels in das Dach umgebaut hatte – und dass sie Kelli und Flash darin zurückgelassen hatten –, sah Kevlar rot.

Seine Remi war lebendig begraben worden, und manchmal hatte sie noch Albträume davon. Dabei war sie nur wenige Minuten in dieser Kiste gewesen. Flash und Kelli waren jetzt schon fast einen ganzen Tag dort. Ja, ein Bus war viel geräumiger als die Kiste, in die Remi gezwungen worden war, aber dennoch ... begraben war begraben.

Er machte einen Schritt auf Errol zu, und überraschenderweise war es Smiley, der seinen Arm ergriff und ihn zurückhielt. Safe stellte sich vor seinen Teamleiter und übernahm das Verhör so reibungslos, als hätten sie es in der Vergangenheit schon oft gemacht.

Es dauerte einige Momente, bis Kevlar die Kontrolle wiedererlangte. Er hörte, wie Errol versuchte, den anderen Anweisungen zu geben, wo er und Brant den Bus vergraben hatten. Er konnte nur daran denken, so schnell wie möglich dorthin zu gelangen. Es bestand die Möglichkeit, dass Flash einen Weg aus dem Bus gefunden hatte, aber angesichts Errols Beschreibung der Gegend und der Bemühungen, dafür zu sorgen, dass niemand aus dem vergrabenen Fahrzeug entkommen konnte, war Kevlar sich nicht so sicher.

Als Errol mit dem Reden fertig war, fragte er: »Was jetzt? Was haben Sie mit mir vor?«

»Sie kommen mit uns. Sie werden der Polizei alles erzählen, was Sie uns gerade erzählt haben. Ohne etwas auszulassen«, sagte Safe.

Errol zuckte zusammen.

Es war reine Spekulation, ob die örtlichen Behörden dem Mann etwas antun würden. Es war unwahrscheinlich, dass er strafrechtlich verfolgt werden würde. Aber da das Ziel des Teams bei der Ankunft in Jamaika darin bestand, Flash zu finden, war Errols Zukunft nicht ihre Sorge.

Aber Brant? *Dieser* Mann musste gefunden werden und für seine Taten bezahlen. Für das, was er vorhatte, so vielen Touristen wie möglich anzutun. Laut Errol hatte er vor, den vergrabenen Bus noch viele Male zu benutzen. Sobald er das Geld von einer Familie oder einer Gruppe von Familien erhalten hatte, wollte er anscheinend warten, bis seine Gefangenen gestorben waren, ihre Leichen entfernen und dann sein krankes Spiel von vorn beginnen.

Errol Brown war ein Einfaltspinsel. Ein kleiner Ganove, der sich mit der falschen Person eingelassen hatte.

Kevlar brannte darauf, in den Dschungel zu fahren. Es war offensichtlich, dass sie den Bus an einem Ort platzieren würden, der den Einheimischen zwar bekannt, aber schwer zugänglich war. Am einfachsten wäre es, Errol mitzunehmen und ihn dazu zu bringen, ihnen genau zu zeigen, wo sie Flash und Kelli versteckt hatten. Aber sie hatten genügend Informationen, um den Bus auch ohne ihn zu finden, dessen war Kevlar sich sicher.

Nein. Er würde es vorziehen, wenn Errol sofort von den jamaikanischen Behörden in Gewahrsam genommen würde, und er wollte sich keine Sorgen machen müssen, dass der

Mann versuchte zu fliehen, wenn sie den verdammten vergrabenen Bus fanden und ihre Aufmerksamkeit auf ihren vermissten Teamkameraden gerichtet wäre.

Alle würden Flash dafür fertigmachen, dass er entführt worden war. Kevlar persönlich konnte es kaum erwarten, ihm zu sagen: »Ich habe es dir ja gesagt.« Er war derjenige, der davor gewarnt hatte, überhaupt nach Jamaika zu kommen.

Natürlich erst, nachdem sie sich vergewissert hatten, dass es Flash gut ging. Dass er nicht verletzt war oder dass er die medizinische Versorgung bekam, die er brauchte.

Dann würden sie sich über ihn lustig machen, weil er überhaupt verletzt worden war. So war das Team eben. Es war ein Bewältigungsmechanismus. Eine Möglichkeit, Spannungen abzubauen.

Plötzlich brauchte Kevlar frische Luft und drehte sich um, um zur Tür zu gehen. In dem Moment, in dem er nach draußen trat, verstummten alle Gespräche der Nachbarn. Offensichtlich wurde über ihren Besuch getratscht. Kevlar hatte das Gefühl, dass es spätestens am nächsten Tag jeder auf der Insel wissen würde. Das bedeutete, dass sie schnell handeln mussten.

Wenn Brant Williams erfuhr, dass sie hier gewesen waren und Errol mitgenommen worden war, wäre er verschreckt. Aber Kevlar war nicht bereit, sein Team zu trennen. Flash war im Moment das Wichtigste. Wenn Brant verschwand, würden sie ihn finden. Irgendwann. Es gab keinen Ort, an dem der Mann sich verstecken konnte.

Es dauerte länger, als es Kevlar lieb war, um Errol auf die Polizeiwache zu bringen und ihn zu zwingen, vor den Behörden ein umfassendes Geständnis abzulegen. Er war nicht davon überzeugt, dass die Polizei ihm viel antun würde, außer ihm eine Geldstrafe aufzuerlegen und ihn mit einer Verwarnung davonkommen zu lassen.

Schließlich hatten sie keine andere Wahl, als Errol in die Obhut der örtlichen Behörden zu übergeben. Sie hatten alles getan, was sie konnten, um dafür zu sorgen, dass er für die Entführung bestraft wurde. Einer der Beamten hatte darauf bestanden, mit ihnen zu kommen, wenn sie in den Dschungel gingen, um zu versuchen, Flash und die entführte Frau zu finden.

Das war sinnvoll, denn ohne Beweise konnte Errol nicht angeklagt werden. Aber Kevlar war immer noch verärgert. Er wollte nicht, dass jemand mitkam. Er wollte einfach nur seinen Freund finden, ohne sich um politische Korrektheit sorgen zu müssen. Er konnte in seinem Kopf fast hören, wie sein Kommandant sagte, er solle sich an die Vorschriften halten, keine Wellen schlagen und dies nicht zu einem internationalen Zwischenfall machen.

Aber für Kevlar *war* es ein internationaler Zwischenfall. Die Entführung eines Navy SEALs geheim zu halten war kein kluger Plan. Es wäre nicht gut für Jamaika, da sie auf die Einnahmen aus dem Tourismus angewiesen waren. Er musste immer wieder an Remi denken und daran, wie sie entführt und lebendig begraben worden war. Es gab zu viele Ähnlichkeiten zwischen dem, was ihr widerfahren war, und dem, was mit Flash vor sich ging, als dass er rational bleiben konnte.

Die Fahrt in den Dschungel war lang und schwieriger, als Kevlar erwartet hatte. Sie verirrten sich ein- oder zweimal, als sie versuchten, Errols mündlichen Anweisungen zu folgen, um herauszufinden, wo der Bus vergraben worden war. Viele der unbefestigten Straßen sahen gleich aus und natürlich war das Gelände nicht gerade hilfreich. Der Minivan, den sie gemietet hatten, wurde stark beansprucht, aber das war Kevlar egal.

Der Polizist, der ihnen folgte, sah gelangweilt aus. Jedes Mal wenn Kevlar sich umdrehte, um zu sehen, ob er noch da war, telefonierte der Mann mit seinem Handy. Einmal sah es so aus, als würde er etwas rauchen, was Kevlar für einen Joint hielt, aber er konnte sich nicht sicher sein.

Es dauerte nicht lange, bis er sich dafür ohrfeigte, Errol zurückgelassen zu haben. Auch wenn es die Situation noch stressiger gemacht hätte, ihn mitzunehmen, hätte er sie direkt zu dem verdammten Bus führen können. Sie hätten warten sollen, ihn auszuliefern, bis Flash und Kelli gefunden worden waren ... aber es war zu spät, das jetzt noch zu ändern.

Sein Stresslevel war extrem hoch, vor allem weil es langsam auf den Abend zuging. Bald würde das Sonnenlicht verschwinden, und wenn das passierte und sie den verdammten Bus nicht gefunden hatten, müssten sie bis zum Morgen warten, um die Suche wieder aufzunehmen. Der Gedanke, dass sein Freund eine weitere Nacht unter der Erde verbringen müsste, war inakzeptabel.

Schließlich erreichten sie einen Punkt, an dem die Straße abrupt endete, genau wie Errol es gesagt hatte.

Die Spannung stieg in Kevlar. Sie hatten es geschafft! Sie hatten den Ort gefunden, den Errol beschrieben hatte, wo sie Flash und Kelli hatten aussteigen und in den Dschungel gehen lassen.

Alle vier Türen öffneten sich gleichzeitig und die sechs SEALs stiegen aus, begierig darauf, ihren Teamkameraden zu finden. Der Beamte stieg aus seinem Wagen und lehnte sich gegen die Tür.

»Ich warte hier«, sagte er.

Empört, aber ohne sich darum zu kümmern, *was* der Mann tat, folgte Kevlar den Spuren auf dem Waldboden, die wahrscheinlich von dem großen Gerät stammten, mit dem Brant den Bus vergraben hatte.

Kevlar hatte keine Ahnung, wie der Mann das gemacht hatte. Oder wann. Ja, sie hatten offensichtlich schwere Maschinen benutzt, aber die Logistik der gesamten Operation war überwältigend. Letztendlich spielte das Wie aber im Moment keine Rolle, nur das Wo.

Sie legten etwa einen Kilometer zu Fuß zurück und als Kevlar sich umsah, sah er nur Bäume und Ranken. Der Waldboden war mit Vegetation bedeckt. Ein tropischer Regenwald. Wie zum Teufel sie hier draußen etwas Vergrabenes finden sollten, war eine echte Sorge.

Bis er es sah.

Genau wie Errol es beschrieben hatte.

Drei große Reifen, übereinandergestapelt. Bei zwei waren die Felgen noch angebracht, was sie extrem schwer machen würde. Kevlar wusste das aus Erfahrung. Er hatte schon ein- oder zweimal einen Reifen an großen Fahrzeugen wechseln müssen. Drei davon auf diesem Deckel würden verhindern, dass jemand darunter entkommen könnte.

Er lief auf die Reifen zu und sagte mit einer Stimme, die viel ruhiger war, als er sich fühlte: »Preacher, schnapp dir die andere Seite. Safe und MacGyver, holt den zweiten. Smiley, ich helfe dir mit dem letzten.«

Niemand widersprach. Sie machten sich an die Arbeit und taten, was getan werden musste. Niemand sprach laut darüber, was sie finden könnten, wenn sie diesen Kanaldeckel öffneten. Es war zwar noch nicht allzu lange her, dass Flash und Kelli entführt und lebendig begraben worden waren, aber je nachdem, in welchem Zustand sie zurückgelassen worden waren und welche Vorräte, wenn überhaupt welche, sich bei ihnen befanden, könnte ihnen das schlimmstmögliche Szenario bevorstehen.

Kevlar holte tief Luft und griff nach dem ersten Reifen.

KAPITEL ZEHN

Kelli fühlte sich beschissen. Sie war erschöpft, konnte aber nicht schlafen. Sie hatte Angst, dass sie einschlafen und wieder in völliger Dunkelheit aufwachen würde. Die Kerze war ein Geschenk des Himmels gewesen, aber sie war schließlich fast heruntergebrannt.

Flash war der beste Partner in diesem ... was war das hier? Abenteuer? Nein, das war nicht das richtige Wort. Albtraum? Ja, das kam der Sache näher. Mit Flash an ihrer Seite war alles, was passiert war, nicht ganz so beängstigend. Wäre sie allein gewesen, wäre sie völlig durchgedreht. Und sie konnte sich nicht einmal vorstellen, mit ihrer Cousine und den drei As in diesem Höllenloch festzusitzen. Das wäre unerträglich gewesen.

Erstaunlicherweise hatte sie von Flash etwas gelernt. Er hatte sie die zweite Konservendose öffnen lassen ... nein, er hatte sie *gezwungen*. Sie wollte sie eigentlich aufheben, weil sie sich insgeheim immer noch nicht so sicher war, ob Flashs Freunde sie finden würden. Aber sie ließ sich von ihm überreden nachzusehen, was in der Dose war.

Er hatte das Öffnen der ersten Dose so einfach aussehen lassen. Sie sägte mit der Spitze des Löffels eine gefühlte Stunde lang hin und her, bevor sie die Dose endlich so weit geschwächt hatte, dass sie sich öffnen ließ. Im Inneren befand sich etwas, das wie Erbsen aussah, aber braun gesprenkelt war. Flash dachte, es handele sich wahrscheinlich um Gungo-Erbsen. Ein weiteres gängiges Grundnahrungsmittel in Jamaika. Die Flüssigkeit, in der sie sich befanden, roch wirklich gut, aber das lag wahrscheinlich daran, dass sie so hungrig war.

Diesmal hatten sie daran gedacht, etwas von der ungekochten Pasta in die Dose zu geben. Ihr lief das Wasser im Mund zusammen, während sie darauf warteten, dass die Nudeln weich wurden. Als sie es nicht mehr aushielten, steckten sie sich beide ein paar Stücke in den Mund.

Niemals hätte Kelli gedacht, dass das Einweichen von Nudeln in Flüssigkeit ohne jegliche Wärmequelle zu etwas Essbarem führen würde. Aber die winzigen Bissen waren ein Festmahl. Sie stellte sich vor, wie ihr Körper die Kohlenhydrate und anderen Nährstoffe aus den Nudeln aufnahm, sobald sie in ihrem Bauch ankamen.

Die Erbsen waren nicht so toll, aber da sie so hungrig war, dachte Kelli nicht zweimal darüber nach, sie zu essen. Als die Dose leer war und sie jeden Tropfen der Kokosmilch getrunken hatten, in der das Gemüse eingelegt gewesen war – das wenige, das nicht von den Nudeln aufgesogen worden war –, konnte Kelli nur noch mit Mühe verhindern, in Tränen auszubrechen.

Das war es. Das Ende ihrer Nahrungsmittel. Sie hatten auch das Wasser aufgebraucht. Sie hatten die Quelle des Tropfens gefunden und begonnen, Wasser in der leeren Flasche zu sammeln, aber zu verhungern war nicht ihre Vorstellung von einem guten Abgang.

»Komm her«, sagte Flash, der sich an die Seite des Busses gelehnt hatte. Er streckte seinen Arm zur Seite aus. Ohne zu zögern, kroch Kelli zu ihm und lehnte sich an ihn. Sein Arm um sie herum fühlte sich an, als käme sie nach Hause. Er war ihr Sicherheitsnetz. Seine Nähe half ihr zu glauben, dass jemand kommen würde, um sie zu holen. Dass sie gefunden werden würden.

»Es war einmal ein Mädchen. Sie hatte eine böse Mutter und einen bösen Stiefvater. Sie zwangen das arme Mädchen, von Sonnenaufgang bis Sonnenuntergang zu arbeiten. Aber das Mädchen machte sich nichts daraus. Die Arbeit lenkte sie von anderen Dingen ab. Wie von ihrem leeren Bauch und den Hänseleien der anderen kleinen Mädchen in ihrem Dorf. Keines von ihnen musste so hart arbeiten wie sie. Sie alle durften hübsche Kleider tragen, draußen in der Sonne sitzen und Teepartys veranstalten.«

Kelli lächelte, als sie sich an Flashs Seite kuschelte. Sie hatte ihm vor Stunden von ihrer Liebe zu Märchen erzählt. Wie sehr das Happy End ihrer Seele guttat. Sie hatten sich beim Erzählen kleiner erfundener Geschichten abgewechselt. Jetzt war er an der Reihe, und sie war zufrieden, ihm zuzuhören, während sie das letzte Licht der flackernden Kerze beobachtete.

»Eines Tages watschelte ein Opossum in ihren Garten. Ihr Stiefvater wollte es töten. Er sagte, es sei Ungeziefer und würde Löcher graben und ihre Ernte zerstören. Aber natürlich wollte er die Tat nicht selbst ausführen, sondern befahl dem Mädchen, es zu tun. Also stellte sie pflichtbewusst eine Falle auf und legte etwas von ihrem eigenen Abendessen hinein. Es dauerte nicht lange, bis das Opossum den Köder nahm und in der Falle saß. Aber das Mädchen konnte das Tier nicht töten. Es war hässlich und vernarbt und fauchte sie an, aber das war ihr egal. Es war einfach nur verängstigt. Gefangen. Wie sie. Es wollte nur sein Leben leben. Also ging sie mitten in der Nacht, als alle schliefen, zur Falle, befreite das Opossum und warnte es davor, bei Tageslicht aufzutauchen, wenn ihr Stiefvater es sehen konnte. Sie versprach auch, Futter draußen zu lassen, falls es zurückkäme. Das tat sie das ganze nächste Jahr über. Obwohl sie selbst immer hungrig war, hob sie jeden Abend etwas von ihrem Abendessen auf, um es ihrem Opossumfreund draußen zu bringen. Eines Nachts wurde ihr Stiefvater wütend auf sie und begann, sie zu schlagen. Das Mädchen kauerte sich hin, versuchte, ihren Kopf zu schützen, und ertrug die Schmerzen, die die Fäuste des viel größeren Mannes verursachten, als sie draußen ein Geräusch hörte. Es kratzte an der Tür. Es wurde immer lauter, bis ihr Stiefvater es schließlich nicht mehr ignorieren konnte. Wütend ging er zur Tür und riss sie auf. Als er nach unten schaute, sah er ein Opossum. Während er es anstarrte, begann das Tier zu wachsen. Es wuchs und wuchs – bis an der Tür ein Riese stand! Ein riesiger, hässlicher, vernarbter Riese. Er fauchte den Stiefvater an, packte ihn dann am Hals, zog ihn aus dem Haus und trat ihm auf den Kopf. Er zerquetschte ihn. Das Mädchen starrte den Riesen an und fragte sich, ob sie halluzinierte. Dann senkte der Riese den Kopf und kam in die kleine Küche. Er hob das Mädchen ganz vorsichtig auf und trug es nach draußen. Er stieg über die Mauer um ihren Garten und blieb stehen. Sie waren von fast einem Dutzend Opossums umgeben. Während sie zusah, begannen sie alle zu wachsen, genau wie das an ihrer Tür. Jetzt war sie von Riesen umgeben, Männern und Frauen. ›Das ist meine Familie. Meine Brüder und Schwestern und meine Eltern‹, sagte der Riese. ›Weil du mich vor einem Jahr nicht getötet hast, sind wir aufgeblüht. Um dir zu danken, bringen wir dich in unsere Welt. Du wirst mich heiraten und für immer glücklich leben.‹ Das Mädchen war verwirrt. ›Aber du bist ein Opossum‹, sagte sie. ›Das bin ich und das bin ich nicht. Das ist unsere geheime Form. Ich bin in Wirklichkeit ein Prinz. Aber vielleicht denkst du, dass ich hässlich bin, und willst nicht mit mir zusammen sein.‹ Er klang so traurig und das Mädchen hatte Mitleid mit ihm. ›Ich finde nicht, dass du hässlich bist. Mein Stiefvater war hässlich. Tief in seiner Seele. Du bist es nicht. Ich komme mit dir. Ich werde deine Prinzessin sein.‹ An diesem Abend gab es eine riesige Party. Die Riesen feierten eine neue Prinzessin, die durch die Berührung ihres Prinzen geheilt wurde, sodass keine blauen Flecke mehr ihre helle Haut trübten. Und sie lebten glücklich bis ans Ende ihrer Tage.«

Kelli lächelte Flash an. Seine Geschichten ... sie waren nicht gerade die besten. Sie ergaben keinen Sinn. Aber sie liebte sie trotzdem. Weil sie alle ein glückliches Ende hatten, genau wie sie ihm gesagt hatte, dass sie sie liebte. »Das war perfekt«, sagte sie zu ihm.

Er lachte, und Kelli spürte es an ihrer Seite. »Es war schlecht. Aber ich werde besser werden.«

Es war seltsam, dass sie lächelte. Sie war schmutzig, roch schrecklich, war durstig und hungrig, und doch war sie zufrieden.

In diesem Moment flackerte die Kerze und ging plötzlich aus. Kelli konnte den Rauch des schwelenden Dochtes in der Luft riechen. Sie atmete scharf ein.

»Ganz ruhig, Kelli. Alles in Ordnung.«

Kelli schluckte schwer und nickte ihm zu. Die Dunkelheit schien jetzt noch dunkler zu sein. Das war albern, aber sie konnte nicht anders, als zu glauben, dass es wahr war.

»Du bist dran. Erzähl mir eine Geschichte«, befahl Flash.

Sie wusste, dass er versuchte, sie abzulenken. Von ihrer Situation, von ihrem knurrenden Magen, von der Dunkelheit.

Was Kelli wirklich tun wollte, war schreien. Einen Wutanfall bekommen. Dies war nicht fair. Was hatte sie getan, um das zu verdienen? Sie war ein guter Mensch. Drängelte sich nicht auf der Autobahn vor, sagte sogar zu gemeinen Menschen »Bitte« und »Danke«. Sie stellte ihren Einkaufswagen in das Dingsbums auf dem Parkplatz des Supermarktes, anstatt ihn mitten auf einem anderen Parkplatz stehen zu lassen. Sie zahlte ihre Steuern pünktlich und ignorierte all die fiesen Sprüche von Charlotte gegen sie. Und wofür? Um lebendig begraben in einem Bus mitten in einem blöden Dschungel zu enden.

Flash hielt sie fester, dann spürte sie seine Lippen auf ihrer Stirn.

Aber ... sie war nicht allein. Sie hatte Flash. Und je mehr Zeit sie mit ihm verbrachte, desto mehr mochte sie ihn. Dafür gab es wahrscheinlich einen psychologischen Grund. Sie war von ihm abhängig. Gemeinsames Trauma, irgendetwas in der Art. Aber Kelli konnte sich nicht vorstellen, ihn nicht mehr in ihrem Leben zu haben. Sie redete gern mit ihm. Er war klug, hatte gute Instinkte und war unglaublich beruhigend. Außerdem gab er ihr das Gefühl, lebendig zu sein. Er sah ihre Fehler nicht, und davon gab es viele.

Stattdessen sah er *sie*.

»Komm schon, du bist dran«, sagte Flash und stupste sie sanft an.

Kelli holte tief Luft und begann, eine Geschichte über eine Heuschrecke namens Fred zu erzählen, die ihr Zuhause verließ, um die Welt zu sehen, nur um festzustellen, dass das, wonach sie gesucht hatte, die ganze Zeit über zu Hause gewesen war.

Sie hatte gerade geendet und sonnte sich in Flashs leisem Lachen, als ein lautes Geräusch durch den Metallbus hallte.

Wie sein Namensvetter bewegte Flash sich so schnell, dass Kelli nicht einmal ansatzweise verarbeiten konnte, was er tat oder was geschah. Ehe sie sichs versah, hatte er sie auf die Beine gezogen und in die hintere Ecke des Busses gedrückt. Weg von dem Deckel, durch den sie gefallen waren, als dieser ganze Albtraum begann.

»Bleib hier«, befahl Flash in einem Tonfall, den Kelli noch nie bei ihm gehört hatte. Er war hart und kalt und völlig sach-lich. Das war der SEAL hinter dem Mann, den sie kennenge-lernt hatte. Es hätte ihr Angst machen sollen, aber stattdessen fühlte sie sich beschützt.

»Ich habe das Muschelmesser, das wir hergestellt haben. Wenn es Heckle und Jeckle sind, werde ich dafür sorgen, dass sie keine Chance bekommen, dir etwas anzutun.«

Sein erster Gedanke galt nicht einmal dem Versuch, dort herauszukommen – es ging um ihre Sicherheit. »Sei vorsichtig«, flüsterte sie.

Sie spürte seine Hand auf ihrem Oberarm, einen Sekundenbruchteil bevor seine Lippen zielsicher die ihren fanden. Der Kuss war hart und schnell.

»Das werde ich. Im Gegensatz zu Fred, der Heuschrecke weiß ich genau, was ich habe, und ich werde nichts tun, um es jetzt zu vermasseln.«

Dann war er weg.

Kelli konnte nichts sehen, aber sie konnte hören, wie Flash sich leise durch den Bus bewegte. Sie hielt den Atem an und versuchte angestrengt, etwas zu sehen, irgendein Lichtfleckchen. Aber es war zwecklos. Ihr Grab war genauso dunkel wie eh und je.

Die seltsamen Kratzgeräusche oben im Bus hielten an und ließen Kelli die Nackenhaare zu Berge stehen.

Was auch immer Heckle und Jeckle auf den Kanaldeckel gelegt hatten, es klang schwer, genau wie Flash es sich gedacht hatte. Sie war sich nicht sicher, warum sie nicht gehört hatten, wie sie das, was auch immer es war, darauf stapelten, als sie hier hineingesteckt wurden, aber sie nahm an, dass es an dem Schock des Augenblicks gelegen hatte.

Dann ... begann die Abdeckung, zur Seite zu rutschen.

Das Licht, das in den Bus strömte, war nicht übermäßig hell, es war kein direktes Sonnenlicht, aber es war immer noch mehr als genug, um Kelli zusammenzucken zu lassen, da ihre Augen sich nur schwer daran gewöhnen konnten.

Sie hatte gerade Flash ausgemacht, der sich an die Seite des Busses unter dem Loch drückte – die halbe Muschel in der Hand und bereit zum Angriff –, als eine Stimme von oben rief.

»Flash? Bist du da drin?«

Kelli blinzelte überrascht. Wussten Heckle und Jeckle von Flashs Spitznamen? Er stand nicht auf seinem Ausweis, und sie konnte sich nicht erinnern, ob sie ihn genannt hatte, als sie zu Beginn dieses Albtraums im Van gesessen hatten.

»Flash?«, rief eine andere Stimme.

Dann tauchte der Kopf eines Mannes im Loch auf, und er schaute nach unten. Sein Blick traf den von Kelli und sie starrten sich an.

»Smiley?«, fragte Flash, der gleichzeitig begeistert und schockiert klang.

Der Kopf des Mannes drehte sich und er lächelte, als er Flash unter sich stehen sah.

»In Fleisch und Blut«, entgegnete der Mann namens Smiley.

Kelli wusste, dass dies einer von Flashs Teamkameraden war. Er hatte ihr alles über seine Freunde und deren Frauen erzählt. Sie hatte das Gefühl, sie allein durch Flashs Erzählungen zu kennen.

»Heilige Scheiße, bin ich froh, dich zu sehen! Das hat ja lange genug gedauert.«

»Idiot«, sagte ein anderer Mann, schob Smiley aus dem Weg und steckte seinen eigenen Kopf in das Loch. »Es sind noch nicht einmal anderthalb Tage vergangen.«

»Mehr nicht?«, sagte Kelli, ohne nachzudenken.

»Verdammt, es fühlt sich an, als sei es mindestens eine Woche her«, sagte Flash gleichzeitig. »Wer ist hier?«

»Wir alle. Kommt schon, holen wir euch zwei da raus, dann können wir uns unterhalten«, sagte er, bevor er auf die Knie ging. Bevor Kelli blinzeln konnte, baumelten die Beine des Mannes aus der Öffnung und er sprang in den Bus.

Flash ließ seine provisorische Waffe fallen und umarmte den Mann fest. »Mann, ist es schön, dich zu sehen, Kevlar!«

»Dich auch. Aber du musst dringend duschen, Alter.«

Kelli runzelte die Stirn, weil sie es angesichts der Umstände für ziemlich rücksichtslos hielt, so etwas zu sagen. Aber da beide Männer lachten, nahm sie an, dass Flash nicht beleidigt war, da er seinen Freund noch einmal umarmte.

Dann drehte er sich zu ihr um. »Komm her, Kelli.«

Zum ersten Mal seit ihrer Entführung wurde Kelli plötzlich unsicher und zögerte. Sie war schmutzig, hatte immer noch Blut im Haar und auf der Rückseite ihres Überwurfs. Sie trug einen Badeanzug, um Himmels willen.

Flash wartete nicht, bis sie zu ihm kam. Er ging schnell zu ihr hinüber. Er versperrte Kevlar die Sicht auf sie, legte seine Hände auf beide Seiten ihres Kopfes und neigte ihr Gesicht nach oben.

»Es ist okay. Wir sind jetzt in Sicherheit.«

»Willst du nicht sagen: ›Ich hab's dir ja gesagt‹?«, neckte sie ihn.

»Nein. Aber ich bitte dich, mir zu vertrauen. Diese Männer, meine Freunde und Teamkameraden? Das sind gute Männer. Sie verstehen, was wir durchgemacht haben. Hier wird niemand verurteilt, okay?«

Dieser Mann konnte sie viel zu leicht durchschauen. Es war unangenehm und irgendwie beängstigend.

Dann beugte er sich vor und küsste sie auf die Stirn. Direkt vor seinem Freund. Kelli konnte es nicht glauben.

»Komm schon. Lass uns hier verschwinden. Im Resort warten Essen, Wasser und eine Dusche auf uns.«

Nun, *das* waren drei Dinge, denen sie nicht widerstehen konnte. Flash nahm ihre Hand und drehte sich um. Kelli blickte zu Boden, als sie ihm zu folgen begann. Dann hielt sie inne.

»Was? Was ist los?«, fragte Flash mit besorgter Stimme.

Kelli kniete nieder und hob den Löffel auf, der im Karton gelegen hatte. Der, mit dem sie die Dosen geöffnet hatten. Es war nur ein dummer Löffel. Ein billiger noch dazu, da er jetzt durch den Druck, mit dem sie versucht hatte, die Dose mit den Erbsen zu öffnen, verbogen war. Aber aus irgendeinem Grund wollte sie ihn nicht zurücklassen. Er erinnerte sie an das, was sie überlebt hatte.

Manche Leute mochten es für morbide halten, dass sie sich überhaupt an diese schreckliche Erfahrung erinnern wollte, aber es war nicht *alles* schlimm gewesen.

Der Kuss, den sie mit Flash geteilt hatte, kam ihr in den Sinn. Das war ... überhaupt nicht schrecklich gewesen.

Flash drückte ihre Hand und führte sie zu Kevlar.

»Hallo. Ich bin Kevlar«, sagte er lächelnd, als sie näher kam.

»Ich bin Kelli.«

»Schön, dich kennenzulernen, Kelli. Wie wäre es, wenn wir dich hier rausholen?«

»Ja bitte«, sagte sie.

Kevlar grinste Flash an. »Sie ist ein höfliches kleines Ding.«

»Ja. Wie machen wir das?«

Kevlar blickte zu dem Loch über ihren Köpfen auf und dann wieder zu Flash. »Wie wäre es, wenn du sie auf deine Schultern stellst? Die Jungs können sie von dort aus übernehmen.«

Flash nickte und wandte sich Kelli zu. »Wir machen das genauso wie beim letzten Mal, nur dass du diesmal stehen wirst. Mach dir keine Sorgen, dass du fällst. Mein Team wird das nicht zulassen, und ich auch nicht.«

Kelli war immer noch nervös wegen ihres Gewichts und weil sie auf Flash stehen würde, aber sie wollte mehr aus diesem verdammten Bus raus, als andere Möglichkeiten zu finden, aus dem Loch über ihren Köpfen zu klettern.

Bevor sie wusste, was geschah, hatte Flash sich umgedreht und hockte vor ihr. Kevlar ging hinter sie, um ihr beim Klettern auf seine Schultern zu helfen.

»Verdammt! Du hast nicht gesagt, dass sie verletzt ist!«, rief

Kevlar aus. »Preacher! Sie blutet! Lauf zurück und schau, ob der Beamte einen Erste-Hilfe-Kasten hat.«

»Nicht«, rief Flash. »Ihr geht es gut! Das stammt noch von der Gefangennahme. Jeckle hat sie mit dem Kolben seiner Pistole geschlagen. Das ist altes Blut.«

»Bist du sicher, dass es dir gut geht?«, fragte Kevlar.

Die Sorge dieser Männer war überwältigend. »Flash hat recht. Es ist alt. Ich meine, ich habe Kopfschmerzen, aber ich glaube, das kommt von dem hellen Licht, nachdem ich so lange im Dunkeln war.«

»Wir werden das reinigen und untersuchen lassen, sobald wir dich nach oben gebracht haben«, beruhigte Kevlar sie.

»Komm hoch, Kelli. Lass uns hier verschwinden.«

Es dauerte nicht lange. Kelli stieg auf seine Schultern und sobald sie – mit Kevlars Hilfe – sicher war, stand Flash auf. Dann befand sich ihr Kopf tatsächlich über dem Boden. Es dauerte nicht länger als eine Sekunde, bis zwei der draußen wartenden Männer ihren Bizeps packten und sie aus dem Loch zogen.

Einer von Flashs Freunden hielt sie fest und zog sie vorsichtig aus dem Loch heraus, und noch bevor sie blinzeln konnte, war Flash draußen und schritt auf sie zu. Sie sah zu, wie zwei der Männer auf dem Boden lagen und in das Loch griffen, offensichtlich um Kevlar herauszuholen, bevor Flash ihre Sicht versperrte.

Er nahm sie fast grob in die Arme und hielt sie einfach fest, während sie beide die frische Luft einatmeten.

Nachdem sie einen Moment gebraucht hatte, um zu begreifen, dass sie frei war, schaute Kelli sich um. Alles, was sie sah, waren Bäume. Es war kaum zu glauben, dass diese Männer sie tatsächlich gefunden hatten. Es schien wie ein Wunder.

»Kommt schon, wir müssen euch zwei zurück zum Resort bringen und sauber machen. Ich bin sicher, die Polizei wird Fragen haben.«

Kelli hörte nicht mehr zu, was Kevlar sagte, als Flash sie herumdrehte, einen Arm um ihre Schultern legte und sie von der Gruft wegführte, in der sie zu sterben befürchtet hatte. Dass sie noch hier war, war allein dem Mann an ihrer Seite zu verdanken. Und sie hatte keine Ahnung, wie sie funktionieren sollte, wenn ihre Wege sich trennten.

Aber diese Zeit würde kommen. Sie spürte es bis in die Zehenspitzen. Er hatte ein Leben, Freunde, einen Job. Und sie hatte ... was? Einen beschissenen Job, den sie nur machte, um beschäftigt zu sein? Ja, ihre Mutter liebte sie, aber sie war mit ihrem eigenen Leben beschäftigt. Irgendwie hatte Kelli sich im Laufe der Jahre selbst isoliert, hatte keine nennenswerten Freunde, sagte zu oft Ja zu ihrer Mutter und ihrer Cousine und setzte sich nicht durch, wenn sie etwas nicht tun wollte. Sie tat, worum sie gebeten wurde, nur um Konflikte zu vermeiden.

Damit war jetzt Schluss. Sie würde nicht auf der Hochzeit ihrer Cousine sein. Aber sie würde sich mit einem Berater an einem der örtlichen Colleges zusammensetzen und mit ihm sprechen, um herauszufinden, was sie mit ihrem Leben anfangen wollte.

Und sie würde Selbstverteidigungs- und Überlebenstraining machen. Sie wollte sich nie wieder so hilflos fühlen wie in dem Bus.

Und Flash? Ihn wollte sie auch. Aber sie hatte keine Ahnung, ob ihre Gefühle einseitig waren oder nicht. Ja, er hatte gesagt, dass er mit ihr ausgehen wolle, und er hatte sie definitiv geküsst, als wollte er mehr als nur Freundschaft ... aber jetzt, da sie frei waren, konnten sich die Dinge ändern. Seine Gefühle für sie könnten sich im wahrsten Sinne des Wortes im Tageslicht ändern.

Sie würde abwarten müssen, wie sich die Dinge entwickelten.

Eins nach dem anderen. Duschen, essen, trinken. Dann würde sie sich um alles andere kümmern.

Aber selbst als sie auf das Fahrzeug zuging, um aus diesem Dschungel zu verschwinden, konnte sie nicht anders, als das Gefühl zu lieben, als Flash sie mit seinem Arm umschloss. Sie konnte nicht anders, als sich sicher und beschützt zu fühlen. Sich daran zu gewöhnen, wäre keine gute Idee, aber im Augenblick gönnte sie sich den Moment der Schwäche. Sie würde ihr Rückgrat finden ... später.

KAPITEL ELF

Auf der gesamten Fahrt zurück zum Resort war Flash angespannt. Er konnte nicht anders, als sich daran zu erinnern, was passiert war, als er das letzte Mal in diesem Land in einem Fahrzeug gesessen hatte. Es half, dass sein Team ihn umgab und ihn mit Fragen zur Entführung beschäftigte. Er konnte sich nicht so sehr darauf konzentrieren, wie hell alles war, nachdem er so lange in diesem verdammten Bus gesessen hatte, oder wie es jedes Mal, wenn er aus der Windschutzscheibe des Vans schaute, so aussah, als würden sie mit dem Kopf voran in ein anderes Auto krachen.

Stattdessen versuchte er, sich auf das zu konzentrieren, was von ihm verlangt wurde, und auf das beruhigende Gefühl, wie Kelli mit ihrem Daumen über seine Hand strich.

Er hatte ihre Hand nicht losgelassen, seit er sich ihr vor dem Bus angeschlossen hatte, in dem Dschungel, der dieses verdammte Loch im Boden umgab. Er hatte ihre Hand gehalten, als Kevlar die Wunde an ihrem Hinterkopf untersuchte und bestätigte, dass sie seiner Meinung nach nicht genäht werden musste, aber vorschlug, sie noch einmal zu untersuchen, sobald die Wunde sauber war, nur um sicherzugehen.

Selbst als sie in den Van gekrochen waren, konnte Flash sie nicht loslassen. Er fühlte sich aus dem Gleichgewicht gebracht. So viele Emotionen strömten durch seine Adern. Wut, Frustration, Sorge und natürlich Erleichterung, dass sein Team so schnell gekommen war und sie gefunden hatte.

Er erzählte alles, was passiert war, von dem Moment an, in dem der Schwimmreifen in den Stromschnellen geplatzt war, wodurch er und Kelli gezwungen waren, sich einen zu teilen, und sie zu spät zum Abholpunkt kamen. Er beschrieb Heckle und Jeckle so gut er konnte – obwohl sein Team ihm die Namen der beiden Männer nannte, die sie entführt hatten, zog er die dummen Spitznamen vor, die er sich ausgedacht hatte – und wie sie in den vergrabenen Bus gezwungen worden waren.

»Warum hast du ihn nicht entwaffnet?«, fragte Smiley. »Und sag nicht, dass du es nicht konntest. Wir alle wissen, dass es für dich ein Leichtes gewesen wäre.«

Flash presste die Lippen zusammen. Er hatte bereits ein ähnliches Gespräch mit Kelli geführt und wollte es nicht wirklich wieder aufwärmen. Er hatte immer noch ein schlechtes Gewissen, denn wenn er getan hätte, wozu er ausgebildet worden war, hätten sie wahrscheinlich keine Zeit in diesem vergrabenen Bus verbringen müssen.

»Ich wusste nicht, ob Heckle ... äh ... Brown eine Waffe hatte. Ich wollte nicht riskieren, dass er Kelli erschießt, während ich mich um Jeckle kümmere«, sagte Flash so knapp wie möglich.

Zu seiner Erleichterung nickten alle seine Teamkameraden. Sie verstanden. Ja, er hätte Brant Williams ausschalten können. Ihn in Sekundenschnelle entwaffnen. Aber wenn die Folge davon gewesen wäre, dass Kelli verletzt würde, hätte er es nicht riskiert.

»Außerdem wusste ich, dass ihr herausfinden würdet, was passiert ist und wo wir waren«, sagte Flash.

»Er hätte euch erschießen können, als ihr im Bus wart«, sagte Safe. »Ihr wart leichte Beute.«

Flash spürte, wie Kelli sich neben ihm anspannte. »Aber das hat er nicht getan«, sagte er nachdrücklich. »Hat Jeckle wirklich den Kommandanten angerufen und nur fünfzigtausend Dollar verlangt?« Er wollte das Thema wechseln. Wenn er daran dachte, wie Kelli erschossen wurde, zog sein Magen sich schmerzhaft zusammen.

Der Rest der Reise verlief ereignislos, und Flash und Kelli wurden über die Ereignisse seit der Ankunft der Jungs auf der Insel auf den neuesten Stand gebracht. Wie sie mit dem Tubing-Unternehmen gesprochen und Errol Brown gefunden hatten. Und am Morgen würden sie sehen, ob sie Brant Williams auftreiben konnten.

Flash meldete sich nicht freiwillig, um mit ihnen zu gehen. Er wollte Kelli nicht allein im Resort zurücklassen. Nein, das war nicht richtig. Er wollte sie überhaupt nicht allein lassen. Die beiden hatten zusammen einiges durchgemacht, und er wollte nicht nur dafür sorgen, dass es ihr emotional gut ging, er war auch noch lange nicht bereit, sie aus den Augen zu lassen.

Als sie im Resort ankamen, trugen alle saubere und gebügelte Uniformen. Flash fühlte sich unwohl ... schmutzig und fehl am Platz. Die Lichter störten ihn. Alle Menschen störten ihn. Das passierte manchmal nach Einsätzen an abgelegenen Orten. Es war schwer, sich wieder an das normale Leben zu gewöhnen.

»Komm schon, ich habe mit dem Manager gesprochen. Wir haben deine und Kellis Sachen gepackt, und das Resort hat euch in Zimmern mit einer Verbindungstür untergebracht. Tex besorgt uns für morgen Nachmittag Flüge von hier weg, ihr habt also genügend Zeit zum Essen, Schlafen und Duschen«, sagte Kevlar zu ihnen. »Wenn ihr etwas braucht, müsst ihr nur fragen. Die Kosten wurden übernommen.«

Flash sah Kelli an. Sie starrte auf den Boden und begegnete

niemandes Blick. Ihre Schultern waren gebeugt und sie sah völlig unbehaglich aus. Er musste sie da rausholen.

»Klingt gut. Wir haben doch noch unsere Pässe, oder?«

»Ja, die sind da«, bestätigte Preacher.

»Ich bestelle euch etwas zu essen, damit ihr eure Zimmer nicht verlassen müsst, bis wir morgen abfahrbereit sind. Proteine, Brot und einige Gerichte ohne zu viele Gewürze. Noch mal, wenn ihr etwas anderes braucht oder wollt, greift einfach zum Telefon und bestellt es«, erklärte MacGyver.

»Danke«, sagte Flash zu seinem Freund. Er war dankbar, dass sie sich um eine Sache weniger Sorgen machen mussten. »Lasst mich wissen, wie es morgen läuft. Die Suche nach Jeckle.«

»Das werden wir«, sagte Blink. »Kümmere dich um sie.« Er nickte Kelli zu, die quasi an seiner Seite klebte.

Flash nickte und wandte sich dann den Türen zum Eingangsbereich zu. Sie hielten an der Rezeption an, um ihre neuen Schlüssel zu holen, und die ganze Zeit über konnte er praktisch spüren, wie der Stress von Kelli ausstrahlte. Er musste herausfinden, was los war, aber das würde warten müssen, bis sie allein waren.

Ihre Zimmer befanden sich auf der anderen Seite des Resorts als das, in dem er zuvor gewohnt hatte – war das erst einen Tag her? –, und als sie an ihren Türen ankamen, hatte Kelli immer noch kein Wort gesagt.

Flash war noch besorgter. Dies war nicht die Frau, die er kennengelernt hatte. Es war, als hätte sie sich in sich selbst zurückgezogen. Sich verschlossen. Er würde jedoch nicht zulassen, dass sie sich von ihm entfernte. Er wusste genau, wie sie sich fühlte. Er hatte das schon erlebt, nach besonders schwierigen Missionen. Aber er war ausgebildet worden. Er wusste, was ihn erwartete. Der Adrenalinabfall, wenn man in der einen Minute noch gefangen und in der nächsten gerettet und auf dem Weg nach Hause war ... Das war eine Menge.

Er schob einen der Plastikschlüssel in den Schlitz in der ersten Tür und trat ein, während er Kellis Hand immer noch festhielt. Er bot nicht einmal an, die andere Tür zu öffnen, da die Zimmer ohnehin miteinander verbunden waren. Er zog sie einfach mit sich hinein.

Das Zimmer, das ihm gegeben worden war, war groß. Viel größer als das, das er vorher hatte. Dies war eine Suite. Es hatte eine voll ausgestattete Küche mit Spüle, Herd und Kühlschrank. Es gab sogar einen Esstisch und Stühle in einer Sitzecke. An einer Wand stand eine Couch und an der gegenüberliegenden Wand ein riesiger Fernseher. Glasschiebetüren führten auf eine riesige Rasenfläche von etwa zwanzig Metern Durchmesser, die in den Sand des Strandes überging. Der Raum war schick, aber alles, woran Flash dachte, war Kelli.

»Kelli?«, fragte er sanft. Sie sah zu ihm auf, mit einer kleinen Falte auf der Stirn, die er gern geglättet hätte. »Sprich mit mir«, sagte er leise.

»Der Raum ist schön.«

Das meinte er nicht.

»Was denkst du? Geht es dir gut? Du bist so still. Ich mache mir Sorgen um dich.«

»Ich bin einfach ... überwältigt? Das klingt dumm. Ich meine ...«

»Das ist nicht dumm«, unterbrach Flash sie. »Vor einer Stunde saßen wir noch in stockfinsterer Nacht und erzählten uns Märchen über Opossums, die sich in Riesen verwandeln, und eine Heuschrecke namens Fred. Und dann hat sich unser Leben auf den Kopf gestellt. Schon wieder. Diesmal auf eine gute Art und Weise, aber es ist trotzdem erschütternd.«

Sie nickte. »Es fühlt sich unwirklich an. Als sei ich in das Leben einer Fremden gefallen. Und meine Sinne spielen verrückt. Ich konnte den Geruch von gebratenem Hühnchen wahrnehmen, sobald wir aus dem Van am Resort ausgestiegen

waren. Und das Salz des Ozeans. Die Lichter der anderen Fahrzeuge und in der Eingangshalle schmerzten fast in meinen
Augen, so hell waren sie. Es ist schwer, sich daran zu gewöhnen.«

»Das ist es«, sagte Flash und war stolz auf sie, dass sie ihre
Gefühle in Worte fasste. »Es wird besser.«

Sie nickte langsam. »Es ist schon besser. Jetzt, da wir nicht
mehr so viele Leute um uns herum haben. Oh, nichts für
ungut. Ich meine, ich habe mich gefreut, deine Freunde
kennenzulernen, und war sehr froh, dass sie uns gefunden
haben.« Sie sah zu ihm auf. »Ich war unhöflich, oder? Ich hätte
mehr mit ihnen reden sollen.«

»Nein, das war schon in Ordnung. Sie verstehen das. Glaub
mir, sie verstehen das definitiv. Das haben wir alle schon mal
erlebt. Willst du dir dein Zimmer ansehen?«

Sie spannte sich neben ihm an und ließ seine Hand los.
Das, nach allem, was er während der letzten anderthalb Tage
durchgemacht hatte, schmerzte Flash mehr als alles andere.
»Was? Was ist los?«, fragte er.

Sie zuckte mit den Schultern. »Nichts. Sicher, wir können in
mein Zimmer gehen. Ich bin sicher, du willst duschen. Ich
auch.« Aber sie zog sich wieder in sich selbst zurück. Und Flash
würde sie jetzt nicht entkommen lassen. Sie hatten zusammen
zu viel durchgemacht.

Er streckte die Hand aus, ergriff ihre und zog sie zum
Esstisch. Er nahm einen Stuhl heraus, setzte sich und zog sie
auf seinen Schoß.

»Flash!«, protestierte sie und klang dabei eher wie die Kelli,
die er kennengelernt hatte.

Er legte einen Arm über ihre Schenkel und den anderen
um ihre Taille, sodass sie sicher auf ihm saß. Zu seiner großen
Erleichterung wehrte sie sich nicht. Versuchte nicht aufzustehen. Hätte sie es getan, hätte er sie losgelassen. »Was ist los?«,
fragte er erneut.

Sie seufzte, schloss die Augen und Flash konnte spüren, wie sie sich an ihn kuschelte. Er umklammerte sie fester.

»Ich will mein Zimmer nicht sehen«, sagte sie leise. »Ich möchte hierbleiben. Bei dir. Wenn das okay ist.«

Erleichterung durchströmte Flash so schnell, dass ihm schwindelig wurde. »Wenn das okay ist?«, fragte er. »Das ist mehr als okay. Ich glaube nicht, dass ich damit klarkommen würde, wenn du in einem anderen Zimmer wärst.«

»Weil du denkst, dass ich schwach bin?«

»Nein. Weil *ich* es bin.«

Daraufhin starrte sie ihn ungläubig an.

»Es ist wahr. Der Gedanke, von dir getrennt zu sein, macht mich verrückt. Du warst während dieser ganzen Tortur mein Fels in der Brandung.«

»Jetzt machst du dich lächerlich«, sagte sie.

»Nein, das tue ich nicht. Ich war sauer, dass ich mich trotz all meiner Ausbildung, all der Warnungen, die ich erhalten hatte, das Resort nicht zu verlassen, und all der Dinge, die ich als SEAL getan habe, in eine Situation gebracht hatte, in der ich getötet werden könnte. Du hast mich auf das konzentriert, was getan werden musste. Wäre ich allein gewesen, hätte ich mich wahrscheinlich selbst verletzt, während ich versuche, einen Weg aus dem Bus zu finden, anstatt ruhig zu bleiben, meinen Kopf zu benutzen, um das zu nutzen, was Heckle und Jeckle uns hinterlassen hatten, und auf mein Team zu warten. Ich habe MacGyver immer einfach den Schlauen sein lassen. Ich war immer der Kraftprotz. Durch dich habe ich mich in einem neuen Licht gesehen – und das hat mir gefallen. Der Gedanke, dass du mich jetzt verlässt, macht mich ehrlich gesagt krank.«

»Ich glaube, das ist entweder Hunger oder unser Geruch«, scherzte sie.

Flash war sich nicht sicher, ob er bereit war, das Gespräch aufzulockern, aber er würde Kelli Zeit geben, damit das, was er sagte, sacken konnte. Damit sie verstand, dass er ihr nicht nur etwas vorlog. Sie war wirklich sein Fels in der Brandung. Und sie hatte in diesem Bus mehr für ihn getan, als ihr bewusst war.

Flash wollte nicht darüber nachdenken, was der nächste Tag bringen würde, dass sie getrennte Wege gehen würden und er damit zurechtkommen müsste, und schenkte ihr ein kleines Lächeln. »Willst du dir das Badezimmer ansehen?«

»Ja!«, sagte sie begeistert und zeigte etwas von dem Funken, den er von ihr gewohnt war.

»Ich lasse dir sogar den Vortritt«, erklärte er großmütig.

Sie warf ihm einen Seitenblick zu. »Ist das der Fall, weil du nett bist oder weil du die erste Wahl haben willst bei dem, was auch immer dein Freund über den Zimmerservice schickt?«

Flash brach in Gelächter aus. »Erwischt«, sagte er, obwohl er nicht einmal darüber nachgedacht hatte. Aber jetzt, da sie es gesagt hatte, knurrte sein Magen. Laut.

Er half Kelli auf die Beine und nahm dann wieder ihre Hand. Als er auf ihre ineinander verschränkten Finger blickte, sah er, wie schmutzig sie waren. Sie hatten beide Dreck unter den Fingernägeln, und auch ihre Haut war mit mehr Schmutz, Blut von ihrer Kopfwunde und Rostflocken von dem Metall des Busses bedeckt. Aber für ihn war sie auf jeden Fall schön. Einfach weil sie sie war. Weil sie so stark gewesen war. So widerstandsfähig.

»Flash?«

Er blieb stehen. »Ja?«

»Danke.«

Er war sich nicht sicher, wofür genau sie ihm dankte.

»Ich bin mir bewusst, dass du hättest entkommen können. Weißt du, bevor wir in diesen Bus geworfen wurden. Du hättest dein Ding durchziehen können, dein SEAL-Ding, und Heckle und Jeckle wahrscheinlich zu Brei schlagen können. Aber das hast du nicht getan, und zwar meinetwegen. Du hast dich in diesen Bus bringen lassen, obwohl du es nicht musstest. Ich ...«

Sie schluckte schwer. »Ich glaube nicht, dass irgendjemand in meinem ganzen Leben jemals etwas so Selbstloses für mich getan hat.«

»Das ist eine Schande, denn du bist die Art von Frau, um die Kriege geführt werden. Die Männer dazu bringt, sich wie Idioten zu verhalten, weil sie unbedingt deine Aufmerksamkeit erregen wollen. Und ich sage dir etwas, wenn ich alles noch einmal machen müsste, würde ich alles genauso machen, nur um dich zu beschützen.«

»Flash«, flüsterte sie, sichtlich überwältigt.

Flash holte tief Luft und versuchte, sich zu beruhigen. Er wollte diese Frau, aber er wollte nicht zu aufdringlich sein.

Ha. Wem machte er etwas vor? Dafür war es zu spät. Viel zu spät.

»Komm, lass uns das Badezimmer ansehen. Dann hole ich deinen Koffer aus dem Nebenzimmer, damit du deine Toilettenartikel und so holen kannst, bevor du duschst.«

Das Badezimmer war riesig. Eine weitere Steigerung gegenüber den einfachen Zimmern, die sie zuvor hatten. Die Dusche war von der Whirlpool-Badewanne getrennt und mehr als groß genug für zwei Personen. Aber jetzt war nicht die Zeit, an etwas anderes als ihre Grundbedürfnisse zu denken. Sich waschen, essen und schlafen.

Eilig holte Flash ihren Koffer aus dem anderen Zimmer und kehrte zurück. Kelli stand mitten im Badezimmer, genau dort, wo er sie zurückgelassen hatte, und starrte sich im Spiegel an. Sie sah traurig aus und war wieder völlig aufgelöst, also stellte Flash sich hinter sie und schlang seine Arme um ihre Taille. Er legte sein Kinn auf ihre Schulter und starrte auf ihr Spiegelbild.

Sie sahen gut zusammen aus. Selbst mit dem Blut auf ihrer Haut und dem Überwurf, dem Schmutz auf ihren Gesichtern und Händen, den dunklen Ringen unter ihren Augen. Sie passten perfekt zusammen. Ergänzten einander. Sein dunkles

Haar, ihre helleren Strähnen. Seine große, ihre kleine Statur. Seine grünen Augen, ihre braunen. Seine pure Muskelmasse und ihre kurvige Figur. Er liebte es, wie unterschiedlich und doch kompatibel sie waren.

»Wir sind ein Chaos«, flüsterte sie und legte ihre Hände auf seine Unterarme an ihrem Bauch.

»Ja«, stimmte Flash zu, »aber wir leben. Diese Arschlöcher haben nicht gewonnen.«

»Ja.«

Er wollte sie nicht gehen lassen. Er wollte sie unter die Dusche zerren und jeden Zentimeter ihres Körpers waschen. Die Angst und Unsicherheit aufgrund ihrer Tortur abwaschen. Aber er wusste, dass es zu viel war, zu früh. Er würde ihr die Privatsphäre geben, die sie in letzter Zeit nicht gehabt hatte, selbst wenn es ihn umbringen würde.

»Ich schaue mir deinen Kopf an, wenn du fertig bist. Lass dir Zeit. Im Ernst. Wir haben nichts vor.«

»Außer zu essen. Ich schwöre, ich könnte ein ganzes Pferd verdrücken.«

Flash lachte leise. Ihm ging es genauso. »Wir müssen uns vielleicht mit etwas Hühnchen und Rindfleisch begnügen. Vielleicht auch mit Schweinefleisch.«

»Das ist für mich in Ordnung. Flash? Es tut mir leid. Ich weiß, es ist albern, denn wir haben zwei Badezimmer, und trotzdem möchte ich nicht in den anderen Raum gehen, um zu duschen.«

»Das ist nicht albern. Das ist normal. Glaub mir.«

»Okay. Aber ich habe trotzdem ein schlechtes Gewissen, dass ich mich wasche und du warten musst.«

»Das musst du nicht. Ich habe als Erster Anspruch auf den Zimmerservice, erinnerst du dich?«, scherzte Flash.

Er wurde mit ihrem Lächeln belohnt. »Nun, iss nicht alles auf, sondern lass etwas für mich übrig.«

Als Antwort darauf ließ Flash die Arme sinken und wechselte auf ihre Seite. Er küsste ihre Schläfe, strich ihr leicht über den Hinterkopf und ging dann rückwärts zur Tür.

»Das werde ich«, versicherte er ihr, schloss die Tür hinter sich und ging hinaus. Ihr sanftes Lächeln brannte sich in sein Gehirn ein, als er sie aus den Augen verlor.

Es dauerte ein paar Sekunden, bis er seine Gefühle wieder unter Kontrolle hatte. Sie war direkt dort, auf der anderen Seite der Tür. Trotzdem musste er sich selbst daran erinnern, dass es ihr gut ging. Niemand würde durch die Wand in den Raum einbrechen und ihr etwas antun oder sie ihm wegnehmen.

Flash zwang sich, von der Tür wegzugehen, ging ins Schlafzimmer und sah seinen eigenen Koffer auf dem Bett. Er öffnete ihn und nahm seine Toilettenartikel und ein paar saubere Klamotten heraus. In der Küche putzte er sich gefühlte fünf Minuten die Zähne. Das war eine seiner Lieblingsbeschäftigungen, wenn er von Missionen zurückkehrte. Sich gründlich die Zähne zu putzen. Heute Abend war keine Ausnahme.

Als er fertig war, traute er sich nicht, sich in seiner schmutzigen, stinkenden Badehose und seinem T-Shirt auf die Couch zu setzen. Also ging er auf und ab.

Er konnte nicht aufhören, sich vorzustellen, wie Kelli unter der Dusche aussah. Die Erinnerung an sie in diesem schwarzen Badeanzug, wie sie auf seinem Schoß saß, während sie auf demselben Schwimmreifen den Fluss hinuntertrieben, traf ihn hart. Die Frau war *wirklich* eine Göttin, und sie hatte keine Ahnung.

Ein Klopfen an der Tür unterbrach seine Gedanken, und Flash war froh darüber. Er musste aufhören, an Kellis Körper zu denken ... und daran, wie sie ohne Badeanzug aussehen würde.

Als er die Tür öffnete, füllte sich sein Blick mit drei Wagen, die mit so viel Geschirr bedeckt waren, wie darauf passte. Die Kellner schoben sie herein und stellten alles auf den Tisch und die Küchentheke. Der Raum füllte sich mit dem köstlichen

Geruch von Essen. Flashs Magen zog sich schmerzhaft zusammen. Er wollte am liebsten jedes Gericht aufdecken und sich alles, was darauf war, in den Mund stopfen, wie ein unzivilisierter Heide, aber er beherrschte sich. Gerade so. Er konnte es nicht ertragen, ohne Kelli zu essen.

Als könnte sie die Speisen aus dem Badezimmer riechen, wurde das Wasser abgestellt. Augenblicke später öffnete sich die Tür und ihr Kopf erschien.

»Oh mein Gott, das riecht so gut. Ich konnte es in der Dusche riechen!«

Dampf umgab sie, als sie aus der Tür spähte, und Flash konnte sehen, dass sie in eines der riesigen Handtücher gewickelt war, für die das Resort bekannt war, von der Brust bis zu den Waden. Abgesehen von ihren nackten Schultern war sie mehr bedeckt als während der letzten zwei Tage, und doch war sie für ihn noch attraktiver. Ihre Haut war sauber und gerötet von der Hitze des Wassers, und das Lächeln auf ihrem Gesicht schien heller.

Dies war eine Frau, die gerade nicht darüber nachdachte, wie ihr Körper im Vergleich zu dem anderer aussah, wie verletzlich sie in einem Raum war, nackt unter ihrem Handtuch, mit einem Mann, den sie erst vor ein paar Tagen kennengelernt hatte. Sie lebte im Moment. Sie konzentrierte sich auf das Essen und nur auf das Essen.

»Zieh dich an und komm hier raus, Frau, dann können wir nachsehen, was MacGyver für uns bestellt hat.«

Ihr Kopf verschwand und die Tür schloss sich hinter ihr.

Flash grinste. Er machte sich eine mentale Notiz, dass seiner Frau nichts im Weg stand, wenn sie hungrig war.

Seine Frau.

Ja, das gefiel ihm. Sehr sogar.

Kelli tauchte Minuten später wieder auf, die Haut immer noch gerötet, in einer weiten Baumwollhose und einem Sweatshirt. Sie atmete tief ein und ein weiteres glückliches Lächeln breitete sich auf ihrem Gesicht aus.

»Ich werde Essen nie wieder als selbstverständlich ansehen«, sagte sie. Dann drehte sie sich zu ihm um. »Nun? Worauf wartest du?«

Flash griff nach dem nächsten Teller, um ihn zu enthüllen, aber Kelli trat auf ihn zu und schüttelte den Kopf. »Nein! Ich meinte, du bist mit Duschen dran. Es wird eine leichte Qual sein, auf dich zu warten, bis du fertig bist, aber für dich war es wahrscheinlich auch eine, weil ich unter der Dusche war, als die ganzen Gerichte kamen.«

»Du musst nicht auf mich warten. Fang ruhig schon mal an, während ich dusche.«

Kelli schüttelte hartnäckig den Kopf. »Nein. Ich werde auf keinen Fall ohne dich essen.«

Verdammt. Diese Frau. Sie machte ihn fertig. »Ich beeile mich.«

»Lass dir Zeit. Die Dusche ist super. Der Druck ist perfekt.«

Das erinnerte ihn an etwas. »Ich muss deine Kopfwunde untersuchen.«

»Danach. Duschen, Flash. Es fühlt sich toll an. Ich würde nie jemand anderem verwehren, so zu fühlen wie ich gerade, besonders dir nicht. Das Essen wird da sein, wenn du fertig bist. Ich werde nicht verhungern, wenn ich noch zwanzig Minuten oder so warten muss.«

Er würde keine zwanzig Minuten zum Duschen brauchen, das war klar. Trotzdem wollte Flash sie am liebsten umarmen. Er wollte sie über seinen Arm beugen, wie er es in diesem verdammten Bus getan hatte, und sie küssen, wie er es sich so sehr wünschte. Aber jetzt, da sie blitzsauber war, wollte er sie nicht mit seinem widerlichen Selbst berühren.

Da er wusste, dass er etwas zu Intensives sagen würde, wenn er den Mund aufmachte, lächelte er einfach, drehte sich dann um und ging ins Badezimmer.

KAPITEL ZWÖLF

Kelli stand da, wo sie war, und starrte auf die Badezimmertür. Sie fühlte sich definitiv nicht wie sie selbst. Sich sauber zu fühlen fühlte sich unglaublich an, aber in diesem Badezimmer zu sein ... sobald Flash außer Sichtweite war, war sie durchgedreht. Sie hatte ihren Überwurf und ihren Badeanzug ausgezogen – beides wollte sie nie wieder sehen –, war unter die Dusche gestiegen und hatte geweint.

Wegen dem, was sie durchgemacht hatte ... vor Erleichterung, dass sie gerettet worden war ... vor Dankbarkeit, dass sie während der Tortur nicht allein gewesen war ...

Und weil sie sich bis über beide Ohren in einen Mann verliebt hatte, der sie in der realen Welt wahrscheinlich nie eines zweiten Blickes gewürdigt hätte.

Sie hatte Flash besser kennengelernt als jeden anderen, mit dem sie jemals ausgegangen war, und einige dieser Männer waren monatelang mit ihr zusammen gewesen. Er war ihr Fels in der Brandung. Bei ihm fühlte sie sich sicher – und morgen würde sie sich von ihm verabschieden müssen.

Erst als sie ihr Haar zweimal gewaschen hatte – vorsichtig, da ihr Kopf immer noch schmerzte, weil Jeckle sie geschlagen

177

hatte –, eine Tonne Spülung aufgetragen und sich mehrmals eingeseift hatte, begann sie, sich ein wenig besser zu fühlen. Ihre Tränen waren getrocknet und sie hatte sich seltsam hohl gefühlt.

Und dann hatte sie das Essen gerochen.

Jetzt, da sie mitten in dem kleinen Wohnzimmer stand und auf das abgedeckte Geschirr starrte, war das wie eine Folter. Aber sie weigerte sich, ohne Flash zu essen. Sie hatten sich dieses Callaloo und diese Erbsen geteilt, sie hatten diese Wasserflasche hin und her gereicht. Sie würde sich nicht den Bauch vollschlagen, solange er noch hungrig war. Sie konnte es einfach nicht.

Obwohl ihr bei den Gerüchen, die von den Tellern aufstiegen, das Wasser im Mund zusammenlief.

Es kam ihr vor, als hätte sie stundenlang dort gestanden, aber als sie auf die Uhr schaute, verließ Flash das Badezimmer genau sieben Minuten, nachdem er es betreten hatte.

Als Kelli zu ihm hinüberschaute, konnte sie nicht anders, als ihn anzustarren. Er sah ... verdammt gut aus. Irgendwie hatte sie durch die lange Zeit, die sie mit ihm im Dunkeln verbracht hatte, tatsächlich vergessen, wie gut aussehend der Mann war. Aber als sie ihn frisch geduscht sah, mit nassem, in seltsamen Winkeln abstehendem Haar, seinem ordentlich gestutzten Bart, der seine vollen Lippen und den kantigen Kiefer betonte, diesen durchdringenden grünen Augen ... da wollte sie sich am liebsten alle Kleider vom Leib reißen und ihn anflehen, sie zu vernaschen.

»Mann, das hat sich gut angefühlt. Das tut die erste Dusche nach einer Mission immer«, sagte er mit einem kleinen Lächeln. »Bist du bereit zu sehen, was wir haben?«

Kelli schluckte schwer und nickte.

Sie erwartete, dass Flash auf den Tisch zusteuerte, aber stattdessen ging er direkt auf sie zu. Wortlos schlang er seine Arme um sie. Zufrieden seufzend legte Kelli ihren Kopf an seine Brust und hielt sich genauso fest an ihm wie er sich an ihr.

Der Moment war voller Spannung. Und Flash roch fantastisch. Sie musste herausfinden, welche Seife er benutzte, und einige Liter davon kaufen. Sie spürte, wie ihre Brustwarzen sich unter ihrem Sweatshirt verhärteten, und bereute, keinen BH angezogen zu haben. Sie dachte, sie würde nur etwas essen und dann schlafen gehen, also gab es keinen Grund, sich die Mühe zu machen, aber jetzt hatte sie das Gefühl, als bräuchte sie die zusätzliche Schutzschicht zwischen sich und Flash.

Es war beängstigend, wie sehr sie diesen Mann wollte. Wie sehr sie ihn brauchte. Er gab ihr das Gefühl, die Welt erobern zu können. Es spielte keine Rolle, dass sie keine Freunde hatte oder eine Karriere, die sie liebte. Sie hatte es überlebt, entführt und lebendig begraben worden zu sein. Dank ihm.

Es war der plötzliche Drang, ihn anzuflehen, sie nie zu verlassen, der Kelli dazu brachte, tief durchzuatmen und sich zurückzuziehen. Sie musste sich zusammenreißen. Dies war kein Film oder Buch. Das echte Leben funktionierte nicht wie die romantischen Geschichten, die sie sah und las.

»Hast du Kopfschmerzen?«

Sie blinzelte und brauchte einen Moment, bis seine Worte bei ihr ankamen. »Oh nein. Nicht wirklich.«

»Darf ich mir das kurz ansehen, bevor wir reinhauen?«

Als Antwort drehte Kelli sich um und präsentierte ihm ihren Hinterkopf. In dem Moment, in dem seine Hände in ihrem Haar waren, spannte sie sich an. Nicht weil es wehtat, sondern weil ihre verdammten Brustwarzen wieder hart waren und sie all ihre Selbstbeherrschung aufbringen musste, um nicht ihre Haltung zu verändern und ihre Schenkel aneinanderzureiben. Sie betete, dass er ihre Erregung nicht riechen konnte.

»Sieht ziemlich gut aus, wenn man die Umstände in Betracht zieht. Du könntest wahrscheinlich eine Runde Antibiotika gebrauchen, nur für den Fall, aber ich stimme Kevlar zu, dass du nicht genäht werden musst.«

»Das ist gut«, sagte Kelli, drehte sich wieder um und versuchte verzweifelt, ihre Lust auf diesen Mann zu kontrollieren.

»Ja. Komm, lass uns essen.«

Flash nahm ihre Hand in seine, und es fühlte sich an, als käme sie nach Hause. Ihre verschränkten Hände fühlten sich einfach richtig an.

Er führte sie in die Küche, wo sie beide Teller aus dem Schrank holten. Er ließ ihre Hand los, aber diesmal bemerkte Kelli es kaum, weil er damit begonnen hatte, die Gerichte aufzudecken.

Es gab genügend Brot für ein Dutzend Leute. Hähnchenstreifen, Pommes, grüne Bohnen, Steak, verschiedene Gemüsesorten aus der Region und die Käsekartoffeln, die sie beide so sehr liebten. Es war, als sei das gesamte Buffet in ihr Zimmer gebracht worden.

Zuerst nahm Kelli von allem nur kleine Mengen, aber als sie sah, wie Flash sich den Teller volllud, zuckte sie innerlich mit den Schultern und begann, es ihm gleichzutun. Sie lächelten sich an, als sie beide die Erbsen und das Callaloo stehen ließen. Obwohl sie für das Essen im Bus dankbar gewesen war und es erstaunlich gut geschmeckt hatte, weckte der Gedanke daran, es jetzt zu sich zu nehmen, nur schlechte Erinnerungen.

Als ihre Teller überquollen, entschieden sie sich für die Couch statt für den Esstisch, zogen den Couchtisch heran und nahmen ihr Besteck.

Flash grinste sie wieder an, bevor er ein Stück Hühnchen aufspießte und zum Mund führte.

»Oh mein Gott«, murmelte er mit vollem Mund. »Das ist das beste Hühnchen, das ich je gegessen habe.«

Die nächsten zwanzig Minuten sprachen beide nur sehr

wenig. Sie waren zu sehr damit beschäftigt, ihre Bäuche zu füllen. Flash ging noch zweimal zu dem kleinen Buffet, während Kelli nur einmal nachfüllte. Bald darauf saß sie zusammengesackt auf der Couch und hatte das Gefühl, gleich zu platzen. Ihr Bauch war von all den Speisen, die sie zu sich genommen hatte, leicht aufgebläht, und Flash ging es nicht viel besser.

»Ich bin MacGyver wirklich sehr dankbar«, sagte Flash mit einem zufriedenen Lächeln. »Das war großartig.«

»Ja«, stimmte Kelli zu.

Als er aufstand, wollte sie ihm folgen, aber er schüttelte den Kopf. »Nein, bleib sitzen. Entspann dich. Ich schaffe das schon.«

»Ich kann helfen«, protestierte Kelli.

»Ich weiß, dass du das kannst. Aber das brauchst du nicht. Ich werde nur alles, was wir nicht gegessen haben, für morgen früh in den Kühlschrank räumen. Im Schrank sind genügend Teller, sodass ich diese nicht einmal abwaschen muss. Ich spüle sie nur ab und lasse sie im Spülbecken stehen. Du kannst ins Schlafzimmer gehen und dich bettfertig machen, wenn du willst.«

Daraufhin verstummte Kelli. Sie sah Flash mit großen Augen an.

»Es sei denn, du möchtest nicht hierbleiben. Ich würde es verstehen. Wir sind praktisch Fremde und ...«

»Nein!«, unterbrach Kelli. »Ich möchte bleiben. Ich war mir nur ... nicht sicher, ob du mich hier haben willst.«

Als Antwort darauf stellte Flash ihre leeren Teller ab und beugte sich über sie, sodass sie für einen Moment auf der Couch eingesperrt war. »Ich will dich hier haben«, flüsterte er. Er ließ den Blick zu ihren Lippen huschen, dann zurück zu ihren Augen, bevor er sich aufrichtete.

Kelli fühlte sich noch einen Moment lang wie gelähmt, dann zwang sie sich aufzustehen. Stöhnend vor Völlegefühl –

wow, wie unsexy fühlte sie sich an? – watschelte sie ins Schlaf-zimmer. Sie erledigte so schnell wie möglich im Badezimmer, was sie tun musste, und kroch dann noch in ihrer Hose und ihrem Sweatshirt unter die Decke.

Sie hörte das Klirren und Scheppern von Geschirr im anderen Zimmer, und nicht allzu viel später tauchte Flash auf. Er lächelte sie an, bevor er ins Badezimmer ging.

Kelli war angespannt. Plötzlich fühlte das Ganze sich unan-genehm an. Sie hätte in das andere Zimmer gehen sollen. Sie quälte sich nur selbst, indem sie hier bei Flash war. Es war eine Sache, in seinen Armen zu schlafen, während sie in diesem Bus gefangen gewesen waren, aber jetzt? Mit ihm in einem bequemen Bett zu schlafen?

Sie war eine Idiotin.

Aber sobald Flash unter die Decke schlüpfte, zu ihr rutschte, wo sie auf dem Rücken lag, und sie in seine Arme zog, überkam Kelli ein Gefühl von Zufriedenheit und Richtigkeit, wie sie es noch nie in ihrem Leben verspürt hatte.

»So viel besser als dieser harte Metallboden«, seufzte Flash.

Kelli konnte dem nur zustimmen. Obwohl sie in dieser Situation viel besser abgeschnitten hatte, da Flash sich als ihr Kissen angeboten hatte.

Lange Zeit sprachen sie nicht miteinander, sondern hielten sich einfach nur in dem dunklen Raum im Arm, beide in Gedanken versunken.

Für Kelli hatte sich ihr Leben unwiderruflich verändert. Dies war ihr Mann. Der Mann, von dem in den Büchern und Filmen die Rede war. Der Mann, der für sie bestimmt war. Seelenverwandte. Dessen war sie sich zweifelsohne sicher. Aber das Buch war noch nicht zu Ende. Das Leben ging weiter. Sie hatte keine Ahnung, ob es mit ihnen klappen würde, aber zum ersten Mal war sie entschlossen, das zu erreichen, was sie wollte.

»Tut mir leid, dass ich kein guter Gesprächspartner bin. Ich bin so verdammt müde«, sagte Flash leise.

»*Schhh.* Kein Grund zu reden. Ich bin auch erschöpft.«

Flash schlief zuerst ein. Kelli spürte seine tiefen Atemzüge an ihrer Wange, da sie praktisch auf ihm lag. Sein Arm lag um ihre Schultern, mit der anderen Hand umfasste er ihren Arm, der über seiner Brust lag. Eines ihrer Beine war hochgezogen und ruhte auf seinem. Sie waren so eng miteinander verbunden, wie sie nur sein konnten, und obwohl sie noch nie mit jemandem so geschlafen hatte, hatte Kelli sich noch nie wohler gefühlt.

Mit seinem Herzschlag im Ohr fiel Kelli kurz darauf in einen tiefen Schlaf. Sie hatte gerade das Schlimmste durchgemacht, was sie je in ihrem Leben erfahren hatte, und dennoch war sie dankbar, dass sie dadurch die Chance hatte, diesen Mann kennenzulernen. Er hatte sie für immer verändert, und selbst wenn sie nur Freunde blieben, würde sie einen Weg finden, damit zurechtzukommen ... solange er in ihrem Leben war.

Brant Williams starrte finster geradeaus auf den Flugzeugsitz vor ihm. Nichts war so gelaufen, wie er es geplant hatte. Er war so vorsichtig gewesen, hatte mehr Geld ausgegeben, als er hatte, um alles vorzubereiten. Es war nicht billig, diesen Bus zu zerlegen und dafür zu bezahlen, ihn mitten im Nirgendwo zu vergraben. Er war so sicher gewesen, dass die US-Regierung dafür bezahlen würde, dieses Arschloch zurückzubekommen!

Aber er hatte sich geirrt. Und das schmerzte.

Er hatte darauf gewartet, dass das Geld auf seinem Bankkonto einging, als er erfuhr, dass eine Gruppe Amerikaner auf der Insel angekommen war. Das Informationsnetzwerk auf der Insel war schnell und effektiv, und es dauerte nicht lange, bis

SUSAN STOKER

bekannt wurde, dass die Männer in Errol Browns Haus waren ... und Fragen stellten.

Brant wusste ohne Zweifel, dass er in der Scheiße steckte. Er packte so viel wie möglich in zwei Koffer und machte sich direkt auf den Weg zum Flughafen. Errol war ihm gegenüber nicht loyal und würde definitiv auspacken. Er würde den Amerikanern und wahrscheinlich auch der Polizei alles über die Entführung und den Lösegeldplan erzählen – und dass Brant dahintersteckte.

Er musste die Insel verlassen. Untertauchen.

Es dauerte nicht lange, bis er sich entschieden hatte, wohin er gehen wollte. Er dachte an die Ausweise, die er in seinem Gepäck vergraben hatte. Die Adressen, die er sich gemerkt hatte.

Kalifornien. Er hatte in den USA noch etwas zu erledigen.

Es war nur eine Frage der Zeit, bis die Schlampe und das Arschloch entdeckt wurden ... mit Errols Hilfe. Denn natürlich würde er plaudern. Sonst würde niemand sein Versteck im Dschungel finden. Es war zu perfekt. Der *Plan* war perfekt gewesen.

Er hatte sich nur den falschen Partner ausgesucht.

Er konnte Errol jedoch nicht erreichen, der sich offenbar in Polizeigewahrsam befand. Er konnte ihn nicht dafür bezahlen lassen, dass er ihn verpfiffen hatte. Aber vielleicht konnte er an den Amerikaner rankommen ... vor allem wenn das Arschloch wieder auf vertrautem Terrain war. Er würde nie vermuten, dass er verfolgt wurde. Er würde nie im Traum daran denken, dass noch jemand hinter ihm her sein könnte. Obwohl er ein angeblich knallharter Marine-Typ war, wichtig genug, dass seine Regierung nicht zögerte, Leute auf die Insel zu schicken, um ihn zu finden, hatte Brant keinen Zweifel daran, dass er ihn überlisten konnte – und jeden, der sich ihm in den Weg stellte. Vor allem wenn der Mann unachtsam war.

Hier ging es nicht mehr um Geld. Es ging darum, die Sache

184

durchzuziehen. Wade Gordon und Kelli Colbert würden nicht so leicht davonkommen, vor allem, nachdem sie all seine Pläne durchkreuzt hatten.

Sobald sie zu Hause waren, würden sie annehmen, dass sie in Sicherheit wären. Dass sie einfach so weiterleben könnten. Verdammte Amerikaner! Dachten, sie seien besser als alle anderen.

Nun, er wusste, wo sie wohnten. Beide. Sie hatten Brant Williams noch nicht zum letzten Mal gesehen. Er schwor sich, das zu Ende zu bringen, was er begonnen hatte. Am Ende würde er bekommen, was er wollte ... die Genugtuung zu wissen, dass er gewonnen hatte.

KAPITEL DREIZEHN

Zum ersten Mal in seinem Leben graute es Flash davor, nach Hause zurückzukehren. Nicht weil er in Jamaika bleiben wollte, sondern weil es bedeuten würde, Kelli zu verlassen. Er hatte keine Ahnung, warum er sich so schnell an sie gewöhnt hatte. Aber das war so. Und er bereute es nicht.

Als er an diesem Morgen aufgewacht war, hatte er einen Moment der Verwirrung erlebt. Er hatte keine One-Night-Stands. Er schlief nicht mit Frauen – jedenfalls nicht *so*. Und doch war er mit seinen Armen um einen weichen Körper herum aufgewacht, mit einem blumigen Duft in der Nase und einem Ständer, der fast schmerzhaft war.

Doch die Verwirrung legte sich fast augenblicklich, als die Erinnerungen zurückkehrten. Er war im Resort. Mit Kelli. Sie waren sicher, sauber, und er hatte den besten Schlaf seit langer Zeit gehabt.

Flash bewegte sich langsam, um die noch schlafende Frau in seinen Armen nicht zu stören, und stopfte sich ein Kissen unter den Kopf, damit er Kelli besser sehen konnte. Ihr Haar war über seiner Brust ausgebreitet, ihre Hand neben ihrem Gesicht. Eines ihrer Beine war über seinen Oberschenkel geworfen, und als er sich ein wenig bewegte, kuschelte sie sich tiefer an ihn, als wollte sie sicherstellen, dass er sich nicht von ihr entfernte.

Flash erinnerte sich an den Gedanken ... *Das. Das ist es, was meinem Leben fehlt.*

Das Gefühl, gewollt zu werden. Das Gefühl, gebraucht zu werden.

Wie lange er sie beim Schlafen beobachtete, wusste Flash nicht. Aber er konnte sich das Lächeln nicht verkneifen, als sie aufwachte. Sie hatte sich auf die Lippen gebissen und die Stirn leicht gerunzelt. Ihre Augenbrauen waren zusammengezogen. Sie war verdammt niedlich.

Schließlich holte sie tief und langsam Luft – dann spannte sich ihr ganzer Körper an. Als hätte sie gerade erst bemerkt, dass sie sich an eine echte, lebende Person kuschelte und nicht an ein Kissen.

Um ihr die Peinlichkeit zu ersparen, wünschte Flash ihr einen guten Morgen und schlüpfte dann unter ihr hervor, um auf die Toilette zu gehen. Als er zurückkam, saß Kelli im Bett und lächelte ihn schüchtern an.

Er hatte die Reste vom Vorabend zum Frühstück aufgewärmt, und als sie fertig gepackt und abfahrbereit waren, war es fast Mittag. Kevlar hatte angerufen, während sie aßen, und Flash mitgeteilt, dass Brant Williams verschwunden war, zusammen mit allem, was nach einem Großteil seiner Kleidung aussah. Er hatte offensichtlich von ihrem kleinen Besuch bei Errol gehört und war geflohen.

Ein Anruf bei Tex bestätigte, dass er am Abend zuvor in ein Flugzeug gestiegen und die Insel ganz verlassen hatte. Ein enttäuschendes Ergebnis, denn Flash hätte den Mann gern persönlich zur Rede gestellt.

Doch dann verriet Kevlar ihm, wohin Brants Flug ging – und Flashs unbeschwerter, stressfreier Morgen hatte sich schlagartig geändert.

Los Angeles. Der Mann, der ihn und Kelli entführt und im Dschungel verscharrt und versucht hatte, Lösegeld von der US-Regierung für ihn zu kassieren, war nach Los Angeles geflogen.

Das war viel zu nahe an Riverton, als dass er sich dort sicher fühlen konnte, vor allem da Williams sowohl seinen als auch Kellis Ausweis hatte ... mit ihren Adressen.

Tex versuchte derzeit, den Mann aufzuspüren, und war froh, dass er sich zumindest in einem Gebiet befand, das Tex als sein Zuhause betrachtete, wo es an jeder Ecke Kameras gab und man nicht einmal furzen konnte, ohne eine Art elektronischen Fußabdruck zu hinterlassen.

Es war immer noch nicht das, was Flash hören wollte, und er wollte Kelli auch nicht beunruhigen, da sie sich am Morgen noch so entspannt und zufrieden gezeigt hatte. Er hatte beschlossen, es ihr zu sagen, nachdem sie wieder in den Staaten angekommen waren.

Was nun jeden Moment der Fall sein würde. Sie waren endlich im Begriff, in San Diego zu landen. Sie waren mit einem Linienflug nach Hause geflogen, im Gegensatz zu dem Militärflugzeug, mit dem das Team angekommen war. Die Reise verlief ereignislos und Flash fühlte sich wohl umgeben von all seinen Teamkameraden.

Kelli saß am Fenster mit Flash an ihrer Seite. Zu seiner Überraschung und Freude hatte Kelli kurz nach dem Start ihre Hand auf seinen Oberschenkel gelegt. Es war keine sexuelle Geste, soweit er das beurteilen konnte. Er nahm an, dass sie einfach nur eine Verbindung zu ihm aufrechterhalten wollte, so wie er das Bedürfnis verspürte, immer mit ihr verbunden zu sein.

Flash hatte seine Hand auf ihre gelegt und sie hatte ein wenig gedöst, ohne den Kontakt zu unterbrechen.

Aber jetzt waren sie zu Hause.

Zurück in der Realität.

Und Flash hatte keine Ahnung, wie zum Teufel er sich von

der Frau verabschieden sollte, die sein Leben auf den Kopf gestellt hatte. Sie hatte buchstäblich seine gesamte Sicht auf seine Zukunft verändert. Er wollte sie am liebsten mit nach Hause nehmen. Sie in seine kleine Wohnung einziehen lassen. Der Gedanke, sie einfach so gehen zu lassen, machte ihn mürrisch, und er warf seinen Teamkameraden einen finsteren Blick zu, als sie über den Zeitplan für die kommende Woche sprachen, als hätte sich nichts geändert.

Er seufzte. Für sie hatte sich nichts geändert. Die Reise nach Jamaika war nur eine kleine Abweichung in ihrem Zeitplan gewesen, mehr nicht. Aber für Flash waren die paar Tage lebensverändernd gewesen.

Er hatte sich an diesem Morgen die Zeit genommen, mit seiner Schwester und seinen Eltern zu sprechen und ihnen zu versichern, dass es ihm gut ging. Sie hatten natürlich gehört, was passiert war, da Chuck am Abend zuvor früher als erwartet von der Reise nach Hause gekommen war und Nova erzählt hatte, dass er vermisst wurde. Sie waren alle in Panik geraten, aber Flash hatte es geschafft, ihnen auszureden, nach Riverton zu fliegen, um ihn zu sehen. Er versprach Nova, sie später anzurufen und ihr alles zu erzählen, was passiert war.

Kelli hatte auch ihre Mutter angerufen, die nicht ganz so emotional auf die ganze Situation reagierte wie seine eigene Familie. Sie war erleichtert, dass es ihrer Tochter gut ging, und wollte alles über das Geschehene erfahren, aber am Ende sprachen sie zum größten Teil über Dinge wie den letzten Einkauf ihrer Mutter und ihre Pläne für die Woche.

Alles in allem hatten er und Kelli Glück gehabt. *Verdammt viel Glück.* Wäre er nicht der, der er war, und hätte er nicht die Ressourcen gehabt, die er hatte, nämlich ein Team hochqualifizierter Navy SEALs, die ihm den Rücken freihielten, hätte das Ergebnis ganz anders aussehen können.

Sobald sie das Flugzeug verlassen hatten, ergriff Flash Kellis Hand, als sie zur Gepäckausgabe gingen. Er hatte sich bereits wieder an die Gesellschaft von Menschen gewöhnt, aber er konnte spüren, wie Kelli sich ihm beim Gehen immer mehr annäherte.

»Es ist verrückt, wie chaotisch sich das jetzt für mich anfühlt«, sagte sie und blickte beim Gehen zu ihm auf.

»So geht es mir oft nach Missionen. Unsere Arbeit ist intensiv. Oft mitten im Nirgendwo und in völliger Stille. Und wenn ich nach Hause komme, überrascht mich das Halligalli immer wieder«, antwortete Flash und wollte ihr damit sagen, dass es normal sei, dass sie so empfand.

Als sie kicherte, schaute er zu ihr hinunter.

»Was? War das lustig?«, fragte er verwirrt.

»Nein. Nicht wirklich. Ich meine, es ergibt Sinn, und es tut mir leid, dass du das ständig durchmachen musst, denn ehrlich gesagt ist das nicht sehr lustig. Ich habe gelacht, weil du mich mit Halligalli an Heckle und Jeckle erinnert hast.« Sie zuckte mit den Schultern. »Ich weiß nicht, es kam mir einfach komisch vor.«

Flash lächelte sie an. »Also, wenn ich Drama-Lama sagen würde, wäre das noch lustiger?«

Zu seiner Freude wurde ihr Lächeln breiter und sie kicherte erneut. »Eile mit Weile«, sagte sie zwischen Kichern.

»Locker vom Hocker«, konterte Flash.

»Frick und Frack.«

»Saus und Braus.«

»Keine Panik auf der Titanic!«, sagte Kelli und lachte so laut, dass es fast schwer war, sie zu verstehen.

Flash schüttelte den Kopf. »Ich glaube, damit gewinnst du.« Sein Gesicht schmerzte vom vielen Lächeln. Er konnte sich nicht erinnern, wann er das letzte Mal so ehrlich amüsiert gewesen war.

»Was ist so lustig?«, fragte Safe und warf ihnen über die Schulter hinweg einen Blick zu.

Flashs Blick traf den von Kelli und beide brachen in

Gelächter aus. Schließlich beherrschte er sich so weit, dass er seinem Freund antworten konnte: »Es ist unmöglich zu erklären und du würdest es sowieso nicht lustig finden.«

Safe rollte mit den Augen, ließ es aber auf sich beruhen.

Mit jedem Schritt, den sie der Gepäckausgabe näher kamen, schwand Flashs Humor. Jetzt war ihm irgendwie schlecht. Das war keine normale Reaktion, aber er konnte nichts dagegen tun. Wahrscheinlich lag es daran, was sie zusammen durchgemacht hatten, obwohl er nach einer besonders harten Mission noch nie so für einen seiner Teamkameraden empfunden hatte. Er konnte es nicht erklären, und das machte ihn unruhig.

In dem Moment, in dem sie durch das Tor gingen, das den Sicherheitsbereich des Flughafens vom öffentlichen Teil trennte, blinzelte Flash überrascht.

Anstatt an den wartenden Passagieren vorbeizugehen und sie zu ignorieren, wie er es gewohnt war, wenn er mit dem Flugzeug reiste, blieb er abrupt stehen, als er einige sehr bekannte Gesichter sah.

Remi, Wren, Josie, Maggie und Addison waren da. Und anstatt zu ihren Freunden oder Ehemännern zu laufen, gingen sie direkt auf ihn und Kelli zu.

Innerhalb weniger Sekunden waren sie umringt.

Flash musste Kelli loslassen, als die Frauen seiner Freunde ihn umarmten und sich überschwänglich freuten, dass es ihm gut ging. Als er zu Kelli zurückblickte, sah er, dass ihre Augen weit aufgerissen waren und sie verwirrt aussah ... und leicht panisch.

Er blickte in Kevlars Augen, und sein Teamleiter verstand offensichtlich, was Flash ihm nonverbal mitteilen wollte, denn er trat vor, legte Remi einen Arm um die Schulter und zog sie ein wenig zurück. »Wie wäre es, wenn wir ihnen ein wenig Freiraum geben, Süße?«

Die anderen beanspruchten alle ihre eigenen Frauen und

gaben Flash und Kelli etwas Luft zum Atmen. Flash ergriff wieder Kellis Hand, als die Gruppe ihr Wiedersehen verlegte, um anderen Reisenden nicht in die Quere zu kommen. Dann sagte Flash: »Ich danke euch allen fürs Kommen. Damit hatte ich nicht gerechnet.«

»Warum nicht? Du bist einer von uns. Teil unserer Gruppe«, sagte Wren.

»Als wir hörten, dass du vermisst wirst, gerieten wir in Panik«, erklärte Remi.

»Gott sei Dank wurden die Jungs geschickt, um dich so schnell zu finden«, fügte Josie hinzu.

»Haben sie das Arschloch gefunden, das dich entführt hat?«, fragte Maggie.

»Ich kann nicht glauben, dass er die Eier hatte, anzurufen und von der Marine ein Lösegeld zu verlangen. Was für ein Idiot«, murmelte Addison.

»Wo sind deine Kinder?«, fragte Flash sie. »Du hast sie doch nicht allein zu Hause gelassen, oder?«

Addison rollte mit den Augen und lächelte. »Natürlich nicht. Caroline ist vorbeigekommen.«

Flash nickte. Caroline war die Frau von Wolf Steel, einem berühmt-berüchtigten ehemaligen SEAL, der eine Art Mentor für Flash und den Rest seines Teams war. Sie hatten sich dem ehemaligen Team des Mannes und ihren Familien angenähert.

»Wirst du uns vorstellen?«, verlangte Remi und lächelte Kelli an.

»Richtig. Entschuldigung. Das ist Kelli Colbert. Kelli, das sind Remi, Josie, Maggie, Wren und Addison«, sagte Flash und nickte jeder Frau zu, während er sie vorstellte.

»Schön, euch kennenzulernen«, sagte Kelli höflich.

»Das ist es wahrscheinlich nicht«, sagte Josie ironisch. »Wir haben darüber diskutiert, ob wir kommen sollen. Wir wollten dich nicht verunsichern. Aber wir alle lieben Flash und wollten dafür sorgen, dass er weiß, wie erleichtert wir sind, dass es ihm gut geht. Und dir auch. Wir waren alle schon in deiner Situation ... du weißt schon, in beschissenen Situationen, in denen jemand das Gefühl hat, dich zu Dingen zwingen zu können, die du nicht willst ... also dachten wir, du könntest Unterstützung gebrauchen.«

»Ja, und nachdem das gesagt ist«, fügte Remi hinzu, »hoffe ich, dass du mit uns zu Safe und Wren zurückkommst.«

»Moment mal – was?«, fragte Flash.

»Ähm ... wir haben hier so eine Art Willkommensparty für dich, weil wir froh sind, dass du entkommen bist«, sagte Wren mit einem verlegenen Grinsen. »Wir hatten das eigentlich nicht geplant, aber eins führte zum anderen und bevor wir uns versahen, wollten alle Freunde von Caroline und deine SEAL-Kumpel kommen, weil sie sich selbst davon überzeugen wollten, dass es dir gut geht, und jetzt warten alle zu Hause auf dich.«

Flash starrte Wren eine Weile an und wandte dann den Blick Safe zu. »Wusstest du davon?«

»Nein. Sieh mich nicht so an. Ich hatte nichts damit zu tun«, sagte Safe mit einem Kopfschütteln.

»Komm schon, Flash. Bitte? Du kommst doch, oder? Wir brauchen eigentlich keinen Grund, um zusammenzukommen und abzuhängen, aber es wäre seltsam, wenn du nicht da wärst, da Addison einen riesigen Kuchen mit der Aufschrift ›Willkommen zu Hause‹ gebacken hat. Und Alabama hat einen Haufen Luftballons besorgt, und Jessyka ist für die Kinder zuständig, die Schilder basteln, die sie im ganzen Haus aufhängen, um dich zu Hause willkommen zu heißen.«

»Und du musst auch kommen, Kelli«, flehte Remi. »Wir sind so froh, dass es dir gut geht. Ich meine, wir kennen dich nicht, aber wenn Flash dich mag, dann tun wir das auch. Wir sind eine wilde Bande, aber wir meinen es gut, ehrlich.«

Flash warf Kelli einen Blick zu, die den Kopf hob, um ihn anzusehen. Er konnte nicht sagen, was sie dachte.

»Könnt ihr uns eine Minute geben?«, fragte er seine Freunde.

»Klar.«

»Natürlich.«

»Lasst euch so viel Zeit, wie ihr braucht.«

»Aber nicht *zu* viel, zu Hause wartet Essen auf uns!«

Die anderen machten sich auf den Weg zur Gepäckausgabe, aber Flash blieb, wo er war. Er drehte sich zu Kelli um.

»Rede mit mir. Flippst du aus? Ich schwöre, ich wusste nicht, dass sie alle hier sein würden, sonst hätte ich dich gewarnt. Du bist zu nichts verpflichtet. Was denkst du?«

Sie drückte die Hand, die er noch immer hielt, und sagte: »Ich denke, dass du ein sehr glücklicher Mann bist.«

Das war nicht das, was Flash erwartet hatte zu hören. »Was?«

»Du warst nur einen Tag länger weg, und alle sind zum Flughafen gekommen, um dich zu sehen, weil sie keinen Moment länger warten wollten, als sie mussten. Deine sechs besten Freunde haben alles stehen und liegen lassen, um dich in Jamaika zu finden, und nicht nur das, sie haben es buchstäblich in wenigen Stunden geschafft. Und alle sind so froh, dass es dir gut geht, dass eine spontane Party organisiert wurde, weil all deine *anderen* Freunde *ihre* Chance nutzen wollten, dir zu sagen, wie froh sie sind, dass du zurück bist.«

Sie hatte recht. Flash hatte großes Glück. Aber nur weil er gute Freunde hatte, bedeutete das nicht, dass sein Leben perfekt war. Es fehlte etwas ganz Entscheidendes.

Eine Partnerin.

»Du hast recht. Ich bin ein glücklicher Mann. Also ... kommst du mit? Triffst du meine Freunde? Lernst sie kennen?«

»Na ja ... ich habe das Gefühl, als würde ich die Frauen bereits kennen. Du hast mir viel von ihnen erzählt.«

Sie wollte Ja sagen. Flash konnte es spüren.

»Okay. Danke, ja. Ich komme sehr gern mit.«

Erleichterung und Zufriedenheit durchströmten Flash. »Ich bringe dich nach Hause, wenn du genug hast. Du musst es mir nur sagen. Es wird verrückt werden«, fühlte er sich verpflichtet zu sagen. »Wenn du denkst, dass Remi und die anderen begeistert sind, dann warte erst mal, bis du Carolines Truppe kennenlernst. Sie werden dich dazu bringen, Übernachtungen, einen Mädelsabend im *Aces Bar and Grill* und anderen verrückten Plänen zuzustimmen, bevor der Abend vorbei ist.«

»Wenn du versuchst, mir das auszureden, wirst du keinen Erfolg haben«, sagte Kelli mit einem Lächeln. »Ich hatte noch nie Freundinnen, mit denen ich so etwas machen konnte. Ich meine, nicht als Erwachsene.«

»Komm schon. Lass uns unsere Koffer suchen und von hier verschwinden. Ich weiß nicht, wie es dir geht, aber ich habe wieder Hunger. Das passiert normalerweise nach Missionen oder wenn ich nicht richtig essen konnte. Ich bin ein paar Tage lang ausgehungert, bis mein Körper herausgefunden hat, dass er wieder regelmäßig gefüttert wird.«

Und einfach so war Flash glücklich. Sie mussten sich noch nicht verabschieden. Er hatte sich ein paar Stunden Zeit verschafft. Und sie mit den Frauen zu verbinden war eine der besten Möglichkeiten, die ihm einfielen, um sicherzustellen, dass er Kelli in Zukunft noch oft sehen würde. Niemand konnte Remi und ihrer Truppe widerstehen. Das hoffte er zumindest.

Kelli sah sich voller Staunen um. Niemals in einer Million Jahren hätte sie gedacht, dass sie jetzt hier sein würde. In einem kleinen Haus, bis zum Bersten vollgestopft – mit noch mehr Menschen im Garten –, lachend mit Leuten, die sie gerade erst kennengelernt hatte, und mit dem Gefühl, sie schon ihr ganzes Leben lang zu kennen.

Alle Freunde von Flash waren offen und herzlich, freundlich und mitfühlend. Und sie schienen wirklich froh zu sein, dass sie da war.

Es war ... seltsam, aber toll. Kelli war nicht die Art Frau, zu der sich die meisten Menschen hingezogen fühlten. Sie war es gewohnt, im Hintergrund zu stehen und auf Partys und Zusammenkünften andere zu beobachten. Wenn jemand doch mit ihr sprach, war es offensichtlich, dass sie es nur aus Höflichkeit taten.

Aber von den Leuten hier bekam sie keine dieser Schwingungen. Sie konnte sich nicht an alle Namen erinnern, da sie vielen Männern und Frauen vorgestellt worden war. Fiona, Summer, Mozart, Benny, Julie, Matthew ... und es schien, als würden die Frauen die Männer beim Vornamen nennen und die Männer untereinander Spitznamen verwenden. Es war alles sehr verwirrend. Aber Kelli war trotzdem so glücklich wie schon lange nicht mehr.

Und Flash war nicht der Einzige, der am Verhungern war. Der Kuchen, den Addison gebacken hatte, schmolz ihr auf der Zunge, und Kelli musste sich zusammenreißen, um nicht gleich beim ersten Bissen spontan in der Küche zum Orgasmus zu kommen. Aber auch das andere Essen war genauso gut. Es gab viel Fingerfood, was das Essen und Reden erleichterte.

Überall liefen Kinder herum, schrien zu laut, rempelten Leute an und ließen Essen auf den Boden fallen, aber keiner der Erwachsenen schien sich darüber allzu große Sorgen zu machen. Sie ermahnten sie nur, vorsichtig zu sein, forderten sie auf, sich zu entschuldigen, wenn sie Kelli fast umrissen, und schüttelten im Allgemeinen den Kopf über ihren Überschwang.

Als sie auf ihr Handy schaute, das sie zum Glück nicht mit auf die Tubing-Tour genommen hatte, sah Kelli, dass sie und Flash schon seit drei Stunden auf der improvisierten Party waren. Es war kaum zu glauben, denn es fühlte sich an, als seien sie gerade erst angekommen.

Gerade als sie an Flash dachte, erschien er, als hätte sie ihn heraufbeschworen. Er legte einen Arm um ihre Taille, und sie lehnte sich an ihn, als er sich vorbeugte und ihr leise ins Ohr flüsterte: »Alles in Ordnung?«

Sie nickte.

»Wie viele Telefonnummern hast du heute Abend bekommen?«

Kelli kicherte. »Ähm ... alle?«

»Gut. Einladungen, wieder mit dir abzuhängen?«

»Drei oder vier.«

»Hat Julie schon versucht, dich für ihr Secondhand-Bekleidungsgeschäft abzuwerben?«

Ihr Lächeln wurde breiter, als sie zu ihm aufsah. »Woher weißt du das?«

»Weil sie keine Idiotin ist. Bist du müde?«

Kelli zuckte mit den Schultern. Sie war erschöpft. Es war wirklich albern. Sie hatte heute nicht viel gemacht. Sie hatte ausgeschlafen, gegessen, war dann in ein Flugzeug gestiegen, und jetzt stand sie nur herum. Aber andererseits hatte sie auf Reisen immer das Gefühl, als sei sie ausgelaugt. Jetzt ließ ihre Energie ernsthaft nach.

»Ich bin geschlaucht«, gab Flash zu.

Sie konnte nicht anders, als darüber zu lächeln. »Geschlaucht?«, fragte sie. »Hat das zufällig irgendeinen Bezug zu vergangenen Erlebnissen?«

»Nein. Aber ich liebe dieses Wort. Ich habe mich gefreut, dass ich es verwenden konnte.«

Dieser Mann. Er brachte sie zum Lachen, gab ihr ein Gefühl der Sicherheit und jagte ihr gleichzeitig eine Höllenangst ein. Vor allem weil ihr bei dem Gedanken, ihn zu verlieren, kotzübel wurde. Und irgendwie hatte sie das Gefühl, dass es vorbei sei, sobald sie sich verabschiedete. Er würde in sein

Leben zurückkehren, mit all diesen fantastischen Menschen, und sie vergessen. Die kleine, unansehnliche Frau, mit der er sich auf dieser einen Reise nach Jamaika irgendwie hatte entführen lassen.

»Bist du bereit zu gehen?«

Sie war es und sie war es nicht. Aber da Flash müde war und er sie nach Hause fahren würde, wollte sie ihn nicht aufhalten. Sie nickte.

»In Ordnung. Wir machen die Runde und verabschieden uns von allen, dann machen wir uns auf den Weg.«

Natürlich dauerte der Abschied noch eine ganze Stunde. Während sie durch das Haus und dann in den Garten gingen, um mit den Leuten dort zu sprechen, wich Flash nie von ihrer Seite. Entweder legte er seinen Arm um ihre Taille oder er hielt ihre Hand.

Als sie schließlich zur Haustür hinausgingen, sagte Flash: »Puh! Ich dachte schon, wir kommen da nie raus.«

»Du wirst morgen deine Teamkameraden sehen, oder?«, fragte Kelli.

»Ja. Warum?«

Sie zuckte mit den Schultern. »Ich wundere mich nur.«

»Das ist so eine Sache«, sagte Flash, als verstünde er, was sie wissen wollte, ohne dass sie es laut aussprechen musste. »Wir verlassen nie ein Treffen, ohne uns von allen zu verabschieden. Wir haben auf die harte Tour gelernt, dass das Leben zu kurz ist.«

Das ergab Sinn. Und es erklärte viel darüber, wie eng diese Männer und Frauen miteinander verbunden waren.

Flash führte sie zu einem grauen Honda Pilot, der am Straßenrand geparkt war.

»Moment, ist das dein Wagen?«, fragte sie, als er die Beifahrertür öffnete.

»Nein. Ich stehle ihn«, entgegnete Flash mit ausdrucksloser Miene.

»Wie auch immer. Aber wie ist er hierhergekommen?«

»Wolf und Dude haben ihn bei mir zu Hause abgeholt und hierhergebracht.«

»Woher haben sie den Schlüssel?«

»Wahrscheinlich von Kevlar.«

Kelli drehte sich in der Tür um, bevor sie einstieg. »Wie hat *er* ihn bekommen?«

Flash beugte sich vor und legte eine Hand auf die Tür und die andere auf das Dach des Fahrzeugs, wodurch sie praktisch eingesperrt war. Oh, sie hätte sich unter seinem Arm hindurchducken und ihm entkommen können, aber warum sollte sie? Sie war genau da, wo sie sein wollte. Umgeben von Flash.

»Wir haben alle die Haus- und Autoschlüssel der anderen. Wir wissen nie, wann wir unser Fahrzeug irgendwo stehen lassen müssen und einer der anderen muss es für uns abholen. So machen wir das eben.«

»Oh.«

»Ja, oh. Jetzt steig ein. Es ist dunkel hier draußen, und obwohl diese Gegend viel aufgeräumter ist, ist es immer noch nicht ganz sicher.«

Damit setzte Kelli sich auf den Sitz. Zu ihrer Überraschung zog Flash den Sicherheitsgurt heran und hielt ihn ihr hin. Das hatte noch nie jemand für sie getan. Es war ... schön. Sobald sie angeschnallt war, schloss Flash die Tür und ging auf die andere Seite.

Er startete den Wagen und sie waren unterwegs. Sie sprachen nicht viel, während er sie zu ihrer Wohnung in La Jolla fuhr. Sie gab ihm Anweisungen und bevor sie bereit war, fuhr er auf ihren Parkplatz.

Ein Kloß saß ihr im Hals und Kelli musste sich zusammenreißen, um nicht in Tränen auszubrechen. Sie war sehr emotional. Es war albern. Sie war in Sicherheit, nicht unter der Erde begraben, ihr Magen war voll und ihr Handy war voll mit Nummern von Menschen, von denen sie hoffte, dass sie ein

Haufen neuer Freunde waren. Aber der Gedanke, Flash zu verlassen, war tatsächlich schmerzhaft.

Er ging nach hinten und holte ihren Koffer, den jemand offensichtlich in seinen Wagen gelegt hatte, und zog den Griff heraus, nachdem er ihn auf den Boden gestellt hatte. Dann ging er auf sie zu, blieb ein paar Meter entfernt stehen und streckte ihr die Hand entgegen.

Er sagte nichts, packte sie nicht einfach, sondern wartete darauf, dass sie die Hand nach ihm ausstreckte.

Was Kelli, ohne zu zögern, tat.

Es war nicht einmal eine Frage, ob er sie zu ihrer Tür begleiten würde. Dies war nicht wie eine erste Verabredung, bei der sie einem Mann, den sie gerade erst kennengelernt hatte, misstrauisch gegenüberstehen würde, wenn sie ihm ihren Wohnort verriet. Dies war Flash. Sie hatten gemeinsam die Hölle durchgemacht. Sie hatte keine Bedenken, dass er wusste, welche Wohnung ihre war.

Ihr Gebäude war mehrere Stockwerke hoch und sie befand sich im dritten Stock. Sie hatte eine tolle Aussicht und konnte zwischen zwei anderen Gebäuden gerade noch das Meer sehen. Es war nicht übermäßig schick, alle Wohnungen hatten Außentüren, die über lange Gehwege auf gegenüberliegenden Seiten des Gebäudes zugänglich waren. Sie hatte gehört, wie einige Leute sich beschwert hatten, dass das Gebäude sich wie ein riesiges Motel anfühle, aber Kelli hatte es immer geliebt. Sie genoss es, frische Luft zu schnappen, wenn die Meeresbrise wehte.

Im Aufzug sprachen sie nicht miteinander. Kelli wusste ohnehin nicht, was sie sagen sollte. *Danke? Geh nicht? Es hat mir gefallen?* Keine dieser Optionen schien ihr angemessen.

Flash begleitete sie bis zu ihrer Tür und trat einen Schritt zurück, als sie das Schloss mit ihrem Schlüssel öffnete. Sie zog ihren Koffer in die kleine Diele und drehte sich dann zu Flash um.

Zu ihrer Überraschung war er in ihren persönlichen Bereich getreten, während sie sich um ihren Koffer kümmerte. Sie stieß einen kleinen, überraschten Laut aus – und dann waren seine Lippen auf ihren.

Der Kuss ging in Millisekunden von null auf hundert. Kelli umklammerte Flash fest, als er sie nach hinten beugte. Sie liebte es, wenn er das tat. Sie liebte das Gefühl der Schwerelosigkeit, wenn sie in seinen Armen hing. Sie hatte keine Angst, dass er sie fallen lassen würde. Überhaupt keine.

Sie atmeten beide schwer, als er schließlich den Kopf hob und sie aufrichtete. Aber er nahm seine Arme nicht von ihr.

»Das ist nicht das Ende von uns«, sagte er heiser.

»Okay.«

»Ich habe dir gesagt, dass ich mit dir ausgehen will, wenn wir nach Hause kommen, und das will ich auch. Ich werde es tun.«

»Okay.«

»Aber ich denke, du brauchst etwas Zeit.«

»Zeit?«, fragte Kelli verwirrt.

»Was wir durchgemacht haben ... es war intensiv. Ich will kein Arsch sein, wenn ich das sage, aber du hast dich darauf verlassen, dass ich dich durch viel davon durchbringe.«

Er hatte nicht unrecht. Kelli nahm es ihm nicht übel.

»Ich möchte, dass du dir sicher bist, dass du wirklich Zeit mit mir verbringen willst. Jetzt, da wir wieder in der realen Welt sind, könnten deine Gefühle sich ändern. Du könntest feststellen, dass du mit einem Soldaten nichts zu tun haben willst. Ich bin viel unterwegs. Manchmal müssen wir von jetzt auf gleich aufbrechen. Ich werde nicht jede Nacht hier sein, nicht immer da sein, um die Dinge zu tun, die die meisten Freunde tun.«

»Versuchst du, mir auszureden, dass ich mit dir ausgehe?«, fragte Kelli. Sie war verwirrt.

»Nein. Ich bin nur ehrlich. Ich möchte nicht, dass du mich

wegen unserer Tortur auf ein Podest stellst und dann enttäuscht bist, wenn du herausfindest, dass ich nur ein Mann bin. Jemand mit echten Fehlern, der Dinge tut, die dich nerven werden.«

»Ich weiß, wer du bist, Wade Gordon«, sagte Kelli leise. »Ich muss nicht warten.«

Er spannte seine Finger an ihrer Taille an, bevor er sie wieder lockerte. »Ich möchte, dass du dir sicher bist«, sagte Flash. »Denn so, wie ich für dich empfinde ... würde es mich umbringen, wenn du dich entscheiden würdest, dass ich doch nicht der bin, mit dem du zusammen sein willst. Wenn unsere gemeinsame Zeit in Jamaika deine Vorstellung von einem echten Mann beeinflusst hat.«

Kelli war von seiner Bitte nicht begeistert, aber sie verstand sie. »Und vielleicht wirst du auch feststellen, dass ich nicht die bin, für die du mich gehalten hast«, sagte sie mit einem kleinen Nicken.

Es sah so aus, als wollte er etwas sagen, aber stattdessen presste er nur die Lippen zusammen.

»Eine Woche?«, schlug sie vor.

»Eine Woche«, stimmte er zu.

»In Ordnung.«

»Okay.«

»Können wir trotzdem reden?«

»Reden?«

»Ja. SMS. Anrufe. Es fühlt sich falsch an, einfach jeglichen Kontakt abzubrechen«, sagte Kelli.

»Das würde mir gefallen. Es gibt Zeiten, in denen ich nicht erreichbar bin, weil ich in Besprechungen bin oder so, aber wenn du etwas brauchst, werde ich mein Bestes tun, um mich so schnell wie möglich bei dir zu melden.«

»Mein Leben ist nicht so aufregend, Flash. Es wird nichts dazwischenkommen, bei dem du dich sofort bei mir melden musst.«

»Trotzdem bin ich immer für dich da, Kelli. Egal was passiert.«

Er machte es ihr noch schwerer, seiner blöden einwöchigen Auszeit zuzustimmen. Sie nickte.

»In einer Woche hole ich dich ab und zeige dir Riverton. Ich zeige dir Julies Laden, meinen Lieblingsstrand und nehme dich vielleicht mit zum Marinestützpunkt. Wir können irgendwo zu Mittag essen ... und wenn du willst, können wir danach in meine Wohnung fahren und einen Film oder so etwas anschauen.«

»Das würde mir gefallen.« Und das würde es. Vor allem der Teil mit dem Zurückfahren in seine Wohnung. Sie war bereits zu dem Schluss gekommen, dass sie diesen Mann wollte. Ganz und gar. Nackt und über ihr. Oder unter ihr. Es spielte keine Rolle. Sie hatte noch nie jemanden so sehr begehrt wie Flash. Mit ihm zu schlafen war schön gewesen, aber einzuschlafen, nachdem er tief in ihrem Körper gewesen war, nachdem er sie hoffentlich zum Kommen gebracht hatte? Das wäre der Himmel auf Erden.

Sie standen da und starrten sich eine Weile an, bevor Flash tief Luft holte. Dann beugte er sich vor und küsste sie erneut. Es war nicht so leidenschaftlich wie andere Küsse, die sie miteinander geteilt hatten, aber es war nicht weniger umwerfend.

»Eine Woche«, sagte er leise, als er sich von ihr entfernte.

Kelli konnte nicht sprechen. Sie konnte nur nicken.

Dann war er weg. Er ging den Weg zurück.

Kelli schloss und verriegelte ihre Tür, dann lehnte sie sich dagegen und ließ sich nach unten gleiten, bis sie auf dem Boden saß. Sie schlang die Arme um ihre angezogenen Knie, senkte die Stirn und atmete mehrmals tief durch. Sie wollte nicht weinen. Das hatte sie schon genug getan. Flash hatte sich nicht für immer verabschiedet. Nur für eine Woche. Sie konnte verstehen, dass er wollte, dass sie sich sicher war, ihn wirklich wiedersehen zu wollen, und zwar nicht im Kontext eines Retters. Aber das bedeutete nicht, dass es nicht scheiße war.

Denn obwohl Kelli Flash definitiv als ihren Retter betrachtete, war er so viel mehr als das. Er war nicht perfekt. Sie auch nicht. Sie waren fehlerhafte Menschen, die gemeinsam eine intensive Erfahrung gemacht und eine Bindung aufgebaut hatten.

Eine Bindung, von der Kelli überzeugt war, dass sie mit der Zeit stärker und nicht schwächer werden würde. Aber wenn Flash Zeit brauchte, würde sie ihm diese geben.

Sie holte tief Luft, stand auf und griff nach ihrem Koffer. Sie brachte ihn direkt zum Schrank im Flur, wo ihre Waschmaschine und ihr Trockner übereinander standen. Sie öffnete den Reißverschluss und lud alle ihre Kleider in die Waschmaschine ... bis auf den Badeanzug und den Überwurf, die sie im Resort in den Müll geworfen hatte.

Sie holte ihre Toilettenartikel und andere Dinge heraus und räumte sie in ihr Badezimmer. Dann schleppte sie den Koffer in ihren großen Schlafzimmerschrank und schob ihn in die hinterste Ecke. Schließlich setzte sie sich auf ihr Bett und starrte lange ins Leere.

Das Klingeln ihres Telefons erschreckte sie zu Tode, zum Teil, weil sie in Gedanken versunken war, und zum Teil, weil sie nie angerufen wurde. Kelli blickte nach unten und lächelte, als sie Flashs Namen auf dem Bildschirm sah.

»Hast du etwas vergessen?«, fragte sie, ohne ihn zu begrüßen.

»Nein. Ich wollte nur deine Stimme hören.«

Das Grinsen auf ihrem Gesicht wurde breiter.

»Bist du schon im Bett?«

»Nein. Ich habe nur meine Kleidung in die Waschmaschine gesteckt und bin mit dem Auspacken fertig. Bist du zu Hause?«

»Fast.«

Das Gespräch ging weiter, als Flash in seiner Wohnung

ankam, hineinging, auspackte und sich dann etwas zu essen machte. Kelli holte sich ebenfalls etwas Kleines zu essen und zog sich dann fürs Bett um. Sie sprachen über alles und nichts. Es gab keine unangenehme Stille.

Erst als Flash sagte: »Ich sollte mal Schluss machen«, wurde Kelli klar, wie lange sie schon redeten.

»Du musst morgen früh aufstehen ... oder besser gesagt heute.«

»Ja. In ein paar Stunden haben wir Training.«

»Training? Du hast keinen Tag frei nach dem, was passiert ist?«

Flash lachte. »Nein. Ich muss mich auch mit meinem Kommandanten treffen. Meinen Bericht abgeben. Und er muss wissen, dass Jeckle in den Staaten ist. Ich bin mir nicht sicher, ob und was dabei herauskommt, aber die Tatsache, dass der Mann versucht hat, Lösegeld für Eigentum der US-Regierung zu erpressen, ist wahrscheinlich ein Verbrechen.«

»Ich weiß nicht, ob es mir gefällt, dass du dich als Regierungseigentum bezeichnest«, murmelte Kelli. Flash hatte ihr vorhin erzählt, dass der Mann, der sie entführt hatte, aus Jamaika geflohen und nach L. A. geflogen war. Das gefiel ihr nicht, aber sie war entschlossen, dem Mann nicht noch mehr Raum in ihrem Kopf zu geben, als er ihr bereits genommen hatte.

Er lachte leise. »Es ist, wie es ist. Soll ich dich morgen anrufen?«

»Ja bitte.«

»Was steht bei dir an?«

»Nichts so Interessantes wie bei dir. Ich werde wahrscheinlich meine Mutter besuchen. Dann werde ich mit meinem Chef im Reisebüro sprechen, um zu sehen, ob ich noch einen Job habe, da ich heute eigentlich hätte arbeiten sollen, und da ich mich nicht krankgemeldet habe, wurde mir vielleicht gekündigt.«

»Sicherlich werden sie dich nicht feuern, nachdem sie herausgefunden haben, dass du entführt wurdest. Oder sie werden dich zumindest wieder einstellen.«

»Vielleicht. Ich bin mir nicht sicher, ob ich überhaupt zurückgehen will. Ich denke, ich werde vielleicht beim Community College vorbeischauen und mit einem Berater sprechen. Es ist an der Zeit, dass ich herausfinde, was ich mit meinem Leben anfangen will. Wenn mich das, was passiert ist, etwas gelehrt hat, dann, dass ich in meiner kleinen Welt etwas bewirken möchte. Ich möchte nicht den Rest meines Lebens mit Jobs verbringen, die mir keinen Spaß machen.«

»Das finde ich toll. Wir können morgen Abend reden und du kannst mir alles erzählen, was du herausgefunden hast. Ich bin dein Resonanzboden.«

Zufriedenheit breitete sich in Kelli aus. »Danke.«

»Schlaf gut. Es wird sich komisch anfühlen, wenn du heute Nacht nicht auf mir schläfst.«

»Ja.«

»Wir reden morgen«, sagte Flash.

»Morgen.«

»Tschüss.«

»Tschüss.«

Kelli legte auf und bemerkte, dass sie lächelte. Sie hätte schon vor Stunden schlafen sollen, aber wenigstens konnte sie ausschlafen und musste nicht um fünf Uhr aufstehen, um wie Flash zum Training zu gehen.

Sie nahm ein zusätzliches Kissen, drückte es an ihre Brust und schloss die Augen. Es war nicht dasselbe, wie *Flash* als Kissen zu benutzen, aber es musste reichen ... zumindest für eine weitere Woche.

Dann war alles möglich.

KAPITEL VIERZEHN

Die folgende Woche war für Kelli unwirklich. Sie wurde in ihr altes Leben zurückgeworfen, und obwohl sie sich wie ein anderer Mensch fühlte, schien sich sonst nichts um sie herum zu ändern. Ihr nerviger Nachbar spielte immer noch seine Musik zu laut und ihre Mutter war zwar froh, dass es ihr gut ging, hatte aber nicht wirklich viel darüber gefragt, was passiert war, und war wieder mit ihrem eigenen Leben beschäftigt. Der Verkehr war immer noch nervig, das Wetter immer noch schön und Rechnungen mussten immer noch bezahlt werden.

Doch es gab *eine* Sache, die sich geändert hatte … Kelli war tatsächlich gefeuert worden, weil sie sich nicht krankgemeldet hatte und nicht zur Arbeit erschienen war. Es spielte keine Rolle, dass sie in einem fremden Land buchstäblich lebendig begraben worden war. Anscheinend waren Vorschriften nun mal Vorschriften. Aber sie war nicht verärgert darüber. Sie tat, was sie Flash versprochen hatte … Sie ging zum Community College, das nicht weit von ihrer Wohnung entfernt war, und traf sich mit einem Studienberater. Sie war ihrer Entscheidung, was sie mit ihrem Leben anfangen wollte, bisher nicht näher gekommen, aber es fühlte sich dennoch so an, als hätte sie einen positiven Schritt nach vorn gemacht.

Außerdem schien sie eine ganze Gruppe von Freundinnen zu haben. Das war *definitiv* neu. Sie hatte jeden Tag entweder SMS oder E-Mails erhalten. Remi war die Erste, die sich nach ihr erkundigte und ihr mitteilte, dass sie für sie da war, sollte sie über das Geschehene sprechen wollen. Schließlich hatte sie etwas Ähnliches durchgemacht, auch wenn sie nur einen winzigen Bruchteil der Zeit, die Kelli unter der Erde verbracht hatte, begraben gewesen war. Wren und Josie hatten ihr auch geschrieben. Aus heiterem Himmel bot Addison ihr an, ihr Kekse oder einen Kuchen zu backen. Und Maggie, obwohl sie mit Morgenübelkeit zu kämpfen hatte, hatte ihr eine E-Mail geschickt und gesagt, dass sie sich gern mit ihr treffen würde, sobald Kelli bereit sei.

Und es waren nicht nur die Frauen von Flashs Teamkameraden, die sie kontaktiert hatten. Caroline, Julie, Jessyka ... sie hatte auch einige SMS von allen älteren SEAL-Frauen erhalten.

So viel Unterstützung und Freundschaft zu erfahren fühlte sich an, als würde ein Traum wahr werden. Kelli war sich nicht sicher, warum alle so nett zu ihr waren, aber sie würde nichts tun, was sie dazu bringen könnte, ihre Meinung darüber zu ändern, ob sie ihre Freundin sein wollten.

Aber das Beste war, dass sie jeden Abend etwa drei Stunden lang mit Flash sprach ... oder länger. Eines Abends, als sie über FaceTime miteinander kommunizierten, hatten sie so lange geredet, dass sie dabei eingeschlafen war. Als sie mitten in der Nacht aufwachte, schaute sie auf ihren Bildschirm und sah, dass Flash sein Handy auf den Tisch neben seinem Bett gestellt und das Licht angelassen hatte, damit sie ihn beim Schlafen beobachten konnte.

Manche Leute mochten das seltsam finden, aber für Kelli war es ... intim. Sie mochte es. Sehr sogar. Sie hatte das Gespräch beendet und ihm eine SMS geschickt, in der sie sich dafür entschuldigte, dass sie eingeschlafen war, und anmerkte, wie leer sein Bett aussah, wenn nur er darin lag.

Es war ein riskanter Schachzug, aber angesichts dessen, wie viel sie miteinander sprachen und wie oft Flash sie daran erinnerte, wie viele Stunden noch in der Woche blieben, bevor er sie zu einer Verabredung ausführte, war sie sich ziemlich sicher, dass das, was sie gesagt hatte, nicht unangebracht war.

Heute hatte Flash eine Besprechung, die, wie er sagte, etwas länger dauern würde. Sie waren gerade dabei, ihre nächste Mission zu planen, was Kelli ehrlich gesagt etwas beunruhigte. Aber sie weigerte sich, sich von dem, was er beruflich tat, entmutigen zu lassen. Schließlich war seine Tätigkeit als SEAL der einzige Grund, warum sie ihre Tortur überlebt hatten. Ohne sein Überlebenswissen wäre ihre Situation viel schlimmer gewesen. Und sie wären ohne die Ressourcen und das Know-how seiner Freunde sicherlich nicht so schnell gerettet worden.

Wenn sie irgendeine Art von Beziehung mit Flash wollte, musste sie herausfinden, wie sie damit leben konnte, dass er auf gefährlichen Missionen unterwegs war. Sie beschloss, dass es ein guter Anfang sei, mit den Frauen zu sprechen, die das bereits durchgemacht hatten und offensichtlich wunderbare Beziehungen zu ihren Männern hatten. Sie hatte viele Fragen.

Aber sie war auch voreilig. Flash hatte recht. Sie hatten gemeinsam etwas Extremes und Traumatisches durchgemacht. Mehr für sie als für ihn, er war an solche Situationen gewöhnt, aber trotzdem.

Sie hatte die feste Absicht, sich mit Flash zu verabreden. Normale Dinge zwischen Mann und Frau zu unternehmen. Essen gehen, ins Kino gehen, abhängen, ihn noch besser kennenlernen. Sie würde nicht einfach so eine Beziehung eingehen, nur weil sie dankbar war, dass er bei ihr gewesen war, als in Jamaika so etwas Schlimmes passiert war.

Aber ... der Mann erfüllte all ihre Kriterien. Er war freundlich, geduldig, verdammt heiß ...

Kelli rümpfte die Nase, ein wenig angewidert von sich selbst wegen des letzten Gedankens. Ehrlich gesagt war das Aussehen nicht so wichtig wie andere positive Eigenschaften. Es war möglich, dass er eine Glatze bekam oder fett wurde oder dass seine Ohren mit zunehmendem Alter drei Größen wuchsen.

Kelli stellte die Tüten mit den Lebensmitteln, die sie heute gekauft hatte, kichernd auf die Theke. Sie war dumm. Es war lächerlich, darüber nachzudenken, wie Flash aussehen könnte oder auch nicht, wenn er älter wurde. Was zählte, war die Art von Mann, die er war. War er jähzornig? Sie glaubte nicht, aber die Zeit würde es zeigen. War er besitzergreifend? Oder *übermäßig* besitzergreifend? Würde es ihn stören, dass sie viel Geld auf der Bank hatte und nicht »versorgt« werden musste?

Tief im Inneren schrie alles in ihr, dass Flash der Richtige war. Dass er der Mann sein könnte, mit dem sie den Rest ihres Lebens verbringen würde. Es ging alles zu schnell, sie hatten sich gerade erst kennengelernt, aber aufgrund der Umstände hatten sie die wichtigen Dinge übereinander sehr schnell erfahren.

Flash gab ihr das Gefühl, beschützt zu sein. Er hörte ihr aufmerksam zu, wenn sie sprach, und schaute nicht auf sein Handy oder auf alles um sich herum, als würde er versuchen, etwas Interessanteres zu finden. Wenn sie mit ihm zusammen war, hatte sie das Gefühl, im Mittelpunkt seiner Welt zu stehen. Und sie hoffte, dass er genauso fühlte. Sie wollte, dass der Mann, mit dem sie zusammen war, keine Zweifel daran hatte, dass sie genau dort war, wo sie sein wollte.

Sie wusste, dass er ihnen beiden deshalb eine Woche Auszeit gab.

Sie lächelte darüber. War es wirklich eine Auszeit, wenn sie jeden Abend stundenlang miteinander sprachen und sich ständig gegenseitig per SMS fragten, wie es dem anderen ging? Sie war sich nicht sicher. Sie wusste nur, dass sie Flash vermisste. Selbst mit ihm zu reden fühlte sich nicht so an, als sei es genug. Sie wollte ihn sehen. Ihn berühren. Das Gefühl ihrer Hand in seiner war für sie jetzt das Nonplusultra an Trost.

Gerade als sie mit dem Schneiden von Gemüse und Hühnchen fertig war und sie zum Backen auf einem Backblech anrichtete, vibrierte ihr Handy.

Als sie auf die Theke schaute, sah sie, dass Flash ihr eine SMS geschickt hatte.

Flash: Schlechte Nachrichten, ich kann erst spät anrufen. Es sind gerade neue Informationen eingetroffen und wir bleiben länger als geplant, um sie zu analysieren.

Enttäuschung überkam Kelli, aber sie unterdrückte sie. Sie hatte keine Ahnung, welche Informationen er erhalten hatte, aber sie war stolz auf ihn, dass er alles in seiner Macht Stehende tat, um die Welt zu schützen.

Kelli: Schon okay. Ich habe heute Abend nichts vor. Ich werde noch ein bisschen darüber nachdenken, welche Art von Karriere ich machen möchte, und vielleicht eine weitere Folge von *Alone* schauen, damit wir später darüber reden können.

Flash: Ich bin gespannt, wen du heute Abend als Verlierer vermutest. Und es sind schon sechs Tage vergangen. Ich komme morgen Abend vorbei und führe dich aus ... wenn das für dich in Ordnung ist. Überleg dir, wo du essen gehen willst.

Kellis Brustwarzen wurden sofort hart. Wenn Flash etwas sagte, meinte er es offenbar ernst. Er hatte eine Woche gesagt, und morgen war eine Woche vergangen. Sie war mehr als bereit, ihn wiederzusehen. Um zu sehen, ob die Verbindung, die sie hatten, echt war. Sie glaubte es, aber sie würde es morgen sicher herausfinden. Sie konnte es kaum erwarten.

Kelli: Für mich ist das definitiv in Ordnung.
Flash: Gut. Ich schreibe dir eine SMS, wenn ich hier fertig bin. Wenn du schläfst, ist das keine große Sache. Wir können morgen reden.

Für Kelli war es eine große Sache. Sie hatte nicht damit gerechnet, dass er sich *so* verspäten könnte. Sie schlief gern, aber in letzter Zeit blieb sie wegen ihrer Telefonate länger auf.

Kelli: Okay. Ich werde es vermissen, mit dir zu reden.
Flash: Nicht so sehr, wie ich es vermissen werde, mit dir zu reden. Ich muss Schluss machen. Kevlar schaut mich schon böse an.
Kelli: Bis später.
Flash: Bis später.

Kelli seufzte. Sie wünschte, es wäre schon morgen. Es gab viele tolle Restaurants, in die sie ihn ausführen konnte. Sie musste nur abwarten und sehen, worauf er Lust hatte und was er mochte.

Der Rest des Abends verging ziemlich schnell. Ihr Abendessen war köstlich, auch wenn sie sich ein wenig einsam fühlte. Sie hatte sich daran gewöhnt, beim Essen mit Flash zu reden.

Die Folge von *Alone* war spannend und sie konnte es kaum erwarten, mit ihm darüber zu sprechen. Sie war erstaunt, wie belastbar die Kandidaten waren. Sie ließen es so aussehen, als sei das Campen im Freien bei Minusgraden keine große Sache. Ganz zu schweigen vom Jagen und Töten von Eichhörnchen und anderen Tieren und dem Versuch zu angeln, wenn die Bedingungen ehrlich gesagt beschissen waren.

Sie nahm an, einige Leute würden behaupten, dass das, was sie getan hatte, genauso erstaunlich war, aber sie war mit Flash zusammen gewesen, der die ganze Arbeit gemacht hatte. Sie könnte wahrscheinlich bei Temperaturen unter dem Gefrierpunkt überleben, wenn Flash bei ihr wäre. Sie könnte in dem Unterschlupf sitzen – den er gebaut hatte – und die Tiere kochen, die er gefangen und gehäutet hatte.

Kelli lachte über sich selbst. Nein, das würde sie hassen. Sie würde nicht das Gefühl haben wollen, dass sie nicht ihren Beitrag leistete.

Als sie auf die Uhr schaute, war sie überrascht, dass es einundzwanzig Uhr war. Nicht besonders spät, wenn man bedachte, wann sie während der letzten Woche schlafen gegangen war, aber spät, wenn man bedachte, dass Flash noch bei der Arbeit war.

Kelli schaltete den Fernseher aus und ging in ihr Schlafzimmer. Sie zog das langärmelige Oberteil und die Shorts an, die sie im Bett trug, bevor sie zurück durch den Flur zu dem einzigen Badezimmer in ihrer Wohnung ging. Als sie fertig war, kletterte sie ins Bett, kroch unter die Decke und legte ihr Handy auf den Nachttisch. Sie griff nach ihrem Tablet und rief das Buch auf, das sie gerade las.

Sie dachte nicht, dass sie viel Aufmerksamkeit aufbringen könnte, da sie auf eine Nachricht von Flash wartete, und war daher angenehm überrascht, als sie sich in der Geschichte verlor.

Flash schickte schließlich über eine Stunde später eine

SMS, in der er sagte, dass er erschöpft sei und nach Hause ins Bett gehen würde. Aber er versprach, morgen früh anzurufen, damit sie eine Uhrzeit vereinbaren konnten, an der er vorbeikommen und sie zum Abendessen ausführen konnte.

Anstatt selbst schlafen zu gehen, las Kelli weiter. Sie wollte herausfinden, wer der Bösewicht in ihrem Buch war.

Und das war der Grund, warum sie gegen Mitternacht immer noch wach war ... als ein ungewöhnliches Geräusch an der Vorderseite ihrer Wohnung ihre Aufmerksamkeit erregte.

Kelli erstarrte und neigte den Kopf, als würde sie dadurch besser hören können.

Das verräterische Quietschen der Scharniere an ihrer Wohnungstür ließ ihren Adrenalinspiegel sofort in die Höhe schießen.

Sie hatte die Tür abgeschlossen, das wusste sie, aber hatte sie auch den Riegel vorgeschoben? Die Kette vorgehängt? Sie glaubte nicht. Ihre Hände waren voll gewesen mit den Tüten, die sie trug. Sie hatte das Gefühl, dass sie es vergessen hatte.

Außer ihrer Mutter hatte niemand einen Ersatzschlüssel für ihre Wohnung, also war derjenige, der gerade eingetreten war, niemand, dem sie mitten in der Nacht in einer dunklen Wohnung gegenüberstehen wollte.

Kelli bewegte sich, bevor sie darüber nachdachte, was sie tat. Sie sprang aus dem Bett und sah sich hektisch um. Wohin sollte sie gehen? Wenn sie das Schlafzimmer verließ, würde der Einbrecher sie sofort sehen. Der Raum war nicht besonders groß. Das Badezimmer lag auf dem Flur, also fiel auch das aus. Nicht dass es dort ein gutes Versteck gegeben hätte. Und unter ihrem Bett konnte sie sich nicht verstecken, weil es dort Bettkästen gab.

Für einen Moment geriet sie in Panik – dann hätte Kelli schwören können, Flashs Stimme in ihrem Kopf zu hören. Er sagte ihr, sie solle tief durchatmen. Klug sein.

Kelli wirbelte herum, machte schnell und leise ihr Bett und

zog die Bettdecke hoch, sodass es aussah, als sei sie überhaupt nicht da gewesen. Natürlich war die Bettwäsche noch warm, aber daran konnte sie nichts ändern.

Sie griff nach ihrem Handy und ging an den einzigen Ort, der infrage kam.

Ihren Kleiderschrank.

Er war ziemlich groß, etwas, worüber sie sich gefreut hatte, als sie die Wohnung gemietet hatte. Es gab zwei Kleiderstangen an einer Wand – ihre Hemden hingen an der oberen, ihre Hosen an der unteren. Sie konnte sich hinter den Hosen verstecken, aber es war nicht viel Platz und wer auch immer eingebrochen war, würde sie sicher entdecken.

Ihr panischer Blick fiel schließlich auf den Koffer, den sie vor einer Woche ausgepackt hatte. Er lag in der hinteren Ecke, wo sie ihn zurückgelassen hatte, zu faul, um ihn auch nur zuzumachen, geschweige denn, ihn in den Flurschrank zu stellen, wo er normalerweise aufbewahrt wurde.

Instinktiv bewegte sie sich und dankte ihren Glückssternen, dass sie nur eins siebenundfünfzig groß war. Sie öffnete den Deckel, stieg hinein und kauerte sich hin. Sie rollte sich in Embryonalstellung zusammen, senkte den Deckel und fummelte dann am Reißverschluss herum.

Wer auch immer eingebrochen war, bewegte sich den Flur entlang. Sie konnte hören, wie sich Schritte näherten.

Schließlich gelang es ihr, die Lasche zu greifen und den Reißverschluss um den Koffer herum teilweise zu schließen.

Sie hielt den Atem an, als sie eine männliche Stimme fluchen hörte, als jemand ihr Schlafzimmer betrat.

Kelli hatte noch nie so viel Angst gehabt. Nicht einmal, als ihr eine Waffe ins Gesicht gehalten worden war. Und ihr wurde klar, es lag daran, dass Flash damals bei ihr gewesen war. Seine Anwesenheit hatte es nicht wahrscheinlicher oder unwahrscheinlicher gemacht, dass sie erschossen werden würde, aber allein die Tatsache, dass sie diese Erfahrung mit jemand anderem machte, machte sie nicht ganz so furcht-erregend.

Zusammengekauert im Dunkeln zu hocken und zu hören, wie jemand in ihrer Wohnung mit Gegenständen herumwarf, war mehr als nur beängstigend. Es lähmte sie fast vor Angst.

Als sie spürte, wie ihre Hand pochte, wurde Kelli plötzlich klar, dass sie ihr Handy so fest umklammerte, dass es sicherlich Spuren auf ihrer Handfläche hinterlassen würde.

Ihr Handy! In ihrer Panik hatte sie völlig vergessen, dass sie ihr Handy vom Nachttisch genommen hatte!

Sie wollte gerade den Notruf wählen, als der Eindringling ihren Kleiderschrank betrat. Das Licht ging an und Kelli wurde klar, dass sie nur Sekunden davon entfernt war, entdeckt und wahrscheinlich vergewaltigt und vielleicht getötet zu werden.

Der Mann – sie konnte jetzt definitiv sagen, dass es ein Mann war, weil er ständig fluchte und vor sich hin murmelte – durchwühlte ihre Kleidung. Dann ließ ein lautes Krachen Kelli in ihrem Versteck zusammenzucken. Sie spürte, wie sich ein Gewicht auf den Koffer legte. Er hatte einen der ganzen Kleiderstapel heruntergerissen, und dieser war offensichtlich genau dort gelandet, wo sie sich versteckte.

Aber das war gut. Nicht die Zerstörung, die er an ihrem Hab und Gut anrichtete, sondern dass sie unter Kleidungsstücken begraben war. Das bedeutete, dass er keinen Grund hatte zu glauben, dass sie dort war, in diesem Koffer. Direkt vor seiner Nase.

Sie weigerte sich immer noch, auch nur einen Zentimeter Bewegung zu riskieren, solange er im selben Raum war. Das Licht des Telefonbildschirms könnte durch den offenen Teil des Koffers scheinen. Oder er würde sehen, wie sich die Kleidung bewegte, wenn sie sich auch nur ein wenig rührte. Nein, sie musste völlig still und leise bleiben.

Natürlich begann ihre Nase genau in diesem Moment zu jucken.

Wenn sie niesen musste, war sie so gut wie tot.

Kelli schloss die Augen fest und tat ihr Bestes, um die unwillkürliche Reaktion ihres Körpers auf ihre Umgebung zu unterdrücken.

Zu ihrer großen Erleichterung verließ der Mann den Schrank. Sie konnte immer noch hören, wie er in ihrem Schlafzimmer Dinge umherwarf. Die Gefahr war also immer noch sehr real.

Kelli wagte einen Blick auf das Telefon, das sie immer noch im Todesgriff hielt, und tippte auf den Bildschirm. Das Licht ließ sie zusammenzucken, aber sie dimmte es schnell herunter, rief ihre letzten Anrufe auf und tippte auf Flashs Namen.

Es war dumm. Sie sollte den Notruf wählen. Aber die erste und einzige Person, an die sie dachte, war Flash. Er würde ihr helfen. Er wusste, wo sie wohnte. Er würde nicht zögern zu kommen. Daran hatte sie keinen Zweifel.

Unbeholfen hielt sie sich das Telefon ans Ohr, denn sie konnte es auf keinen Fall auf Lautsprecher stellen, nicht, wenn sie sich verstecken wollte. Es klingelte zweimal, bevor Flash abnahm.

»Kelli? Was ist los? Geht es dir gut?«

Sie öffnete den Mund, um ihm zu sagen, dass es ihr definitiv nicht gut ging und sie ihn brauchte, erstarrte jedoch, als der Eindringling wieder in den Schrank trat.

»Kelli?«

Seine Stimme klang laut. Zu laut. Aber wieder einmal traute Kelli sich nicht, auch nur einen Muskel zu bewegen. Warum war der Mann zurückgekommen? Wusste er, dass sie da war? Hatte er herausgefunden, dass es buchstäblich keinen anderen Ort gab, an dem sie sich verstecken konnte?

»Wenn du mir nicht antwortest, komme ich vorbei, verstanden?«

Ja, sie verstand, und sie schloss die Augen, als ihr eine Träne über die Wange kullerte. Kellis Atem wurde immer schneller. Sie hatte das Gefühl, nicht genügend Luft zu bekommen.

Flash musste ihr Hyperventilieren durch den Lautsprecher gehört haben, denn seine Stimme wurde ruhiger und sein Tonfall leiser. »Ich bin bei dir, Kelli. Ich komme. Beruhige deine Atmung. Du kannst das.«

Sie konnte es nicht. Sie konnte das nicht! Panik machte sich breit. Irgendwann trat derjenige, der sich in ihrem Schrank befand, gegen die Kofferecke. Sie war sich sicher, er würde merken, dass der Koffer viel zu schwer war, und sie finden.

Aber er fluchte nur noch mehr und ging dann wieder.

»Ich bin jetzt in meinem Wagen. Halte durch, Kelli. Halte durch.«

Kelli war sich sicher, dass der Einbrecher jetzt gehen würde, aber stattdessen hörte sie, wie er weiter in ihrer Wohnung herumstampfte und noch mehr Sachen zerschlug.

Flash würde fast eine halbe Stunde brauchen, um zu ihr zu kommen. Vielleicht weniger, da es mitten in der Nacht und der Verkehr wahrscheinlich gering war. Aber in dreißig Minuten konnte so viel passieren. Oder sogar in zwanzig.

»Ich habe Angst«, flüsterte sie mit so leiser Stimme, dass sie sicher war, dass Flash sie nicht hören würde.

Aber irgendwie tat er es doch.

»Ich weiß. Ich kann hören, wie schnell du atmest. Was ist los? Hattest du einen Albtraum?«

»Nein. Ein Einbruch.«

»Verdammt, jemand ist in deine Wohnung eingebrochen? Ich muss Dude anrufen, er wohnt näher bei dir.«

Kelli war kurz davor, in Panik zu verfallen. Er durfte nicht auflegen! Wenn er das täte, würde sie völlig durchdrehen. Er war das Einzige, was sie davon abhielt, aus ihrem Versteck zu springen und schreiend durch ihre Wohnung zu laufen, um die Tür zu erreichen.

»Ich werde ihn in das Gespräch einbinden. Ich lege nicht auf. Warte kurz.«

Die Erleichterung machte sie benommen. Oder vielleicht lag es an dem Sauerstoffmangel. Sie war sich nicht sicher. Sie wusste nur, dass er nicht auflegen würde.

»Dude? Flash. Ich brauche dich. Jemand ist in Kellis Wohnung eingebrochen. Sie versteckt sich.«

»Adresse?«

Flash gab sie seinem Freund durch.

»Wo bist du?«, fragte Dude.

»Auf dem Weg, aber ich habe noch etwa vierundzwanzig Kilometer vor mir.«

»Okay. Ich kann in zehn Minuten da sein.«

»Ich komme dir vielleicht zuvor. Kelli?«

»Ja?«, flüsterte sie und fühlte sich so viel stärker, weil sie wusste, dass jemand – zwei Personen – auf dem Weg war.

»Ist er noch da?«

Sie hielt inne und lauschte angestrengt, um irgendetwas zu hören. Zu ihrer Überraschung hörte sie den Eindringling nicht ... aber sie roch etwas.

Speck.

Das Arschloch *kochte* gerade? Sie hatte etwas von diesem mikrowellengeeigneten Speck in ihrem Kühlschrank. Sie bevorzugte das echte Zeug, aber wenn sie Lust auf Speck hatte, war es einfach und machte weniger Sauerei, ein oder zwei Stücke in der Mikrowelle zuzubereiten.

»Kelli?« Flashs aufgeregte Stimme holte sie zurück ins Gespräch.

»Ja«, sagte sie.

»In Ordnung. Bleib, wo du bist. Sei leise. Wir sind bald da. Du machst das gut. So gut, Schatz.«

Sie hatte nicht das Gefühl, dass sie das gut machte. Ihre Nase juckte immer noch, ihr Körper fühlte sich an, als hätte sie einen Krampf, weil sie in dieser Position war, und das Atmen fiel ihr immer noch schwer, besonders jetzt, da sie angefangen hatte zu weinen.

»Wissen wir, wer es ist?«, fragte Dude.

»Nein.«

Das brachte Kelli zum Nachdenken. Wer *war* in ihrer Wohnung? Was wollte derjenige? Sie befand sich im dritten Stock. In der Mitte der Etage. Nicht gerade eine erstklassige Position für jemanden, der einbrechen wollte. Hatte er sie beobachtet? Wusste er, dass sie eine alleinstehende Frau war? Sie hatte nichts Ungewöhnliches bemerkt, aber das bedeutete nicht viel. Sie war kein Navy SEAL, sie war nicht darauf trainiert, nach jemandem Ausschau zu halten, der ihre Wohnung auskundschaften könnte.

Es könnte der Hausmeister sein. Er war irgendwie seltsam. Oder der Manager, er hatte auch einen Generalschlüssel ... aber zu dieser Nachtzeit war das unwahrscheinlich.

Die Frage, wer in ihrer Wohnung sein könnte, wer sie verwüstet hatte, wer sich ausgerechnet jetzt in ihrer Küche befand und *Speck* in der Mikrowelle erhitzte, war ein völliges Rätsel.

»Ich lege auf. Bis gleich«, sagte Dude knapp.

»Kelli?«, fragte Flash nach einer Weile. »Bist du noch da?«

»Ja«, flüsterte sie.

»Eine meiner schönsten Erinnerungen an Jamaika ist Fred, die Heuschrecke. Weißt du noch?«

Ja, das wusste sie noch. Sie war an der Reihe gewesen, sich ein Märchen auszudenken. Sie hatte sich die alberne Geschichte über Fred ausgedacht, und Flash hatte sich halb totgelacht.

»Ich finde, du solltest es aufschreiben. Das wäre ein tolles Kinderbuch. Hast du schon mal darüber nachgedacht, damit deinen Lebensunterhalt zu verdienen? Geschichten zu erzählen?«

Sie wusste, was er vorhatte. Er versuchte, sie abzulenken.

Erstaunlicherweise funktionierte es. Flash sprach mit gleichmäßigem, ruhigem Ton weiter mit ihr, während er zu ihr fuhr. Sie konnte jetzt nichts mehr aus ihrem Schlafzimmer oder von draußen hören. Und der Geruch von Speck hatte nachgelassen. Sie wusste nicht, ob die Person, die eingebrochen war, noch da oder ob sie gegangen war.

Plötzlich schoss ihr das Bild durch den Kopf, wie Flash durch die Tür stürmte und dort einem Mann mit einer Waffe gegenüberstand, und sie begann, fast unkontrolliert zu zittern.

»Ich weiß nicht, ob er eine Waffe hat«, flüsterte sie. »Ich habe ihn nicht gesehen.«

»Ist schon gut, Kelli. Ich kümmere mich darum. Mach dir keine Sorgen.«

Mach dir keine Sorgen. Ja, klar. Kelli war in diesem Moment ein einziger großer Ball aus Sorgen.

»Ich bin in drei Minuten bei dir. Egal, was du hörst, ich möchte, dass du dich versteckst. Komm nicht heraus, bis ich Entwarnung gebe. Ich kann nicht das tun, wofür ich ausgebildet wurde, wenn ich mir Sorgen mache, dass du verletzt wirst, okay? Bleibst du dort, bis du mich Fred rufen hörst? Ich denke, das ist ein ebenso gutes Codewort wie jedes andere.«

Seine Worte ließen ihren Stresspegel in die Höhe schnellen, aber Kelli schaffte es, Ja zu sagen.

»Braves Mädchen. Das wird bald vorbei sein. Ich verspreche es. Du warst so tapfer. Es war klug von dir, dich zu verstecken, damit er dich nicht finden kann. Ich bin beeindruckt. Okay, ich fahre jetzt vor. Dude ist auch gerade angekommen. Ich werde auflegen, aber ich bin hier. Du wirst mich bald sehen.«

Kelli schluckte schwer. »Sei vorsichtig«, flüsterte sie.

»Das werde ich. Ich habe heute Abend eine heiße Verabredung, die ich um nichts in der Welt verpassen möchte. Bis gleich, Schatz.«

Die Leitung war tot. Erstaunlicherweise musste Kelli feststellen, dass sie über seinen Kommentar zu seiner Verabredung lächelte. Wie zum Teufel hatte er es geschafft, sie mitten in einer wirklich schrecklichen Situation zum Lächeln zu bringen? Er war gestresst, das konnte sie an seiner Stimme hören. Und doch war er immer noch konzentriert und ruhig. So wie in dem Bus in Jamaika.

Flash hatte immer alles unter Kontrolle – und das war der Grund, warum Kelli lächeln konnte. Weil er gut war in dem, was er tat. Und genau deshalb hatte sie ihn anstelle der Polizei gerufen. Falls der Einbrecher noch da war, würde Flash sich um ihn kümmern. Ihn überwältigen. Ihn festhalten, bis die Polizei eintraf und ihn verhaften konnte. Sie musste nur ruhig und versteckt bleiben, bis er das Codewort sagte.

Kelli holte tief Luft und lauschte angestrengt, um aus ihrem Versteck irgendetwas zu hören. Die Spannung brachte sie fast um, aber sie würde sich keinen Zentimeter bewegen, bis Flash sagte, dass es in Ordnung sei. Sie vertraute ihm ihr Leben an. Punkt.

KAPITEL FÜNFZEHN

Flash sprang aus seinem Geländewagen und nickte Dude zu. Sie nahmen die Treppe zu Kellis Wohnung im dritten Stock, zwei Stufen auf einmal. Es war niemand in der Nähe. Der Ort war verlassen, aber das bedeutete nicht, dass derjenige, der in Kellis Wohnung eingebrochen war, nicht immer noch dort war.

Als hätten sie ihr ganzes Leben lang zusammengearbeitet – einmal SEAL, immer SEAL –, stellte Dude sich an die eine Seite der Tür und Flash an die andere. Es war offensichtlich, dass an der Tür herumhantiert worden war. Am Türrahmen befanden sich Spuren, die wie Hebelspuren aussahen, und die Tür war nicht ganz geschlossen.

Flash hielt seine Pistole bereit, ebenso wie Dude, und die zusammengekniffenen Augen und zusammengepressten Lippen seines SEAL-Kameraden deuteten darauf hin, dass er genauso bereit war zu handeln, egal was sie im Inneren vorfinden würden.

Dude nickte zur Tür und dann zu Flash. Er hielt drei Finger hoch.

Flash nickte ebenfalls und trat ein Stück zurück, um dem anderen Mann Platz zum Arbeiten zu geben.

Dude stellte sich mit dem Rücken zur Tür auf, zählte an seinen Fingern herunter – drei, zwei, eins – und trat dann mit aller Kraft gegen die Tür.

Sie flog auf und knallte in der kleinen Diele von Kellis Wohnung gegen die Wand.

Seltsamerweise war der Geruch von Speck das Erste, was Flash auffiel, als er schnell mit gezückter Waffe in die Wohnung stürmte.

Er und Dude gingen vorwärts und durchsuchten den Wohnbereich und die Küche. Es war niemand da. Flash ignorierte die absolute Verwüstung und ging den Flur entlang. Nachdem sie das Badezimmer überprüft und festgestellt hatten, dass es leer war, gingen sie weiter zum Schlafzimmer.

Das Bettzeug war vom Bett gezogen worden, die Tische auf beiden Seiten umgeworfen und zerschlagen. Nippes und Bücher lagen überall verstreut. Bilder, die eindeutig einmal an der Wand gehangen hatten, lagen nun zertrampelt auf dem Boden und hinterließen Glasscherben. Auch der Bücherschrank war umgeworfen worden.

Wer auch immer das getan hatte, war ... wütend. Dies war kein willkürlicher Einbruch, darauf hätte Flash sein Leben verwettet.

Dude ging zum Schrank, und als Flash ihn erreichte, sah er, dass er die gleiche Art von Zerstörung erlitten hatte wie der Rest der Wohnung.

Die Stangen waren heruntergerissen worden und die Kleidung war über den gesamten großen Raum verstreut. Flash schüttelte den Kopf über die sinnlose Zerstörung. Es schien ihm nicht so, als hätte derjenige, der das getan hatte, nach etwas Wertvollem gesucht. Er hatte einfach Sachen zerbrochen und Kellis Habseligkeiten zerstört, weil er es konnte. Das machte die Situation in Flashs Augen noch gefährlicher. Wenn der Eindringling nicht die Absicht hatte, etwas zu stehlen ... was war dann seine Absicht?

»Wo ist sie?«, fragte Dude.

Flash hatte keine Ahnung, wo Kelli sich versteckt hatte. Zugegeben, er und Dude hatten keine umfassende Suche durchgeführt, aber er hatte keinen Ort gesehen, an dem sie sich versteckt haben könnte.

»Sollen wir noch mal im Badezimmer nachsehen?«, schlug er vor.

Als sie das taten und immer noch keine Spur von Kelli fanden, schoss Flashs Adrenalinspiegel noch höher. Und er war schon verdammt hoch. Wo war sie? War sie gegangen? Hatte derjenige, der das getan hatte, sie gefunden? Hatte der Eindringling sie mit dem Aufzug nach unten gebracht, während er und Dude die Treppe hinaufliefen?

Nein ... er war sich sicher, dass das nicht passiert war. Er hatte erst aufgelegt, als er auf dem Parkplatz angekommen war. Und er hatte niemanden herumlungern sehen, er hatte nicht gesehen, wie Kelli in ein Fahrzeug gezwungen oder über jemandes Schulter getragen wurde. Sie war hier irgendwo. Das musste sie einfach sein.

Dann fiel ihm ein, was er ihr gesagt hatte. Dass er ihr das Codewort für Entwarnung geben würde. Das hatte er in der Hitze des Gefechts völlig vergessen.

»Fred!«, rief er laut.

»Was zum Teufel?«, fragte Dude und warf ihm einen Blick zu.

»Fred!«, rief Flash erneut und ging ins Schlafzimmer.

Dann hörte er es. Ein Rascheln kam aus dem Schrank.

»Wir haben den Schrank überprüft, oder?«, fragte er Dude, während er darauf zuschritt.

Was er sah, ließ seine Beine schwach werden. Der große Kleiderberg in der Ecke bewegte sich leicht. »Hilf mir!«, rief er, ging auf die Knie und räumte verzweifelt die Kleidung beiseite.

Dude war sofort an seiner Seite und zog Teile eines Kleiderständers, Hosen und Hemden und sogar Schuhe von dem riesigen Haufen. Darunter befand sich ein Koffer.

»Kelli?«, fragte Flash ungläubig, während winzige Finger in der Öffnung zwischen Ober- und Unterseite des Koffers auftauchten. Als Nächstes sah er einen Augapfel und schließlich Kellis Körper, als der Deckel des Koffers aufflog und ihr Versteck zum Vorschein kam.

»Heilige Scheiße!«, rief Dude aus.

Flash griff bereits nach der Frau, die ihm unter die Haut gekrochen war und sich weigerte zu gehen. Sie stürzte sich aus dem Koffer und er landete auf dem Hintern auf dem Schrankboden mit einer zitternden, aufgelösten Frau in den Armen.

»Du bist gekommen«, flüsterte sie ihm ins Ohr.

»Natürlich bin ich gekommen«, beruhigte er sie. Sein eigenes Herz schlug wie wild. Ihm wurde gerade erst bewusst, dass er sie hätte verlieren können. Dass der Einbrecher ihr ernsthaft hätte wehtun können. Sie auf eine Weise hätte angreifen können, von der sie sich vielleicht nie erholt hätte.

Oder sie sogar hätte töten können nach der Zerstörung zu urteilen, die der Eindringling angerichtet hatte.

Er wusste nicht, wie lange sie auf dem Boden des Schranks saßen und sich einfach nur umarmten, aber irgendwann kam Dude zurück – Flash hatte keine Ahnung, wann er gegangen war – und sagte: »Die Polizei ist auf dem Weg. Und ich habe Kevlar angerufen. Ich weiß, dass es halb drei morgens ist, aber deine Teamkameraden würden mich fertigmachen, und dich auch, wenn sie nicht so schnell wie möglich darüber informiert würden, was hier passiert ist.«

Er hatte nicht unrecht. Wäre die Situation umgekehrt und er würde herausfinden, dass einem seiner Teamkameraden oder deren Frauen etwas zugestoßen war, ohne dass er informiert wurde, wäre er wütend ... und ein wenig verletzt. »Danke«, sagte Flash etwas verspätet.

»Auch wenn ich wie Tex klinge, verdammt noch mal, danke mir nicht«, beschwerte Dude sich.

Flash musste darüber lächeln. Tex war dafür berüchtigt, mürrisch zu sein, wenn jemand versuchte, ihm für irgendetwas zu danken. Das war Teil seines Charmes.

»Okay. Kannst du mir dann bitte aufhelfen?«, fragte Flash. Er hatte nicht die Absicht, Kelli in nächster Zeit loszulassen.

Dude nickte und nahm Flash an den Oberarmen. Er zog ihn aufrecht, während er Kelli hielt, als würde er nichts Schwereres als ein Stück Papier hochheben. »Gut?«, fragte er schroff.

»Gut.« Er hielt Kelli in seinen Armen und trug sie durch ihr Schlafzimmer. Dude ging vor ihm her und machte auf der Couch Platz. Flash setzte sich mit ihr auf seinem Schoß hin. Währenddessen protestierte Kelli nicht, sagte kaum etwas, und das beunruhigte ihn.

»Kelli?«, fragte er.

Schließlich hob sie den Kopf und blickte ihn an. »Du bist gekommen«, wiederholte sie.

»Ich werde immer kommen, wenn ich kann«, sagte er. Flash wollte ihr sagen, dass er immer, ohne zu zögern, zu ihr kommen würde, aber die Wahrheit war, dass es Zeiten gab, in denen er körperlich nicht in der Lage war, an ihrer Seite zu sein. Aber sie musste wissen, dass seine Freunde es sein würden, selbst wenn er nicht da sein konnte. Wie Dude.

Als könnte sie seine Gedanken lesen, schaute Kelli zu Dude hinüber. »Ich weiß es zu schätzen, dass du mitten in der Nacht aufgestanden und auch gekommen bist.«

Dude nickte. »Als würde ich jemals Nein sagen.«

Dann schweifte Kellis Blick ab und Flash wusste genau, in welchem Moment ihr die Zerstörung ihrer Sachen bewusst wurde.

»Wir werden alles aufräumen«, sagte er schnell zu ihr.

Sie betrachtete ihre Wohnung und schaute sich von einer

Seite zur anderen um. »Ich habe ihn hier draußen gehört, den Krach und so. Ich wusste nicht genau, was er tut.«

»Woher wusstest du, dass er dich in diesem Koffer nicht finden würde?«, fragte Dude, als das Geräusch von Sirenen die ruhige Nacht zu durchdringen begann.

»Das wusste ich nicht«, sagte sie mit einem kleinen Achselzucken und sah zu ihm auf. »Ich war wach und las, als ich hörte, wie meine Tür geöffnet wurde. Die Scharniere haben gequietscht. Ich stieg aus dem Bett und merkte, dass es zu spät war, um ins Badezimmer zu gehen, oder eigentlich irgendwo hin. Er hätte mich gesehen, sobald ich das Schlafzimmer verlassen hätte. Ich machte mein Bett und hoffte, dass er denken würde, ich sei nicht zu Hause, und ging dann in den Schrank. Ich wollte mich hinter den Kleidern verstecken. Gott sei Dank habe ich es nicht getan, denn er zog die Stangen herunter. Dann sah ich meinen Koffer. Normalerweise stelle ich ihn in den Schrank im Flur, aber diese Woche war ich zu faul, das zu tun. Ich kletterte hinein ... konnte kaum glauben, dass ich hineinpasse ... dann schloss ich ihn so gut ich konnte, bevor er das Schlafzimmer erreichte, und hielt den Atem an in der Hoffnung, dass er nicht auf die Idee kommen würde, dort nachzusehen.«

»Und es war ein Mann? Du hast ihn gehört?«, fragte Flash.

»Es war ein Mann«, bestätigte sie. »Er fluchte viel. Und ...« Sie hielt inne und hob den Kopf, um die Luft zu schnuppern, »ich dachte, ich rieche Speck. Ich schätze, er hat ihn gemacht, bevor er gegangen ist.«

Flash war baff. Er hatte es auch gerochen, aber er nahm einfach an, dass es der anhaltende Geruch von einem nächtlichen Snack war, den Kelli zubereitet hatte, oder so etwas.

»*Warum?* Warum sollte er das tun?«

Sie zuckte mit den Schultern. »Ich habe keine Ahnung.«

»Tut mir leid, ich habe dich nicht wirklich um eine Antwort

gebeten. Ich habe nur meinen Schock zum Ausdruck gebracht.«

»Du musst das unbedingt den Detectives erzählen. Vielleicht hat er Fingerabdrücke auf dem Kühlschrank oder der Verpackung hinterlassen.«

Kelli nickte, und Flash bemerkte, wie sich der Ausdruck des Schocks auf ihrem Gesicht festsetzte. Sie war nicht verletzt, aber mental hatte sie in kurzer Zeit mit vielem zu kämpfen. Der Einbruch, die Zerstörung ihrer Sachen, der Gedanke, dass derjenige, der eingebrochen war, immer noch da draußen war.

»Nachdem wir mit der Polizei gesprochen haben, bringe ich dich nach Hause.«

Sie sah ihn verwirrt an. »Nach Hause?«

»Zu mir nach Hause.«

Die Erleichterung, die über ihr Gesicht huschte, bestätigte ihn in seiner Entscheidung.

»Okay«, sagte sie leise.

In diesem Moment tauchten zwei Polizisten mit gezogenen Waffen in der Tür auf und richteten sie auf die drei.

»Hände hoch!«, schrie einer.

Kelli vergrub den Kopf sofort wieder an Flashs Hals, während sie gehorsam beide Hände nach oben streckte, wo sie zu sehen waren.

Als Flash bemerkte, dass seine Waffe immer noch auf dem Boden von Kellis Kleiderschrank lag – wo er sie hingelegt hatte, als er sah, dass der Kleiderstapel sich bewegte –, hob er seine eigenen Hände in die Luft. Es dauerte nicht lange, bis die Polizisten sich davon überzeugt hatten, dass sie keine Bedrohung darstellten.

Es dauerte länger, bis Kelli ihnen erzählt hatte, was passiert war. Noch länger dauerte es, die Geschichte noch einmal zu erzählen, als die Detectives eintrafen. Als dann die Strafverfolgungsbehörde der Marine auftauchte, musste sie die Geschehnisse des Abends noch einmal ganz von vorn beschreiben.

Zu diesem Zeitpunkt war Kevlar mit dem Rest seines Teams eingetroffen und die Sonne lugte über den Horizont. Kelli war buchstäblich die ganze Nacht wach gewesen und Flash konnte sehen, dass sie am Ende ihrer Kräfte war. Er musste sie an einen sicheren Ort bringen, wo sie schlafen konnte.

Dude war derjenige gewesen, der Kevlar und den anderen erzählt hatte, was passiert war, sodass Kelli es kein viertes Mal erzählen musste. Erst als sie mit ihrem Hausverwalter sprach, kam Kevlar auf Flash zu und erinnerte ihn an etwas, das ihn schwer traf.

»Brant Williams ist immer noch auf freiem Fuß. Und er hat in Jamaika eure beiden Ausweise mitgenommen, auf denen eure Adressen stehen. Könnte er das gewesen sein?«

Flashs erste Reaktion war, Nein zu sagen. Auf keinen Fall. Aber er hielt inne.

Warum konnte es *nicht* er sein? Der Mann musste stinksauer sein, dass sein Entführungsplan vereitelt worden war. Nicht nur das, sondern auch der Bus, für dessen Umbau und Vergraben er wahrscheinlich eine Menge Geld bezahlt hatte, war für zukünftige Entführungspläne nicht mehr brauchbar. Er hatte das Land verlassen müssen, um dem langen Arm des Gesetzes zu entkommen, und war nun ein gesuchter Flüchtling. Warum sollte er also nicht Kelli in den USA nachstellen? Oder auch Flash?

»Scheiße«, sagte er verspätet. Es wäre nicht sicher, Kelli in seine Wohnung zu bringen. Nicht, wenn das Williams war ... nicht, wenn der Mann wusste, wo er wohnte.

»Hier. Wohnt bei mir«, sagte Smiley und hielt Flash einen Schlüsselbund hin. »Er weiß nicht, wo ich wohne, und ich kann bei dir bleiben. Ihm auflauern. Wenn er es wagt, sein Gesicht zu zeigen, wird er es bereuen.«

Es war ein sehr großzügiges Angebot, aber Flash zögerte, weil er Smiley nicht in Gefahr bringen wollte, auch wenn er wusste, dass sein Freund auf sich selbst aufpassen konnte. Außerdem ... wollte er Williams unbedingt in die Finger bekommen.

»Nimm sie«, drängte Kevlar. »Das ist eine gute Lösung. Da der Rest von uns sich um seine Frauen kümmern muss, ist das sinnvoll.«

Da Kellis Sicherheit wichtiger war als sein Stolz – und sein Wunsch, Brant Williams selbst zur Strecke zu bringen –, nahm Flash die Schlüssel. »Danke«, sagte er zu Smiley. »Sei vorsichtig.«

»Ich bin es nicht, der vorsichtig sein sollte«, sagte Smiley mit einem wütenden Funkeln in den Augen. »Und danke mir noch nicht«, fügte sein Freund hinzu. »Du hast die Wohnung noch nicht gesehen. Tatsächlich sieht sie ein bisschen so aus.« Smiley deutete mit dem Kopf auf das Chaos um sie herum.

Flash stöhnte, während seine Teamkameraden lachten.

Er sah, wie Kelli auf ihn zukam, und drehte sich sofort von seinen Freunden weg, um ihr auf halbem Weg entgegenzukommen.

»Ich habe ein schlechtes Gewissen, weil die Polizei dem Hausverwalter so viele Fragen stellt«, sagte sie, als Flash ihre Hände in seine nahm.

»Das brauchst du nicht. Er hat einen Schlüssel zu deiner Wohnung, es ist normal, dass sie ihn befragen.«

»Trotzdem.«

Flash hatte kein schlechtes Gewissen. Tatsächlich war er sich ziemlich sicher, dass Preacher und MacGyver Pläne schmiedeten, selbst mit dem Mann zu sprechen, nachdem die Polizisten gegangen waren.

»Bist du bereit loszufahren?«, fragte er.

Kelli sah sich in ihrer Wohnung um. Es kamen und gingen immer noch Kriminaltechniker.

»Remi, Wren und Addison kommen gleich vorbei, um deine Sachen durchzugehen und zu trennen, was gerettet werden kann und was weggeworfen werden muss. Wolf und Mozart werden dein Schloss austauschen, wahrscheinlich durch etwas, das sich nur mit vier Schlüsseln und einem Fingerabdruckscan öffnen lässt. Josie und Maggie werden mit Julie über den Ersatz beschädigter Kleidung sprechen und den Rest waschen, damit alles frisch und sauber ist.«

»Oh. Das müssen sie nicht tun«, sagte Kelli.

»Natürlich nicht. Sie wollen es aber.«

»Ich …« Ihre Augen füllten sich mit Tränen.

Ja, sie war definitiv am Ende ihrer Kräfte. »Komm her«, sagte Flash, zog sie an sich und hielt sie fest.

»Ich weiß nicht, was ich sagen oder tun soll.«

»Du musst gar nichts sagen oder tun. Was du brauchst, ist etwas Schlaf. Wenn du aufwachst, sieht die Welt schon wieder ganz anders aus.«

Er spürte, wie sie tief durchatmete. »Fahren wir trotzdem zu dir?«

Das war der Teil, den er ihr eigentlich nicht sagen wollte … aber er würde keine Geheimnisse vor dieser Frau haben. »Planänderung. Wir werden eine Weile in Smileys Wohnung bleiben.«

Sie runzelte die Stirn und sah ihn an. »Warum?«

»Wir wissen nicht, wer eingebrochen ist. Aber Williams wurde noch nicht gefunden.«

»Und er weiß, wo wir beide wohnen«, beendete Kelli den Satz für ihn.

Flash hätte wissen müssen, dass er ihr nichts erklären musste. Seine Frau war schlau. »Genau.«

Sie seufzte. »Na gut. Aber ich hasse das Gefühl, als würden wir Smiley aus seiner Wohnung werfen.«

»Das tun wir nicht. Er wohnt gern bei mir. Tatsächlich hofft er sogar, dass Williams dahintersteckt und es wagt, in meine Wohnung zu kommen.«

»Ich will nicht, dass er verletzt wird«, sagte Kelli leise.

»Auf gar keinen Fall wird jemand Smiley überrumpeln. Er war in letzter Zeit ein gemeiner Mistkerl, seit Bree Haynes wieder wie eine Rauchwolke verschwunden ist.«

»Das ist die Frau, die er in Vegas gefunden hat, oder?«

»Genau. Und sie ist diejenige, die Ellory und Yana vor dem Mann gerettet hat, der sie wegen ihrer Organe verkauft hatte.«

Kelli runzelte die Stirn. »Können wir irgendwie helfen?«

Gott, Flash verehrte diese Frau. Sie steckte mitten in ihrer eigenen Scheißsituation und dachte trotzdem noch an andere. »Nein. Bree steckt eindeutig in Schwierigkeiten, aber sie weiß auch, wie man unter dem Radar bleibt. Wir hoffen alle, dass sie irgendwann den Mut aufbringt, mit einem von uns zu reden.«

Kelli wiegte sich in seinen Armen, und Flash hatte offiziell genug geredet. Er legte einen Arm um ihre Schultern und drehte sie mit sanfter Gewalt in Richtung Tür. Sie hatten bereits die Erlaubnis zum Aufbruch von den Detectives erhalten, die ihre Kontaktdaten hatten und sich melden würden, sobald sie Informationen über den Einbruch oder weitere Fragen hatten.

Flash winkte seinen Teamkameraden zu, und sie alle nickten ihnen zu. Kevlar hatte versprochen, mit ihrem Kommandanten zu sprechen und ihn über die Lage und den Grund für Flashs Abwesenheit an diesem Tag zu informieren. Die anderen wollten den Frauen dabei helfen, Kellis Sachen zu ordnen. Vermutlich würde noch am selben Nachmittag eine Menge Speisen in Smileys Wohnung geliefert werden.

Flash war noch nie so dankbar für eine Gruppe von Freunden gewesen wie jetzt für seine.

Dude näherte sich, als sie Flashs Wagen erreichten. Kelli drehte sich zu ihm um und umarmte ihn lange und herzlich, als würde sie den Mann schon seit Jahren kennen. »Danke, dass du gekommen bist, als Flash angerufen hat.«

»Ruf an, wenn du irgendetwas brauchst. Wenn Flash und

sein Team im Einsatz sind, stehen meine Freunde und ich immer zur Verfügung. Egal was passiert. Verstanden?«

»Ja, Sir«, antwortete Kelli mit einem leichten Augenzwinkern und lächelte ihn an. Aber was sie in seinem Gesicht sah, ließ ihre Heiterkeit schwinden.

»Das wird nie langweilig«, sagte Dude mit einem leisen Lachen, bevor er sie zu Flash drehte und ihm sanft in die Arme schob. »Pass auf sie auf«, befahl er, bevor er sich umdrehte und über den Parkplatz zu seinem eigenen Wagen ging.

»Er ist ... intensiv«, murmelte Kelli.

»Du hast ja keine Ahnung«, sagte Flash. Jeder wusste von Dudes sexuellen Vorlieben. Wie sehr er es mochte, im Schlafzimmer die volle Kontrolle zu haben. Manchmal zeigte sich seine Dominanz auch in anderen Aspekten seines Lebens ... und es war offensichtlich, dass Kelli die Schwingungen, die er ausstrahlte, zwar nicht ganz verstand, aber dennoch davon beeinflusst wurde.

»Komm schon. Ich muss dich ins Bett bringen.«

Kelli lächelte ihn an. »Das klingt gut.«

Flash schüttelte den Kopf. So hatte er das nicht gemeint, aber jetzt, da er darüber nachdachte, war der Gedanke, sie in seinen Armen zu halten, während sie beide schliefen, äußerst verlockend.

Als er sie zu Smileys Wohnung fuhr, wandten sich Flashs Gedanken der Frage zu, wer in Kellis Wohnung eingebrochen war. Warum? Was wollte derjenige? Würde er zurückkommen?

War es Williams?

Er hatte zu viele Fragen und nicht genügend Antworten. Aber wer auch immer es war, hatte versagt ... weil Kelli die Fassung bewahrt hatte. Und wenn er es noch einmal versuchte, würde er feststellen, dass Kelli nicht mehr allein war. Flash schwor, an ihrer Seite zu bleiben, bis der Täter gefunden war.

Und wenn es Williams war? Das Arschloch, das sie entführt und lebendig begraben hatte?

Er war ein toter Mann. *Niemand* legte sich mit dem an, was Flash gehörte.

Und Kelli Colbert gehörte definitiv zu Flash.

Brant Williams runzelte die Stirn, als er beobachtete, wie der Trubel vor der Wohnung der Schlampe abebbte. Wie zum Teufel hatte er sie übersehen können? Wo hatte sie sich versteckt? Er hatte die Wohnung durchsucht und angenommen, dass er sie irgendwann beim Verlassen übersehen haben musste. Aber das hatte er nicht. Sie war die ganze Zeit dort gewesen! Er hatte eine weitere Chance auf einen großen Zahltag verpasst.

Ja, er war hauptsächlich in den USA, weil er es hasste, dass der Marine-Typ und die Schlampe entkommen waren, und weil er beweisen wollte, dass er schlauer war als dieses Arschloch und all seine Freunde. Aber es war teuer in den Staaten. Schon nach wenigen Tagen wurde Brant klar, dass das Geld zu wichtig war. Er brauchte es. Viel davon. Damit er sein Leben weiterleben konnte ... in Luxus, wie er es verdiente. Deshalb hatte er geplant, die Frau heute Abend zu entführen und Lösegeld zu verlangen, genau wie er es zu Hause vorgehabt hatte.

Dann war der Marine-Typ zur Rettung gekommen.

Und während der letzten Woche hatte Brant erfahren, dass er nicht nur irgendein Marine-Typ war ... er war ein verdammter SEAL. Kein Wunder, dass er so verdammt schnell gefunden worden war.

Aber Brant gab nicht auf. Noch nicht. Er würde geduldig sein. Er wusste, wo der SEAL wohnte. Wahrscheinlich brachte er die Schlampe gerade dorthin.

Irgendwann würde er einen Weg finden, sowohl der Schlampe als auch dem SEAL zu zeigen, dass *er* am Ende der klügere Mann war. Er würde auf die eine oder andere Weise an sein Geld kommen. Und es war ihm egal, wen er dafür töten musste.

Er brauchte einen neuen Plan – *mal wieder* –, aber er würde schon eine Lösung finden. Und wenn er das tat, würden sowohl die Schlampe als auch Wade Gordon sterben. Das Endziel war Geld, aber fast genauso wichtig war es ihm, dass diese beiden dafür bezahlten, dass sie all seine ursprünglichen Pläne vermasselt hatten.

KAPITEL SECHZEHN

»Wohin fahren wir noch mal?«

Flash sah die Frau neben sich an und war wieder einmal von ihr beeindruckt. Die Schläge hörten nicht auf, und doch kam sie immer wieder auf die Beine und nahm sich einen Tag nach dem anderen vor. Sie war genau die Art von Frau, nach der er gesucht hatte. Jemand, der sich nicht über Kleinigkeiten aufregte, sicher ... aber Kelli regte sich nicht einmal über die *großen* Dinge auf.

Sie hatte jedes Recht, verärgert zu sein. Sich darüber zu beklagen, dass sie nicht in ihre Wohnung zurückkehren konnte, weil die Person, die eingebrochen war, sie immer noch beobachten und auf sie warten könnte. Sie weinte nicht darüber, dass das Leben ungerecht war. Sie beschwerte sich nicht darüber, dass sie nur so viel Besitz hatte, dass er in einen einzigen Koffer passte.

Sie war immer noch freundlich, optimistisch und vertrauensvoll.

Und Flash wollte sie mit jedem Tag mehr. Es wurde immer schwieriger, neben ihr zu schlafen, ohne ihre Situation auszunutzen. Da war nämlich die Tatsache, dass es in Smileys

Wohnung nur ein Bett gab ... ein kleines Doppelbett. Ja, er konnte auf der Couch schlafen, aber Kelli hatte sich durchgesetzt und gesagt, wenn er die Couch nähme, würde sie auf dem Boden schlafen. Was lächerlich war.

Seit in ihre Wohnung eingebrochen worden war, krochen sie jeden Abend zusammen ins Bett und schliefen in den Armen des anderen. Und das schon seit fünf quälenden Nächten. Flash war sich nicht sicher, wie lange er noch durchhalten konnte, ohne seine Hand unter die sexy Boxershorts zu schieben, die sie jede Nacht im Bett trug, um ihr zu zeigen, wie sehr er sie bewunderte und begehrte.

»Flash?«

Oh, sie hatte ihm eine Frage gestellt.

»*Aces Bar and Grill*. Es gehört Jessyka Sawyer, die mit Benny verheiratet ist. Du erinnerst dich an sie, oder?« Als sie nickte, fügte er hinzu: »Ich dachte, es würde uns beiden guttun, mal rauszukommen.«

Sie murmelte ihre Zustimmung. Dann wechselte sie abrupt das Thema. »Ich glaube, ich habe mich entschieden, was ich machen möchte. Du weißt schon, beruflich.«

Flash schaute wieder auf, diesmal überrascht. Sie hatte sich die Literatur angesehen, die sie vom Berater des Community Colleges erhalten hatte, und sie hatten sogar ein paar Gespräche über die Vor- und Nachteile einiger Berufe geführt. »Ja?«, fragte Flash aufrichtig interessiert.

»Mh-hm. Elektrikerin«, sagte Kelli selbstbewusst.

»Wow! Elektrikerin. Okay, wie bist du darauf gekommen?«

»Ich habe einfach überlegt, was ich tun könnte, das wirklich nützlich wäre. Es gibt unzählige Berufe, die wichtig sind, aber sind sie auch wirklich nützlich in unserem eigenen Alltag? Wie ... Leitungsmonteure oder OP-Techniker. Sie sind beide wichtig für unsere Gesellschaft, aber es ist nicht so, dass ich diese Fähigkeiten nutzen könnte, wenn ich abends nach Hause komme. Aber wenn ich mich mit Elektrik auskennen würde, könnte ich unseren Freunden helfen, wenn sie etwas überprüfen lassen müssten, oder ich könnte in meiner Wohnung ausgefallene Lampen installieren. Wenn ich jemals ein Haus besitze, kann ich eine Unmenge an Weihnachtsbeleuchtung anbringen und weiß, wie ich das elektrische System manipulieren muss, damit es nicht überlastet wird.« Sie zuckte mit den Schultern. »Entweder das oder Klempnerin ... und ich glaube, ich würde kotzen, wenn ich eine verstopfte Toilette freimachen müsste.«

Flash musste über ihre Wortwahl lachen. »Ich finde das großartig.«

»Echt? Du sagst das nicht nur so oder um mich bei Laune zu halten?«

»Ganz und gar nicht. Wenn es das ist, was dich interessiert, dann nur zu.«

»Danke. Ich bin mit meiner Entscheidung zufrieden. Ich werde so bald wie möglich wieder aufs Community College gehen und mich für Kurse anmelden.«

Er war wieder einmal stolz auf sie.

»Flash?«

»Ja?«

»Ist das Essen im *Aces* gut? Ich will nicht unhöflich sein, aber in manchen Kneipen gibt es tolle Drinks, aber mieses Essen. Als sei alles tiefgefroren und würde einfach in die Fritteuse geworfen.«

»Ich weiß, was du meinst. Und das *Aces* hat ausgezeichnetes Essen. Jessyka hat großartige Arbeit geleistet, um dafür zu sorgen, dass ihr Etablissement für Frauen – und natürlich auch Männer – sicher ist und dass es eine einladende Atmosphäre, gutes Essen und eine große Auswahl an Getränken bietet.«

Flash fuhr auf den Parkplatz der Kneipe. Er versuchte, sie mit den Augen von jemandem zu sehen, der noch nie dort gewesen war. Sie wirkte etwas heruntergekommen. Es gab keine blinkenden Lichter, es sah nicht modern aus, aber es war wie bei vielen Dingen im Leben ... auf das Innere kam es an.

Nachdem er geparkt hatte, stieg Flash aus und traf Kelli an der Vorderseite seines Wagens. Er nahm ihre Hand in seine und lächelte sie an. »Von außen sieht es nicht so toll aus, aber glaub mir, es ist mit Sicherheit ein verstecktes Juwel.«

»Natürlich vertraue ich dir«, sagte Kelli, als sei das eine Selbstverständlichkeit. Sie lächelte ihn schief an. »Ist dir aufgefallen, dass das s im *Aces*-Zeichen fehlt? Ich könnte das reparieren ... ich meine, nachdem ich in meinen Kursen gelernt habe, wie das geht.«

Flash lachte leise. »Das könntest du«, stimmte er zu. Er öffnete die Tür und als sie eintraten, hörte er, wie mehrere Leute seinen Namen zur Begrüßung riefen.

Kelli kicherte neben ihm.

»Was?«, fragte er und führte sie zur Bar, wo Jessyka sie strahlend anlächelte.

»Es ist nur ... als alle deinen Namen riefen, musste ich an diese alte Serie denken, *Cheers*. Weißt du noch? Alle riefen immer ›Norm!‹, wenn dieser eine Typ hereinkam.«

Flash wusste genau, wovon sie sprach, und er nahm an, dass das *Aces* so etwas wie die Kneipe *Cheers* war.

»Es wurde auch Zeit, dass du sie hierherbringst!«, ermahnte Jessyka sie, als sie in der Nähe waren. »Hallo Kelli! Es ist so schön, dich wiederzusehen. Wie geht es dir? Nach dem Einbruch, meine ich. Hat die Polizei herausgefunden, wer es war? Haben die Beamten ihn geschnappt?«

»Atme, Jess«, sagte Flash grinsend.

»Entschuldige. Ich neige dazu, schnell zu reden, weil ich davon ausgehe, dass mich jemand braucht, und wenn ich nicht schnell alle meine Fragen loswerde, vergesse ich, was ich fragen wollte, wenn ich mich um etwas anderes kümmern muss.«

»Ich freue mich auch, dich zu sehen«, sagte Kelli fröhlich. »Und mir geht es gut. Flash hält es noch nicht für klug, in eine unserer Wohnungen zurückzukehren, und Smiley war so groß-zügig, uns seine Wohnung zur Verfügung zu stellen. Und ja, die Polizeibeamten haben die Fingerabdrücke überprüft, die sie auf der Speckverpackung gefunden haben, die die Person beim Einbruch angefasst hat ... und es ist genau der, den Flash und seine Freunde vermutet haben. Der Typ aus Jamaika.«

»Ach du meine Güte! Echt? Und er war in deiner Wohnung? Warum?«

»Geld. Rache«, vermutete Flash und wollte schon das Thema wechseln. Er hatte Kelli mitgebracht, um etwas von dem Stress abzubauen, der durch die ganze Situation entstanden war, und nicht, um die Details wieder aufzuwär-men. »Hat Benny heute Abend Kinderdienst?«, fragte er.

Jessyka strahlte. »Ja. Er hat gesagt, dass er heute Abend Karaoke macht. Glaub mir, ich bin froh, dass ich das verpasse. Ich liebe meine Kinder, aber sie können keinen Ton halten. Was kann ich euch bringen?«

»Ich nehme, was immer vom Fass kommt«, sagte Flash.

»Ich denke, ich nehme eine Cola mit Rum«, sagte Kelli.

»Kommt sofort. Möchtet ihr hier an der Bar oder an einem Tisch sitzen?«

»An einem Tisch«, entgegnete Flash.

»Kein Problem. Ich bringe euch eure Getränke, sobald sie fertig sind. Hier, nehmt eine Speisekarte mit. Ich nehme eure Bestellung auf, wenn ich vorbeikomme.«

Flash nahm zwei Speisekarten von einem Stapel auf der Bar, legte eine Hand an Kellis Kreuz und führte sie vom Trubel der Bar weg, ebenso von den Billardtischen auf der gegenüber-liegenden Seite des Raumes.

Sie setzten sich, und Kelli sagte: »Mir gefällt es hier. Dieser Ort fühlt sich ... heimelig an.«

»Jess und Benny haben hart daran gearbeitet, dass die Gäste sich sicher und wohl fühlen.«

»Nun, das ist ihnen gelungen. Es ist wunderbar.«

Als Jessyka mit den Getränken an ihrem Tisch ankam, waren sie bereit zu bestellen.

»Ich glaube, ich nehme den Santa-Fe-Burger mit Pommes, bitte.«

»Oh, gute Wahl. Wir machen die Guacamole selbst und diese Chipotle-Mayonnaise macht süchtig. Flash? Was nimmst du?«, fragte Jessyka.

»Ich glaube, den Hickory-Burger. Den hatte ich schon eine Weile nicht mehr und ich habe Lust auf deine Barbecue-Soße. Ich weiß nicht, was du da reintust, aber ich schwöre, es ist von der nicht ganz legalen Sorte.«

Jessyka kicherte. »Nichts Illegales, ehrlich. Und ich stimme dir zu, sie ist so gut.«

Als sie gegangen war, legte Flash die Ellbogen auf den Tisch und beugte sich zu Kelli. Sie sah heute Abend großartig aus. Die Jeans, die sie trug, umschmeichelte ihre kurvenreichen Beine und er musste viel zu oft daran denken, wie diese sich um seine Taille anfühlen würden. Und das dunkelblaue Hemd mit V-Ausschnitt, das ihr üppiges Dekolleté nur erahnen ließ, war genau das Richtige, um einen Mann verrückt zu machen. Er liebte es. Sie war stilvoll und sexy zugleich.

Ihr Blick war fest auf ihn gerichtet, sodass er sich in diesem Moment wie der Mittelpunkt ihres Universums fühlte. Das war ihm an Kelli aufgefallen: Wenn jemand mit ihr sprach, hielt sie Augenkontakt und ließ denjenigen, mit dem sie sich unterhielt, wissen, dass sie sich hundertprozentig auf ihn einließ.

»Wie geht es dir *wirklich* mit allem, was letzte Woche passiert ist, Kelli? Und ich will keine Plattitüden hören. Es ist noch gar nicht so lange her, dass wir in einer ziemlich prekären Situation waren. Und dann kamst du nach Hause, hattest Todesangst, als unser Entführer in deine Wohnung eingebrochen ist, musstest ausziehen, in die Wohnung eines Fremden ziehen, mit praktisch nichts von deinen Sachen ... und ich lasse dich den ganzen Tag allein, während ich zur Arbeit gehe. Ich mache mir Sorgen um dich. Ich habe Angst, dass du deine Gefühle unterdrückst, damit ich mich wegen allem, was passiert ist, besser fühle.«

Kelli nahm seine Hand in ihre. »Die Sache ist die, Flash«, sagte sie leise und sah ihm in die Augen, »im Leben passieren schlimme Dinge. Das ist unvermeidlich. Aber ich bin hier. Ich bin am Leben. Ich habe überlebt. Und ich werde weiterhin alles überleben, was das Leben für mich bereithält. Ich habe schon in jungen Jahren gelernt, als mein Vater starb, dass Weinen nicht hilft. Eine verbitterte Zicke zu sein funktioniert auch nicht. Das führt nur dazu, dass ich mich schlecht fühle. Ich bin fest davon überzeugt, dass jeder, der eine Tragödie erlebt hat, das Leben anders sieht. Einen Job zu verlieren ... einen vollen Becher Kaffee fallen zu lassen, gleich nachdem man den Laden verlassen hat ... im Stau zu stehen? Das ist nichts im Vergleich zu dem Trauma, das ich mit meinem Vater erlebt habe.«

Sie zuckte mit den Schultern. »Ich habe schon in ziemlich jungen Jahren gelernt, wie man etwas wirklich Schlimmes verarbeitet, und wenn ich jetzt mit Dingen konfrontiert werde, die nicht sehr lustig sind, verarbeitet mein Gehirn diese Dinge auch anders als viele andere Menschen. So bin ich nun mal gestrickt. Ja, entführt zu werden war scheiße, aber ich war nicht allein. Wäre ich es gewesen, wäre die Situation eine ganz andere gewesen. Und ja, ich hatte Angst, als jemand in meine Wohnung einbrach und ich mich verstecken musste, aber du warst am anderen Ende der Telefonleitung und hast gesagt, dass du kommst. Das hat es erträglicher gemacht.

Und *natürlich* wünschte ich, ich müsste nicht aus meiner Wohnung ausziehen und dieser Brant wäre nicht immer noch da draußen und würde anscheinend nach mir suchen ... aber ein Lichtblick? Ich habe mehr Zeit mit dir verbracht. Und ich bin hier in einem tollen Restaurant, kurz davor, einen riesigen Burger zu essen, und genieße die Zeit mit einem Mann, den ich bewundere und sehr mag. Also geht es mir gut, Flash. Mehr als gut.«

Flash musste sich beherrschen, um nicht aufzustehen, Kelli auf die Füße zu stellen und sie aus dem *Aces* zurück zu seinem Wagen zu schleifen. Er wollte sie. Jetzt sofort. Aber mehr noch brauchte er ihre Art von Positivität in seinem Leben. Ihre einzigartige Sicht auf die Welt war eine direkte Folge eines Traumas, das sie in ihrer Jugend erlitten hatte, aber er konnte nicht leugnen, dass sie extrem süchtig machte. Und attraktiv war.

»Was? Warum schaust du mich so an?«, fragte Kelli, deren Wangen sich durch seine Musterung rosig färbten.

»Ich verliebe mich in dich«, platzte er heraus.

Kellis Augen weiteten sich.

»Ich sage dir das nicht, um dich zu verunsichern, sondern damit du vorgewarnt bist. Ich bin süchtig nach dir. Ich möchte stets mit dir zusammen sein. Ich denke an nichts anderes, als wieder zu dir nach Hause zu kommen, wenn ich morgens zur Arbeit gehe. Und wenn ich durch die Tür komme und dein einladendes Lächeln sehe und wir über unseren Tag sprechen ... ist es jedes Mal, als würde mir eine Last von den Schultern genommen. Also ... genau wie ich dir gesagt habe, dass ich dir eine Woche Zeit gebe, um zu entscheiden, ob du wirklich mit mir ausgehen willst, gebe ich dir jetzt schon im Voraus Bescheid, dass ich in zwei Jahren meinen Ring bereits an deinem Finger haben möchte und deinen an meinem. Ich möchte, dass du unser Baby zur Welt bringst, und ich möchte, dass wir ein eigenes Haus haben. Wenn ich dich ansehe, sehe ich meine Zukunft in deinen Augen, Kelli ... und anstatt mich zu verrückt zu machen, beruhigt es mich.«

»Flash«, flüsterte sie.

Er hatte keine Ahnung, ob das ein entsetztes oder ein sehnsüchtiges Flüstern war.

»Es tut mir leid. Ich weiß. Zu viel, zu früh. Ich dachte nur, du solltest wissen, wo ich stehe, was auch immer zwischen uns passiert. Dass das für mich keine lockere Sache ist. Normalerweise ziehe ich nicht mit Frauen zusammen, die ich im Urlaub oder bei der Arbeit kennengelernt habe ... egal was zwischen uns passiert sein mag.«

Kelli leckte sich die Lippen, sagte aber nichts. Sie starrte ihn nur mit ihren großen braunen Augen an.

Die Tür öffnete sich und beide schauten auf, um zu sehen, wer hereingekommen war. Kevlar und Remi lächelten, als sie sie sahen, und steuerten direkt auf ihren Tisch zu. Flash wollte sie abwinken und ihnen sagen, dass sie sich woanders hinsetzen sollten, weil er und Kelli ein sehr wichtiges Gespräch führten. Das wichtigste Gespräch seines Lebens. Aber er nahm an, dass es gut für Kelli sein könnte, seine Worte auf sich wirken zu lassen.

Er hoffte nur, dass er ihr keine Angst gemacht und die Sache zwischen ihnen nicht endgültig versaut hatte.

»Hey! Können wir uns zu euch setzen?«, fragte Remi.

»Natürlich«, sagte Kelli.

Als sein Teamleiter sich neben Kelli auf den Stuhl fallen ließ, bemerkte Flash, dass er ein wenig ... neben der Spur wirkte. Er konnte nicht genau sagen, was los war, aber sein Freund war definitiv nicht so entspannt wie sonst. Er wollte ihn fragen, aber nicht vor den Frauen.

Vielleicht machte er sich Sorgen wegen der Mission, mit der sie sich beschäftigten. Es würde eine intensive Operation werden. Sie waren ausgerechnet nach Grönland unterwegs. Es war nicht gerade ein Hotspot für Terrorismus, aber es gab Gerüchte über eine Gruppe, die kürzlich einen Stützpunkt eingerichtet hatte, um Agenten in die USA einzuschleusen. Ihr Team würde sich bald auf den Weg ins Land machen, um den Verantwortlichen für die Operation auszuschalten, bevor die Dinge zu sehr außer Kontrolle geraten konnten.

Missionen bei kaltem Wetter waren nicht gerade Flashs

Ding – sie gehörten nicht zu ihren Lieblingsoperationen –, aber Bösewichte auszuschalten, bevor sie unschuldige Zivilisten verletzen oder töten konnten, war ihre Aufgabe, egal bei welcher Temperatur.

Jessyka kam an ihrem Tisch vorbei und nahm Remis und Kevlars Bestellungen für Getränke und Essen auf. Sie schien es in der Küche eilig zu machen, denn als Flashs und Kellis Burger ankamen, wurden auch der Salat und das Steak geliefert, die Remi und Kevlar bestellt hatten.

Kelli schien sich zu freuen, mit Remi zu plaudern, und während Kevlar sich an der Unterhaltung beteiligte, war Flash immer noch bewusst, dass er angespannt wirkte.

Die Frage nach dem *Warum* wurde beantwortet, nachdem sie mit dem Essen fertig waren, als Remi Kelli alles über Übernachtungen bei Caroline erzählte und wie viel Spaß sie machten.

Kevlar stand plötzlich auf.

Remi schien von seiner abrupten Bewegung nicht allzu überrascht zu sein, bis er sich zu ihrem Platz bewegte – und auf ein Knie ging.

Es fühlte sich an, als hörten alle in der gesamten Bar auf einmal auf zu reden.

»Remi. Ich habe dir einmal gesagt, dass ich dich heiraten werde. Dass ich dir meinen Ring an den Finger stecken, mein Baby in deinem Bauch platzieren und dass ich jeden böse anstarren werde, der es wagt, meine schöne Frau auch nur schräg anzusehen. Du hast mehrere Einsätze hinter dir. Du hattest mehr als genügend Zeit, um herauszufinden, was du an mir hast. Ich bin nicht perfekt. Ich kann ein Arsch sein. Aber ich liebe dich mehr, als ich jemals gedacht hätte, einen anderen Menschen lieben zu können. Willst du mich heiraten? Willst du meine Kinder bekommen? Willst du mit mir alt werden?«

Remi strahlte. »Und ich habe dir gesagt, dass ich Ja sagen würde, wenn du fragst. Ich glaube, ich wusste schon damals, als wir zusammen im Meer trieben und du deinen Sauerstoff mit mir geteilt hast, dass du der Mann für mich bist. Ja ... zum Ring, zum Baby, und auch wenn mich niemand zweimal ansehen wird, lasse ich dich finster blicken – nicht funkeln, du hast *finster* gesagt, als du mich zum ersten Mal vor deinen zukünftigen Absichten gewarnt hast. Ja, Vincent! Ja zu allem!«

Kevlar stand auf und hob seine Verlobte aus ihrem Stuhl, um sie einmal im Kreis herumzudrehen. Sie grinsten beide wie die Idioten, während die ganze Kneipe ihnen zujubelte und applaudierte.

Flash sah zu Kelli hinüber und ihm fiel auf, dass sie von einem Ohr zum anderen lächelte. Es war offensichtlich, wie sehr sie sich für ihre neuen Freunde freute. Flash konnte nicht anders, als nach ihrer Hand zu greifen und sie in seine zu nehmen. Sie lächelte ihn glücklich an und es fühlte sich an, als seien sie die einzigen beiden Menschen auf der Welt. Wenn er diesen Moment, ihr Glück, in eine Flasche füllen und herausholen könnte, wenn das Leben hart wurde, würde er es tun.

Kevlar stellte Remi wieder auf die Beine und steckte ihr einen wunderschönen Diamantring im Smaragdschliff an den Finger. Er war nicht protzig, aber er würde jedem, der es wissen wollte, zeigen, dass diese Frau nicht mehr zu haben war.

»Und unsere Party findet hier statt, oder?«, fragte Remi. »Ich habe mit Josie gesprochen und sie hat mich bereits nach einer Doppelhochzeit mit ihr und Blink gefragt. Ich finde die Idee toll! Er bedeutet mir so viel, und dir auch, das weiß ich. Ich habe Jessyka vielleicht schon vorgeschlagen, den Empfang hier im *Aces* zu veranstalten. Sie hat Ja gesagt, sie braucht nur noch ein Datum. Sie wird die Kneipe für alle außer unseren Leuten schließen. Oh! Und Josie möchte sicherstellen, dass Blinks Zwillingsbruder und seine Hubschrauberfreunde auch kommen können. Und natürlich Wolf und sein Team und all ihre Familien. Marley sucht bereits nach dem perfekten Kleid, obwohl ich ihr gesagt habe, dass ich mir nicht sicher bin, ob ich die traditionellen Brautjungfern möchte. Wie könnte ich entscheiden, wer neben mir stehen soll? Das ist unmöglich! Ich liebe viel zu viele Menschen, und ich möchte nicht, dass sich jemand übergangen fühlt. Es wird eng für alle hier im *Aces*, aber dies ist der perfekte Ort! Es ist locker, freundlich und das Essen und die Getränke sind perfekt ...«

»Atme, Remi. Wir können tun, was immer du willst. Mir ist nur wichtig, dass du mir gehörst und ich im Gegenzug offiziell zu dir gehöre.«

»Du gehörst mir bereits und ich gehöre dir bereits«, sagte Remi fast beiläufig, während sie ihre Hand auf Kevlars Schulter legte, um ihren Ring zu bewundern.

»Verdammt richtig.«

»Champagner aufs Haus!«, verkündete Jessyka laut hinter der Bar und hielt eine Flasche hoch.

Erneut ertönten überall um sie herum Jubelrufe, als alle nicht nur die offizielle Verlobung von Remi und Kevlar feierten, sondern auch den kostenlosen Alkohol.

Flash hielt Kellis Hand fest, als Remi und Kevlar sich wieder setzten und diesmal die Plätze tauschten, damit Remi Kelli ihren Ring zeigen konnte.

»Glückwunsch, Mann«, sagte Flash und klopfte Kevlar auf die Schulter.

»Danke. Ehrlich?«, sagte sein Freund leise. »Ich bin froh, dass das vorbei ist. Herrgott, ich wusste, wie ihre Antwort lauten würde, und trotzdem war ich höllisch nervös.«

»Das habe ich gemerkt. Ich bin froh, dass es das war, denn ich wurde hier ein bisschen paranoid«, scherzte Flash.

»Warte, bis du an der Reihe bist«, warnte Kevlar ihn. »Dann wirst du verstehen, was ich meine. Auch wenn man weiß, dass man seine Frau liebt und sie einen liebt, ist es einfach nervenaufreibend, die Frage tatsächlich zu stellen.«

Flash war sich da nicht so sicher. Er sah Kelli an. Wenn er sie um ihre Hand bitten würde, würde er das nicht in der

Öffentlichkeit tun. Es wäre eine intime Angelegenheit zwischen den beiden. Nicht weil er Angst hätte, dass sie Nein sagen würde, sondern weil er sie verwöhnen und ihr das Gefühl geben wollte, die am meisten geschätzte Frau der Welt zu sein. Bilder von Blumen, einem Abendessen zu zweit und vielleicht einer schönen Aussicht schossen ihm durch den Kopf, als er darüber nachdachte, wo und wie er sie um ihre Hand bitten würde.

Erst als sie über etwas lachte, das Remi gesagt hatte, schüttelte er den Kopf und konzentrierte sich auf das Hier und Jetzt. Er war zu vorschnell. Aber er wusste bis ins Mark, dass diese Frau eines Tages seinen Ring tragen würde. Genauso wie er ihren tragen würde.

Die Partystimmung im Raum hielt eine ganze Weile an. Ein erfolgreicher Heiratsantrag hatte einfach etwas, das alle glücklich machte.

Als Flashs Telefon klingelte, war er noch immer in Feierlaune. Als er auf den Bildschirm schaute, sah er, dass Smiley anrief.

»Hey. Du wirst nie erraten, was unser Teamleiter getan hat. Er hat endlich den Mut gefunden, Remi einen Heiratsantrag zu machen«, sagte Flash. »Sieht so aus, als würde ein weiterer dran glauben«, scherzte er.

»Das ist toll. Hör zu, es gibt keine gute Möglichkeit, das zu sagen, also sage ich es einfach. Jemand hat heute Abend versucht, dein Wohngebäude niederzubrennen.«

Flash lief es kalt den Rücken herunter. »*Was?*«

»Allen geht es gut und der Brand wurde entdeckt, bevor größerer Schaden angerichtet werden konnte. Aber nach dem zu urteilen, was die Feuerwehrleute sagen, war der Ursprung dein Balkon. Jemand hat ihn mit Benzin übergossen und einen Brandsatz hergestellt. Ein Nachbar sah, dass es rauchte, und verständigte den Notruf. Dann konnten sie einen Schlauch aus der Wohnung neben deiner greifen und das Feuer unter

Kontrolle bringen, bevor es mehr verbrennen konnte als den Mist, den du draußen hattest ... wie deinen Grill und den Terrassenstuhl.«

»Scheiße! In Ordnung. Geht es dir gut?«

»Ja. Ich war drinnen ... und vielleicht ist es zu viel Information, das zuzugeben, aber ich war im Badezimmer. Ich habe nichts gehört, bis ich draußen das Geschrei von deinem Nachbarn vernahm.«

Flashs Magen verkrampfte sich. Smiley hätte verletzt werden können. Verdammt, ein ganzes Wohngebäude voller Menschen hätte verletzt werden oder zumindest alles verlieren können. Gott sei Dank hatte er einen aufmerksamen Nachbarn. Er schuldete dem Mann ein Bier. Nein, einen lebenslangen Vorrat an Bier. »Ich bringe Kelli nach Hause und bin dann gleich da.«

Er bemerkte, dass das Gespräch am Tisch verstummt war und die anderen ihn anstarrten, aber im Moment konnte er sich nur auf Smiley konzentrieren.

»Nicht nötig. Hier ist alles in Ordnung. Ich habe dem Detective vor Ort deine Telefonnummer gegeben und ihm alles über Williams erzählt. Ich bin sicher, dass er sich bald melden wird, und du musst vielleicht eine Aussage machen, aber hier ist alles unter Kontrolle.«

»Du musst nach Hause kommen. Ich bringe Kelli in ein Hotel.«

»Sei nicht dumm. Bleib, wo du bist. Ihr beide. Mir geht es hier gut. Ich mag deine Küche irgendwie. Und ich schaue mir gerade deine DVDs von *Criminal Minds* an. Ich weiß, dass es als Stream verfügbar ist, aber es hat etwas so Altmodisches, es auf DVD zu schauen.«

Frustration nagte an Flash. »Wir müssen ihn finden. Den Scheiß beenden.«

»Ich stimme dir zu«, sagte Smiley. »Deshalb habe ich Tex gesagt, er soll sich mehr ins Zeug legen. Er soll die Frau aus

New Mexico miteinbeziehen. Er ist beschäftigt. Hat seine Hände in einer Million verschiedener Töpfe, wie immer. Wir brauchen jemanden, der sich ausschließlich darum kümmert. Und ... ich glaube, sie heißt Ryleigh oder so ähnlich ... sie ist genauso gut oder sogar besser als Tex, auch wenn er das nicht gern zugibt. Sie könnte dieses Arschloch finden, der Polizei sagen, wo er ist, und vielleicht sogar die Beweise liefern, die nötig sind, um ihn für immer einzusperren.«

»In Ordnung. Wenn du etwas brauchst – und ich meine wirklich alles, Smiley –, ruf an. Verstanden?«

»Natürlich. Wir sehen uns morgen früh beim Training.«

Als sein Freund aufgelegt hatte, blickte Flash auf und sah drei Augenpaare, die ihn anstarrten.

»Was ist passiert?«

»Geht es Smiley gut?«

Die erste Frage kam von Kevlar, die zweite, wenig überraschend, von Kelli.

»Es gab einen Vorfall in meiner Wohnanlage. Allen geht es gut.«

»Williams«, sagte Kevlar. Es war keine Frage.

»Höchstwahrscheinlich«, bestätigte Flash.

Kelli runzelte die Stirn. »Was sollen wir tun?«

»Im Moment nichts, außer wachsam bleiben. Unsere Türen verschlossen und die Augen offen halten. Es wird dir nicht gefallen, aber ich möchte, dass du in Smileys Wohnung bleibst, während ich bei der Arbeit bin. Wenn du etwas brauchst, kannst du es liefern lassen oder es mir sagen, und ich hole es auf dem Heimweg ab.«

»Ich kann sie irgendwo hinfahren, wenn sie rausmuss«, bot Remi an.

»Das weiß ich zu schätzen, aber dieses Arschloch könnte inzwischen von dir und den anderen Frauen wissen. Ich will nicht, dass er beschließt, einer von euch zu folgen, um herauszufinden, wo wir wohnen. Und ich will definitiv nicht, dass er dich benutzt, um an Kelli oder mich heranzukommen.«

»Soll ich gehen?«, fragte Kelli leise. »Ich kann nach Florida gehen. Oder nach New York. Zum Teufel, nach Maine. Da ist es ziemlich ländlich.«

»Nein!«, rief Flash aus. Er holte tief Luft. »Nein. Smiley wird Tex bitten, seine Computergenie-Freundin aus New Mexico exklusiv auf diesen Fall anzusetzen. Sie wird Williams ausfindig machen, damit die Polizei ihn einsperren kann. Wir müssen nur noch ein bisschen Geduld haben.«

Kevlar runzelte die Stirn. »Das gefällt mir nicht.«

Flash schnaubte. »Mir auch nicht.«

»Ich bin bereit, vorsichtig zu sein, aber was ist, wenn diese Computer-Person ihn nicht finden kann? Ich will nicht, dass Brant gewinnt, indem wir uns verstecken und unser Leben nicht leben. Und was passiert, wenn er nicht gefunden wird, bevor ihr beide auf Mission geschickt werdet? Soll ich mich für immer in Smileys Wohnung verstecken? Das ist nicht akzeptabel. Ich will mein Leben leben! Ich möchte Kurse am Community College belegen, damit ich Elektrikerin werden und Jessykas Schild reparieren kann.« Kelli atmete jetzt schneller und war fast in Panik, als sie fertig gesprochen hatte.

Flash schob seinen Stuhl zurück, beugte sich vor und zog Kelli aus ihrem Sitz. Er setzte sie auf seinen Schoß, sodass sie auf ihm saß und sie auf Augenhöhe waren, während er ihr Gesicht in seinen Händen hielt. »Erinnerst du dich, was ich dir gesagt habe, bevor Remi und Kevlar ankamen?«, fragte er.

Er sah, wie sie schwer schluckte und dann nickte.

»Glaubst du, dass irgendetwas davon passieren kann, wenn wir uns verstecken müssen? Das kann es nicht. Also werde ich das in Ordnung bringen. Ich werde diesen Feigling finden und dafür sorgen, dass er weiß, dass er sich die falschen Leute ausgesucht hat. Der Tag, an dem er beschloss, uns in diesen Bus zu werfen, war sein Untergang, er weiß es nur noch nicht.«

»Ich will dich nicht verlieren«, flüsterte Kelli.

»Mich verlieren? Wie?«

»Wenn du ihn umbringst, könntest du ins Gefängnis kommen.«

»Ich komme nicht ins Gefängnis«, versicherte Flash ihr selbstbewusst. Er würde nicht versprechen, dass er Williams nicht töten würde – denn wenn er die Chance dazu bekäme, würde er den Mann definitiv ausschalten. Wenn der Kerl einfach ins Gefängnis ginge, würde die Möglichkeit, dass er wieder freikäme, für immer über ihren Köpfen schweben. Und Flash hatte keinen Zweifel daran, dass Williams, sobald er aus dem Gefängnis entlassen würde, erneut hinter ihnen her wäre.

Er wusste nicht wie oder wann, aber Brant Williams würde untergehen. Er würde Flash und Kelli nicht im Weg stehen, das Leben zu führen, das er in seinen Fantasien sah. Auf keinen Fall.

Kelli schloss die Augen, holte tief Luft, sah ihn dann noch einmal an und nickte.

Ihr Vertrauen, ihr Glaube an ihn, war ein Geschenk. Und es war etwas, das Flash mit seinem Leben schätzen und beschützen würde. Er wollte immer, dass sie ihn so ansah, wie sie es gerade tat. Mit Hoffnung und ihrer Zukunft in den Augen.

Er drehte den Kopf, ohne seine Hände von Kelli zu nehmen, und sagte zu Kevlar: »Ich möchte, dass du mit dem Kommandanten sprichst. Schließe mich von der nächsten Mission aus. Ich gehe nicht weg, solange Williams da draußen ist.«

Kelli begann zu protestieren, aber er ignorierte sie.

»Erledigt«, sagte Kevlar mit einem Nicken.

»Schhh«, murmelte Flash und drückte seine Lippen auf Kellis Stirn. »Es wird alles gut.«

»Ich rufe auch Wolf an. Ich erzähle ihm, was los ist. Er soll die anderen SEALs in der Gegend über Williams informieren.

Alle ehemaligen und aktiven SEALs in der Nähe werden nach diesem Kerl Ausschau halten. Wir werden ihn schnappen, daran habe ich keinen Zweifel«, sagte Kevlar.

»Könntest du vielleicht statt bei Smiley bei uns bleiben? Ich meine, gemeinsam sind wir stark, oder?«, fragte Remi.

»Vielleicht«, zögerte Flash. Sie hatte nicht ganz unrecht, aber trotzdem fühlte es sich falsch an, noch jemanden in die Schusslinie dieses Arschlochs zu bringen. Smiley war Single. Bei Remi zu bleiben würde bedeuten, zwei Frauen allein zu lassen, während er bei der Arbeit war.

Er sehnte sich danach, in seine Wohnung zu gehen und den Schaden zu begutachten. Sich davon zu überzeugen, dass Smiley keine Verletzungen heruntergespielt hatte, die er selbst oder seine Nachbarn erlitten haben könnten. Aber sein Wunsch, bei Kelli zu bleiben, war stärker. Er würde Smiley noch früh genug sehen.

»Bist du bereit, nach Hause zu fahren?«, fragte Flash Kelli.

Sie nickte.

»Wir sollten auch gehen«, entgegnete Kevlar.

»Tut mir leid, dass wir dir den Abend verdorben haben«, sagte er zu seinem Freund, während er Kelli von seinem Schoß half.

»Du hast gar nichts verdorben«, korrigierte Kevlar, der sich verärgert anhörte. »Remi hat zugestimmt, mich zu heiraten, wir werden hier im *Aces* eine riesige Party feiern ... was soll daran verdorben sein?«

»Genau«, stimmte Remi zu und umarmte Kelli lange. »Vertraue Flash. Er wird das schon hinkriegen.«

Kelli nickte und lächelte ihre Freundin leicht an.

Flash winkte Jessyka zu, und sie winkte von ihrem Platz hinter der Bar zurück. Sie hatten die Rechnung bereits bezahlt, sodass sie direkt zur Tür gehen konnten.

Als Flash sich umsah, bemerkte er beim Verlassen der Kneipe nichts Ungewöhnliches. Ein erneuter Besuch der

Kneipe kam nicht infrage, bis Williams gefunden wurde. Er wollte auf keinen Fall, dass der vereitelte Entführer beschloss, seinen Frust an dem Ort auszulassen, an dem Flash und alle anderen SEALs gern Zeit verbrachten.

Die Fahrt zurück zu Smileys Wohnung dauerte länger als gewöhnlich, da Flash viele zusätzliche Abbiegungen machte, um Williams loszuwerden, falls dieser ihnen folgen sollte. Er würde erst aufatmen, wenn sie in der Wohnung waren und die Tür hinter ihnen doppelt verriegelt war.

Williams könnte immer noch versuchen, Smileys Wohnanlage niederzubrennen, aber er war sich ziemlich sicher, dass der Mann nicht wusste, wo sie sich aufhielten ... noch nicht. Das war wahrscheinlich der Grund, warum er seine Wut an Flashs Wohnung ausgelassen hatte. Der Mann war eine Bedrohung und musste aufgehalten werden.

Aber für heute Abend hatte Flash andere Pläne.

Es war nicht abzusehen, was die Zukunft bringen würde. Welche Pläne Williams in petto hatte. Und Flash hatte nicht die Absicht, einen weiteren Tag verstreichen zu lassen, ohne Kelli zu zeigen, wie ernst es ihm damit war, sie in seinem Leben zu haben ... für immer.

Natürlich hing alles von ihr ab. Vielleicht war sie zu verzweifelt, nachdem sie von Williams' jüngstem Versuch, sie zu verarschen, erfahren hatte. Aber heute Abend, wenn sie ins Bett gingen, würde sie ohne Zweifel wissen, dass er es ernst meinte, wenn er ihr sagte, was er wollte.

Und was er wollte, war sie. Unter ihm. Über ihm. Auf jede erdenkliche Weise. Bei dem Gedanken, sie zu schmecken, ihre Schenkel zu spreizen und ihre Muschi für ihn klatschnass zu sehen, lief ihm das Wasser im Mund zusammen.

Er war sich zu neunzig Prozent sicher, dass sie ihn auch wollte. Ihre Anzeichen von Erregung waren nicht so offensichtlich wie seine, aber sie hatte sich kein einziges Mal vor seinen Berührungen gescheut. Und als er seine Hand am Abend zuvor unter ihr T-Shirt rutschen und an ihrem Kreuz ruhen ließ, hatte sie sich an ihn gekuschelt.

Sein Timing war nicht besonders gut, und wenn sie sich wirklich zu viele Sorgen um Williams machte, würde er sie nicht drängen. Aber so wie sie den Blick zwischen seinen Beinen hin und her huschen ließ und wie oft sie errötete, hatte er das Gefühl, dass sie beide heute Abend eine Auszeit von ihrem echten Leben bekommen würden, indem sie sich ineinander verloren. Er konnte es kaum erwarten.

KAPITEL SIEBZEHN

Kelli war hin- und hergerissen. Sie war irgendwie ausgeflippt, weil Brant versucht hatte, Flashs Wohnung niederzubrennen. Aber sie konnte nicht umhin zu bemerken, dass Flash anders zu sein schien, seit er das *Aces* verlassen hatte. Konzentrierter. Empfindsamer. Letzteres gefiel ihr. Sehr sogar.

Sie hatte schon mit Männern geschlafen. Sie war keine Jungfrau. Aber keiner hatte ihr das Gefühl gegeben, das Flash ihr gab. Als sei ihre Haut zu straff, ihre Körpertemperatur zu hoch vom ständigen Erröten. Und jetzt war sie unruhig und konnte den Blick nicht von ihm lassen. Während er fuhr, sah sie, wie sich die Muskeln in seinen Armen anspannten, was sie daran denken ließ, wie sie dasselbe täten, wenn er sich über ihr abstützte.

Als er zu ihr hinüberschaute, sah sie etwas in seinem Blick, das vorher nicht da gewesen war. Ein hitziges Interesse, das er nicht länger zu verbergen versuchte. Und diese Blicke durchbohrten sie. Sie wurde zwischen den Beinen wahnsinnig feucht.

Sie sollte sich Sorgen um Smiley machen. Sie sollte versuchen, einen Plan zu entwickeln, was sie tun würden, falls Brant sie fand und konfrontierte. Aber stattdessen konnte sie nur an später am Abend denken ... wenn sie mit Flash ins Bett kletterte.

Sollte sie den ersten Schritt machen? Sollte sie ihm direkt sagen, dass sie ihn wollte? Was, wenn er noch nicht bereit für mehr körperliche Intimität war? Was, wenn all seine vorherigen Erklärungen nur eine Art Affektäußerung waren?

Sie schüttelte innerlich den Kopf. Nein. Das war nicht Flashs Art. Sie kannte ihn noch nicht lange, aber wenn er etwas sagte, meinte er es auch so.

Und schon war sie wieder angetörnt.

Als sie Hand in Hand auf Smileys Wohnung zugingen, war Kelli immer noch nicht sicher, was passieren würde, wenn sie drinnen waren. Sie wusste, was sie *wollte*, aber sie hatte auch ein schlechtes Gewissen, dass sie nicht aufhören konnte, an Sex zu denken, während Flash sich wahrscheinlich Sorgen machte, dass seine Wohnung fast abgebrannt wäre.

Als die Wohnungstür sich hinter ihnen schloss, fühlte Kelli sich plötzlich unbehaglich. Sie war immer noch satt von dem fantastischen Burger, den sie im *Aces* gegessen hatte, sodass es nicht infrage kam, sich vor dem Schlafengehen die Zeit mit Kochen zu vertreiben. Sie könnten fernsehen, aber sie war nicht wirklich in der Stimmung.

Dann übernahm Flash, wie Flash nun mal war, die Kontrolle. Er ließ ihr keine Zeit, sich etwas einfallen zu lassen, was sie sagen oder tun könnte.

Er drehte sich abrupt um und drückte sie in dem kleinen Wohnbereich gegen eine Wand.

Dann senkte er den Kopf und küsste sie.

Kelli hätte schwören können, dass sie Sterne sah – und einfach so schoss ihre Libido, die bereits auf Hochtouren lief, noch höher. Sein Kuss war, als hätte jemand tausend Kerzen in ihr angezündet. In der einen Sekunde schaffte sie es kaum, ihre Lust auf diesen Mann zurückzuhalten, und in der nächsten brannte sie von innen heraus.

Sie bot ihm Paroli. Kelli war keine passive Teilnehmerin des Kusses. Sie packte Flash an den Haaren und hielt ihn fest, während ihre Zungen sich duellierten. Sie hakte ein Bein um seine Hüfte und rieb sich so gut sie konnte an ihm, während sie sich küssten.

Wortlos zog Flash sich zurück, starrte sie einen Augenblick lang an und griff dann nach dem Saum seines Hemdes.

Ja. Kelli war voll dabei. Ohne an ihr Gewicht zu denken oder an peinliche Momente, in denen sie sich vor früheren Liebhabern nackt ausgezogen hatte, ahmte sie Flashs Bewegungen nach und zog ihr eigenes Hemd aus. Dann war es ein Wettrennen, wer sich am schnellsten ausziehen konnte. Flashs Hände waren am Verschluss seiner Hose, die innerhalb weniger Sekunden an seinen Knöcheln lag.

Kelli kicherte, als er fast über seine Füße stolperte, weil er seine Stiefel nicht ausgezogen hatte, bevor er versuchte, seine Jeans loszuwerden. Während er das in Ordnung brachte, schaffte sie es, ihre eigene Hose und Schuhe auszuziehen. Sie griff nach dem Verschluss ihres BHs, als Flash sich aufrichtete.

Er war völlig nackt und Kelli starrte voller Ehrfurcht auf seinen Schwanz.

Sie konnte nicht glauben, dass er dieses Monster in seiner Hose versteckt hatte. Sie hatte gesehen, dass er eine beeindruckende Beule in seiner Badehose hatte, und sie hatte sie unter ihrem Hintern gespürt, als sie im Schwimmreifen auf seinem Schoß gesessen hatte, aber ihn erigiert zu sehen war … einschüchternd.

»Lass mich«, sagte Flash mit heiserer Stimme, als er um sie herum nach dem Verschluss ihres BHs griff.

Sein Schwanz streifte ihren Bauch und hinterließ einen

feuchten Fleck, der ihre Beine schwach werden ließ. Sie wollte diesen Mann. Jetzt sofort. Wenn sie ihn nicht in sich aufnahm, würde sie sterben.

Okay, sie war dramatisch, aber das war ihr egal.

In der Sekunde, in der ihr BH sich lockerte, zuckte Kelli mit den Schultern nach vorn und ließ das verdammte Ding zwischen ihnen auf den Boden fallen. Dann ging sie auf die Knie, bevor Flash sich bewegen konnte, und schlang ihre Finger um seinen Schwanz.

»Verdammte Scheiße«, stöhnte er, schob eine Hand in ihr Haar und stützte sich mit der anderen an der Wand hinter ihr ab.

Kelli zögerte nicht, öffnete den Mund und nahm ihn in sich auf.

Er krallte seine Finger in ihr Haar, während sie ihren Kopf auf und ab bewegte. Er fühlte sich an ihrer Zunge fantastisch an, der moschusartige Geschmack seines Lusttropfens füllte ihren Mund. Das Wissen, dass sie, Kelli Colbert, dieses erstaunliche Exemplar eines Mannes erregte, erfüllte sie mit Selbstvertrauen. Sie konnte fühlen, wie ihre Muschi immer feuchter wurde und sich auf ihn vorbereitete.

»Langsam, Kelli. Wir haben alle Zeit der Welt«, murmelte Flash über ihr.

Aber sie wollte es nicht langsam. Sie wollte es hart und schnell. Verzweifelt. Genau so fühlte sie sich.

Sie legte ihre freie Hand um Flashs Körper und umfasste eine seiner Pobacken, während sie sich bemühte, ihm den besten Blowjob zu geben, den er je bekommen hatte. Ihre Belohnung war das gequälte Stöhnen, das ihm über die Lippen kam, und ein weiterer Lusttropfen. Sie stöhnte bei dem Geschmack.

»Verdammt, Frau!«, sagte Flash, kurz bevor er nach unten griff, sie an den Oberarmen packte und vom Boden hochzog.

Kelli stieß einen klagenden Laut aus. Sie war noch nicht

fertig. Sie war kein Fan von Schlucken, aber für diesen Mann hätte sie so gut wie alles getan. Aber anscheinend stand das nicht auf seiner Tagesordnung.

Kelli war schwindelig, dass er sie so leicht manövrieren konnte, und sie hielt sich fest, als er sie in seine Arme nahm und zum Küchentisch trug. Zum Glück gab es in Smileys Wohnung kaum persönliche Gegenstände, und der Tisch war leer.

Das Holz war kalt unter ihrem Hintern, sogar durch ihre Unterwäsche.

Flash legte eine Hand auf ihre Brustmitte und drückte sie sanft nach hinten. Kelli legte sich hin und krümmte den Rücken, als er nach ihrer Unterhose griff.

Sie bereitete sich darauf vor, ihren Hintern anzuheben, weil sie dachte, er würde ihr die Unterhose über die Hüften ziehen – aber zu ihrer Überraschung spannten sich seine Armmuskeln an, als er sie ihr stattdessen vom Leib riss.

Es war so verdammt heiß, dass Kelli nach Luft schnappte. »Ja«, murmelte sie und spreizte ihre Beine. Der Tisch hatte die perfekte Höhe, und Flashs Schwanz war vor ihrer Muschi positioniert. Sie wartete darauf, dass er sie nahm. Sie war bereit. Mehr als bereit. Sie wollte das. Brauchte es. Brauchte *ihn*.

Es fühlte sich an, als hätte sie ewig auf diesen Moment gewartet, obwohl sie diesen Mann in Wirklichkeit erst vor nicht allzu langer Zeit kennengelernt hatte. Aber was sie gemeinsam durchgemacht hatten, hatte ein Band geschmiedet, das stärker war als alles, was sie je zuvor gefühlt hatte.

»So verdammt schön«, sagte Flash, während er sie mit seinem Blick von Kopf bis Fuß verschlang. Er beugte sich ein wenig vor und umfasste mit der Handfläche ihre üppigen Brüste. »Ich werde ein Jahr damit verbringen, diese Schönheiten zu verehren. Ich werde saugen und lecken und vielleicht ein paar Klammern besorgen.«

Kellis Muschi zuckte. Sie hatte sich noch nie für Sexspielzeug oder Schmerzen beim Sex interessiert, aber als Flash in ihre Brustwarzen kniff, schoss die Erregung zwischen ihren Beinen hindurch und ließ sie glauben, dass sie etwas verpasst hatte.

»Aber im Moment kann ich nur daran denken, in dir zu sein.«

»Ja«, hauchte Kelli.

Zu ihrer Überraschung drehte Flash sich plötzlich um und ging vom Tisch weg.

Sie runzelte verwirrt die Stirn. Wollte er etwa gehen?

Sie sah zu, wie er durch den Raum eilte, sich abwandte, um seine Hose aufzuheben und in den Taschen zu kramen. Dann ließ er sie fallen und stolzierte auf sie zu, sein Schwanz immer noch hart wie eine Fahne, die im Wind wehte.

Er griff nach seinem Schwanz und da wurde ihr klar, dass er ein Kondom geholt hatte und es sich gerade überzog.

Ehrlich gesagt war Kelli überrascht. Bei all seinem Gerede, sie schwängern zu wollen, hatte sie irgendwie gedacht, er würde »versehentlich« vergessen, das Thema Verhütung anzusprechen. Aber er hatte nicht einmal gefragt, ob sie die Pille nahm. Er tat einfach das Richtige und sorgte dafür, dass sie geschützt war.

Als er mit dem Anlegen des Kondoms fertig war, runzelte er die Stirn, als er bemerkte, dass sie ihre Beine geschlossen hatte. Er drückte ihre Knie gewaltsam auseinander, packte sie und zog ihren Hintern an die Tischkante. Kelli fiel auf den Rücken und lächelte ihn an.

Aber er schaute nicht auf ihr Gesicht – sein Blick war auf die Stelle zwischen ihren Beinen konzentriert. »So nass«, murmelte er, fuhr mit dem Daumen ihren Schlitz hinauf, landete auf ihrer Klitoris und rieb sie etwas grob.

Kelli liebte das. Sie liebte es, wie grob er war. Aber er tat ihr nicht weh. Nicht im Geringsten.

Er zeigte keine Gnade, als er ihre Klitoris streichelte. Sie zuckte, aber Flash legte eine Hand auf ihren Bauch und hielt sie fest, während er sie schneller an den Rand des Orgasmus brachte, als sie es für möglich gehalten hätte.

»Komm für mich«, befahl er. »Du bist feucht, aber ich will, dass du triefst. Ich kann beim ersten Mal nicht sanft sein, und ich will dir nicht wehtun. Du bist winzig, und ich bin es nicht.«

Kelli unterdrückte ein Lachen. Hatte ihr jemals jemand gesagt, sie sei winzig? Nein.

Aber sie hatte keine Zeit, ihm zu widersprechen. Ihm zu sagen, dass sie alles ertragen konnte, was er ihr geben wollte. Weil sie einen Orgasmus hatte und ihr ganzer Körper vor Lust bebte.

Und während sie noch kam, drückte Flash ihre Beine noch weiter auseinander, schob seinen Schwanz zwischen ihre Beine und drang mit einem harten Stoß in sie ein.

Flash fühlte sich, als würde er von innen heraus verbrennen. Er konnte sich nicht davon abhalten, Kelli zu küssen, sobald die Tür sich hinter ihnen geschlossen hatte. Er hatte nicht erwartet, dass sie mehr als einen Kuss im Wohnbereich zulassen würde, bevor er sie an die Hand nahm und ins Schlafzimmer führte, wo er hoffentlich zum ersten Mal lange, süße, langsame Liebe mit ihr machen würde.

Aber sie hatte offensichtlich andere Pläne.

Als sie sich ausgezogen hatte und vor ihm auf die Knie gegangen war, hätte er schwören können, dass er für einen Moment nichts mehr gesehen hatte. Bevor er überhaupt begriff, was geschah, steckte sein Schwanz in ihrem Mund und er lebte seine größte Fantasie. Als er sah, wie ihre Lippen sich um seinen Schwanz spannten und Kelli ihn mit einem Schlafzimmerblick betrachtete, verlor er jegliche Kontrolle.

Er schaffte es gerade noch, nicht in ihrem Mund zu

kommen, und er musste sich zusammenreißen, um sie auf den Küchentisch zu bewegen. Er hätte es auf keinen Fall bis zum Bett geschafft. Er musste in ihr sein. Jetzt. Genau in diesem Moment.

Er war in seinem Ziel ins Wanken geraten, als er ihre Muschi zum ersten Mal sah. Sie war perfekt. Sie hatte ihre Schamhaare zu einem schmalen Streifen gestutzt, und der Anblick ließ ihm das Wasser im Mund zusammenlaufen. Aber sein Schwanz war noch eindringlicher. Er musste mehr in ihr sein, als er atmen musste.

Als er seinen tropfenden Schwanz sah, wurde ihm plötzlich klar, dass er kein Kondom trug. So sehr er sie auch mit seinem Sperma bis zum Rand füllen und schwängern wollte, damit sie ihn nie verlassen würde – was sicherlich eine veraltete Vorstellung war ... Frauen blieben nicht mehr automatisch bei Männern, wenn sie schwanger wurden –, war er nicht bereit, etwas so Respektloses zu tun, wie mit ihr ohne Kondom zu schlafen, nicht ohne vorher ein ernsthaftes Gespräch über ihre sexuelle Vergangenheit und ihre zukünftigen Wünsche und Sehnsüchte in Bezug auf Babys zu führen.

Also war Flash zu seiner Hose zurückgestapft – und seiner Brieftasche mit dem Kondom, das er erst am Morgen dort hineingesteckt hatte. Er hatte den Ausdruck der Unsicherheit in Kellis Gesicht gehasst, als er zum Tisch zurückgekehrt war. Als ob sie dachte, er hätte seine Meinung geändert, oder vielleicht sogar annahm, dass er sie verlassen würde.

Auf gar keinen Fall. So stark war er nicht.

Sie hatte ihre Beine geschlossen, was Flash beleidigte. Er hatte sie auseinandergedrückt und sich fast blamiert, als er sah, wie feucht ihre Muschi war. Es kostete ihn all seine Kraft, sie nicht sofort zu ficken. Aber er wollte ihr nicht wehtun. Er musste sie zum Kommen bringen, bevor er in sie eindrang.

Es dauerte nicht lange. Männliche Befriedigung stieg in

Flash auf, als er sah, wie schnell sie gekommen war. Sie war bereit für ihn. Während sie noch zitterte und sich noch mitten in ihrem Orgasmus befand, stieß er sich so tief wie möglich in sie hinein.

Jetzt spannte sich jeder Muskel seines Körpers an, während er darum kämpfte, nicht sofort zu kommen. Sie war eng. So verdammt *eng*. Ihre Muschi umschloss ihn, als ihr Orgasmus nachließ. Flash hatte noch nie etwas Vergleichbares gefühlt.

Er schluckte schwer, hielt still, ließ sie sich an seine Größe gewöhnen und genoss das Gefühl, in der letzten Frau zu sein, mit der allein er für den Rest seines Lebens Liebe machen würde.

Kelli war die Eine für ihn. Punkt. Fertig. Er musste sie nur davon überzeugen, dass er der Mann für sie war. Dass er sie nie im Stich lassen würde. Dass er sich nach Kräften bemühen würde, ihr Fels in der Brandung zu sein, ihr Cheerleader, jemand, auf den sie zählen konnte.

»Flash?«, fragte sie und starrte ihn mit glasigen Augen an.

»Ja?« Er war erstaunt, dass er noch sprechen konnte. Es fühlte sich an, als sei das ganze Blut in seinem Körper jetzt in seinem Schwanz.

»Fick mich.«

Er bewegte sich schon, bevor das zweite Wort aus ihrem Mund gekommen war. Sie stöhnten beide dabei, wie gut sich die Reibung seines Schwanzes anfühlte, der in ihren engen Körper glitt.

Ihre Brüste hüpften bei jedem Stoß auf und ab, und Flash hatte in seinem ganzen Leben noch nie etwas so Schönes gesehen. Er stand nicht auf BDSM, aber wie er ihr gesagt hatte, juckte es ihn in den Fingern, ihre Brustwarzen mit Klammern zu schmücken ... vielleicht mit juwelenbesetzten. Mal sehen, ob ein bisschen Schmerz ihr Vergnügen noch steigerte.

Seine Hände bewegten sich wie von selbst und er umfasste

ihre üppigen Brüste, während er mit den Hüften unablässig zustieß. Er drückte und massierte ihre Brüste und bewegte dann seine Finger zu ihren Brustwarzen. Sie waren bereits fest und hart, und als er sie zwickte, stöhnte sie und hob ihre Hüften, um seinen Stößen entgegenzukommen.

Ja, das gefiel ihr. *Verdammt, sie war perfekt.*

Flash drückte ihre Brustwarzen im Takt seiner Stöße und spürte, wie sie ihre Fingernägel in seine Arme grub, während sie ihn festhielt. Schließlich musste er ihre Brüste loslassen, um ihre Hüften zu halten, so heftig wand sie sich unter ihm. Ihr Gesicht war schweißnass, ihr gesamter Oberkörper leuchtete in einem hellen Rosa und er spürte, wie sie ihre Fersen in seinen Hintern bohrte, während er sich bewegte und versuchte, tiefer in sie einzudringen.

Kurz gesagt, sie war herrlich. Er würde nie wieder an diesem Tisch – oder an irgendeinem anderen Tisch – essen können, ohne an diesen Moment zu denken. Das erste Mal, dass er mit der Frau geschlafen hatte, die er liebte. Seine Seelenverwandte.

Seine Hoden kribbelten, aber Flash weigerte sich zu kommen. Er wollte, dass dieser Moment für immer anhielt. Für den Rest seines Lebens genau dort zu sein, wo er war. Er hatte Sex schon immer genossen, aber dies war ... lebensverändernd.

Er hatte sich noch nie so mit einer anderen Person verbunden gefühlt. Es war, als sei er ein Teil von Kelli und sie ein Teil von ihm. Es war verdammt kitschig, aber so war es nun mal.

Dann brachte sie ihn um den Verstand, indem sie eine Hand zwischen ihre Körper schob und ihre Klitoris rieb, während er sie fickte.

»Oh!«, rief sie aus, und Flash konnte spüren, wie ihre inneren Muskeln sich fest um ihn zusammenzogen.

»Genau so, Kel, gib dir, was du brauchst.«

Sie brauchte seine Erlaubnis nicht, um sich selbst zu berühren, aber es war eine große Erregung, dass sie keine Angst hatte, sich selbst zum Orgasmus zu bringen.

In einer Sekunde schaute er nach unten und sah zu, wie Kelli ihre Klitoris streichelte, und in der nächsten kam er. Er konnte sich nicht länger zurückhalten. Flash fühlte sich, als würde er von innen nach außen gekehrt. Er war noch nie so heftig und so lange gekommen.

Als die Schwärze aus seinen Augenwinkeln zurückwich, bemerkte Flash, dass er auf Kelli lag und sie wahrscheinlich erdrückte. Die Tischplatte konnte nicht sehr bequem sein. Er richtete sich auf und schaute ihr in die Augen ... und was er dort sah, ließ seinen Schwanz tief in ihr zucken.

Sie sah glücklich aus. Zufrieden. Gesättigt.

»Hey«, flüsterte er, plötzlich sprachlos.

»Hey«, erwiderte sie.

»Das hätte nicht passieren sollen«, platzte es aus ihm heraus.

Flash wurde in dem Moment klar, dass er es vermasselt hatte, als die Worte seinen Mund verließen. Er musste nicht sehen, wie sich das Glück in ihrem Blick in Verwirrung und dann in Schmerz verwandelte, um das zu wissen. Er beruhigte sie schnell. »Ich meine, ich wollte dich ins Bett bringen. Dir eine Massage geben. Langsame, süße Liebe mit dir machen. Nicht diesen ... außer Kontrolle geratenen, schnellen Fick auf einem Tisch.«

Kelli leckte sich die Lippen und strich ihm eine Haarsträhne aus den Augen. »Nur fürs Protokoll, ich mochte diesen schnellen Fick auf dem Tisch. Es war eine Premiere für mich, und ich fand es toll, dass du so aufgeregt warst, mich zu haben, dass du es kaum erwarten konntest.«

»*Ich*? Du warst diejenige, die mir einen geblasen hat, als könntest du es keine Sekunde mehr ohne meinen Schwanz in deinem Mund aushalten«, erwiderte Flash.

Zu seiner großen Erleichterung lachte Kelli. Er spürte es

von innen heraus. Ihre Haut war noch feucht und gerötet von ihrem Liebesspiel, ihr Haar war um ihren Kopf ausgebreitet und sie sah aus wie eine verdammte Göttin. *Seine* Göttin.

Flash wollte die Wärme ihres Körpers nicht verlassen und legte eine Hand auf ihren Hintern, um sie an sich zu drücken, und die andere hinter ihre Schultern, um sie in eine sitzende Position zu ziehen. »Festhalten«, befahl er.

Sie schlang die Arme um seinen Hals, und er hob sie hoch und drehte sich in Richtung Schlafzimmer.

Sie kicherte und wieder konnte Flash das Geräusch an seinem Schwanz spüren. Es war ein ungewöhnliches Gefühl, von dem er schon jetzt nicht genug bekommen konnte. Er trug sie ins Schlafzimmer, warf die Bettdecke zurück und ließ sich dann auf Kelli fallen, die auf dem Rücken auf dem Bett lag.

»Geht es dir gut?«, fragte er. »War ich nicht zu grob?«

»Mir geht es bestens«, versicherte sie ihm. »Und nein, du warst nicht zu grob, überhaupt nicht. Ich fand es toll.«

Da er wusste, dass er seinen Schwanz aus ihr herausziehen und das Kondom, das bis zum Rand gefüllt war, entsorgen musste, da es sonst nutzlos wäre, stützte Flash sich über Kelli ab und sagte streng: »Beweg dich nicht. Bleib genau hier. Genau so. Ich bin gleich wieder da. Ich muss dieses Kondom loswerden und ein neues holen.«

»Wie viele hast du in deiner Brieftasche?«, fragte sie ein wenig frech.

»Ich hatte nur eines, Klugscheißer. Aber die Schachtel, die ich gekauft habe, ist im Badezimmer.«

»Weißt du, ich nehme die Pille«, sagte Kelli fast beiläufig.

Flash starrte auf sie herab, während die Worte in ihm nachhallten. »Was sagst du da?«, fragte er leise.

»Nur, dass ... es schon lange her ist, dass ich mit jemandem zusammen war. Je nachdem, wie deine sexuelle Vergangenheit aussieht, wenn du weißt, dass du ... okay bist ... Wir müssen sie nicht benutzen. Kondome.«

Ein roter Schleier der Lust legte sich über Flashs Sicht. Er konnte Kelli ungeschützt nehmen? Sie mit seinem Sperma füllen? Beobachten, wie es zwischen ihren Schamlippen herauslief?

Er konnte kaum schlucken und sprechen. »Ich hatte seit über einem Jahr mit niemandem Sex. Und wir werden regelmäßig von der Marine getestet. Ich bin gesund.«

»Gut, wenn du einen Beweis willst, kann ich dir die Pillen in meiner Reisetasche im Badezimmer zeigen, dann könnten wir ...«

Flash ließ sie ihren Satz nicht beenden. Er zog sich aus ihrem warmen Körper zurück, entfernte das Kondom, machte einen Knoten hinein, bevor er es über die Bettkante warf, und pumpte dann zweimal seinen Schwanz, bevor er ihn mit einem tiefen Stöhnen direkt wieder in Kellis feuchte Muschi stieß.

»Ich schätze, du glaubst mir«, sagte sie trocken mit einem kleinen Lächeln.

»Du hast ein Monster erschaffen«, warnte Flash sie, während er mit den Hüften stieß. »Ich werde so viel Zeit wie möglich genau hier verbringen. Du hast keine Ahnung, wie gut du dich anfühlst. Gott, und es ist noch besser, wenn nichts zwischen uns ist. Ich entschuldige mich jetzt schon dafür, wie wund du morgen sein wirst. Aber ich kann nicht aufhören. Bitte zwing mich nicht dazu.«

Sie wand sich unter ihm. »Warum sollte ich wollen, dass du mit etwas aufhörst, das sich so gut anfühlt?«

»Das wird funktionieren«, sagte Flash entschlossen.

»Was?«

»Wir. Ich werde der beste Freund sein, den du je hattest. Du wirst schon sehen. Ich werde dir keinen Grund geben, mich verlassen zu wollen. Ich werde dich nie betrügen, dir nie wehtun, weder körperlich noch anderweitig. Ich werde beschützend und besitzergreifend sein, aber nicht auf eine missbräuchliche, arschlochhafte Art und Weise. Ich werde dir

Freiraum geben, wenn du ihn brauchst, und direkt an deiner Seite sein, wenn du ihn nicht brauchst. Ich werde alles tun, was du brauchst, damit du die beste Elektrikerin wirst, die Riverton je hatte. Du wirst so gefragt sein, dass du Hunderte von Dollar pro Stunde verlangen kannst, um den Leuten ihre verdammten Glühbirnen zu wechseln, und sie werden gern bezahlen, nur damit sie sagen können, dass *die* Kelli Colbert das für sie getan hat. Und vielleicht wird es eines Tages nicht Kelli Colbert sein, sondern Kelli Gordon, die ihre Glühbirnen wechselt.«

»Flash«, flüsterte sie, während sie ihn mit großen Augen anstarrte.

»Zu früh. Ja, ich weiß. Tut mir leid. Aber ich habe dir gesagt, was ich will«, erwiderte er.

»Wie wäre es, wenn wir die Dinge einen Tag nach dem anderen angehen und unsere Hochzeit noch nicht planen?«

»Einverstanden«, sagte er, über alle Maßen erfreut, dass sie nicht verlangte, dass er von ihr abließ, und auch nicht ausflippte, dass er im Grunde den Rest ihres gemeinsamen Lebens geplant hatte. »Sag mir, wenn sich irgendetwas, was ich tue, nicht gut anfühlt. Oder wenn du müde wirst.«

»Das werde ich. Ich habe eine Frage.«

»Ja?«

»Lässt du das benutzte Kondom die ganze Nacht auf dem Boden liegen?« Sie lächelte so breit, als sie fragte, dass Flash wusste, dass sie ihn neckte.

»Jup.«

»Ich werde es Smiley erzählen«, drohte sie.

»Wenn ich es nicht schaffe, dass du es bis zum Morgen vergisst, habe ich meinen Job nicht richtig gemacht«, gab er zurück.

Dann verschwand ihr Lächeln und sie legte eine Hand um seinen Nacken. »Ich habe das Gefühl, als sei dies ein Traum. Als würde ich gleich aufwachen und wir wären wieder in diesem Bus. Hungrig und verängstigt. Ich will nicht, dass das hier endet.«

»Es ist real und es wird nicht enden. Von jetzt an wirst du jeden Tag aufwachen und mich in deinen Armen haben.«

»Versprochen?«

»Versprochen«, schwor er. Dann machte er sich an die Arbeit, damit seine Frau alles außer ihm vergaß.

KAPITEL ACHTZEHN

Kelli seufzte frustriert. Sie war bereit, mit dem Unterricht am Community College zu beginnen. Je mehr sie darüber nachdachte, Elektrikerin zu werden, desto aufgeregter wurde sie. Aber weil Brant Williams immer noch irgendwo da draußen war und auf die Chance lauerte, den nächsten Zug zu machen, den er in petto hatte, saß sie in Smileys Wohnung fest und wartete.

Zumindest mit Flash lief es gut. Besser als gut. Sie war noch nie so zufrieden gewesen, sowohl sexuell als auch allgemein. Er war ein wunderbarer Mann. Er hatte seine Fehler, aber ihr zu zeigen, wie sehr er sich um sie sorgte, gehörte nicht dazu.

Er war gerade bei der Arbeit und Kelli langweilte sich. Sie wollte spazieren gehen. Remi oder eines der anderen Mädchen besuchen. Vielleicht zum *Aces* gehen und noch einen leckeren Hamburger essen. Aber im Moment war sie im Grunde eine Gefangene in der Wohnung.

Und das war scheiße.

Trotzdem würde sie keine Dummheit begehen, allen gesunden Menschenverstand ignorieren und sich allein auf den Weg machen. Das würde nur bedeuten, dass Brant sie schnappen würde, und diesmal würde er etwas Schlimmeres tun, als sie einfach nur in einem Bus unter der Erde zu begraben.

Sie musste Geduld haben. Sie musste daran glauben, dass diese Ryleigh Brant finden würde. Sobald das geschehen war, konnte ihr Leben wieder normal werden. Aber was war schon noch normal? Würde sie wieder in ihre Wohnung in La Jolla ziehen? Sie wäre dann ziemlich weit von Flash entfernt, und sie hatte sich sehr an das Zusammenleben mit ihm gewöhnt. Es war beängstigend, wie einfach es war zusammenzuziehen. Wie richtig es sich anfühlte.

Sie hatte mit ihrer Mutter über die Situation gesprochen, die ihr nur sagte: »Wenn du es weißt, weißt du es«, und damit hatte es sich. Sie wollte auch Flash kennenlernen, aber bei allem, was gerade los war, stimmte ihre Mutter zu, dass Kelli sich einfach zurückhalten sollte, und sie würde ihn treffen, wenn die Zeit reif war.

Flash rief an oder schrieb ihr so gut wie jede Stunde eine SMS, um sich zu vergewissern, dass es ihr gut ging und dass in der Wohnung alles ruhig war. Kelli wusste das zu schätzen, und das lag nur zum Teil daran, dass die Erinnerung an Brants Einbruch in ihre Wohnung noch frisch war. Wenn sie mit Flash schrieb oder sprach, lächelte sie auch und fühlte sich nicht mehr ganz so einsam.

Ja, sie schrieb auch mit Remi, Josie, Maggie, Addison und Wren, aber es war nicht dasselbe, wie wenn Flash sie kontaktierte. Sie bekam Schmetterlinge im Bauch und es wurde ihr ganz warm ums Herz, wenn er sich die Zeit nahm, nach ihr zu sehen. Sie wusste, dass er aus dem Einsatzplan gelöscht worden war, zumindest bis Brant gefasst wurde, aber er arbeitete immer noch hart daran, dass seine Freunde und Teamkameraden sicher waren, wenn sie zu der Mission aufbrachen, die gerade in Planung war.

Kelli hatte gerade wieder eine SMS an Flash geschrieben

und wollte es sich auf der Couch mit einem der Thriller gemütlich machen, die Smiley in seinem Bücherregal stehen hatte, als es an der Tür klopfte.

Sofort wurde ihr Mund trocken.

Wer konnte das sein? Keines der Mädchen, denn sie hätten ihr Bescheid gesagt, dass sie vorbeikamen. Und sie hatte gerade mit Flash gesprochen, also wusste sie, dass er es nicht war.

Vorsichtig stand sie auf und ging auf Zehenspitzen zur Tür. Sie achtete darauf, ganz still zu sein, während sie durch den Spion spähte.

Sie sah eine Frau, die dort stand und äußerst nervös aussah. Sie kaute an einem ihrer Fingernägel und warf immer wieder einen Blick in den Flur, als würde sie jeden Moment das Erscheinen des Butzemanns erwarten.

Sie schien Mitte dreißig zu sein und konnte nicht viel größer sein als Kelli. Sie hatte rotbraunes Haar, das ihr bis etwa zur Mitte des Rückens reichte, und haselnussbraune oder hellbraune Augen, was im schwachen Licht des Flurs schwer zu erkennen war. Die Jeans, die sie trug, war ausgebeult, und die Turnschuhe an ihren Füßen waren abgetragen. Sie trug ein schlichtes schwarzes T-Shirt, das keinerlei Aufdrucke aufwies.

Was Kelli jedoch am meisten auffiel, waren die verblassten Blutergüsse in ihrem Gesicht. Sie waren gelb, was bedeutete, dass sie fast verheilt waren, aber die Frau hatte keinen Abdeckstift verwendet, um sie zu verdecken. Tatsächlich sah es nicht so aus, als würde sie überhaupt Make-up tragen.

Trotz der Gefahr, die die Frau darstellen könnte, war Kelli neugierig.

Als sie den Arm hob und erneut an die Tür klopfte, erschrak Kelli so sehr, dass sie fast rückwärts auf ihren Hintern fiel.

Sollte sie öffnen oder nicht? Die Unentschlossenheit nagte an ihr. Flash hatte ihr gesagt, sie solle niemandem die Tür öffnen, egal was passierte, aber diese Frau sah ... sie sah verängstigt aus. Würde jemand, der Kelli schaden wollte, so nervös aussehen? Das glaubte sie nicht.

Sie holte tief Luft, traf eine blitzschnelle Entscheidung – und betete, dass sie es nicht bereuen würde. Sie schloss die beiden Riegel auf, nahm die Kette ab und öffnete die Tür.

Die beiden Frauen starrten sich einen langen Moment an. Die Frau an der Tür wirkte verwirrt.

»Hallo. Kann ich Ihnen helfen?«, fragte Kelli und klang dabei selbstbewusster, als sie sich fühlte.

»Ähm ... tut mir leid. Ich glaube, ich habe mich in der Wohnung geirrt. Ich dachte, dies sei die Wohnung von Jude Stark.«

Kelli hatte gehört, wie die anderen Mädchen erwähnten, dass Smileys richtiger Name Jude war. Damals hatten sie darüber gesprochen, wie cool das sei. Dass es im Grunde der Deckname eines Superhelden war. Sie hatten nicht unrecht.

»Das ist es.«

»Oh. Ähm, ist er hier?«

»Nein, er ist bei der Arbeit.« Kelli wollte dieser Frau nichts Wichtiges erzählen, bis sie herausgefunden hatte, wer sie war und warum sie nach Smiley suchte. Es bestand die Möglichkeit, dass sie mit Brant zusammenarbeitete, eine geringe, aber dennoch eine Möglichkeit.

Aus irgendeinem Grund sah die Frau ... untröstlich aus. Es ergab keinen Sinn. Kelli war sich ziemlich sicher, dass Smiley mit niemandem ausging, also verstand sie nicht, was hier vor sich ging.

Plötzlich drehte die Frau sich um und wollte gehen.

Da dämmerte es ihr. Die Frau dachte, Kelli sei mit Smiley zusammen. Sie war immerhin in seiner Wohnung.

»Ich bin mit Flash zusammen. Smileys Freund«, platzte es aus ihr heraus, bevor die Frau zu weit weg war. »Es ist einiges schiefgelaufen und mein Freund und ich wohnen hier. Smiley hat mit uns die Wohnungen getauscht. Er ist bei Flash.« Ihre

Worte waren hastig, und aus irgendeinem Grund wollte Kelli unbedingt, dass die unbekannte Frau ihr glaubte. »Ich mag Smiley, aber er ist irgendwie ... zu heftig für mich. Nicht auf eine schlechte Art und Weise, ich mag es nur, wenn meine Männer etwas freundlicher sind. Nein – das klingt so, als sei er gemein, aber so habe ich es nicht gemeint.«

»Schon okay, ich verstehe«, sagte die Frau.

»Möchten Sie reinkommen?«, fragte Kelli. Flash würde ihr die Hölle heißmachen, weil sie eine Fremde in die Wohnung eingeladen hatte, aber alles in ihr schrie, dass mit der Frau etwas ... vielleicht nicht *falsch*, aber definitiv seltsam war. Da waren diese verblassenden Blutergüsse, ja, aber auch, es gab keinen sanften Weg, es zu sagen ... sie stank. Als hätte sie schon lange nicht mehr geduscht. Und ihre Kleidung war schmutzig.

Irgendetwas in Kelli schrie danach, sie nicht gehen zu lassen.

»Ähm, nein, schon okay.«

»Bitte? Hören Sie zu, mein Name ist Kelli. Mir ist sterbenslangweilig. Ich kann die Wohnung nicht verlassen, weil da draußen ein Typ ist, der nichts lieber täte, als mich für seine ruchlosen Zwecke in die Finger zu bekommen. Also verstecke ich mich hier, bis Flash und die anderen ihn finden können. Und ich möchte Remi oder eine der anderen Frauen nicht in Gefahr bringen, also können sie wirklich nicht vorbeikommen und mich besuchen. Ich habe es satt fernzusehen, und ich kann nur eine begrenzte Anzahl von Smileys Thriller-Büchern lesen. Sie würden mir also einen großen Gefallen tun, wenn Sie reinkommen und mir eine Weile Gesellschaft leisten würden.«

Kelli übertrieb es ein wenig, aber je mehr sie darüber nachdachte, desto mehr dachte sie, dass diese Frau hereinkommen musste. Sie war offensichtlich aus irgendeinem Grund hierhergekommen, um mit Smiley zu sprechen, und sie hoffte, sie dazu bringen zu können, sich so weit zu entspannen, dass sie ihr vielleicht den Grund dafür nennen konnte.

Die Frau schaute den Flur auf und ab. Dann nickte sie langsam.

Kelli fühlte sich, als hätte sie etwas Wunderbares vollbracht, lächelte und trat einen Schritt von der Tür zurück, um der Frau etwas Platz zu machen. Nachdem sie sich vergewissert hatte, dass die Tür hinter ihrem geheimnisvollen Gast verschlossen und verriegelt war, deutete Kelli in Richtung Küche.

»Haben Sie Hunger? Ich wollte gerade etwas zu Mittag kochen. Freuen Sie sich nicht zu sehr, es ist nichts Besonderes, nur ein paar Schinken-Käse-Sandwiches.«

»Ich möchte Ihnen keine Umstände bereiten«, sagte die Frau.

»Oh, das tun Sie nicht. Im Ernst.« Kelli ging voran und ihr entging nicht, wie interessiert die Frau daran schien, Smileys Wohnung zu inspizieren. Sie schien jedes kleine Detail in sich aufzusaugen.

»Entschuldigung, ich habe Ihren Namen nicht verstanden. Wir können auch gern Du sagen«, sagte Kelli, obwohl sie genau wusste, dass die Frau ihren Namen nie genannt hatte.

»Oh ... ich bin Bree.«

Kelli konnte sich gerade noch beherrschen, nicht nach Luft zu schnappen und die Frau anzustarren. *Das* war Bree? Die Frau, der Smiley in ganz Riverton hinterhergejagt war? Und die Blutergüsse stammten wohl von dem Zeitpunkt, als sie Ellory und Yana vor dem Kerl gerettet hatte, der sie wegen ihrer Organe an jemanden im Ausland verkauft hatte.

Ihr Herz begann, schneller zu schlagen. Die Frau war ganz anders, als Kelli sie sich vorgestellt hatte. Zum einen tat sie ihr leid. Jetzt, da sie sich in der hell erleuchteten Wohnung und nicht mehr im düsteren Flur befand, konnte Kelli sehen, dass sie wirklich schlimm aussah. Dunkle Ringe unter den Augen, diese verblassten Blutergüsse, die Kleidung noch schmutziger, als sie gedacht hatte ... und dann war da noch dieser Geruch, der von ihr ausging.

Während Kelli die Sandwiches machte, plapperte sie über nichts Bestimmtes. Sie wollte einfach nur die Stille füllen, als würde das Bree vom Gehen abhalten. Sie wollte auch Flash eine SMS schreiben und ihn wissen lassen, wer gerade da war, aber sie hatte das Gefühl, dass Bree dann sofort verschwinden würde.

Als sie ihre Sandwiches am Tisch aßen, fragte Bree: »Also, Smiley ist bei Flash und ihr seid hier?«

Kelli nickte. »Ja. Um es kurz zu machen ... nun, eigentlich ist es auch gar nicht so lang. Ich war in Jamaika für den Junggesellinnenabschied meiner Cousine. Wir waren beim Tubing, Flashs Schwimmreifen ist gerissen, wir wurden irgendwie zusammen auf dem Fluss zurückgelassen und waren die Letzten, die ausgestiegen sind. Auf dem Rückweg zum Resort wurden wir entführt und in diesen Bus gesteckt, der unterirdisch vergraben war. Flashs Freunde fanden uns und wir kamen nach Hause. Aber der Entführer hatte unsere Ausweise und kam in die USA. Eine Woche nach unserer Rückkehr brach er bei mir ein. Ich versteckte mich, damit er mich nicht finden konnte, aber da es für mich nicht mehr sicher ist dortzubleiben und da der Bösewicht auch Flashs Adresse hat, sagte Smiley, wir könnten hierbleiben.«

»Ist er in Gefahr?«

Bree machte sich offensichtlich Sorgen um Smiley, und sie versuchte nicht einmal, dies zu verbergen.

»Ehrlich? Ich glaube nicht. Ich habe mir dieselbe Frage gestellt, aber die Jungs sind SEALs ... Ich glaube, sie würden es *lieben*, wenn der Entführer es auf einen von ihnen abgesehen hätte.«

»Ja«, sagte Bree, aber ihre Stirn war immer noch gerunzelt und sie sah immer noch besorgt aus.

Kelli kannte Smiley nicht besonders gut, aber sie dachte,

dass es nicht schlecht sein konnte, wenn sich jemand so um ihn sorgte wie diese Frau. Er war irgendwie distanziert und mürrisch. Vielleicht wäre es gut für ihn, eine Freundin wie Bree zu haben.

»Tut mir leid, dass ihr euch verstecken müsst. Das ist nicht lustig.«

Kelli musterte die Frau. Sie klang, als wüsste sie, wovon sie sprach. Dann erinnerte sie sich daran, was Flash ihr über die Situation der Frau erzählt hatte ... und ihr wurde klar, dass sie *genau* wusste, wie Kelli sich fühlte.

Sie fühlte sich sofort mit Bree verbunden.

Als Bree sich als die Frau vorgestellt hatte, nach der Smiley so verzweifelt suchte, war Kelli zunächst geneigt gewesen, Flash eine SMS zu schreiben und ihn zu informieren, damit er es Smiley sagen und seinen Hintern in die Wohnung bewegen konnte. Aber je mehr sie redeten, desto mehr befürchtete sie, dass Bree dann wahrscheinlich gehen und nie wiederkommen würde. Ja, sie hatte an die Tür geklopft, weil sie mit Smiley sprechen wollte, aber sie schien immer noch sehr nervös zu sein, und Kelli wollte nichts tun, was sie dazu bringen könnte, wieder wegzulaufen. Es war offensichtlich, dass Bree eine Freundin brauchte, und Kelli wollte plötzlich diese Freundin sein.

Als könnte sie ihre Gedanken lesen, traf Brees Blick den von Kelli und sie fragte: »Wirst du Smiley sagen, dass ich hier war?«

»Möchtest du, dass ich es tue?«, erwiderte sie.

»Ich weiß nicht«, flüsterte Bree. Es war offensichtlich, dass sie hin- und hergerissen war. »Ich dachte, ich sei endlich bereit, mit ihm zu reden, aber jetzt, da ich tatsächlich hier bin und Smiley nicht zu Hause ist? Es fühlt sich irgendwie so an, als sei das ein Zeichen ... als sei es kein guter Zeitpunkt.«

»Ich bin sicher, er könnte dir helfen«, entgegnete Kelli. »Ich meine, ich wurde entführt und unterirdisch begraben und bevor ich blinzeln konnte, haben er und sein Team uns gerettet.«

»Meine Situation ist nicht ganz dieselbe«, sagte Bree.

»Hör mal, Flash hat mir ein wenig von dir erzählt. Nichts Persönliches«, fügte sie hinzu, als sie sah, dass Bree sich anspannte. »Nur, dass Smiley dich in Vegas getroffen hat, als sie dort waren, um Josie zu finden. Er war verzweifelt, als du verschwunden bist.«

»Ich musste es tun«, sagte Bree.

»Ja, aber du solltest wissen, nachdem du Ellory und Yana gerettet hast ... jetzt wollen dich *alle* Jungs finden.«

»Die können dem Klub beitreten«, murmelte Bree.

»Versteh das nicht falsch«, sagte Kelli, »aber du siehst beschissen aus.«

Zu ihrer Überraschung brach Bree in Gelächter aus. »Darauf wette ich.«

»Ich möchte deine Freundin sein, Bree. Ich werde Smiley nicht sagen, dass du hier warst, aber ... was hältst du davon, mich tagsüber zu besuchen, wenn Flash bei der Arbeit ist?« Dann sprach sie schneller, als könnte das die Frau davon abhalten, Nein zu sagen. »Du kannst duschen, wir können deine Wäsche waschen, du kannst etwas Warmes essen. Und du würdest mir Gesellschaft leisten, während die Jungs alles tun, um meinen Entführer zu finden.«

»Warum? Warum solltest du mir helfen?«, fragte Bree.

Kelli zuckte mit den Schultern. »Einfach so. Erstens mag ich dich. Ich weiß, wir haben uns gerade erst kennengelernt, aber irgendetwas an dir sagt mir, dass du vertrauenswürdig und ein guter Mensch bist. Und zweitens bin ich einsam.«

Bree starrte sie so lange an, dass Kelli sicher war, sie würde ablehnen und sagen, dass sie gehen müsse. Dann seufzte sie. »Ich brauche Hilfe«, flüsterte sie. »Ich bin erschöpft. In meinem Wagen zu schlafen ist ätzend. Ich habe Fast Food satt. Und ich glaube, der Mann, der hinter mir her ist, hat herausgefunden, wo ich bin. Ich weiß nicht wie, aber ich bin mir ziemlich sicher, dass er hier in Riverton ist.«

»Deshalb bist du hierhergekommen, oder? Um mit Smiley zu reden.«

»Das ist dumm. Ich habe den Mann nur einmal getroffen, und das war an dem schlimmsten Tag meines Lebens. Aber ich konnte nicht aufhören, an ihn zu denken. An seinen Namen, die Tatsache, dass er ein SEAL ist, dass er so ... wütend über meine Situation zu sein schien.«

»Smiley würde alles tun, um dir zu helfen. Der Rest seiner Freunde auch«, sagte Kelli aufrichtig.

»Ich möchte sie da nicht mit hineinzuziehen«, erwiderte Bree.

Kelli lachte. »Ich will nicht unhöflich sein – okay, Lachen *ist* wahrscheinlich unhöflich –, aber eine Sache, die ich über Flash und seine Freunde gelernt habe, ist, dass sie es lieben, sich zu engagieren. In allem. Sie sind ganz normale Wichtigtuer. Aber sie haben die Verbindungen und die Fähigkeit, so gut wie jedes Problem zu lösen. Bleib, Bree. Lass dir von ihnen helfen.«

»Ich weiß, dass ich deshalb gekommen bin, aber jetzt ... kann ich nicht. Noch nicht.«

»In Ordnung«, sagte Kelli ruhig. »Wie wäre es dann, wenn du duschst und wir deine Wäsche waschen? Danach kannst du entscheiden, was als Nächstes zu tun ist.«

»Wirst du Smiley oder deinem Freund sagen, dass ich hier war?«

Kelli rang mit dieser Frage. Sie wollte es tun, aber sie wollte Brees Vertrauen mehr. »Nein. Nicht, bis du mir sagst, dass ich es darf.«

»Warum nicht?«

»Weil ich vermute, dass dir schon genügend Entscheidungen über dein Leben abgenommen wurden.«

»Danke«, flüsterte Bree und blickte auf den Tisch und den leeren Teller vor sich. »Du hast keine Ahnung, was mir das bedeutet.«

Flash wäre verletzt, wenn er herausfände, dass Kelli ihm etwas verheimlicht hatte. Das hasste sie. Aber sie glaubte fest daran, dass Bree schon bald den Mut finden würde, mit Smiley zu sprechen. Im Moment machte sie sich mehr Sorgen um die körperliche Gesundheit und Sicherheit der Frau. Sobald sie sauber war und etwas Gesünderes zu essen im Bauch hatte, würde sie hoffentlich wieder den Mut finden, der sie überhaupt erst zu Smileys Tür geführt hatte.

»Ich dachte tatsächlich, dass du seine Freundin bist«, sagte Bree.

»Smileys? Ja, das habe ich vermutet«, sagte Kelli. »Komm schon. Ich zeige dir, wo das Badezimmer ist, und du kannst dein Ding machen, während ich den Abwasch erledige.«

Bree runzelte die Stirn. »Du wirst doch nicht deinen Freund anrufen, während ich außer Hörweite bin?«

»Nein. Ich verspreche es.«

Kelli hasste es, dass Bree immer noch skeptisch aussah, aber das machte sie nur noch entschlossener, ihre neue Freundin nicht zu enttäuschen.

Da sie nicht wollte, dass sie ging, weil sie Angst hatte, dass sie nicht zurückkommen würde, lockte Kelli sie mit dem Versprechen, dass es in der Dusche jede Menge mädchenhafte Seife gab. Und obwohl Bree ein paar Zentimeter größer als Kelli und viel, viel dünner war, schlug sie vor, dass sie eine ihrer Leggings und ein T-Shirt und einen Pullover anziehen solle, während ihre eigenen Sachen in der Waschmaschine waren.

Während Bree duschte, starrte Kelli schuldbewusst auf ihr Handy und kaute auf ihrem Daumennagel. Sie hasste es, Flash nichts von Bree erzählen zu können ... und sie hatte das Gefühl, dass Smiley nicht die Art von Mann war, der einen so großen Vertrauensbruch verzeihen und vergessen würde.

Aber sie wollte Brees Vertrauen mehr als Smileys. Der Mann hatte unzählige Menschen, auf die er sich verlassen konnte; Bree hatte niemanden. Die Frau brauchte eine Freundin, und Kelli war entschlossen, diese Freundin zu sein.

Die Frau, die das Badezimmer verließ, sah wie eine völlig andere Person aus als die, die es betreten hatte. Es war, als hätte das Abwaschen von Schmutz und Dreck eine selbstbewusstere Version von Bree zum Vorschein gebracht. Kelli überzeugte sie, sich auf die Couch zu setzen, und die Zeit verging wie im Flug, während sie darauf warteten, dass ihre Kleidung fertig gewaschen und getrocknet war.

Zu Kellis Freude war Bree klug, witzig und bodenständig. Sie war auch sehr aufmerksam und einfühlsam. Irgendwie erzählte sie Bree alles über den Tod ihres Vaters, wie verheerend es gewesen war. Wie das Geld, das sie und ihre Mutter erhalten hatten, ihr Herz nicht im Geringsten heilte. Sie erzählte ihr, dass sie Elektrikerin werden wolle, und von ihrer Frustration, dass sie erst mit dem Unterricht beginnen konnte, wenn der Mann, der da draußen lauerte, gefasst worden war.

Es entging ihr nicht, dass Bree nicht verwirrt zu sein schien, als Kelli die Frauen der anderen SEALs erwähnte. Als ob sie sie irgendwie kannte. Kelli fragte nicht danach und fragte Bree auch nicht nach ihrer Vergangenheit, einfach weil sie nicht wollte, dass sie verschwand.

Als ihre Kleidung fertig war und Bree sie wieder angezogen hatte, war Kelli ehrlich traurig, dass die Zeit mit ihrer neuen Freundin vorbei war. Sie folgte ihr zur Tür und fragte: »Kommst du wieder?«

Bree zögerte und Kelli wurde ganz flau im Magen. Sie würde zur Tür hinausgehen und nie wiederkommen. Das würde wehtun, und nicht nur, weil Smiley und die anderen nicht verstehen würden, warum Kelli nicht sofort angerufen hatte, um ihnen zu sagen, dass die Frau, nach der sie gesucht hatten, aufgetaucht war. Sie mochte Bree. Ihr Besuch hatte den Tag schnell vergehen lassen.

»Ich denke schon, ja.«

Die Erleichterung machte Kelli fast schwindelig. »Gut«, sagte sie mit einem breiten Lächeln.

»Sei vorsichtig«, warnte Bree sie. »Ich weiß, du hast gesagt, dass du die Wohnung nicht verlässt, aber das bedeutet nicht, dass der Typ nicht weiß, dass du hier bist. Er könnte jemand anderem folgen und herausfinden, wo du dich aufhältst.«

Kelli presste die Lippen zusammen. Bree sagte nichts, woran sie nicht selbst schon gedacht hatte, aber es war trotzdem beängstigend, es zu hören.

»Entschuldige, ich bin es gewohnt, paranoid zu sein. Ich bin sicher, dass alles gut geht.«

»Nein, ich verstehe dich. Aber Flash muss zur Arbeit, und es ist nicht so, dass ich dort mit ihm abhängen kann, während er und die anderen über supergeheimes SEAL-Zeug reden.«

»Ich schätze nicht. Wie wäre es, wenn ich für dich ein Auge auf den Ort werfe? Ich meine, ich schaue sowieso schon immer über meine Schulter. Wie sieht dieser Brant aus?«

»Durchschnittlich groß, kurzes dunkles Haar, dunkle Haut, als ich ihn das letzte Mal sah, war er glatt rasiert, aber das könnte sich inzwischen geändert haben. Er ist schlank ... oh, und er hinkt leicht. Ich weiß nicht warum.«

»Das ist wirklich sehr hilfreich. Ich nehme nicht an, dass du weißt, welche Art von Fahrzeug er fährt?«

Kelli schüttelte den Kopf. »Nein, tut mir leid.«

»Schon in Ordnung. Ich halte die Augen offen, und wenn ich jemanden sehe, der deiner Beschreibung ähnelt, lasse ich es dich wissen.«

»Danke. Willst du mir sagen, wie der Mann aussieht, der nach *dir* sucht, damit ich mich revanchieren kann?«

»Nein.«

Das war alles. Nur ein Wort. Kelli versuchte, nicht beleidigt zu sein, dass sie so zurückgewiesen wurde. »Klar. Ich wäre wahrscheinlich sowieso keine große Hilfe, da ich den ganzen Tag in dieser Wohnung bin. Sei vorsichtig, Bree. Ich habe nicht viele Freunde, und es wäre schade, wenn du weggehst und ich dich nie wiedersehe.«

»Für mich wäre es auch schade«, sagte Bree. »Ich weiß nicht, wann ich zurückkomme, aber wenn es sicher für mich ist, werde ich es tun.«

Das klang für Kelli nicht sehr vielversprechend, aber sie nickte trotzdem. »Sei vorsichtig da draußen«, sagte sie leise.

Bree nickte und öffnete dann die Tür. Kelli sah ihr nach, wie sie den Flur entlangging, bis sie außer Sichtweite war. Dann schloss sie die Tür und verriegelte sie wieder. Die letzten Stunden waren unwirklich gewesen, aber sie war sehr froh, dass sie die geheimnisvolle Bree Haynes kennengelernt hatte.

KAPITEL NEUNZEHN

Irgendetwas war mit Kelli los, und Flash war frustriert, weil er nicht herausfinden konnte, was sie bedrückte, und sie redete nicht darüber.

Er hatte alles getan, um es aus ihr herauszubekommen. Er hatte sich immer wieder dafür entschuldigt, dass sie den ganzen Tag in Smileys Wohnung festsaß, aber sie tat es ab. Sie sagte, es sei nicht seine Schuld und es ginge ihr gut. Er hatte angeboten, sie zu ihrer Mutter zu bringen, aber sie lehnte ab und sagte, dass sie ständig telefonierten und sie sie nicht sehen müsse, bis sie genau wüssten, dass es sicher war.

Er war doppelt frustriert, weil Williams immer noch nicht gefunden war. Seit dem Brand in seiner Wohnung waren über zwei Wochen vergangen, und Ryleigh, die Frau in New Mexico, die versuchte, ihn zu finden, hatte kein Glück gehabt. Er mochte die Frau, sie war direkt und auf den Punkt, genau wie Tex. Sie hatte das Bankkonto gefunden, das für das Lösegeld eingerichtet worden war – und es deaktiviert –, aber das war eine Sackgasse, was die Suche nach Williams betraf.

Sie war sogar so weit gegangen, seine aktuelle Kreditkarte sperren zu lassen, und sie hatte das Geld auf seinem jamaikanischen Bankkonto auf Flashs Konto überwiesen, nur weil sie es konnte, wodurch auch seine Debitkarte unbrauchbar wurde. Sie hatte sich in die Sicherheitskameras aller Orte gehackt, an denen er seine Kreditkarte zuletzt benutzt hatte, bevor sie sie sperren ließ, und sie hatte auch allen ihren Freunden Bilder von dem Mann geschickt. Aber sie hatte ihn immer noch nicht finden können.

Die Sperrung seiner Karten hatte ihn mit ziemlicher Sicherheit verärgert und seine Fähigkeit, sich in schäbigen Motels zu verstecken oder Fahrzeuge zu mieten, eingeschränkt ... aber es hatte auch jede Möglichkeit unterbunden, ihn aufzuspüren. Dennoch versicherte Ryleigh ihnen, dass sie ihn finden würde. Dass sie ihm auf der Spur war.

Flash musste ihr glauben.

Abgesehen von dem, was sie bedrückte und worüber sie nicht mit ihm sprechen wollte, lief es mit Kelli auf persönlicher Ebene sehr gut. Sie war in jeder Hinsicht sein perfektes Gegenstück. Flash hasste es einfach, dass sie nicht einfach tun konnte, was sie wollte. Dass sie ihr Leben nicht weiterleben konnte, indem sie ihre Elektrikerausbildung begann. Er war ein wenig skeptisch gewesen, was ihre Entscheidung anging, aber je mehr Zeit verging, desto aufgeregter wurde sie. Und sie so begeistert von ihrer Zukunft zu sehen machte Flash glücklich.

Ihr Sexleben wurde von Tag zu Tag besser. Kellis Leidenschaft passte perfekt zu seiner eigenen. An den meisten Abenden ging er mit dem Vorsatz ins Bett, langsam mit ihr Liebe zu machen, aber innerhalb weniger Minuten machte sie alle seine guten Vorsätze zunichte. Sie war eine Wildkatze, und er liebte es. Sie liebte es, ihm einen zu blasen, was für jeden Mann ein wahr gewordener Traum war. Sie fühlte sich nicht so wohl dabei, wenn er diesen Gefallen erwiderte, aber sie lernte die Freuden kennen, die es mit sich brachte.

Sie liebte es auch, mit ihm zu experimentieren, wenn es um Stellungen ging ... und sie hatten ihre sexuellen Aktivitäten nicht auf das Schlafzimmer beschränkt, was Flash Smiley gegenüber niemals zugegeben hätte.

Apropos, Flash war mehr als bereit, zu sich nach Hause zurückzukehren. Es war nicht so, dass er es nicht zu schätzen wusste, dass sein Teamkamerad Kelli eine sichere Unterkunft bot, während er bei der Arbeit war, es war eher so, dass er in *seinem* Zuhause sein wollte. Er wollte ihre Schuhe in *seinem* Wohnzimmer sehen. Ihre Unterwäsche in *seinem* Wäschekorb. Ihren Körper in *seiner* Dusche. *Seiner* Küche. *Seinem* Bett.

Diese Gedanken waren lächerlich, aber er scheute sich nicht davor, sie zu haben. Er wollte sein Leben mit seiner Frau nach seinen eigenen Vorstellungen beginnen können, nicht nach denen des verdammten Brant Williams. Der Mann musste gefunden werden. Pronto.

Vielleicht würde Kelli sich dann wohl genug fühlen, um mit ihm über das zu sprechen, was sie seit über einer Woche beschäftigte.

Sie lagen gerade im Bett und er strich ihr mit den Fingern über die nackte Schulter, während sie auf ihm lag. Er musste bald aufstehen, aber im Augenblick genoss er den ruhigen Moment mit der Frau, die ihm alles bedeutete.

»Gehen die Jungs bald auf Mission?«, fragte sie scheinbar aus heiterem Himmel.

Flash runzelte die Stirn. »Nein. Warum?«

Sie lehnte sich an ihn. »Ich weiß nicht, ich schätze, weil ihr alle wirklich hart an dem arbeitet, woran ihr arbeitet, dachte ich einfach, dass die Mission bald beginnen würde.«

»Manchmal recherchieren wir monatelang, bevor wir losziehen. Manchmal werden wir auch spontan losgeschickt. Es hängt alles davon ab, worin die Mission besteht. Zum Beispiel kann die Ausschaltung einer hochrangigen Zielperson Wochen der Planung in Anspruch nehmen, um sicherzustellen, dass wir so viele Gefahren wie möglich mindern. Aber wenn es eine Geiselnahme gibt, werden wir möglicherweise nicht im Voraus benachrichtigt.«

»Das ergibt Sinn«, sagte Kelli an seiner Brust.

»Alles in Ordnung? Was ist los?«, fragte Flash und überlegte, ob es das war, was sie bedrückte.

»Nichts. Mir geht es gut. Falls sie Brant schnappen, wirst du wieder in die Einsatzrotation aufgenommen, oder?«

Er nickte. »*Wenn* sie ihn schnappen, ja. Machst du dir deswegen Sorgen? Dass ich gehe?«

»Nein.«

»Nein?«, fragte Flash überrascht.

Kelli hob den Kopf und stützte ihn auf ihren Handrücken, während sie auf seiner Brust lag. »Warum sollte ich? Ich weiß bereits, dass du klasse bist. Ich habe dich aus nächster Nähe in Aktion gesehen. Und deine SEAL-Kameraden auch.«

Ihr Selbstbewusstsein und ihr absolutes Vertrauen in ihn überwältigten Flash. »Ich weiß, dass es zwischen uns schnell ging, was durch einige nicht so tolle Umstände verursacht wurde, aber du kannst mit mir über alles reden, Kelli. Zwischen uns gibt es keine Tabuthemen, verstanden?«

Sie legte ihren Kopf wieder auf seine Brust und nickte.

Ihre Abneigung, ihm in die Augen zu sehen, machte ihn noch sicherer, dass sie etwas vor ihm verheimlichte. Und ihre nächsten Worte bestätigten dies.

Sie seufzte und sagte dann leise: »Ich vertraue dir, Flash. Mehr als jedem anderen Mann, mit dem ich je zusammen war. Ich kann mit dir über alles reden, was sich großartig anfühlt. Du sollst wissen, dass ich nie Geheimnisse vor dir haben würde. Ich bin für dich wie ein offenes Buch. Aber ... manchmal gibt es Dinge, die *andere* Menschen betreffen und über die ich nicht sprechen sollte.«

Flash runzelte die Stirn. »Hat das mit Williams und dem, was passiert ist, zu tun? Hat er dich irgendwie kontaktiert?«

»Nein.«

Ihre Antwort kam so unmittelbar und aufrichtig, dass Flash ihr glaubte.

»Bist du in Gefahr?«

»Ich? Nein.«

Das beruhigte Flash nicht gerade. »Aber jemand anderes?«

»Vielleicht.«

»Sieh mich an«, befahl Flash. Er wartete, bis Kelli den Kopf wieder gehoben hatte und seinen Blick erwiderte. »Wenn jemand in Gefahr ist, musst du es jemandem sagen. Wenn nicht mir, dann einem meiner Teamkameraden. Oder Wolf oder jemandem aus seinem Team.«

»Ich kann nicht«, flüsterte sie. »Ich habe es versprochen.«

Flash gefiel diese Antwort überhaupt nicht. Er bemerkte nicht, dass er finster dreinblickte, bis sich Tränen in Kellis Augen bildeten.

»Ich will nicht, dass du mich hasst. Bitte, das würde mich zerstören.«

»Ich könnte dich nie hassen. Ich liebe dich.«

Die Worte schienen im Raum widerzuhallen.

»Was?«, fragte Kelli.

Er hatte nicht vorgehabt, so damit herauszuplatzen, aber Flash bereute es nicht. »Ich liebe dich«, wiederholte er. »Du bist mein Ein und Alles. Es geht wieder zu schnell, aber das ist mir scheißegal. So fühle ich und so werde ich immer fühlen. Und ich bin bereit, so lange zu warten, bis du mich auch liebst.

Egal was passiert, ich werde dich nicht hassen, Kelli. Ich verstehe Loyalität. Verdammt, es gibt viele Dinge, die ich dir aufgrund meines Jobs nie erzählen kann. Ich möchte nur, dass du mir versprichst, dass du mit mir oder jemand anderem, dem du vertraust, sprichst, wenn jemandes Leben wirklich in Gefahr ist. Du willst keine Schuldgefühle haben, weil du nicht das Wort ergriffen hast und dann das Schlimmste passiert ist.«

»Ich weiß. Und das werde ich. Es ist nur ... es ist eine heikle Situation.«

Flash war verblüfft, wie diese Frau, die den ganzen Tag in der Wohnung herumhing, sich mitten in einer sogenannten »heiklen Situation« befinden konnte. Aber er stellte sie nicht infrage. Er musste darauf vertrauen, dass sie zu ihm kommen würde, wenn sie bereit war. »Bring dich *nicht* in Gefahr«, warnte er sie.

»Das werde ich nicht. Es geht nicht um mich«, versicherte sie ihm schnell.

Aber Flash war nicht besonders beruhigt. Er nahm sich vor, sich tagsüber öfter bei ihr zu melden, um sicherzugehen, dass es ihr gut ging und dass das, was auch immer vor sich ging, sie wirklich nicht in Gefahr brachte.

Blitzschnell beugte Flash sich vor und griff nach der kleinen Schachtel, die er neben dem Bett auf den Tisch gelegt hatte. Er hatte etwas für sie anfertigen lassen und auf den richtigen Zeitpunkt gewartet, um es ihr zu geben. Jetzt schien dieser Zeitpunkt gekommen zu sein. Er drehte sich wieder um und hielt ihr die Schachtel hin.

Kelli schaute überrascht. Dann verwirrt. Dann ein wenig besorgt.

»Das ist kein Ring«, sagte er schnell. »Ich liebe dich, aber einen Antrag zu machen, zwei Sekunden nachdem ich dir zum ersten Mal gesagt habe, dass ich dich liebe, ist selbst für mich etwas viel.«

Sie grinste, nahm dann die Schachtel und öffnete sie wortlos.

Als sie sah, was darin war, weiteten sich ihre Augen und sie schnappte nach Luft. »Flash«, flüsterte sie. »Ist das ...?«

»Das ist der Löffel. Aus dem Bus. Die Mädchen haben ihn gefunden, als sie dir beim Aufräumen deiner Wohnung halfen, und da er nicht zu deinem restlichen Besteck passte, fragten sie mich, was sie damit machen sollten. Ich nahm ihn und wollte ihn in einem Rahmen oder so etwas einfassen lassen, habe mich aber stattdessen für das hier entschieden.«

»Das hier« war ein Armband. Er hatte den Löffel zu einem Juwelier gebracht, den Caroline empfohlen hatte, und der Mann hatte ihn verdreht und manipuliert und so ein wunderschönes Kunstwerk daraus gemacht. Es war immer noch offensichtlich, dass es ein Löffel war, aber jetzt war er poliert und aufgearbeitet, auch wenn er immer noch seine kleinen Dellen und Beulen hatte. So ähnlich wie er und Kelli.

»Ich … es ist perfekt«, hauchte sie. »Danke.«

Kelli schaute zu ihm auf und Flash konnte die Tränen in ihren Augen sehen.

»Das sind doch gute Tränen, oder?«, fragte er, plötzlich nervös, dass er zu weit gegangen war und es vermasselt hatte.

»Natürlich sind sie das. Ich werde das für immer in Ehren halten. Es erinnert mich an die Hölle, die wir durchgemacht haben, aber auch daran, dass wir es geschafft haben. Dass wir zusammengearbeitet haben, um das Beste aus dieser schrecklichen Situation zu machen.«

Flash griff nach dem Armband. »Darf ich?«, fragte er.

Kelli nickte und Flash wickelte ihr behutsam das Löffelarmband ums Handgelenk. Es war ein Manschettenarmband, das keinen Verschluss hatte, sondern durch Zusammendrücken um das Handgelenk einer Frau enger wurde. Es passte perfekt.

»Ich habe noch nie ein aufmerksameres Geschenk bekommen. Danke, Flash.«

»Gern geschehen.« Flash drehte sich um und drückte Kelli unter sich. »Ich habe noch fünfzehn Minuten, bevor ich aufstehen muss«, informierte er sie.

Ihre Wangen waren noch feucht von ihren Tränen, aber sie lächelte ihn an. »Wir könnten schlafen«, schlug sie mit einem Augenzwinkern vor.

»Könnten wir«, stimmte er zu. »Oder wir könnten die Lazy-Man-Stellung machen. Ich finde, das ist nur fair, da ich derjenige bin, der aufstehen und zum Training gehen muss.«

»Du magst das nur, weil meine Brüste dir dann direkt ins Gesicht springen«, protestierte Kelli.

Flash lachte leise. »Kannst du mir das verübeln? Du hast Titten, um die Kriege geführt werden.«

Kelli rollte mit den Augen. Flash lächelte und begann, sich in eine sitzende Position zu bewegen, mit dem Kopfteil im Rücken, aber Kelli hielt ihn auf. »Flash?«

»Ja?«

»Ich liebe dich auch.«

Flash beugte sich sofort vor, sein Schwanz pochte gegen ihren Oberschenkel. Der Drang, in sie hineinzustoßen und ihr zu zeigen, wie viel ihre Worte ihm bedeuteten, war intensiv. Er küsste sie ... lange, langsam und mit jedem Funken Liebe in seinem Körper, den er für diese Frau empfand.

Es dauerte nicht lange, bis sie ihn an den Schultern drückte und aufforderte, sich aufzusetzen. Keiner von ihnen hatte sich nach dem Sex am Abend zuvor etwas angezogen, sodass es für sie ein Leichtes war, sich auf ihn zu setzen. Sie hatte recht, in dieser Position waren ihre Brüste direkt vor seinem Gesicht und Flash zögerte nicht, eine ihrer Brustwarzen in den Mund zu nehmen.

Sie stöhnte und krümmte sich. Sein Schwanz war zwischen ihren Körpern gefangen, aber er wusste, dass es nicht lange dauern würde, bis er dort ankam, wo er hingehörte.

Wie üblich begann Kelli, sich vor ungeduldiger Erregung zu winden. Sie hob sich an und Flash bewegte sich mit ihr, da er die Brustwarze, an der er saugte und biss, nicht verlieren wollte. Sie legte eine Hand um seinen Schwanz und nahm ihn zwischen ihre Beine.

Beide stöhnten auf, als sie sich fallen ließ und ihn tief in sich aufnahm.

»Reite mich, Kelli. Nimm dir, was du willst«, drängte Flash.

Er musste nicht zweimal bitten. Dann konnte er nicht mehr

an ihren Brüsten saugen; sie hüpften zu sehr, als sie ihn hart ritt.

Diese Frau. Sie machte ihn fertig. Er liebte sie so verdammt sehr.

Es dauerte nicht lange, bis beide zum Orgasmus kamen. Er liebte es, wie erschöpft Kelli aussah, nachdem sie gekommen war. An ihrer geröteten Haut, dem Schweiß auf ihrer Stirn und dem Ausdruck absoluter Zufriedenheit in ihrem Gesicht konnte er erkennen, ob sie einen Orgasmus gehabt hatte oder nicht.

Er wollte sich nicht aus ihrer warmen Muschi zurückziehen, aber ein Blick auf die Uhr sagte ihm, dass er bereits zu spät zum Training kommen würde. Er nahm Kellis Gesicht in seine Hände und küsste sie. Dann sagte er: »Pass heute auf dich auf. Wir machen heute früher Feierabend. Wie wäre es, wenn wir heute Abend ausgehen?«

»Wirklich?«, entgegnete sie, und die Aufregung war in ihrer Stimme deutlich zu hören.

»Wirklich. Smiley muss vorbeikommen und ein paar Sachen abholen – ich glaube, er ist einfach faul und will keine Wäsche waschen, also will er sich hier saubere Kleidung besorgen. Nachdem er gegangen ist, können wir überall hingehen, wo du willst.«

»In La Jolla gibt es ein tolles Thai-Restaurant.«

»Wenn du das willst, gehen wir dorthin.«

»Ich kann dir auch meinen Lieblingsstrand dort oben zeigen. Vielleicht können wir den Sonnenuntergang beobachten.«

»Abgemacht«, sagte Flash, beugte sich vor und küsste sie erneut. »Jetzt muss ich aufstehen, sonst zwingt Kevlar mich zu zusätzlichen Sandsprints.«

Kelli grinste. »Das würde ich nicht wollen«, erwiderte sie. Dann spannte sie ihre Beckenbodenmuskeln an, was Flash zum Stöhnen brachte, als sein Schwanz sich vor Dankbarkeit versteifte.

»Das war einfach gemein«, beschwerte er sich und hob sie mühelos von sich, als würde sie so gut wie nichts wiegen.

»Ich liebe es, wenn du das tust«, sagte sie seufzend, während sie sich auf den Rücken neben ihn legte und sich streckte.

»Was?«, fragte Flash, abgelenkt von der Art und Weise, wie sich ihre Brüste bewegten.

»Mich hochheben, als sei ich federleicht.«

»Das bist du«, sagte Flash. Dann beugte er sich zu ihr hinunter und küsste sie auf die Stirn, wohl wissend, dass er nie aus dem Bett kommen würde, wenn er noch mehr tat. »Du musst aufstehen und die Tür hinter mir abschließen, die Kette anlegen«, erinnerte er sie. »Schlaf nicht wieder ein.«

»Ich weiß, und das werde ich nicht«, sagte sie.

Flash stand auf, solange er noch die Willenskraft dazu hatte, und innerhalb weniger Minuten küsste er Kelli an der Tür. »Ich schreibe dir eine SMS, wenn Smiley und ich von der Arbeit kommen.«

»Okay. Um wie viel Uhr ungefähr, denkst du?«

»Vielleicht gegen drei.«

»Klingt gut. Fahr vorsichtig.«

»Das werde ich. Ich liebe dich, Kelli. Du hast mein Leben so viel besser gemacht, und obwohl ich nie zugeben würde, dass ich froh war, dass wir entführt wurden, *bin* ich froh, dass deine Cousine beschlossen hat, ihren Junggesellinnenabschied im selben Resort wie Chuck zu feiern.«

»Ich auch.«

Flash küsste sie ein letztes Mal, bevor er sich auf den Weg machte. Er hörte, wie die Riegel einrasteten, und wartete darauf, das Klirren der Sicherheitskette zu hören, die eingesetzt wurde. Als er sich vergewissert hatte, dass Kelli so sicher war, wie es nur ging, schritt er den Flur entlang und tat sein Bestes, um die Aufmerksamkeit von seinem Schwanz auf die Arbeit zu lenken, die später am Tag erledigt werden musste.

———————

Kelli hoffte wirklich, *wirklich*, dass Bree heute auftauchte. Sie hasste es, Flash die Besuche der Frau vorzuenthalten, aber sie war in den letzten anderthalb Wochen zweimal zurückgekehrt, und jedes Mal schien Bree sich ein wenig mehr zu entspannen. Und sie sah auch gesünder aus. Die regelmäßigen Duschen und die Möglichkeit, ihre Kleidung zu waschen, trugen viel dazu bei, ihr Selbstvertrauen zu geben. Und es schadete nicht, dass Kelli sie mit so viel Nahrung versorgte, wie sie konnte, während sie dort war, und ihr auch frisches Gemüse und andere gesunde Lebensmittel mitgab.

Sie wollte vor allem, dass Bree heute auftauchte, da Flash gesagt hatte, dass Smiley da sein würde. Wenn sie zufällig zur gleichen Zeit dort wäre, würde sie vielleicht den Mut aufbringen, mit ihm zu reden. Und um endlich um die Hilfe zu bitten, die sie brauchte. Sie hatte völlig verzweifelt gewirkt, als sie das erste Mal an die Tür geklopft hatte, und jetzt, da sie nicht mehr ganz so verzweifelt war, was ihre persönlichen Bedürfnisse anging, würde sie vielleicht in der Lage sein, tief in sich hineinzuhören und um Hilfe bei der Frage zu bitten, wer hinter ihr her war.

Smiley wäre so erleichtert, sie gefunden zu haben, und Kelli wusste, dass er sofort bereit wäre zu helfen. Laut Flash war das schon die ganze Zeit sein Ziel gewesen. Dafür zu sorgen, dass sie in Sicherheit und nicht in den Fängen dessen war, an den sie verkauft worden war.

Kelli schaute auf die Uhr und ging nervös auf und ab. Es war fast an der Zeit, dass Flash und Smiley hier sein sollten, aber von Bree fehlte noch jede Spur. Sie hatte schließlich zugegeben, dass sie dem Team gefolgt war; sie wusste, wo jeder wohnte und was sie fuhren. Wenn sie Smileys älteren Ford Ranger auf dem Parkplatz sähe, würde sie höchstwahrscheinlich nicht anhalten. Das würde bedeuten, dass Kelli das Geheimnis ihrer Besuche vor Flash noch länger bewahren müsste.

Seine Worte an diesem Morgen hätten sie fast um den Verstand gebracht. Ihr Versprechen, dass sie mit ihm über alles reden könne. Sie hätte fast alles gestanden. Aber dann war sie abgelenkt gewesen, als Flash ihr sagte, dass er sie liebe.

Es schien so unwirklich. Dass sie, Kelli Colbert, die Außenseiterin, die niemand Besonderes war, es geschafft hatte, dass Flash sie liebte. Und die Sache war, sie hatte keine Ahnung, wie sie das geschafft hatte. Oder wie sie es schaffen konnte, dass er sie *weiterhin* liebte. Deshalb hatte sie die Worte nicht zuerst gesagt, obwohl sie sie bis ins Mark gespürt hatte. Flash war ... er war ein Wunder. Und das nicht nur, weil er ihr Ein und Alles gewesen war, als sie entführt wurden.

Er war ein guter Mann. Rücksichtsvoll. Beschützend. Und als Bonus war er unglaublich gut im Bett. Kelli wurde zu einer Person, die sie nicht kannte, wenn sie mit ihm zusammen war. Wie an diesem Morgen, als sie auf ihm ritt wie ein Cowgirl bei einem Rodeo oder so etwas. Aber da er sich nicht beschwerte und sie sich noch nie so befriedigt gefühlt hatte, war es ihr egal, dass sie plötzlich ... übermäßig ausgelassen im Bett war.

Als Kelli am Fenster vorbeischaute, um auf den Parkplatz zu blicken, sah sie weder Bree noch ihren Subaru Outback. Sie hatte die Frau nach ihrem zweiten Besuch beobachtet und gesehen, wie sie in das dunkelgrüne Fahrzeug stieg. Normalerweise kam sie am frühen Nachmittag, um sicherzustellen, dass sie wieder weg war, bevor Flash nach Hause kam. Es war bereits später, als sie normalerweise kam, aber sie hatte keine Ahnung, dass die Männer heute früher von der Arbeit kommen würden, sodass immer noch die Möglichkeit bestand, dass sie vorbeikommen würde und sie und Smiley sich tatsächlich gegenüberstehen könnten.

Als Kelli die SMS von Flash erhielt, in der stand, dass er auf dem Heimweg sei, entschied sie widerwillig, dass Bree wohl nicht zu Besuch kommen würde. Sie war darüber enttäuscht, da sie wirklich dachte, dass die Frau bereit war, mit Smiley zu sprechen, aber sie war so lange auf der Flucht gewesen und hatte sich versteckt, dass Kelli wusste, dass es für Bree beängstigend sein musste, überhaupt etwas außerhalb ihrer derzeitigen Routine in Betracht zu ziehen.

Es war ihr jedoch gelungen, die Frau davon zu überzeugen, nach ihrem letzten Besuch Smileys Handynummer und ihre eigene anzunehmen. Sie machte sich genügend Sorgen um sie, da sie in ihrem Wagen lebte und auf der Flucht war, dass sie wollte, dass sie eine Notfallmöglichkeit hatte, um jemanden zu kontaktieren. Nur für den Fall.

Kelli würde sich jedenfalls freuen, Smiley zu sehen. Nach mehr als zwei Wochen in der Wohnung fühlte sie sich eingesperrt. Als fiele ihr die Decke auf den Kopf. Der Tag war wunderschön. Die Sonne schien und sie sehnte sich danach, wenigstens ein wenig nach draußen zu gehen. Frische Luft zu schnappen. Unter Flashs und Smileys wachsamen Blicken konnte sie das doch sicher tun.

Sie war nicht nachtragend, nicht im Geringsten. Wenn sie allein wäre, immer noch in ihrer Wohnung, hätte sie Angst. Sie würde sich fragen, wann Brant zurückkehren würde ... und was er mit ihr machen würde, wenn er sie fände. Hier in Smileys Wohnung fühlte sie sich sicher, selbst wenn sie allein war. Brant schien immer noch nicht zu wissen, wo sie oder Flash war. Und die Person namens Ryleigh, die alles in ihrer Macht Stehende tat, um ihn zu finden, behauptete, sie sei kurz davor herauszufinden, wo er sich versteckt hielt.

Ohne seine Kreditkarte oder den Zugriff auf sein Bankkonto würde er bald etwas unternehmen müssen. Das machte

Kelli Angst, aber ihr war klar, dies bedeutete, dass sie und Flash hoffentlich in der Lage sein würden, mit ihrem Leben weiterzumachen.

Was als Nächstes für sie geschehen würde, war noch nicht entschieden. Würde sie in ihre Wohnung zurückkehren? Sie hoffte, dass sie sich weiterhin treffen würden, sie nahm es zumindest an ... es war unwahrscheinlich, dass Flash ihr am einen Tag sagte, dass er sie liebte, und am nächsten Tag beschloss, dass es vorbei war.

Kelli entfernte nach Flashs SMS die Kette an der Tür und wartete dann ungeduldig in der Küche auf die Ankunft der Männer. Als sie den Schlüssel im Schloss hörte, ging sie um den Tresen herum.

Flash betrat als Erster den Raum und Kelli strahlte ihn an. Er ging direkt auf sie zu, umarmte sie fest und riss sie von den Füßen. So begrüßte er sie immer. Als seien seit seinem letzten Besuch Wochen vergangen und nicht nur ein paar Stunden.

»Alles in Ordnung?«, fragte er.

Kelli lachte. »Warum sollte es das nicht sein?«

»Ich wollte nur sichergehen.«

»Hey, Kelli«, sagte Smiley auf seine schroffe Art. »Mir gefällt, was du aus der Wohnung gemacht hast«, scherzte er.

Kelli lachte. »Du meinst, dass ich geputzt habe?«, fragte sie. Als sie und Flash eingezogen waren, hatte es ausgesehen, als hätte ein Tornado gewütet. Smiley war offensichtlich kein sehr ordentlicher Mensch. Aber jetzt war alles aufgeräumt. Es war blitzsauber. Sie hatte die Wohnung von oben bis unten geputzt ... es war eine Möglichkeit, sich während ihrer langen, langweiligen Tage allein zu beschäftigen.

Als Kelli sich umsah, dachte sie, dass Smiley wahrscheinlich innerlich über den Zustand seiner Wohnung die Stirn runzeln würde, da sie so anders aussah als bei seinem letzten Besuch. Kein schmutziges Geschirr im Spülbecken, keine Post auf dem Tresen und zwei ordentlich gefaltete Decken, die über die Lehne der Couch hingen. Sie hatte sogar sein Bücherregal aufgeräumt und die Bücher nach dem Nachnamen der einzelnen Autoren alphabetisch geordnet.

»Ja, das«, sagte Smiley. Dann trat er vor und umarmte sie ebenfalls.

Kelli war überrascht. Smiley war kein gefühlsbetonter Typ, und dass er so ... nun ja ... *nett* war, bescherte ihr wieder ein schlechtes Gewissen. Er hatte verzweifelt versucht, Bree zu finden, und sie hatte die Tatsache, dass sie hier gewesen war, in seiner Wohnung, seine Dusche, seine Waschmaschine und seinen Trockner benutzt hatte, vor dem Mann geheim gehalten.

Sie fühlte sich beschissen. Sie war eine schreckliche Freundin.

Plötzlich drohte sie von Schuldgefühlen überwältigt zu werden.

Zum Glück schien Smiley nichts zu bemerken. Er trat einen Schritt zurück und sagte: »Ich gehe mal ein paar Sachen packen.«

In dem Moment, in dem er den Flur hinunter verschwand, schlang Flash von hinten seine Arme um ihre Taille und legte sein Kinn auf ihre Schulter. »Was ist los?«, fragte er leise.

»Nichts, warum?«, fragte Kelli.

»Weil du plötzlich so angespannt wirkst.«

Sie seufzte und drehte sich zu ihm um. »Mir geht es gut. Ich bin heute nur ein bisschen unruhig. Es ist ein schöner Tag und ich sitze drinnen fest.«

Flash runzelte die Stirn. »Wann warst du das letzte Mal draußen?«

Kelli warf ihm einen Blick zu.

»Richtig. Es tut mir leid.«

»Was denn?«

»Dass ich nicht früher verstanden habe, wie schwer das für dich ist.«

»Schon gut. Ich bin in Sicherheit, und das ist alles, was zählt.«

»Das ist nicht alles, was zählt«, widersprach Flash. »Deine psychische Gesundheit ist auch wichtig. Und mehr als nur das Gefühl der Sicherheit. Ich möchte nie, dass du dich gefangen fühlst.«

»Du hast gesagt, dass Ryleigh Brant bald gefunden hat, oder?«, fragte Kelli.

»Ja.«

»Dann dauert es nicht mehr lange. Hoffentlich.«

»Hoffentlich. Ich möchte immer noch in das Thai-Restaurant gehen, das du heute Morgen erwähnt hast, aber vielleicht gehen wir zuerst an den Strand anstatt danach. Damit du etwas Sonne auf die Wangen bekommst. Ein wenig Freilufttherapie.«

»Das würde mir gefallen«, sagte Kelli lächelnd. Allein der Gedanke, im Sand zu sitzen und die Brise auf ihrem Gesicht zu spüren, machte sie glücklich.

Zehn Minuten später kam Smiley mit drei großen Reisetaschen aus seinem Schlafzimmer.

Kelli kicherte. »Hast du alles eingepackt, was du besitzt?«, fragte sie.

»Ich weiß nicht, wie lange ich noch weg sein werde, also dachte ich, ich könnte jetzt auch gleich schon alles einpacken.«

Flash ging auf ihn zu und nahm eine der Taschen. »Ich helfe dir, die runterzutragen.«

»Ich auch«, sagte Kelli und griff nach einer der beiden verbleibenden Taschen, die Smiley über den Schultern hatte.

Er trat stirnrunzelnd von ihr zurück. »Nein.«

»Komm schon, ich bin nicht *so* ein Schwächling.«

»Nein«, wiederholte er.

Jetzt sah Kelli *ihn* stirnrunzelnd an. »Warum nicht?«

»Weil.«

Sie rollte mit den Augen. »Das ist keine Antwort. Flash, sag

Smiley, dass er sich lächerlich macht und er mich eine seiner Taschen tragen lassen soll.«

»Du klingst wie eine Achtjährige, die sich bei ihrer Mutter darüber beschwert, dass ihr Bruder ihr etwas verboten hat«, sagte Smiley zu ihr.

Kelli runzelte die Stirn noch stärker und stemmte die Hände in die Hüften. »Na und?«

Smiley schien von ihrer Gereiztheit nicht im Geringsten beeindruckt zu sein. Er ging einfach zur Tür.

»Warte mal kurz«, sagte Flash zu seinem Freund. Er drehte sich zu Kelli um. »Bist du bereit zu gehen?«

»Zum Strand und zum Abendessen? Ja!«, antwortete sie aufgeregt. »Ich hole mir noch einen Pulli. Und meine Handtasche. Oh, und ich muss mir andere Schuhe anziehen!«

Sie hörte Smiley lachen und leise sagen: »Ich fasse das als *nein* auf, sie ist noch nicht wirklich bereit zu gehen.«

»Halt die Klappe, Smiley!«, rief Kelli und eilte ins Schlafzimmer.

Sie war in weniger als einer Minute zurück und mehr als bereit, die Wohnung zu verlassen.

Sie gingen alle, und Flash vergewisserte sich, dass die Tür hinter ihnen verschlossen war. Als sie den Flur entlanggingen, beschwerte Kelli sich: »Ich könnte eine dieser Taschen für dich tragen.«

»Das könntest du, aber du tust es nicht«, sagte Smiley.

Kelli amüsierte sich jetzt tatsächlich über seine Sturheit. Es war ihr eigentlich egal, ob sie eine der Taschen trug oder nicht, es machte einfach Spaß, den verklemmten SEAL zu necken.

Als sie das Gebäude verließen, zuckte sie im hellen Licht zusammen, aber sie genoss es, draußen zu sein und von den Sonnenstrahlen berührt zu werden, ohne dass ein Fenster als Puffer diente.

»Was für ein herrlicher Tag!«, schwärmte sie. Sie hielt einen

Moment inne, schloss die Augen und hob das Kinn zum Himmel, um die Wärme auf ihrem Gesicht zu genießen.

Sie stand immer noch da und genoss den Moment, als sie plötzlich fast von den Füßen gerissen wurde.

Kelli riss die Augen auf, stolperte rückwärts und hob ihre Hände instinktiv an ihren Hals, wo ein starker Arm ihr fast die Luft abschnürte.

Ihr Blick schoss zu Smiley und Flash, die neben Smileys Pick-up standen, eine der drei Taschen zu ihren Füßen und die anderen beiden bereits auf der Ladefläche des Pick-ups. Sie hatte den wilden Gedanken, dass sie Flash – oder auch Smiley – noch nie so ... mörderisch gesehen hatte.

Die Männer waren wütend. Wenn sie nicht schon gewusst hätte, dass sie in großen Schwierigkeiten steckte, hätten ihre Gesichtsausdrücke es verraten.

»Kommt nicht näher!«, knurrte der Mann hinter ihr, während er Kelli zwang rückwärtszugehen. Es war schwierig zu atmen, und sie konnte nur im Griff des Mannes mitstolpern.

»Lassen Sie sie los, Williams!«, befahl Flash.

Brant. Er hatte sie schließlich gefunden.

Anstatt auf der Hut zu sein, musste Kelli, wenn sie zum ersten Mal seit Tagen wieder nach draußen ging, mitten auf dem Parkplatz anhalten und die Augen schließen.

Sie war eine Idiotin.

»Nein«, sagte er. Kelli konnte seinen Körpergeruch wahrnehmen, was sie fast zum Würgen brachte. Wo auch immer er sich versteckt hatte, er hatte sich nicht um sich selbst gekümmert, das war sicher.

»Sie machen einen Fehler«, sagte Smiley. Er und Flash folgten ihr und Brant nun Schritt für Schritt, und Kelli hätte schwören können, dass sie sehen konnte, wie sich beide Männer auf einen Angriff vorbereiteten.

»Das würde ich an eurer Stelle nicht tun«, sagte Brant, holte aus dem Nichts ein Messer hervor und hielt es an ihre Brust –

direkt über ihr Herz. »Ich werde sie töten. Hier und jetzt. Ich schwöre, das werde ich! Was glaubt ihr, wie lange sie mit einem Loch im Herzen leben kann? Nicht lange. Sie wird innerhalb von Sekunden verbluten und es wird *eure Schuld* sein.«

»Was zum Teufel wollen Sie?«, sagte Flash in einem leisen, genervten Ton.

»Ich will mein Geld!«, schrie Brant hysterisch.

»Welches Geld? Das Geld, das Sie von der Regierung bekommen wollten? Sie sind ein Idiot, wenn Sie jemals dachten, dass die Marine auch nur einen Cent dieses Lösegeldes zahlen würde.«

»Nun, die Marine hätte vielleicht nicht gezahlt, aber *du* wirst es tun, wenn du deine kostbare Freundin wiedersehen willst. Jetzt bleib stehen oder ich tue es! Ich werde sie töten!«

»Dann bekommen Sie Ihr Geld definitiv nicht«, sagte Smiley in einem eiskalten Ton.

Zu ihrer Überraschung und ihrem Entsetzen senkte Brant das Messer in seiner Hand – und sie keuchte vor Schmerz, als allein die Spitze ihr Hemd und ihre Haut durchbohrte.

Flash streckte einen Arm aus und stoppte Smileys Vorwärtsbewegung.

»Ich meine es ernst! Ich habe nichts zu verlieren. Bleibt stehen!«, schrie Brant.

Das Messer, das immer noch in ihrer Brust steckte, schmerzte. *Sehr.* In Kombination mit dem Sauerstoffmangel fiel es Kelli schwer, klar zu denken.

»Solange ihr tut, was ich sage, wird es ihr gut gehen. Ich will eine Million Dollar auf ein neues Bankkonto, das ich heute Morgen eingerichtet habe. Und wenn ihr *irgendetwas* tut, um es zu schließen, schicke ich sie in Stücken zu euch zurück. An einem Tag ein Ohr, am nächsten ein paar Finger. Das Letzte, was ihr bekommt, ist ihr Herz. Und verarscht mich nicht! Ich werde es tun!«

Eine Million Dollar? So viel Geld hatte Flash nicht. Selbst

wenn er Hilfe von all seinen Freunden bekäme, war Kelli nicht sicher, ob sie so viel Geld aufbringen könnten. Brant war offensichtlich gierig geworden und hatte seine Forderung deutlich erhöht von den fünfzigtausend, die er ursprünglich für diese Entführung zu bekommen gehofft hatte.

Da Kelli sich darauf konzentrierte, Luft in ihre Lunge zu bekommen, aber nicht zu tief zu atmen, damit das Messer nicht noch weiter in ihre Haut eindrang, bemerkte sie nicht, dass sie ein Fahrzeug erreicht hatten. Erst als sich der Arm um ihren Hals lockerte und Brant sie in eine offene Tür stieß, dachte sie überhaupt daran, eine Flucht zu versuchen.

Aber dieser Gedanke wurde sofort zunichtegemacht, als Brant, der immer noch das Messer hielt, ausholte und ihr in den Oberschenkel schnitt.

Der Schmerz breitete sich schnell und heftig aus. Kelli schlug eine Hand auf die Wunde in ihrem Bein, während sie aufschrie.

»Kelli!«

Flashs Stimme klang, als sei sie sehr weit entfernt. Brant schob sie rüber, bis er hinter dem Steuer des klapprigen, älteren Fünftürers saß, und raste dann vom Parkplatz, noch bevor die Tür geschlossen war.

Als Kelli aus dem Fenster schaute, sah sie, wie Flash und Smiley dem Wagen hinterherliefen. Dann blieben sie abrupt stehen und liefen zurück zu Flashs Geländewagen.

Brant lachte. Das Geräusch war so böse, dass es Kelli eine Gänsehaut verursachte.

»Diese Idioten werden uns nicht einholen. Ich habe sie überlistet! Ich musste nur warten und geduldig sein, und heute war mein Tag. Ich wusste, dass du dich irgendwo versteckst. Ich habe versucht, deinem Freund zu folgen, aber er ist mir Tag für Tag entwischt. Ich konnte nicht herausfinden, wo ihr beide wohnt. Aber heute waren er und sein Freund unvorsichtig, und ich bin ihnen direkt zu dir gefolgt. Ich werde mein Geld bekommen! So oder so!«

Kellis Hals fühlte sich geprellt an von dem Druck, den er mit seinem Arm ausgeübt hatte, als er sie herumzerrte. Und ihr Oberschenkel brannte wie Feuer. Zumindest tat ihre Brust nicht mehr so weh ... aber Kelli hatte Angst. Wohin brachte Brant sie? Sie hatte ihre Handtasche in der Verwirrung fallen lassen, sodass sie ihr Handy nicht hatte, um Hilfe zu rufen oder Hinweise darauf zu geben, wohin sie fuhren.

Brant fuhr wie ein Besessener. Er nahm die Kurven viel zu schnell, streifte ein paar Fahrzeuge, befuhr Einbahnstraßen in die falsche Richtung und verstieß im Allgemeinen gegen jede Verkehrsregel. Es dauerte nicht lange, bis Kelli klar wurde, dass er recht hatte. Flash und Smiley würden ihn nicht einholen.

Er würde entkommen.

Kelli warf dem Mann hinter dem Steuer heimlich einen Blick zu und versuchte, sich einen Plan auszudenken. Eine clevere Art zu entkommen, bevor er ihr mehr antat, als sie nur bluten zu lassen. Denn er würde sie umbringen – daran hatte sie keinen Zweifel. Selbst wenn er sein Geld bekam, würde er sie dieses Mal nicht am Leben lassen. Er war zu wütend, dass sein Entführungsplan in Jamaika gescheitert war. Dass sie und Flash entkommen waren. Dass es so lange gedauert hatte, sie zu finden.

Dann erregte etwas aus dem Augenwinkel ihre Aufmerksamkeit.

Kelli senkte das Kinn und tat so, als würde sie sich um die Schnittwunde an ihrem Bein kümmern, drehte den Kopf gerade so weit, dass sie auf den Rücksitz blicken konnte – und war überrascht, ein Paar haselnussbraune Augen auf sich starren zu sehen.

Bree Haynes war auf dem Rücksitz! Sie saß auf dem Boden hinter dem Fahrersitz, versteckt unter Kleidern und anderem Gerümpel, das den gesamten hinteren Teil des Fahrzeugs ausfüllte. Es sah aus, als hätte Brant jeden seiner Besitztümer dort hinten ... aber wie Bree dorthin gekommen war, war Kelli unbegreiflich.

Bree schüttelte den Kopf, legte sich einen Finger an die Lippen, um Kelli darauf aufmerksam zu machen, dass sie leise sein sollte, und hielt dann ein Handy hoch.

Die Erleichterung, die Kelli fast überwältigte, machte sie benommen. Oder vielleicht war das der Blutverlust. Sie wusste es nicht. Sie hatte keine Ahnung, wie zum Teufel Bree in diesem Fahrzeug war, aber die Tatsache, dass sie ein Telefon hatte – und es hoffentlich benutzte, um mit Smiley zu kommunizieren –, reichte für Kelli aus, um Hoffnung zu schöpfen.

Brant hatte noch nicht gewonnen. Kelli war vielleicht verletzt, aber sie war nicht tot. Und solange sie noch atmete, hatte sie Hoffnung, dass Flash sie finden würde.

Kelli riss den Kopf hoch, sodass sie wieder nach vorn blickte, und holte tief Luft. Dann noch einmal. Sie würde nichts tun, was Bree verriet. Die Frau war buchstäblich ihre – ihrer beider – beste Hoffnung, hier lebend herauszukommen. Denn wenn Brant herausfand, dass er einen blinden Passagier hatte, war nicht abzusehen, was er tun würde.

KAPITEL ZWANZIG

Smiley hielt sich am Oh-Scheiße-Griff von Flashs Geländewagen fest, als er auf zwei Rädern um eine Ecke fuhr.

»Komm schon, komm schon«, murmelte Flash, während beide Männer verzweifelt nach dem braunen, fünftürigen Schrotthaufen suchten, mit dem Williams ihnen Kelli direkt vor der Nase weggeschnappt hatte.

Die Erinnerung an Kellis Schmerzensschrei, als das Arschloch ihr ins Bein schnitt, würde Smiley so schnell nicht vergessen. Auch nicht das gequälte Geräusch, das aus Flashs Mund kam. Zu sehen, wie die Frau, die er liebte – ja, Smiley war sich bewusst, dass sein Freund Kelli völlig verfallen war –, verletzt wurde, aber nichts dagegen tun zu können, war für seinen Teamkameraden unerträglich schmerzhaft.

Als er ein Fahrzeug am Straßenrand sah, dessen Seite völlig zerkratzt war – und dessen Front durch den Aufprall auf einen Lichtmast eingedrückt war – schrie Smiley: »Nach rechts!«

Flash nahm eine weitere Kurve viel zu schnell, während sie ihr Bestes gaben, Williams' Weg anhand der Zerstörung zu verfolgen, die er hinterlassen hatte.

Gerade als sie dachten, sie hätten ihn verloren, vibrierte

Smileys Handy in seiner Tasche. Er fühlte sich wie ein Idiot, weil er nicht sofort Verstärkung angefordert hatte, zog es heraus und starrte auf die SMS von einer unbekannten Nummer.

Unbekannt: Hier ist Bree, ich bin im Wagen mit Kelli und das Arschloch ist gerade an der 37. Straße vorbeigefahren

Es dauerte einen Moment, bis Smileys Gehirn verstand, was er las. Er war völlig verwirrt. Bree? *Seine* Bree? Wie kam sie an seine Nummer? Und wie zum Teufel konnte sie mit Williams und Kelli im Wagen sitzen? Arbeitete sie mit ihm zusammen?

Was zum Teufel?

Unbekannt: Ich wollte gerade K besuchen, als ihr nach draußen kamt. Ich sah, was passierte, und stieg in den Wagen, während er durch euch abgelenkt war und K wehtat. Sind gerade in die Aspen St eingebogen

»Hier geradeaus fahren!«, sagte Smiley zu Flash.

»Aber ich glaube, er ist nach Westen gefahren«, protestierte er.

»Geradeaus!«, blaffte Smiley. Zum Glück hörte sein Freund auf ihn und fuhr geradeaus weiter, anstatt abzubiegen. »Bree schreibt mir SMS. Sie ist mit ihnen im Wagen. Sie sagt mir, wohin sie fahren.«

»Was zum Teufel?«, fragte Flash.

Das wollte Smiley auch wissen, aber im Moment brauchte er mehr Informationen über Williams. Er hatte keine Ahnung, was Bree vorhatte, aber wenn sie sie zu Kelli führen konnte, würde er sie nicht infrage stellen ... noch nicht. Später? Ja. Sie hatte eine Menge zu erklären. Aber im Moment musste er sich auf Kelli konzentrieren.

Smiley: Verstanden

Er konnte einer Frage nicht widerstehen.

Smiley: Geht es dir gut?
Unbekannt: Im Moment. Sind an der 40.

Smiley gab die Informationen von Bree weiter. Ein Kloß der Panik saß in seiner Kehle, da nun zwei Frauen in Gefahr waren statt nur einer. Und weil Bree sich zum zweiten Mal selbst in Gefahr brachte, um einem seiner Freunde zu helfen. Wenn er diese Frau in die Finger bekam, würde er dafür sorgen, dass sie verstand, dass das nicht akzeptabel war. Dass sie aufhören musste, sich in Gefahr zu bringen.

Unbekannt: Langsamer. Fahren Cedar runter. Biegen in Einfahrt. Braunes Haus, ein Stkwk, 47. Wir sind in der Cedar Street 47!!!
Smiley: Wir kommen. Bleib, wo du bist. Geh NICHT weg. Ich meine es ernst.
Unbekannt: Werde ich nicht. Müde. Brauche Hilfe.

Smiley war fast genauso beunruhigt über die Tatsache, dass Bree zugab, Hilfe zu brauchen, wie darüber, dass sie sich überhaupt in Williams' Wagen versteckt hatte. Nach allem, was er während seiner langen und erfolglosen Suche über diese Frau erfahren hatte, war sie sehr stur und viel zu unabhängig. Jetzt gefiel ihm nicht, wie ... geschlagen sie klang. Was verrückt war, da es sich nur um ein paar Worte auf einem Bildschirm handelte. Aber er konnte den Gedanken nicht abschütteln, dass sie definitiv am Ende ihrer Kräfte war.

Er und Flash würden sich um die Williams-Situation kümmern, dann würden er und Bree Haynes ein sehr langes Gespräch führen.

Kellis Augen weiteten sich, als sie in eine Einfahrt vor einem heruntergekommenen Haus bogen, das aussah, als hätte dort schon sehr lange niemand mehr gelebt. Brant gab ihr nicht einmal Zeit, ihre Tür zu öffnen und wegzulaufen, nicht dass sie ihn hätte abschütteln können, da ihr Bein so stark schmerzte. Er packte sie am Arm, zerrte sie über den Vordersitz und zog sie aus der Fahrertür.

Wortlos schleifte er sie halb zur Eingangstür. Er trat kräftig dagegen, und sie flog auf. Staub schwebte im Sonnenlicht, das durch die Tür drang, als er sie hineinzog und die Tür hinter ihnen zuschlug.

»Brant, ich ...«

»Halt verdammt noch mal die Klappe«, knurrte er bedrohlich.

Kelli entschied, dass es in ihrem besten Interesse war, und hielt den Mund.

Ihre Gedanken überschlugen sich, während sie versuchte, einen Ausweg aus dieser Situation zu finden. Aber sie hatte keine Ahnung, was sie tun sollte. Brant hatte ihr Bein aufgeschlitzt, sodass sie kaum gehen, geschweige denn laufen konnte. Sie spürte, wie das Blut unter ihrer Hose an ihrem Bein hinunterlief und der Stoff beim Gehen an ihr klebte. Ganz zu schweigen von der Wunde in ihrer Brust. Das Messer war nicht sehr tief eingedrungen, aber es tat trotzdem weh.

Brant schleppte sie in einen Raum im hinteren Teil des Hauses, der mit Müll und verdorbenen Lebensmitteln übersät war. In der Ecke lag eine verschimmelte Matratze, und Kelli konnte in dem schmutzigen Durcheinander um sie herum mehrere gebrauchte Nadeln sehen. Brant stieß sie – glücklicherweise nicht gegen die ekelhafte Matratze – und sie fiel mitten in den Dreck auf Hände und Knie. Sofort drehte sie sich auf den Hintern und wandte sich Brant zu. Wenn er mit dem Messer auf sie losgehen wollte, würde sie sich ihm so gut wie möglich entgegenstellen.

Aber sobald er sie losließ, schien er zu vergessen, dass sie da war. Er begann sofort, auf und ab zu gehen, und murmelte dabei vor sich hin.

Kelli behielt den Mann, der offensichtlich ein wenig verrückt geworden war, im Auge und rutschte rückwärts, bis sie an einer der Wände war. Das einzige Fenster befand sich an der hinteren Wand und war so schmutzig, dass sie nicht sicher war, ob es sich überhaupt öffnen ließ. Wenn Brant sie allein im Raum ließ, könnte sie es aufbrechen, aber das würde ihn in Sekundenschnelle darauf aufmerksam machen, dass sie versuchte zu fliehen.

Im Moment musste sie sich damit zufriedengeben, dass Brant sie nicht gefesselt hatte. Er dachte offensichtlich zu Recht, dass sie nirgendwo hingehen würde, nicht mit dieser Wunde am Bein.

Kellis Gedanken wandten sich Bree zu. Wie war sie ins Fahrzeug gekommen? Hatte sie es geschafft, Smiley zu sagen, wo sie waren? Würde sie etwas Dummes tun und sich selbst in Gefahr bringen? Das wäre echt scheiße, vor allem wenn man bedachte, dass Kellis Plan, sie und Smiley persönlich zu treffen, gescheitert war.

Sie hatte keine Ahnung, wie lange sie schon an der Wand gesessen und Brant zugesehen hatte, wie er umherging und Selbstgespräche führte. Nur ein paar Minuten. Aber als er schließlich stehen blieb und sich ihr zuwandte, spannte Kelli sich an.

Das war nicht gut. Überhaupt nicht gut.

»Es ist Zeit«, sagte Brant und zog das Messer aus der Scheide an seiner Hüfte. Er strich mit dem Daumen über die Spitze und grinste. »Ich brauche dich nicht lebend, um mein Lösegeld zu bekommen. Ich muss nur dafür sorgen, dass dein Freund und seine Freunde *denken*, dass du noch lebst. Ehrlich gesagt bist du mir seit Jamaika ein Dorn im Auge – und ich bin fertig damit, mich mit dir herumzuschlagen.«

Kelli wich vor ihm zurück und machte sich innerlich Vorwürfe, dass sie nicht schon früher versucht hatte zu fliehen. Einen Mann abzuwehren, der mit einem *sehr* scharfen Messer bewaffnet war – und sie sollte es wissen, sie hatte es am eigenen Leib gespürt, als es durch ihr Fleisch schnitt –, würde weitaus weniger Spaß machen.

Aber egal was passierte, sie würde sich nicht einfach ergeben. Sie würde alles tun, um seine DNA unter ihre Fingernägel zu bekommen, um ihn zu kratzen, damit es offensichtlich war, dass er in einen Kampf verwickelt gewesen war. Alles, was der Polizei und den Forensikern zeigen würde, dass Brant der Schuldige war. Sie würde vielleicht nicht dabei sein, wenn er eingesperrt wurde, aber sie betete mit aller Kraft, dass er für das, was er vorhatte, bezahlen würde.

Das Bedauern traf Kelli hart, als Brant auf sie zukam. Sie liebte Flash, mehr als sie jemals jemanden in ihrem ganzen Leben geliebt hatte. Er gab ihr Selbstvertrauen, das Gefühl, dass sie alles sein konnte, was sie wollte, alles tun konnte. Er brachte sie zum Lachen, vor Lust zum Seufzen, und sie genoss es einfach, mit ihm zusammen zu sein. Und sie bedauerte, dass sie nicht mehr Zeit mit ihm gehabt hatte. Dass sie nie eine

Chance auf eine Zukunft bekommen würde, wie Flash sie sich vorstellte.

Kelli holte tief Luft und konzentrierte sich auf Brants rechte Hand. Die, die das Messer hielt. Jetzt ging es um alles. Sie würde entweder gewinnen oder bei dem Versuch sterben.

Sie versuchte, Flashs knallharte SEAL-Ausstrahlung zu kanalisieren, und wartete darauf, dass Brant nahe genug kam, um einen Zug zu machen. Sie würde versuchen, ihm das Messer aus der Hand zu treten und den ersten Schlag auszuführen. Dann würde der Kampf beginnen.

Flash konzentrierte sich darauf, keine anderen Fahrzeuge zu rammen, während er durch Riverton in Richtung Cedar Street raste. Er hatte keine Ahnung, wie zum Teufel Bree Haynes in Williams' Wagen gekommen war, aber er würde einem geschenkten Gaul nicht ins Maul schauen. Er konnte nur daran denken, zu Kelli zu gelangen.

Als er gesehen hatte, wie Williams sie schnitt, fühlte es sich an, als würde sein eigenes Fleisch aufgeschnitten. Der Ausdruck auf Kellis Gesicht würde ihm für den Rest seiner Tage im Gedächtnis bleiben. Er war bei Einsätzen verletzt worden und hatte auch viele andere verletzt gesehen. Aber nichts hatte ihn so tief getroffen wie der Anblick von *Kellis* Schmerz.

Unter der Oberfläche brodelte die Wut. Williams war ein toter Mann, daran hatte er keinen Zweifel. Er hatte es gewagt, Hand an *seine* Frau zu legen. Hatte Blut vergossen. Dafür würde er geradestehen.

»Da!«, schrie Smiley praktisch.

Sie waren beide aufgedreht. Keiner von ihnen hatte Kevlar oder einen der anderen Jungs angerufen, und wahrscheinlich wären sie alle deswegen sauer, aber sie würden es verstehen ...

irgendwann. Sie hatten keine Zeit gehabt, anzuhalten und sie anzurufen oder ihnen wenigstens eine SMS zu schreiben. Flash konzentrierte sich aufs Fahren und Smiley unterhielt sich mit Bree und suchte dann in seiner Karten-App nach Cedar Street 47.

Mit einem tiefen Atemzug versuchte Flash, das Adrenalin in seinen Adern zu bremsen, und bog in die Cedar Street ein. Sein Blick fiel sofort auf das heruntergekommene Fahrzeug, das Williams gefahren hatte. Es stand in der Einfahrt eines braunen einstöckigen Hauses, genau wie Bree es beschrieben hatte.

Es sah aus wie ein Drogenhaus, ein Ort, an dem Drogendealer ihre Waren verkauften, oder ein Ort, an dem Junkies sich Drogen spritzten und feierten. Das Fundament war wackelig und das Dach hatte hier und da buchstäblich kleine Löcher. Flash wäre nicht überrascht gewesen, wenn Williams sich hier versteckt hätte, nachdem sein Geld verschwunden war.

Drei Häuser weiter hielten Flash und Smiley an, sprangen aus dem Wagen und machten sich schnell auf den Weg zur Nummer 47.

Gerade als sie sich dem Haus näherten, trat eine Frau dahinter hervor. Flash war für einen Moment überrascht, aber Smiley zögerte nicht. Er änderte seine Richtung und ging direkt auf sie zu.

Flash wurde klar, dass dies die schwer fassbare Bree sein musste. Die Frau, von der Smiley schon so lange besessen war. Als sein Freund nahe genug war, griff er nach ihrem Oberarm und schien ihn nicht mehr loslassen zu wollen.

»Hinten ist ein Fenster kaputt. Ich glaube, da kommt ihr rein«, sagte Bree leise.

Sie sah zerzaust aus, hatte ihre Gefühle aber unter Kontrolle. Was angesichts dessen, was sie gerade getan hatte, überraschend war. Ihr Haar war fettig und ihre Kleidung zerknittert. Aber sie hielt den Kopf hoch und die Schultern zurück, als sie sie zum hinteren Teil des Hauses führte. Smiley hatte sie immer noch nicht losgelassen, aber entweder schien es ihr nichts auszumachen oder sie bemerkte es nicht einmal.

Die drei schlichen ums Haus herum, und die Rückseite schien in einem noch schlechteren Zustand zu sein als die Vorderseite. Früher hatte es einen Zaun gegeben, aber der war längst kaputt. Das Unkraut war hüfthoch und der Geruch von verrottendem Müll war fast überwältigend.

Aber Flash hatte nur Augen für das Fenster. Bree hatte recht, es war nicht zu hoch über dem Boden und die Glasscheibe war komplett zerbrochen. Er und Smiley würden leicht hineingelangen können. Vor allem da sie nicht durch die Rucksäcke und die Ausrüstung behindert wurden, die sie normalerweise bei Einsätzen trugen.

Flash nahm sich ein paar Sekunden Zeit, um zu lauschen, hörte aber nichts aus dem Haus, was ihm eine Heidenangst einjagte. Hatte Williams Kelli bereits verletzt oder getötet? War er überhaupt da drin?

Es gab nur einen Weg, das herauszufinden. Wenn Kelli verletzt war, brauchte sie medizinische Hilfe. Verdammt, sie *war* bereits verletzt, er musste *jetzt* da reingehen.

Ohne zu warten, um Smiley zu konsultieren, packte Flash die Fensterbank und zog sich hoch. In Sekundenschnelle war er im Haus, kauerte am Fenster und überlegte, was er als Nächstes tun sollte. Er hatte keine Waffen, nichts als seine Hände. Die waren so tödlich wie eine Waffe in den Händen anderer Menschen, aber er musste trotzdem nahe an ihn herankommen, und wenn Williams in Panik geriet, könnte er Kelli verletzen, bevor Flash ihn erreichen konnte.

Das Messer, das er ihr an die Brust gehalten hatte, hatte Flash schon einmal innehalten lassen. Er konnte es sich nicht leisten, dass Williams ein zweites Mal entkam. Er musste den Mann ein für alle Mal ausschalten.

»Wirst du wieder weglaufen?«, hörte Flash Smiley Bree fragen.

»Nein.«

»Ich glaube dir nicht.«

»Ich weiß, dass du das nicht tust, aber ich lüge nicht.«

Eine Sekunde später war Smiley an Flashs Seite im Haus.

Flash war von Dankbarkeit – und Mitgefühl – für seinen Freund und Teamkameraden erfüllt. Es war sicher nicht leicht für ihn, die Frau, nach der er so lange gesucht hatte, zurückzulassen. Die Chance, Antworten zu erhalten, war buchstäblich zum Greifen nah, und beiden war klar, dass es, wenn sie sie draußen allein ließen, eine offene Einladung für sie war, erneut zu fliehen. Sie hatte getan, was sie sich vorgenommen hatte, und Flash und Smiley zu dem Ort geführt, an dem Kelli festgehalten wurde. Es gab nichts, was sie dort festhielt.

Nichts außer der Tatsache, dass sie immer noch von einem brutalen Sexhändler gejagt wurde.

»Ich gehe nach rechts, du nach links«, sagte Smiley mit kaum hörbarer Stimme.

Flash nickte – und gerade als sie sich beide in Bewegung setzten, hörten sie eine Stimme aus einem Raum auf der rechten Seite.

Der Plan änderte sich im Handumdrehen. Beide Männer drehten sich nach rechts.

Sie blieben vor der nächsten Tür stehen und Smiley hob eine Hand. Er zählte an seinen Fingern herunter.

Drei ...

Zwei ...

Bevor er bei eins ankam, ertönte ein angsterfüllter und verzweifelter Schrei aus dem Raum.

Sowohl Flash als auch Smiley bewegten sich gleichzeitig.

Flash erfasste die Szene mit einem Blick. Kelli stand mit dem Rücken zur Wand und trat auf Williams ein, der sein

Bestes tat, um sie mit dem Messer zu stechen und zu schneiden.

Ein roter Schleier legte sich über Flashs Sicht.

Er stürzte sich auf Williams, der so darauf konzentriert war, Kelli zu töten, dass er nicht einmal bemerkt hatte, dass sie nicht mehr allein waren. Flash traf ihn von der Seite und sie gingen beide zu Boden. Hart.

Flash war sofort wieder auf den Beinen und schlug Williams immer wieder. Er schlug ihm mit den Fäusten auf den Kopf, gegen die Kehle und sogar auf die Brust, in der Hoffnung, ihn so hart zu treffen, dass sein Herz stehen blieb.

»Flash, hol Kelli!«, schrie Smiley.

Es dauerte eine Minute, bis seine Worte ankamen, aber sobald sie es taten, drehte Flash sich um.

Kelli lag auf dem Boden und bewegte sich nicht.

Flash kroch auf allen vieren zu ihr und bekam kaum mit, dass Smiley dort weitermachte, wo er auf Williams aufgehört hatte.

»Kelli?«, krächzte er, als er sich über sie beugte.

Nichts hatte ihm jemals mehr Erleichterung verschafft als der Moment, in dem ihre wunderschönen Augen sich öffneten und sie zu ihm aufblickte.

»Flash?«, flüsterte sie.

»Ich bin es! Ich bin hier. Du bist in Sicherheit. Wo tut es weh?«

»Du blutest«, sagte sie.

Flash blinzelte. Er schaute auf seine Fingerknöchel, die tatsächlich voller Blut waren. »Ich mache mir mehr Sorgen um dich. Rede mit mir, Schatz. Scheiße, ich muss die Polizei und einen Krankenwagen rufen.«

Kaum hatte er die Worte ausgesprochen, ertönte in der Ferne das Heulen von Sirenen.

»Klingt, als hätte Bree das schon erledigt«, sagte Kelli mit einem kleinen Lächeln.

Diese Frau. Sie verblüffte ihn. Sie machte alles, was er über Stärke wusste und was es brauchte, um mutig zu sein, zunichte. Er hatte die Frauen seiner Freunde immer dafür bewundert, dass sie so stark waren, aber bis zu diesem Moment war ihm nicht klar geworden, *wie* erstaunlich jede einzelne dieser Frauen war. Vor allem seine eigene.

»Im Ernst, rede mit mir, Kelli. Hat er dich wieder geschnitten? Als wir reinkamen, hat er auf dich eingestochen.«

»Ich glaube, ich habe ihm gegen die Messerhand getreten. Dann hast du ihn angegriffen.«

Erleichtert schloss Flash die Augen. Aber nur kurz. Er musste Kelli da rausholen. Dies war kein Ort für sie ... dieser ekelhafte, schmutzige, wahrscheinlich von Krankheiten befallene Raum. »Dein Oberschenkel?«, fragte er.

»Tut weh.«

»Sicher. Natürlich tut er das. Ich werde dich hier rausbringen. Wenn irgendetwas wehtut, wenn ich dich bewege, lass es mich sofort wissen, in Ordnung?«

»Okay. Ist er ...« Ihre Stimme versagte.

Als Flash über seine Schulter blickte, war er nicht überrascht, Smiley neben einem blutenden und regungslosen Williams stehen zu sehen. Das Messer, das er gehabt hatte, lag ein Stück vom Körper entfernt und sein Hals befand sich in einem sehr unnatürlichen Winkel.

»Ich musste mich verteidigen«, sagte Smiley achselzuckend. »Er hat sich bei unserer Auseinandersetzung irgendwie das Genick gebrochen. Oh, und du musst mich schlagen, Bruder. Pronto. Bevor die Polizei eintrifft.«

Irgendwie das Genick gebrochen. Richtig. Es erforderte viel Kraft, jemandem das Genick zu brechen, aber Smiley hatte offensichtlich kein Problem damit, genau das zu tun.

Und Flash verstand, warum sein Freund und Teamkamerad ihn bat, ihn zu schlagen. Auf keinen Fall würden Tex oder einer ihrer anderen Freunde zulassen, dass Smiley oder Flash selbst auch nur eine Minute hinter Gittern verbrachte, weil er dieses Stück Dreck getötet hatte. Aber die Behauptung der Notwehr würde viel überzeugender sein, wenn Smiley zumindest so aussähe, als hätte er sich geprügelt. Im Moment hatte er keinen einzigen Kratzer.

»Was?«, fragte Kelli, als Flash aufstand. Er zögerte nicht, er schlug Smiley ins Gesicht. Einmal. Dann zweimal.

»Noch einmal«, grunzte Smiley.

»Hör auf! Flash, was machst du da?«

Flash schlug seinen Freund noch einmal, und die Männer teilten ein kleines, zufriedenes Lächeln, als Blut aus Smileys Nase zu tropfen begann. »Das wird reichen«, sagte Smiley mit einem Nicken. Dann drehte er sich um und ging zur Tür, offensichtlich begierig zu sehen, ob Bree noch da war oder ob sie geflohen war, wie jedes Mal, wenn Smiley nahe genug herangekommen war, um mit ihr zu sprechen.

»Was zum Teufel?«, fragte Kelli, als Flash sich vorbeugte, um sie hochzuheben.

»Notwehr«, sagte er leise. »Wir mussten uns verteidigen und haben Williams leider getötet.«

»Oh ... Richtig«, sagte sie, während sie ihre Arme um seinen Hals schlang und er sie durch den Dreck zur Tür trug.

In dem Moment, in dem sie das Haus im späten Nachmittagssonnenlicht verließen, fühlte Flash sich, als könnte er ein wenig leichter atmen. Wahrscheinlich weil er es buchstäblich konnte. Die frische Luft, die nicht mit den Überresten von verrottenden Lebensmitteln und Staub verpestet war, war wie Balsam für seine Seele.

Zu seiner Rechten sah Flash Smiley neben Bree stehen, seine Hand wieder um ihren Oberarm gelegt. Er konnte nicht glauben, dass sie nicht geflohen war, und er freute sich für seinen Teamkameraden. Vielleicht konnte er jetzt herausfinden, was mit der Frau noch immer geschah. Seine Besessenheit und Neugier konnten endlich gestillt werden.

Er würde selbst gern ihre Geschichte hören ... nachdem er sich vergewissert hatte, dass es Kelli gut ging.

Streifenwagen wimmelten nun in der heruntergekommenen Nachbarschaft, aber Flash behielt den Krankenwagen im Auge, der hinter ihnen fuhr, und näherte sich bereits dem Fahrzeug, während die Polizei mit quietschenden Reifen zum Stehen kam. Als ein Polizist aus seinem Wagen sprang und versuchte, ihn aufzuhalten, blaffte er: »Sehen Sie nicht, dass sie blutet und medizinische Hilfe braucht?«

Zu seiner Erleichterung ließ der Polizist ihn weiter auf den Krankenwagen zugehen. Aber er war ihnen dicht auf den Fersen und offensichtlich nicht bereit, einen von ihnen aus den Augen zu lassen, bis er wusste, was zum Teufel los war.

Sanft legte Flash Kelli auf die Trage im hinteren Teil des Krankenwagens und zwang sich beiseitezutreten, damit die Sanitäter ihre Arbeit machen konnten. Sie loszulassen war wahrscheinlich eine der schwierigsten Entscheidungen, die er je getroffen hatte, aber Kelli hielt seinen Blick und lächelte, was ihm half, ruhig zu bleiben.

Das war knapp gewesen. Zu knapp. Flash wollte nie wieder in eine solche Situation geraten. Er konnte damit umgehen, dass sein eigenes Leben in Gefahr war. Er konnte damit umgehen, von Terroristen umzingelt zu sein und unter Beschuss zu stehen. Aber zu wissen, dass eine falsche Bewegung den Tod der Frau bedeuten könnte, die buchstäblich alles für ihn war, machte ihn schwach in den Knien.

Der einzige Trost in dieser Situation war, dass Williams keine Bedrohung mehr darstellte.

Nein ... nicht der *einzige* Trost. Sie konnten zu ihrem alten Leben zurückkehren. Kelli konnte ihre Ausbildung zur Elektrikerin absolvieren und er konnte wieder in seine eigene Wohnung ziehen, hoffentlich zusammen mit Kelli. Sie konnten heiraten, eine Familie gründen und glücklich bis ans Ende ihrer Tage leben.

Und Flash konnte es kaum erwarten.

KAPITEL EINUNDZWANZIG

Kelli keuchte und warf eine Hand über ihren Kopf, um sich am Kopfteil abzustützen, während Flash hart in sie stieß.

»Ja!«, rief sie aus.

Das hatte sie gebraucht. Nach allem, was passiert war, musste sie sich lebendig fühlen. Und es gab keine bessere Möglichkeit, als dass der Mann, den sie liebte, die Kontrolle verlor, während er sie fickte.

Der gestrige Tag war beängstigend gewesen. Erschreckend. Sie war dem Tod viel zu nahe gekommen. Wenn Flash und Smiley nicht aufgetaucht wären ... Nein, wenn *Bree* nicht genau zur richtigen Zeit auf dem Parkplatz gewesen wäre, wäre das Ergebnis ganz anders ausgefallen.

Aber Bree *war* da gewesen, und Flash und Smiley *waren* aufgetaucht.

Ihr Bein pochte, aber selbst in den Wogen der Leidenschaft achtete Flash darauf, die verbundene Gliedmaße nicht zu berühren. Er hatte gezögert, überhaupt mit ihr zu schlafen, aber Kelli bestand darauf. Es war wahrscheinlich viel zu früh, aber das war ihr egal.

Sie war ins Krankenhaus gekommen, wo sie genäht worden

war und wo Flash auf und ab gegangen war und mit seiner übertriebenen Alpha-Ausstrahlung alle verunsichert hatte. Ein Detective der Polizei von Riverton war gekommen und hatte ihre Aussage aufgenommen, während sie darauf wartete, dass der Arzt ihr Bein nähte.

Da der Mann bereits mit Brant Williams und ihrem Fall vertraut war und wusste, dass er wegen der Entführung in Jamaika gesucht wurde, bestand für Flash und Smiley keine unmittelbare Gefahr, verhaftet zu werden. Vor allem nicht, nachdem er Kelli gesehen und ihre erschütternde Geschichte gehört hatte, wie sie entführt worden war ... schon wieder.

Kelli wusste nicht, wo Smiley und Bree hingegangen waren, obwohl sie annahm, dass sie in seiner Wohnung waren. Er und Flash waren sofort in ihre eigenen Wohnungen zurückgekehrt, und der Rest ihrer Teamkameraden packte großzügig mit an, um alle Habseligkeiten zusammenzupacken und in die entsprechenden Apartments zu bringen. Als sie am Abend zuvor im Krankenhaus fertig gewesen war, konnten sie direkt zu Flashs Wohnung fahren, wo sie beide schnell einschliefen.

Kelli war jedoch nur wenige Stunden später dank eines schrecklichen Albtraums aufgewacht und hatte beschlossen, dass sie ihren Freund ganz tief in sich brauchte, um wieder zu sich zu kommen und den bösen Traum zu verdrängen. Verletzungen hin oder her.

Und jetzt war sie hier und wurde hart und schnell gefickt, genau so, wie sie es wollte.

»Komm«, befahl Flash, während er eine Hand zwischen ihre Beine schob und begann, ihre Klitoris zu streicheln, genauso grob, wie er in sie hineinstieß.

Kelli war bereits nahe dran gewesen zu kommen, aber seine Berührung schickte sie auf Wolke sieben. Sie hörte kaum seinen triumphalen Schrei, als er tief in ihr kam.

Sie waren beide verschwitzt, und Kelli konnte spüren, wie ihr Herz heftig in ihrer Brust schlug. Sie lächelte. Ja, das war es, was sie brauchte. Sich lebendig zu fühlen ... die Tatsache zu feiern, dass sie gewonnen hatten.

»Verdammt, Frau«, beschwerte Flash sich, als er sich sanft aus ihr herauszog und sie vorsichtig auf dem Bett platzierte, damit er ihr Bein nicht anstieß. Dann kuschelte er sich an sie, auf seiner Seite liegend, einen Arm über ihrem Bauch, sein Bein auf ihren unverletzten Oberschenkel hochgezogen, seinen Kopf auf ihrer Schulter.

Diese Position war eine Umkehrung ihrer üblichen Schlafposition. Normalerweise war es Kelli, die sich über *ihn* legte, aber sie liebte es eigentlich, die Empfängerin der Kuscheleinheiten zu sein, und nicht die Geberin.

»Habe ich dein Bein verletzt?«

»Nein.«

»Bist du sicher?«

»Ja.«

»Du warst irgendwie ... aggressiv ... bist du sicher, dass es dir gut geht?«

Er hatte nicht unrecht. Kelli war tatsächlich aggressiv gewesen. Sie bestand darauf, dass er sie fickte, und setzte sich über alle seine Einwände bezüglich ihrer Verletzungen hinweg. »Als ich auf dem Boden lag und zu ihm aufblickte, wie er dieses Messer in der Hand hielt, wusste ich, dass es das war. Ich würde sterben. Selbst als wir in diesem Bus unter der Erde waren, hatte ich nicht so gefühlt. Ich weiß nicht wie, aber die Möglichkeit, dass wir entkommen könnten, war immer in meinem Hinterkopf gewesen. Aber gestern? Selbst als ich wusste, dass Bree auf dem Rücksitz gewesen war und ihr Handy bei sich hatte, dachte ich nicht, dass jemand rechtzeitig dort sein könnte. Nicht wenn nur ein schneller Stich nötig gewesen wäre. Und ich bedauerte einzig und allein, dass ich dich nicht wiedersehen würde.«

Sie spürte, wie Flash überrascht einatmete, aber sie fuhr fort.

SUSAN STOKER

»Ich wollte nicht einfach nur daliegen und mich von ihm erstechen lassen. Ich wollte kämpfen, aber ich wusste, dass die Chancen gering waren, ihn lange aufzuhalten. Das Leben ist kurz, Flash. Ich habe zu viel Zeit damit verbracht, nur so vor mich hinzuleben. Damit bin ich fertig. Ich bin sicher, dass die Leute unsere Beziehung betrachten und uns ins Gesicht lächeln, aber hinter unserem Rücken sagen, dass wir es nicht schaffen werden. Dass wir zu schnell vorgegangen sind. Dass ich so eine Art Retterkomplex habe ... oder wie auch immer man das nennt. Dass ich nur mit dir zusammen bin, weil du mich gerettet hast ... zweimal. Aber das ist es nicht. Überhaupt nicht. Ich liebe dich, Wade Gordon. Ich möchte den Rest meines Lebens mit dir verbringen. Ich möchte meinen Abschluss in Elektrotechnik machen und in der Lage sein, zu Remi nach Hause zu fahren und ihre Lampen zu reparieren, wenn sie kaputt sind. Ich möchte die kaputte Lampe in *Aces Bar and Grill* reparieren. Ich möchte weinen, wenn du auf eine Mission gehst, und mich freuen, wenn du zurückkehrst. Ich möchte mit Wren und den anderen Mädchen abhängen und mich betrinken und darüber reden, wie toll unser Sexleben ist. Ich möchte die Patentante der Babys von Maggie und Addison sein. Ich möchte eigene Kinder haben. Ich möchte wilden Affen-Sex mit meinem Mann haben, wenn wir in unseren Fünfzigern und Sechzigern oder sogar noch älter sind. Ich will alles, Flash. Ich bin gierig. Und mir wurde das alles klar, als ich sah, wie Brant mit diesem Messer auf mich zukam, mit einem wahnsinnigen Ausdruck in den Augen. Also ja. Ich war aggressiv. Weil ich wusste, dass du mich nicht anfassen würdest, weil du Angst hattest, mir wehzutun. Aber du würdest mir niemals wehtun. Niemals. Das weiß ich bis ins Mark. Ich hoffe, es macht dir nichts aus, dass ich dich angesprungen habe ... denn ich habe das Gefühl, dass ich das noch oft tun werde.«

»Heirate mich.«

Kelli starrte Flash an. Er hatte den Kopf gehoben, als sie zu sprechen begann, damit er ihr in die Augen sehen konnte – und sie war für einen Moment sprachlos.

»Das alles will ich auch. Ich will die lauteste Person im Auditorium sein, wenn du deinen Abschluss machst. Ich will Fotos von dir in deinem Overall und mit einem Werkzeuggürtel machen, wie du auf einer Leiter stehst und irgendwelchen Scheiß reparierst. Ich möchte nach jeder Mission und nach jedem Arbeitstag zu dir nach Hause kommen. Ich möchte mit meinen SEAL-Kumpeln abhängen, während wir auf unsere Frauen aufpassen, die sich bei einem Mädelsabend betrinken, dich dann nach Hause bringen und dich betrunken ficken. Ich möchte Vater werden, Babys haben, die genau wie du aussehen, und ihnen beibringen, stark und selbstbewusst zu sein, genau wie ihre Mutter. Und du weißt ja bereits, dass ich dich auch liebe. Ich bin fast durchgedreht, als ich in dieses Zimmer kam und sah, wie Williams versuchte, dich zu erstechen. Scheiß auf jeden, der denkt, dass wir es nicht schaffen werden, denn ich habe vor, jeden Tag meines Lebens damit zu verbringen, dich glücklich zu machen. Zu beweisen, dass ich der Mann bin, für den du mich hältst. Denn die Wahrheit ist, dass ich irgendwie ein Arsch bin. Zumindest zu Leuten, die mich nerven. Heirate mich, Kelli. Ich habe auch mit achtzig noch Lust auf wilden Affen-Sex mit dir, auch wenn ich bis dahin vielleicht etwas medizinische Hilfe brauche, um ihn hochzukriegen.«

Kelli konnte nicht anders. Sie lachte. Dies war ein bedeutsamer Moment in ihrem Leben, und sie kicherte. Was alles noch perfekter machte. Sie brauchte keine großen Gesten. Dass er auf ein Knie ging. Sie brauchte nur Flash.

»Ja.«

»Ja?«, fragte er, als könnte er nicht glauben, was er gehört hatte.

»Natürlich, ja. Ich liebe dich«, sagte sie schlicht.

Als Antwort senkte Flash den Kopf und Kelli wusste, dass

er versuchte, sich wieder zu fassen. Als er den Kopf wieder hob, sah sie, dass seine Augen funkelten. Flash mochte denken, dass er ein Arschloch war, aber nicht zu ihr. Niemals zu ihr.

»Wir werden in den nächsten Monaten nur Hochzeiten haben, oder?«, fragte sie. »Remi und Josie heiraten Kevlar und Blink, unsere eigene Zeremonie, die meiner Cousine und die deiner Schwester ... das wird verrückt.«

»Wir werden durchbrennen«, sagte Flash, ohne zu zögern.

»Was? Wirklich?«

»Das heißt, wenn du einverstanden bist. Ich möchte, dass mein Ring so schnell wie möglich an deinem Finger ist und deiner an meinem. Ich habe nicht die Geduld, eine große Sache zu planen, und außerdem sind die Leute, die auf Kevlars und Blinks Party im *Aces* sein werden, dieselben Leute, die wir zu unserem eigenen Empfang einladen würden. Ich würde das Geld lieber für eine Anzahlung auf ein Haus verwenden.«

»Ja!«, sagte Kelli glücklich. »Aber wir müssen vielleicht meine Mutter zu unserer Zeremonie einladen. Ich glaube, es würde ihr das Herz brechen, wenn sie das verpasst.«

»Wie wäre es mit Vegas? Es ist ein bisschen klischeehaft, aber wir können deine und meine Familie einladen und danach dort auf dem Strip eine Party feiern.«

»Ähm ... nichts für ungut, aber nach dem, was Bree in Vegas passiert ist ... nein. Vielleicht können wir einfach hier zum Standesamt gehen?«, fragte Kelli.

»Einverstanden. Also machen wir das?«

»Das?«

»Heiraten, ein Haus kaufen, Babys machen, wilden Affen-Sex haben, wenn wir in unseren Neunzigern sind.«

Kelli kicherte erneut. Das Alter, in dem sie diesen verrückten Sex haben würden, wurde immer höher. »Das machen wir«, bestätigte sie.

Flash lächelte, wurde dann aber ernst. »Danke, dass du nicht aufgegeben hast«, flüsterte er.

»Niemals«, schwor Kelli. »Werden deine Teamkameraden sauer sein, wenn sie nicht zu unserer Hochzeit eingeladen werden? Sie waren jedenfalls nicht glücklich darüber, dass sie alles mit Brant verpasst haben.«

»Sie waren nicht glücklich, weil sie wussten, dass du in Gefahr warst und Angst hattest. Weil Smiley und ich sie nicht als Rückendeckung hatten. Sie werden nicht sauer sein, wenn wir zum Standesamt gehen und heiraten, versprochen.«

»Okay. Ähm ... meinst du, wir könnten vielleicht eine kurze Hochzeitsreise in dieses Resort in New Mexico machen?«

»*Die Zuflucht*?«

»Ja.«

»Sie sind ziemlich ausgebucht, aber ich kann zumindest dort anrufen«, sagte Flash, ohne zu zögern.

Das war Grund Nummer achthundertsechsundzwanzig, warum Kelli diesen Mann liebte. »Es ist nur so, dass ich gern die Frau kennenlernen würde, die sich so sehr bemüht hat, Brant zu finden. Aber da er in diesem verlassenen Haus gewohnt hat, denke ich, dass sie ihn auf keinen Fall hätte finden können.«

»Ich finde, das ist eine perfekte Idee. Ich habe so tolle Dinge über *Die Zuflucht* gehört. Du weißt doch von Melba, oder?«

»Wer ist Melba?«, fragte sie.

»Die Hauskuh.«

»Nie im Leben!«, rief Kelli aus und zog die Augenbrauen hoch.

»Doch. Und es gibt dort auch noch eine Menge anderer Tiere. Und soweit ich weiß, hatten die Besitzer und ihre Frauen eine Menge Dramen, aber jetzt haben sie sich alle eingelebt und bauen auf dem Grundstück ein kleines Dorf, in dem sie alle gemeinsam ihre Kinder großziehen.«

»Das klingt toll.«

»Vielleicht sollten wir ein großes Stück Land finden, auf dem wir dasselbe tun können. Wir sollten alle davon überzeugen, dort zu bauen, damit wir alle zusammenleben können.«

»Kannst du dir vorstellen, mit dem mürrischen Smiley nebenan zu leben?«, neckte Kelli ihn. Dann wurde sie ernst. »Er wird Bree doch nicht wehtun, oder?«

»Nein! Warum fragst du das?«, fragte Flash.

»Es ist nur ... er sah nicht gerade glücklich aus, als er sie sah.«

»Du musst wissen, dass Smiley schon eine ganze Weile versucht, sie zu finden. Es hat ihn verrückt gemacht, dass sie sich in Luft aufgelöst hat. Er hat sich Sorgen um sie gemacht. Ich glaube, irgendetwas an ihr hat ihn auf eine Weise berührt, wie es sonst niemand getan hat.«

»Sie hatte Angst«, sagte Kelli. Dann seufzte sie. »Ich muss etwas gestehen. Bree hat mich etwa eine Woche lang in Smileys Wohnung besucht. Eines Tages kam sie zur Tür und suchte nach ihm. Ich glaube, sie wollte ihn um Hilfe bitten. Und sie dachte, ich sei seine Freundin, weil ich in seiner Wohnung war. Ich habe sie hereingebeten, weil sie dringend eine Dusche brauchte. Ich habe sie mit Essen versorgt, wir haben ihre Wäsche gewaschen ... und sie kam ein paarmal wieder. Deshalb war sie gestern auf dem Parkplatz. Sie wollte mich wiedersehen. Aber sie kam später als sonst.«

»Ist es das, was dich bedrückt hat? Das Geheimnis, das du mir nicht verraten konntest?«, fragte Flash.

Kelli nickte, wobei sie Angst hatte, dass er wirklich wütend werden würde.

Zu ihrer Überraschung lehnte er sich nur zu ihr und küsste sie auf die Stirn, bevor er sich wieder neben sie legte.

»Ich habe versprochen, dass ich dir oder Smiley nichts sagen würde. Sie hat den Mut zusammengenommen, um mit ihm von Angesicht zu Angesicht zu sprechen. Ich habe ihr meine Handynummer gegeben und die von Smiley, nur für den

Fall. Und sie hat sie benutzt, als sie sich auf Brants Rücksitz versteckt hat. Bist du sauer?«

»Nein. Ich denke, du hast das Richtige getan. Sie war es offensichtlich sehr gewohnt, sich zu verstecken und unter dem Radar zu bleiben. Es war gut, sich mit ihr anzufreunden.«

Kelli entspannte sich. »Nur damit das klar ist, ich habe das nicht gern vor dir verborgen, aber ich hatte es versprochen.«

»Ich weiß.«

»Was passiert jetzt? Mit ihr und Smiley?«, fragte Kelli.

»Keine Ahnung. Ich vermute, er wird ihre ganze Geschichte hören wollen. Herausfinden, wer ihr Ex ist und an wen das Arschloch sie verkauft hat. Dann wird er diesen Wichser aufspüren wollen und alles tun, um seine Schreckensherrschaft zu beenden und jeglichen Sexhandel, den er betreibt, zu unterbinden.«

»Ähm ... wird das so einfach sein?«

»Ganz und gar nicht. Wenn es um die Ausbeutung von Frauen geht, gibt es in der Regel viele Schichten. Und ehrlich gesagt werden die meisten Frauen, die in solche Situationen geraten, monatelang vorbereitet. Es geht nicht nur darum, Fremde von der Straße zu entführen. Was auch immer in Brees Situation vor sich geht, ist einzigartig. Und einzigartig ist nicht unbedingt gut. Ich erinnere mich an eine Geschichte von vor einiger Zeit über eine Frau, die entführt wurde, während sie und ihr Mann in Vegas waren, und sie wurde außer Landes gebracht und ein Jahrzehnt lang festgehalten.«

»Oh mein Gott! Aber sie wurde gefunden?«

»Ja, von ihrem Ehemann, der die Hoffnung, dass sie noch am Leben war, nie aufgegeben hat. Er gründete seine eigene Gruppe ehemaliger Militärangehöriger, die Opfer von Menschenhandel aufspürten, in der Hoffnung, eines Tages seine eigene Frau zu finden. Und das hat er. Sie leben jetzt in Colorado.«

»Das ist fantastisch.«

»Ja. Ich will damit sagen ... nun, was will ich eigentlich damit sagen?«, überlegte Flash.

»Bree.«

»Richtig. Bree wird es schwer haben, weil jemand immer noch hinter ihr her ist. Er scheint sie unbedingt finden zu wollen, um seine Pläne für sie in die Tat umzusetzen. Was ... seltsam erscheint. Was auch immer da vor sich geht, es ist nicht gut.«

»Und Smiley wird mittendrin sein«, vermutete Kelli.

»Ja.«

»Na, Scheiße«, sagte sie seufzend.

Flash lächelte.

»Warum grinst du? Das ist nicht lustig.«

»Nein, ist es nicht. Aber ich bin nicht sauer, dass du dir Sorgen um meinen Freund machst. Dass er dir wichtig ist.«

»Er ist mir wichtig«, stimmte sie zu.

»Wie wäre es, wenn wir noch etwas schlafen? Es sind noch ein paar Stunden bis zum Morgengrauen. Wir können die Welt retten, wenn die Sonne aufgeht.«

Kelli rollte mit den Augen. »Flash?«

»Ja, Schatz?«

»Ich liebe dich.«

»Gott, ich werde nie müde werden, diese Worte aus deinem Mund zu hören. Ich liebe dich auch.«

Kelli seufzte zufrieden und ignorierte das Pochen in ihrem Bein und das leichte Unbehagen auf ihrer Brust, wo Brant die Haut über ihrem Herzen durchstochen hatte. Beide leichten Schmerzen erinnerten sie daran, dass sie am Leben war. Und anscheinend verlobt.

»Oh!«, rief sie leise aus. »Bekomme ich einen Ring?«, platzte sie heraus.

Flash lachte an ihrer Seite und sie spürte, wie sein warmer Atem ihre Brust streichelte. »Natürlich. Ich habe bereits eine Idee, was ich für dich will.«

»Ich will nichts zu Großes. Das ist nicht mein Stil.«

»Ich weiß. Und das wird es auch nicht sein.«

»Okay. Flash?«

»Noch eine Sache, und dann musst du schlafen, Kelli«, sagte er und versuchte, streng zu klingen, was ihm aber nicht gelang.

Sie grinste und sagte: »Du bist der Mann, von dem ich mein ganzes Leben lang geträumt habe. Mein Superheld. Mein Flash Gordon.«

»Das war verdammt kitschig«, protestierte er. »Und ich liebe es. Schlaf«, befahl er.

Kelli schloss die Augen und schlief mit einem breiten Lächeln im Gesicht ein.

Bree saß still auf der Couch, während Jude vor sich hin murmelte und vor ihr auf und ab ging. Er hatte sie direkt in seine Wohnung gebracht, nachdem die Polizisten am frühen Nachmittag endlich mit allen über den Vorfall mit Brant Williams gesprochen hatten. Während der Fahrt hatte er nicht viel gesagt, und als sie bei ihm ankamen, war er überraschend sanft zu ihr. Er holte ihr ein Glas Wasser und fragte, ob sie etwas essen wolle.

Daher hatte sie keine Angst. Sie war eher erleichtert, dass ihre Flucht – zumindest vor *diesem* Mann – endlich vorbei war.

Er war jedoch offensichtlich nicht ganz glücklich. Der finstere Ausdruck in seinem Gesicht hätte sie wahrscheinlich in Panik versetzen sollen. Hätte sie zur Tür, zur Staatsgrenze, auf die andere Seite des *Landes* fliehen lassen sollen ... aber aus irgendeinem Grund war er tatsächlich beruhigend.

Jude war nämlich nicht per se sauer auf sie – okay, er war *ein bisschen* wütend auf sie, weil sie sich so lange vor ihm versteckt hatte. Aber noch mehr ärgerte ihn, dass sie so wenige Antworten auf seine Fragen hatte.

Er wollte den Namen des Mannes wissen, an den sie damals in Vegas verkauft worden war.

Sie wusste ihn nicht.

Er wollte den Namen ihres Ex wissen.

Sie hatte es ihm gesagt, aber dann erklärt, dass er tot in einer Gasse in Vegas aufgefunden worden war, nicht allzu lange nachdem sie und Josie gerettet worden waren.

Er stellte weiterhin Fragen, und je weniger Antworten sie hatte, desto finsterer wurde sein Blick und desto mehr ging er auf und ab.

Bree wusste jedoch, dass sie hier bei Jude endlich wieder gut schlafen konnte. Sie hatte so lange über ihre Schulter geschaut und das Gefühl gehabt, beobachtet zu werden, als sei sie nur Sekunden davon entfernt, geschnappt zu werden und für immer zu verschwinden.

Aber jetzt, da sie sich Jude offenbart hatte, wusste sie ohne Zweifel, dass der Mann sie nicht aus den Augen lassen würde. Er war zu schockiert, dass sie so lange unter dem Radar hatte bleiben können, dass er sie nicht finden konnte. Zu wissen, dass er besonders wachsam sein würde – und sei es nur, damit sie ihm nicht entkommen konnte –, war ein Trost.

Sie wusste wirklich nicht, wie der Mann hieß, der sie gekauft hatte, aber sie wusste genug, um zu wissen, dass sie sich den Tod wünschen würde, wenn er sie in die Finger bekäme. Was auch immer seine Pläne für sie sein mochten, sie waren nicht gut.

»Was *weißt* du?«, fragte Jude, der sich entnervt anhörte, als er schließlich stehen blieb und sich mit gerunzelter Stirn und zerzaustem Haar, nachdem er aufgeregt mit den Händen hindurchgefahren war, neben sie auf die Couch setzte.

»Dass du mich beschützen wirst«, sagte Bree, ohne zu zögern.

Das schien ihn zu verunsichern. Er starrte sie einen langen Moment an. »Verdammt richtig, das werde ich«, knurrte er und richtete sich auf. »Aber es könnte sein, dass dir nicht gefällt, wie ich das anstelle.«

»Was anstelle?«

»Dich zu beschützen. Vergiss nicht, dass *du* zu *mir* gekommen bist. Du bist an meiner Tür aufgetaucht. Ich war zu diesem Zeitpunkt vielleicht nicht hier, aber das ändert nichts an der Tatsache, dass du gekommen bist, um Hilfe zu suchen. Und ich *will* dir helfen, Bree. Ich konnte nicht aufhören, an dich zu denken, seit du in Vegas verschwunden bist. Ich habe nicht aufgehört, mir Sorgen um dich zu machen. Wo du warst. Ob du in Sicherheit bist.«

Seine Worte machten Bree fast schwindelig. Sie hatte sich so lange allein gefühlt, und hier war der Mann, an den *sie* nicht aufhören konnte zu denken und der die richtigen Dinge sagte.

»Ich bin jedoch kein einfacher Mann«, sagte er nach einem Moment.

Bree schnaubte.

»Ich werde dich um Dinge bitten, die dir wahrscheinlich unangenehm sein werden. Die du vielleicht nicht tun willst. Aber was auch immer ich von dir verlange, wird zu deinem eigenen Besten sein. Um dich zu beschützen. Ich möchte, dass du das verstehst.«

Bree nickte. Sie war es leid, alles allein zu machen. Sich einsam zu fühlen. Verletzlich. Hilflos. Sie brauchte Hilfe. Deshalb war sie überhaupt erst hier. »Ich brauche deine Hilfe«, sagte sie laut. »Deshalb bin ich nach Kalifornien gekommen. Aus irgendeinem Grund vertraue ich dir, Jude Stark. Obwohl ich nur sehr wenigen Menschen in meinem Leben vertraue. Ich werde tun, was du sagst. Und wenn du herausfindest, was für ein Albtraum mein Leben ist, stehe ich für immer in deiner Schuld.«

»Ich will deine Dankbarkeit nicht«, sagte Jude, wobei er erneut knurrte.

Bree öffnete den Mund, um zu fragen, *was* er denn wolle, aber er fiel ihr ins Wort.

»Ich hole dir ein Hemd und Boxershorts, die du im Bett tragen kannst. Wir holen deinen Wagen, wo auch immer du ihn versteckt hast, und den Rest deiner Sachen. Du kannst meine Waschmaschine und meinen Trockner benutzen, um deine Kleidung zu waschen. Außerdem gehen wir morgen in ein Geschäft und besorgen dir ein paar neue Sachen, was auch immer du brauchst.«

Bree war völlig verwirrt. Er meinte es offensichtlich sehr ernst. Sie war sich nicht sicher, ob sie ausflippen oder vor ihm auf die Knie fallen sollte. Beide Reaktionen würden Jude wahrscheinlich verärgern, also beschloss sie, einfach zu nicken.

»Du bist müde«, sagte er in einem sanfteren Ton.

»Ja«, stimmte Bree zu.

»Geh duschen, dann ins Bett«, erklärte er und stand abrupt auf. »Ich bin gleich wieder da.« Dann verließ er den Raum.

Bree war mit der Aufteilung seiner Wohnung eigentlich ziemlich vertraut, da sie während der letzten Woche einige Zeit mit Kelli dort verbracht hatte, und sie vermutete, dass er auf dem Weg in sein Schlafzimmer war.

Jude kam mit ein paar Kleidungsstücken in der Hand zurück. »Du schläfst in meinem Bett«, sagte er. »Ich nehme den Boden. Ich riskiere nicht, dass du dich mitten in der Nacht davonschleichst, nachdem du etwas Zeit zum Nachdenken hattest, und dir einredest, dass du einen Fehler gemacht hast, indem du mich um Hilfe gebeten hast.«

Bree hätte ihm versichern können, dass sie sich nicht wieder davonschleichen würde, aber es war offensichtlich, dass er etwas Zeit brauchte, um ihr zu vertrauen. Sie verstand das.

»Ich möchte nicht, dass du auf dem Boden schläfst«, sagte sie zu ihm.

»Ich habe schon an schlimmeren Orten geschlafen. Das wird schon funktionieren«, erwiderte er, ohne mit der Wimper zu zucken.

Wieder hätte Bree misstrauisch sein sollen. Es kam nicht jeden Tag vor, dass ein Mann ihr im Grunde befahl, in seinem Bett zu schlafen. Aber sie hatte Jude nicht angelogen, als sie ihm sagte, dass sie ihm vertraute. Außerdem war sie am Ende ihrer Kräfte. Sie konnte buchstäblich nirgendwo anders hin. Sie konnte sich an niemanden sonst wenden.

Sie stand auf und ging auf ihn zu, um sich die Kleidung zu holen, dankbar, etwas Sauberes zum Anziehen zu haben ... nachdem sie geduscht hatte natürlich.

Aber als sie versuchte, danach zu greifen, hielt Jude sie fest, bis sie aufschaute und seinem Blick begegnete.

»Danke, dass du Kelli gerettet hast«, sagte er schroff. »Es hätte Flash zerstört, wenn sie gestorben wäre.«

Das war die einzige Bestätigung, die Bree brauchte, um zu wissen, dass sie das Richtige getan hatte, als sie nach Riverton und zu Jude Stark gekommen war. Seine Freunde waren ihm offensichtlich wichtig. Und obwohl sie merkte, dass er verärgert über sie war, hatte er dennoch das getan, was er für richtig hielt, und sich bei ihr bedankt.

»Gern geschehen«, sagte sie leise. »Nur fürs Protokoll: Was ich getan habe, war dumm«, gab sie zu. »In den Wagen zu steigen war ziemlich leichtsinnig. Und gefährlich. Ich hätte gesehen werden können. Er hätte mich töten können. Ich hätte mir sein Kennzeichen notieren und sofort zu dir gehen sollen. Es tut mir leid, dass ich es nicht getan habe.«

»Mir auch. Mir gefällt nicht, dass du dich in diese Situation gebracht hast. Aber ... du hast dich an mich gewandt. Und du konntest mir genau sagen, wohin Kelli gebracht wurde. Es ist sehr wahrscheinlich, dass wir sie nicht rechtzeitig gefunden hätten, wenn du nicht getan hättest, was du getan hast. Du hast das gut gemacht, Bree. Wirklich gut.«

Seine Worte linderten ihre Schuldgefühle etwas. Aber sie schwor sich, in Zukunft nicht wieder so etwas Dummes zu tun. Ihr eigenes Leben nicht mehr in Gefahr zu bringen, wie sie es an diesem Tag getan hatte.

Die Gegenwart dieses Mannes war Balsam für ihre geschundene und verletzte Seele. Zu lange war sie ein Niemand gewesen. Eine Obdachlose, die in ihrem Wagen lebte. Ignoriert. Von oben herab betrachtet. Ein Stück Eigentum, für das jemand bezahlt hatte. Eine Ware. Aber für Jude? Sie war mehr. Sie war wieder Bree Haynes. Und es fühlte sich gut an.

Also nickte sie einfach.

»Geh nur. Dusche. Ich werde die Bettwäsche wechseln und das Bett machen, damit es für dich bereit ist, wenn du fertig bist.« Damit drehte er sich um und ging ins Schlafzimmer, vermutlich um sich um die Bettwäsche zu kümmern.

Ohne weiter darüber nachzudenken, tat Bree, was ihr gesagt wurde. Sie hatte nicht gelogen. Sie war müde. Bis auf die Knochen erschöpft von dem Versuch, dem Mann, der sie gekauft hatte, immer einen Schritt voraus zu sein. Von dem Versuch, unter dem Radar der wachsamen SEALs zu bleiben. Von der Angst, dass eine falsche Bewegung sie in eine Situation bringen könnte, die sie sich nicht einmal vorstellen konnte.

Bree brauchte Jude Stark. Und sie schwor sich, alles zu tun, was er ihr sagte. Es lag nicht in ihrer Natur, aber sie würde es tun. Denn es war offensichtlich, dass der Weg, auf dem sie sich befand, nicht funktionierte. Die Wahrheit war, dass sie einen Ritter in glänzender Rüstung brauchte. Und obwohl Judes Rüstung verbeult und nicht mehr so glänzend war, würde sie niemand anderen an ihrer Seite haben wollen, während sie versuchte herauszufinden, wer sie von ihrem Ex gekauft hatte und warum er sie immer noch unbedingt in die Finger bekommen wollte.

Mateo Castillo starrte auf das Wohnhaus, das sein Eigentum früher am Abend betreten hatte. Er suchte sie nun schon seit Monaten und hatte fast die Geduld verloren, als er sie endlich fand.

Wie sich herausstellte, war es gut, dass sie hier in Riverton war. Es bot ihm eine Gelegenheit, auf die er zwei lange Jahrzehnte gewartet hatte.

Als er Mitte dreißig gewesen war, lebte er in Mexiko und war Teil eines Sexhandelsrings. Als einfacher Partner hatte er damals Jahre gebraucht, um sich in der Organisation wieder nach oben zu arbeiten, nachdem eine ihrer teuersten Anschaffungen direkt vor ihrer Nase gestohlen worden war.

Er war nicht im Lager gewesen, als es passierte; das war der einzige Grund, warum er am Leben gelassen worden war. Die anderen etwa ein Dutzend Männer, die sich betrunken hatten, bewusstlos geworden waren – und es einem US-Navy-SEAL ermöglicht hatten, sich ins Lager zu schleichen und ihnen besagte Frau sowie eine weitere vor der Nase wegzuschnappen –, waren alle eliminiert worden.

Die Tochter des Senators und die unscheinbare Frau, für die sie nach dreimonatiger Suche keinen Käufer hatten finden können, waren beide in die USA zurückgebracht worden. Aber Mateo glaubte an das Schicksal ... und hier war er nun. In Riverton.

Dort, wo dieselben Frauen jetzt lebten.

Sie hatten ihr Leben weitergelebt und Navy SEALs geheiratet. Sie führten ein vermeintlich glückliches Leben. Aber sie sollten bald erfahren, dass die Vergangenheit nie wirklich verschwand. Sie konnte immer wieder zurückkommen und einen heimsuchen. Und Mateo war da, um sich zurückzuholen, was ihm gehörte.

Julie Lytle und Fiona Rain Storm gehörten *ihm*. Ebenso wie Bree Haynes. Es ging nur darum, einen Weg zu finden, sie alle zurückzuholen ... dann würde er mit allen dreien auf seine Kosten kommen.

Während der letzten zehn Jahre hatte Mateo mit einem Mann namens del Rio in Peru zusammengearbeitet. Er hatte den Mann mit Frauen aus der ganzen Welt für sein Geschäft versorgt, bis del Rios Organisation zusammenbrach, nachdem er von einigen Arschlöchern aus Indiana getötet worden war. Aber Mateo war gern eingesprungen. Er hatte seinen Sitz nun in Ecuador, und die aktuellen Unruhen im Land machten es ihm leichter, sein Eigentum unter dem Radar ein- und auszuführen.

Er verkaufte Frauen an die reichsten Männer der Welt, und selbst das Wissen, dass die sexuellen Gelüste dieser Männer verdorben und geradezu sadistisch waren, schreckte ihn nicht ab. Tatsächlich waren die Männer aufgrund ihrer Vorlieben nur bereit, jeden Preis zu zahlen, um sich ein neues Spielzeug direkt an die Haustür liefern zu lassen.

Der Kreis schloss sich.

Die Dinge kehrten an ihren Anfangspunkt zurück. Mateo würde sich zurückholen, was ihm gestohlen worden war, und dabei eine Menge Geld verdienen. Es war ein großer Bonus, genau den Männern, die ihn vor all den Jahren bestohlen hatten, eine Nase zu drehen.

Wenn sie ihn diesmal verfolgten, wäre er vorbereitet. Es würde keine betrunkenen Partys im Dschungel geben. Nein, die SEALs würden sterben, wenn sie es wagten, ihm das wegzunehmen, was ihm gehörte. Und das würden sie. Sie würden die Frauen holen, daran hatte Mateo keinen Zweifel.

Lächelnd startete er den Motor seines schwarzen Mercedes. Er wusste jetzt, wo Bree Haynes war. Sie würde sich nicht mehr vor ihm verstecken können. Er könnte sie heute Nacht entführen, in die Wohnung des Arschlochs einbrechen und sich zurückholen, was ihm gehörte, was er ehrlich und anständig gekauft hatte. Aber jetzt, da er wusste, dass dieser Mann mit den beiden anderen Frauen in Verbindung stand?

Er würde warten. Geduld haben.

Seine Zeit würde kommen.

Er konnte es kaum erwarten, die Gesichter der anderen Frauen zu sehen, wenn sie merkten, dass ihre schlimmsten Albträume wahr wurden ... *wieder einmal.*

Und wenn Bree Haynes begriff, dass sie mit der Flucht das Unvermeidliche nur hinausgezögert hatte?

Glückseligkeit.

Der Schrecken, den sie empfinden würden, ließ Mateos Schwanz hart werden. Er hatte vielleicht nicht den Ruf, den del Rio hatte, aber wenn sich herumsprach, dass Julie und Fiona ein zweites Mal entführt worden waren, würden die Leute seine Autorität nicht länger leugnen können. Er würde der mächtigste Mann in Südamerika sein. Respektiert. Verehrt. Gefürchtet.

Endlich.

Der schwarze Mercedes fuhr lautlos davon, ohne dass jemand einen zweiten Blick auf das Fahrzeug warf. Niemand ahnte, dass das Böse auf dem Vormarsch war und mit ihm eine schwarze Wolke des Schreckens über Riverton hereinbrechen würde.

Sie haben ewig auf Brees und Smileys Geschichte gewartet und jetzt ist sie endlich da! Und ja, ich habe es getan. Ich bin fast an den Anfang meiner Schreibkarriere zurückgegangen und habe einen Bösewicht aus *Schutz für Fiona* zurückgebracht ... alle werden durchdrehen, wenn sie die Verbindung zwischen dem Mann, der hinter Bree und Fiona her ist, und Julies Martyrium herausfinden. Alle werden sich zusammenschließen müssen, um diese neue Bedrohung ein für alle Mal zu beenden. Holen Sie sich jetzt *Schutz für Bree*, das letzte Buch der Reihe SEALs of Protection: Alliance!

BÜCHER VON SUSAN STOKER

SEALs of Protection: Alliance
Schutz für Remi
Schutz für Wren
Schutz für Josie
Schutz für Maggie
Schutz für Addison
Schutz für Kelli
Schutz für Bree (6 Jan)

Ein Spiel des Glücks
Ein Beschützer für Carlise
Ein Prinz für June
Ein Held für Marlowe
Ein Holzfäller für April (1 Okt)

Die Männer von Alpha Cove
Ein Soldat für Britt
Ein Seemann für Marit (3 Mar)
Ein Pilot für Harper
Ein Wächter für Jordan

Die Rescue Angels
Hilfe für Laryn
Hilfe für Amanda (4 Nov)
Hilfe für Zita
Hilfe für Penny
Hilfe für Kara
Hilfe für Jennifer

Badge of Honor: Die Texas Heroes
Gerechtigkeit für Mackenzie (1 Dez)
Gerechtigkeit für Mickie (1 Dez)
Gerechtigkeit für Corrie (1 Mar)
Gerechtigkeit für Laine (1 Mar)
Sicherheit für Elizabeth (1 Apr)
Gerechtigkeit für Boone (1 Apr)
Sicherheit für Adeline (1 Jun)
Sicherheit für Sophie (1 Jun)
Gerechtigkeit für Erin
Gerechtigkeit für Milena
Sicherheit für Blythe
Gerechtigkeit für Hope
Sicherheit für Quinn
Sicherheit für Koren
Sicherheit für Penelope

Die Männer von Silverstone
Vertrauen in Skylar
Vertrauen in Taylor
Vertrauen in Molly
Vertrauen in Cassidy

Die Zuflucht in den Bergen
Zuflucht für Alaska
Zuflucht für Henley

Zuflucht für Reese
Zuflucht für Cora
Zuflucht für Lara
Zuflucht für Maisy
Zuflucht für Ryleigh

Das Bergungsteam vom Eagle Point
Ein Retter für Lilly
Ein Retter für Elsie
Ein Retter für Bristol
Ein Retter für Caryn
Ein Retter für Finley
Ein Retter für Heather
Ein Retter für Khloe

SEALs of Protection: Legacy
Ein Beschützer für Caite
Ein Beschützer für Brenae
Ein Beschützer für Sidney
Ein Beschützer für Piper
Ein Beschützer für Zoey
Ein Beschützer für Avery
Ein Beschützer für Kalee
Ein Beschützer für Jane

Die SEALs von Hawaii:
Die Suche nach Elodie
Die Suche nach Lexie
Die Suche nach Kenna
Die Suche nach Monica
Die Suche nach Carly
Die Suche nach Ashlyn
Die Suche nach Jodelle

Delta Team Zwei
Ein Held für Gillian
Ein Held für Kinley
Ein Held für Aspen
Ein Held für Jayme
Ein Held für Riley
Ein Held für Devyn
Ein Held für Ember
Ein Held für Sierra

Mountain Mercenaries:
Die Befreiung von Allye
Die Befreiung von Chloe
Die Befreiung von Morgan
Die Befreiung von Harlow
Die Befreiung von Everly
Die Befreiung von Zara
Die Befreiung von Raven

Ace Security Reihe:
Anspruch auf Grace
Anspruch auf Alexis
Anspruch auf Bailey
Anspruch auf Felicity
Anspruch auf Sarah

Die Delta Force Heroes:
Die Rettung von Rayne
Die Rettung von Emily
Die Rettung von Harley
Die Hochzeit von Emily
Die Rettung von Kassie
Die Rettung von Bryn
Die Rettung von Casey

Die Rettung von Wendy
Die Rettung von Sadie
Die Rettung von Mary
Die Rettung von Macie
Die Rettung von Annie

SEALs of Protection:
Schutz für Caroline
Schutz für Alabama
Schutz für Fiona
Die Hochzeit von Caroline
Schutz für Summer
Schutz für Cheyenne
Schutz für Jessyka
Schutz für Julie
Schutz für Melody
Schutz für die Zukunft
Schutz für Kiera
Schutz für Alabamas Kinder
Schutz für Dakota
Schutz für Tex

Eine Sammlung von Kurzgeschichten
Ein langer kurzer Augenblick

BIOGRAFIE

Susan Stoker ist die New York Times, USA Today und Wall Street Journal Bestsellerautorin der Buchreihen »Badge of Honor: Texas Heroes«, »SEAL of Protection«, »Die Delta Force Heroes« und einigen mehr. Stoker ist mit einem pensionierten Unteroffizier der US-Armee verheiratet und hat in ihrem Leben schon überall in den Vereinigten Staaten gelebt – von Missouri über Kalifornien bis hin zu Colorado. Zurzeit nennt sie die Region unter dem großen Himmel von Tennessee ihr Zuhause. Sie glaubt ganz und gar an Happy Ends und hat großen Spaß daran, Geschichten zu schreiben, in denen Romantik zu Liebe wird.

Besuchen Sie Susan im Netz!
www.stokeraces.com
facebook.com/authorsusanstoker
twitter.com/Susan_Stoker
bookbub.com/authors/susan-stoker
instagram.com/authorsusanstoker
Email: Susan@StokerAces.com

www.ingramcontent.com/pod-product-compliance
Lightning Source LLC
Chambersburg PA
CBHW011146100726
47899CB00010B/3193